ALMAS EN EL PÁRAMO

MIGUEL DE LEÓN

ALMAS EN EL PÁRAMO

PLAZA JANÉS

Papel certificado por el Forest Stewardship Council®

Primera edición: junio de 2023

© 2023, Miguel de León
© 2023, Penguin Random House Grupo Editorial, S. A. U.
Travessera de Gràcia, 47-49. 08021 Barcelona

Printed in Spain – Impreso en España

ISBN: 978-84-01-03134-2
Depósito legal: B-7845-2023

Compuesto en M. I. Maquetación, S. L.

Impreso en Black Print CPI Ibérica
Sant Andreu de la Barca (Barcelona)

L031342

A mi madre, que además de la vida me dio las palabras

A sus otros hijos, mis hermanos

Antiqua es una ciudad imaginaria. Su aire un tanto irreal es intencionado para ambientar el tema de la obra: las almas son ajenas al tiempo y el espacio, son de siempre y de cualquier parte donde haya vida. De igual manera, todos los personajes y las situaciones que aparecen en *Almas en el páramo* son fruto de la imaginación del autor, sin relación con personas reales en ninguno de los casos. Cualquier coincidencia será casual.

PRIMERA PARTE

1

En ningún lugar se cruzó el umbral del tercer milenio de la era común con mayor indiferencia que en la ciudad de Antiqua. Quince años después Antiqua permanece abierta a la modernidad sin rendirse a ella, esperando a que lo nuevo se transforme en viejo ante su mirada invulnerable al paso del tiempo.

El símbolo más genuino y afín con el temperamento de Antiqua es una casa que se conoce por el nombre de La Bella. Construida a principios del siglo XX en la mejor parcela de La Umbría, el barrio más caro y privilegiado, La Bella había permanecido deshabitada la práctica totalidad de su siglo de vida, perseguida por la leyenda de que había vuelto locos a los que cometieron la osadía de ocuparla. Un cronista de la ciudad hizo más sobrecogedor el misterio cuando cayó en la cuenta de que La Bella había respetado a las mujeres, y que los casos de locura fueron todos de ocupantes varones.

Según el relato de unos vecinos, cerca de la medianoche, traídos de su interior o de sus inmediaciones por un eco metálico, se oyeron gritos, lamentos, voces de ultratumba, invocaciones al Maligno y el cántico de un coro que proclamaba el advenimiento del mal. Lo oyó un vecino que había sacado a pasear un pequeño caniche, y dio media vuelta y regresó a su casa. La mujer vio al perrito gimiendo debajo de una butaca y a su marido descompuesto bajo el dintel, y le sobraron las noticias.

—¿Otra vez suspira La Bella? —preguntó.

—Esta noche parece la peor —respondió él—. Vamos con los niños a casa de los abuelos antes de que empiece la llantina.

Al salir, saludaron con ademán de resignación a otros vecinos que, como ellos, se marchaban con sus hijos pequeños.

Llevaban dos días de canícula en un agosto implacable, y despertaron las primeras luces en medio de una pestilencia nauseabunda. Uno de los vecinos más ilustres del barrio, Marcelo Cato, el alcalde, no tuvo clara conciencia del problema que había irrumpido en el ámbito de su responsabilidad cuando Tulia Petro, la criada de toda la vida, entró en el dormitorio matrimonial la mañana de aquel domingo inclemente con el desayuno, los periódicos y la noticia de la atroz emanación.

—Este no será un buen domingo. Hay una peste tan tremenda en la calle que un cristal del aparador se quebró cuando abrí la ventana —dijo sin pestañear.

—Se te habrá roto al limpiarlo, Tulia —le respondió con suavidad Paula Calella, la esposa del alcalde, a quien ya no causaban espanto ni los desahogos y ni la lógica descabellada de la criada, a la que sentían como otro miembro de la familia.

—Pues será eso. Pero la peste es tan fuerte que se pueden romper más cristales, señora. Y yo de cosas como esa no me responsabilizo —dijo cuando salía de la habitación.

Marcelo Cato y su esposa rieron entre dientes el descaro legendario de la criada y tomaron el desayuno recordando la larga colección de anécdotas con las que Tulia Petro les había coloreado la vida.

Era inevitable que al hablar de ella recordaran el día de su llegada. Muerta de miedo, medio descalza, con un vestido descosido y una cajita de cartón atada con una cuerda, en la que llevaba todas sus pertenencias: tres bragas, dos sujetadores, una combinación, media docena de pañitos para los días de renuevo, dos pares de calcetines, unas chanclas, una blusa, una falda y una rebeca de lana por todo abrigo. Huérfana de padre desde niña y de madre pocas semanas antes, analfabeta y desahuciada, era dueña de una hermosura de carácter, una desenvoltura y un donaire de trato que nada más entrar por la puerta se apoderó de sus corazones. Hacía tanto tiempo de aquello que preferían no recordar qué año fue.

Como cada domingo, el matrimonio se preparó para acudir a la misa, ineludible para el decoro de un político conservador dispuesto a llegar más lejos y más arriba.

Al abrir la puerta, Marcelo Cato supo que el fuego de aquel agosto sin clemencia y una fetidez bíblica se habían conjurado contra él. Un muro invisible le cerraba el paso y el conductor del vehículo oficial, que esperaba al borde del vómito, intentaba contener con un pañuelo infructuoso el sofoco de plomo líquido de la inmunda hediondez. La imagen dio a Marcelo Cato la clara panorámica del desastre que debía resolver. No salió. Cerró la puerta y regresó turbado sobre sus pasos.

—Coge pañuelos y algún perfume fuerte, Paula —le dijo a su esposa, en un tono tan lastimero que despertó en el corazón de la mujer una desazón de catástrofe.

—¿Tan grave es?

—Un espanto. No sé si ese olor podrá romper los cristales, pero te garantizo que raya los ojos.

El responsable de la policía municipal de servicio ese día, un sargento curtido en el empleo, le dio la novedad de que ya había dispuesto una patrulla de dos guardias que investigaban por la zona, auxiliados por un retén de sanitarios.

—Estaré en misa de once. Manténgame informado —ordenó el alcalde.

La tranquilidad del sargento resultó injustificada. A la primera patrulla se sumó otra sobre las dos de la tarde, junto con una cuadrilla de poceros. Rebuscaron por calles y jardines, bajaron a las alcantarillas, subieron a tejados y azoteas, vaciaron contenedores de basura y escudriñaron palmo a palmo un perímetro cada vez mayor, mientras la inquietud y las quejas comenzaban a llegar a Marcelo Cato.

Era absurdo que un hecho que sólo afectaba a un par de manzanas trastornara a la ciudad. Pero una cadena de televisión que vigilaba la casa del alcalde, ante la sospecha de que se reuniría con alguien incómodo para el partido, informó de la pestilencia y arrastró a otros medios de comunicación.

Todos los esfuerzos fueron inútiles. No consiguieron hallar el origen del mal olor, que iba y venía, y tan pronto daba tregua como arreciaba. Un prestigioso forense que vivía en las inmediaciones aseguró que debía tratarse de un cadáver, pero no concretó más. Sin conceder crédito a tanta inoperancia, el gabinete del alcalde, con la plantilla de personal descuartizada por las vacaciones de verano, pospuso los trabajos.

Pese a todo, para Marcelo Cato la situación no pasaba de ser un inconveniente. Él era un ejecutor eficaz, feroz en la defensa de los intereses de Antiqua, y aunque vivía una etapa de enfrentamiento con una facción del partido, tenía la confianza de los votantes y consideraba accesorio todo lo demás. «La prensa es nuestra, dirán lo que les ordenemos decir; el pueblo es nuestro, se apacigua con cuatro fuegos de artificio y una verbena; y la oposición no existe, se conforma con nuestras migajas, también es nuestra».

Siempre funcionó de tan fácil manera. Sin embargo, al ver las noticias de la noche Marcelo Cato supo que el incordio de la pestilencia se había salido del quicio y el lunes muy temprano hizo una llamada de teléfono.

—Darío, necesito que interrumpas tus vacaciones. Tienes que venir ahora mismo a echarme una mano.

Darío Vicaria era para Marcelo Cato como el hijo que no se presentó en el matrimonio. Pariente lejano de su esposa, unos años atrás le ofreció un puesto en el ayuntamiento. Acababa de superar el cuarto año de Medicina, pero abandonó los estudios y se incorporó a un discreto lugar en las penumbras del consistorio. Con treinta y tres años, continuaba a la espera de que el partido lo designara en buena posición de una lista electoral o delegara en él un cometido de mayor sustancia que le permitiera emprender la carrera política.

Tras la llamada del alcalde, abandonó la cama y desapareció en el baño, en la bruma de exquisitos pormenores con los que cumplía la liturgia del aseo personal. En el preámbulo, se aplicaba la crema que libera al cabello de las insidias del agua alcalina, otra crema que fortalece el cutis antes de la tortura del afeitado y una leche limpiadora que elimina el polvo de células muertas, pasto de los ácaros. A continuación el afeitado, dos veces, sin presionar la hoja, y el lavado de dientes, con el cepillo tantas veces por arriba y por abajo, tantas por dentro y por fuera. En la ducha, para el cabello un champú de acidez justa y un acondicionador que da volumen y brillo, para el cuerpo un jabón neutro de cualidades hidratantes, todo dos veces con su aclarado. En la conclusión, la loción del cuero cabelludo que estimula el riego sanguíneo y aplaza las calamidades de la alopecia; la leche hidratante corporal; la loción de afeitado, con suaves caricias, siempre hacia arriba para no favorecer los ultrajes de la gravedad traicionera; la crema hidratante de día para la cara, el aceite para los párpados que conjura la adversidad de las ojeras; y en las axilas la crema desodorante que no mancha las camisas.

Cuando por fin salió del baño, cincuenta y cinco minutos después, contempló desde la ventana el talante del día antes de elegir el vestuario.

—Igual que ayer —se dijo con pesadumbre—. Llueve fuego.

Eligió un traje de lino de color muy claro, lo tendió sobre la cama y acercó dos pares de zapatos de color marrón suave. Le costó elegir. Repitió la misma operación con la camisa, los calcetines, la corbata, el cinturón y hasta los calzoncillos, el reloj de pulsera y las gafas de sol. Aún empleó otros diez minutos más delante del espejo antes de dar por aceptable el resultado, que, pese a todo, nunca lo dejaba satisfecho.

En la cochera esperaba un Mercedes descapotable, de marrón rojizo muy oscuro. Cuando arrancaba el motor, advirtió que uno de los zapatos parecía tener un arañazo.

—¿Será? ¿O no será? —se preguntó con una ceja arqueada y la otra no.

Se bajó, caminó unos pasos, se descalzó del zapato sospechoso y observó con detenimiento delante de un faro si aquello era o no era.

—¡Es! ¡Es! ¡Maldita sea! ¡Es!

Regresó farfullando al apartamento y desde los calzoncillos al reloj de pulsera se cambió de ropa, aunque esta vez eligió en orden inverso, empezando por los zapatos y terminando por la corbata.

Cuando al fin salía de la cochera, culminó los aderezos de la imagen con las gafas de sol, sin las que sentiría ir desnudo por el mundo. Le permitían marcar distancia, observar desde la impunidad y le otorgaban la semblanza de los indiferentes, el halo de los perfectos, el aura inefable de los elegidos para la gloria.

Marcelo Cato lo puso al corriente de lo sucedido y le pidió que vigilara al que estuviese enredando. La intervención de Darío Vicaria fue irrelevante. Mandó que se hiciera desde el principio lo que ya habían hecho por decisión propia varias veces. Sin embargo, fue muy afortunada y consiguió irritar a un bombero.

—Estamos repitiendo lo mismo, pero no donde hay que hacerlo —quiso explicar el hombre.

Darío Vicaria lo detuvo con un gesto, le dio la espalda y lo dejó a media frase. Pero el bombero, ya relevado del servicio, se hizo con una cizalla enorme, reventó el candado de una puerta de hierro y penetró en una galería.

Licuado por el ácido de la muerte, negro por la lividez y retorciéndose en el asqueroso fragor de la gelatina de larvas, encontró el cadáver de una mujer. El pasillo era un canal de ventilación de los subterráneos de La Bella, la casa amada y maldita.

Darío Vicaria se acercó sonriente al bombero.

—¿Cómo lo averiguó?

—Contando moscas —respondió el hombre antes de darse la vuelta y marcharse saboreando la venganza.

En un par de horas Darío Vicaria pudo poner al corriente a Marcelo Cato, pero no tuvo su momento de gloria ante los micrófonos porque el interés informativo se desvió a la noticia del cadáver. Debió conformarse con el reconocimiento del alcalde

18

y una invitación a cenar, aquella noche, en el restaurante más caro de la ciudad.

—Esto te brinda ese cargo que esperas —le anunció Marcelo Cato.

De esa manera providencial, la vida de Darío Vicaria tomó el rumbo que él deseaba. Marcelo Cato limó asperezas con los socios del partido y propuso a su recomendado para un cargo como adjunto de un concejal.

Pocos saben en qué punto del camino tomó la senda que conduce a la conclusión de la vida. Tampoco Darío Vicaria, aunque él tuvo un signo muy claro. Quería ir a jugar un partido de tenis y descansar unas horas, antes de acometer la ardua tarea de arreglarse para la cena. Pero un reflejo del inconsciente lo hizo extraviar la dirección y volvió a través de media ciudad hasta La Bella, la casa de La Umbría en cuyas inmediaciones apareció el cadáver.

Se descubrió parado frente a las enormes cancelas de hierro, ahora abiertas. Había ajetreo en el interior, pero a él sólo le interesó la casa. El estado de inexplicable buena conservación, la arquitectura de inspiración clásica, las dos plantas rematadas por un altillo octogonal, las tres alas con tejados de suave pendiente, el pórtico con el frontispicio, los anchos ventanales. Más allá de la elegancia de la construcción, de la sobria belleza de sus proporciones, percibió la languidez de los rincones sombríos, las madreas, fúnebres, las piedras vetustas y el ámbito percudido de olvido. Darío Vicaria la sentía resonar en su pecho como un lamento telúrico.

—Eres hermosa, Bella —dijo en voz audible, y continuó su camino.

La imagen de la casa desapareció tras la neblina de cábalas sobre el futuro, pero regresó noches después en medio de un mal sueño. Conducía su Mercedes por una encrucijada de carreteras que discurrían en todas las direcciones sobre una llanura de césped verde. La Bella se le presentaba en un bucle interminable. Aparecía cuando giraba en una curva, y lo obligaba a detener el vehículo y dar la vuelta o tomar una bifurcación. Por el contrario, si pretendía acercarse, ella se alejaba un trecho, se detenía y esperaba al siguiente intento, entonces huía y todo volvía al principio.

No fue una pesadilla pero sí un sueño difícil, y sintió alivio al despertar. Orinó, tomó agua y salió a la terraza para contemplar las luces de la ciudad. No halló inspiración para el sueño frente a la televisión ni jugueteando en internet y regresó a la cama. Media hora después volvió a levantarse, se puso un pantalón sobre el pijama, se cubrió con una gabardina y se dirigió al cuartel de la policía municipal para pedir una linterna. Se contrarió porque no lo reconocieron hasta que declaró cuál era el puesto que ocupaba en el ayuntamiento.

De nuevo frente a La Bella, escudriñó a través de la cancela. La parcela que ocupaba era la más grande, no sólo de la calle Robledo sino de La Umbría, y era también la casa más sólida y antigua. Darío Vicaria recorrió el perímetro cercado por un grueso muro. La parte trasera daba a un camino, no muy ancho pero asfaltado y con aceras, del que partía en paralelo un sendero que descendía hasta un barranco profundo.

* * *

Máximo Devero era el policía de menor rango del equipo que intervino en el hallazgo del cadáver. Un policía raso que actuaba bajo las órdenes directas del comisario Claudio Prego, responsable de la comisaría central de Antiqua. Vestido de paisano, Máximo Devero entró en la sala de interrogatorios, donde esperaba el detenido conocido como «el Doctor». Estaba encadenado a la mesa con unos grilletes, magullado, con un ojo amoratado; la hinchazón le deformaba la boca por un lado y la ropa ocultaba otras contusiones.

La tarde anterior, Máximo Devero acompañó a un subinspector a indagar en las inmediaciones de La Bella si se habían visto movimientos extraños, la presencia de desconocidos o vehículos sospechosos. Supieron que se vieron mendigos en los días previos al domingo de la pestilencia, pero el término «mendigos» resultó demasiado amplio. Uno sólo, el hombre encadenado a la mesa, cuya imagen no correspondía con la de un mendigo, era el que se dejaba ver en el lugar.

La falta de filiación del Doctor era tan conocida como la circunstancia de que nunca se le hubiera detenido por conducta censurable. Era un ser tan benigno como debe serlo quien aspira a vivir al margen de los demás. No podía dar la información que no existía, y unas cuantas veces había caído bajo la autoridad de un policía que intentó arrancársela estrujándole la conciencia. Ninguna detención pasó de la fase de identificación. En Antiqua, dos jueces que lo vieron en su turno, acusado de desobediencia, de resistencia y ataque a la autoridad, y con la apariencia de ser el único lesionado, lo dejaron en libertad sin dar curso a la denuncia.

Máximo Devero lo miró a los ojos y el Doctor le mantuvo la mirada, imperturbable aunque sin desafío ni descaro. Ni su aspecto inofensivo ni sus ademanes mansos contrariaban la firmeza de una mirada intensa, sin retorno, que parecía ver en el fondo del alma. Superaba de largo los cincuenta años, tenía los ojos castaños, era de mediana estatura, de complexión fuerte pese a la delgadez, de cabello y barba gris metálico. El pelo le caía sobre los hombros a ambos lados del cuello y llevaba barba de varios centímetros, digna, no del todo descuidada.

De tener filiación se llamaría Elisario Calante, pero nadie hubiera podido conocer su origen sólo con ese dato.

—¿Está cómodo? —preguntó Máximo Devero.

—¿Además de que me duele todo, se refiere usted? —respondió Elisario Calante con otra pregunta.

—¿Lo ha visto un médico?

—Sí. Me ha visto. Dice que pronto estaré como antes de que me detuvieran.

Máximo Devero pasó por alto la carga de las palabras.

—Necesitamos su ayuda, Doctor. Deseo hacerle unas preguntas, no es un interrogatorio oficial, pero tiene derecho a un abogado si lo desea.

—Cada vez que me han detenido, he terminado golpeado y acusado de ser yo quien había agredido a un agente. Sólo quiero salir de aquí cuanto antes. Un abogado no me ayudará en eso.

—Respóndame y haré lo posible para que se marche —prometió Máximo Devero.

—Entonces, dejémoslo así. Vayamos por la vía más corta.

—Sólo para usted y para mí, ¿podría decirme su nombre? Le doy mi palabra de que nadie lo sabrá.

—Me llaman Doctor, nada más puedo decir. No oculto nada ni deseo molestar, es que no tengo más nombre que ese.

—¿Cómo llegó a esto, Doctor?

—No existe partida de nacimiento. Nadie me espera. Lo único que me queda por hacer no requiere de documentos ni papeleo.

Máximo Devero asintió y continuó después de una pausa.

—¿Es usted antiqueño, Doctor?

—No de nacimiento, sí por amor.

—¿Cuándo llegó por primera vez?

—En el 76. Pasé diez años aquí, luego me marché y estuve fuera veintisiete años.

—¿Cuánto tiempo hace que regresó?

—El próximo diciembre hará tres años.

—Treinta años desde que se marchó. ¿Estuvo en La Umbría la noche del viernes, Doctor?

—Ya lo he dicho. Dormí por allí cerca cuatro o cinco horas.

—¿En La Bella?

—En el barranco, detrás de ella.

—¿A qué hora llegó?

—No lo sé con exactitud. No uso reloj. Creo que llegué después de medianoche.

—¿Vio algo extraño, alguna persona, algún vehículo?

—A esa hora las calles están desiertas.

—¿Había alguien con usted, Doctor?

—Nadie. Siempre estoy solo.

—¿Alguna vez ha visto indigentes por allí?

—Nunca en esa zona. Tampoco la noche del viernes.

—¿Y por qué va usted allí?

—Por las ratas.

Máximo Devero lo miró con sorpresa.

—Allí no hay ratas —explicó Elisario Calante—. En verano suelo dormir al raso. Las calles están más limpias y mejor iluminadas, el barranco está cerca.

—¿Dónde puedo encontrarlo si lo necesito, Doctor? —preguntó Máximo Devero casi en tono de súplica—. Carece usted de domicilio, pero hay una investigación abierta por un hecho grave. Si llega al juez, tal vez lo deje detenido hasta que todo se aclare.

—Antes del amanecer suelo ir al mercado mayorista, por si consigo tarea —respondió Elisario Calante—. Le anotaré los lugares donde puede encontrarme. O búsqueme en el parque por las tardes. Dígame una hora y no faltaré.

—¿Abandona la ciudad con frecuencia?

—No del todo. A veces voy a las afueras, pero sólo a unos kilómetros.

—Si tiene que localizarme, hable con cualquiera de mis compañeros o llame a este número —dijo entregándole un papel con su nombre y un número de teléfono.

A Máximo Devero le cayó bien el Doctor. El aplomo en las respuestas, el talante firme, los modos serenos, la voz instruida, la expresión escueta, ponían en evidencia que en algún momento gozó de mejor dignidad. Desde el punto de vista humano y de la psicología, Máximo Devero habría dado lo que fuera por poder escudriñar en aquel estado de desidia. Por el apodo, imaginó, equivocándose, que pudo haber sido médico, profesor universitario quizá, y se preguntó qué circunstancias lo habían hecho desertar de sí mismo, qué antigua batalla produjo tan espantosa derrota.

De modo que se sintió afortunado esa mañana, en una reunión con el comisario Claudio Prego en la que se habló del Doctor.

Al entrar en el despacho tuvo la satisfacción de oír al comisario abroncar al responsable de la paliza. Se llamaba Evaristo Afonso, un policía sin más luces que el brillo de su reluciente calva, funcionario sin talante ni preparación, hecho subinspector por el mérito dudoso de los trienios de antigüedad. Adicto al uso de la fuerza, era un acreditado cobarde que instigaba a los de rango inferior a que hicieran el trabajo sucio.

—¡No es usted más lerdo porque dejaría de respirar! —dijo el comisario, contrariado.

Hizo un intervalo y luego le dedicó una mirada a Máximo Devero.

—Siéntese —le ordenó señalando una silla, y continuó con la reprimenda al subinspector—. ¿Cómo es posible que no entienda usted algo tan simple, Afonso? Ese hombre sabe algo, pero no gana nada diciéndolo. Usted ha permitido que se desahoguen con él, y ahora no habrá manera de conseguir una pista que podría ser vital.

»¿Comprende la situación, Devero? —preguntó el comisario volviendo la mirada hacia él.

—Creo que sí, comisario.

—¿Estamos a tiempo de sacarle algo, Devero?

—Aquí no. Colaborará, pero habrá que ganarse su confianza.

—Bien, Devero. De acuerdo. ¡Hágase amigo suyo!

—Tendré que ir despacio, comisario, o no conseguiré nada.

—Por supuesto, Devero. Tómese el tiempo que necesite. Actúe con cautela. ¿Sabemos dónde encontrarlo?

—Me ha dado su palabra de que me mantendrá informado. Cumplirá. Sólo quiere marcharse, rechaza el abogado.

—Póngalo en libertad. Invítelo a desayunar —dijo rodeando la mesa en dirección al subinspector Evaristo Afonso—. Y asegúrese de que las técnicas policiales de aquí, nuestro amigo y compañero, el subinspector Afonso —añadió con un gesto de grave ironía, golpeando con la punta de los dedos el hombro del subinspector—, no lo han dejado con unas cuantas costillas rotas. Llévelo donde puedan atenderlo, si es necesario.

El trámite de liberación fue inmediato. Elisario Calante aceptó el desayuno y Máximo Devero tuvo la oportunidad de mantener con él una conversación intrascendente. No le aceptó dinero ni para la comida de ese día. Al despedirse, vio que caminaba con pasos imprecisos. Iba dolorido.

2

Elisario Calante había regresado a la ciudad de Antiqua para esperar a la muerte. A sus cincuenta y siete años, todo su universo afectivo se reducía a su amor por Antiqua y por algunos recuerdos gratos que la tuvieron como escenario. Sobrevivía dentro de sus límites como una sombra errática, siempre solitario, a veces indigente aunque nunca mendigo, porque jamás aceptó limosna ni admitió favor que llevase escondido un afán de caridad. Pero las fuerzas menguaban, cada año le pesaba como una losa sobre los anteriores, y la existencia se le hacía tan insoportable que anhelaba el final que presentía.

En ocasiones, cuando el tiempo lo permitía, caminaba por una carretera, se alejaba unos kilómetros de la ciudad y se adentraba por un camino asfaltado que coronaba la cima de un acantilado. A unos cientos de metros, había una casa con las ventanas azules, en las que raras veces se veía una luz en su interior. Era un lugar desierto y hermoso al que acudía para ver declinar el sol sobre la ciudad de Antiqua.

Le gustaba contemplarla al caer la noche, cuando no ha cesado el trajín en las calles y bulle en retirada, pero ya proyecta hacia el firmamento el fulgor de sus luces. La invicta, altiva y misteriosa ciudad de Antiqua era ya muy antigua en el remoto pasado en que recibió el nombre. Un recorrido por sus rincones o la peculiaridad de los nombres y apellidos en las lápidas de los cementerios dan testimonio de que en ella todavía viven los dos mayores imperios que ha tenido la humanidad.

Antiqua se levantó en el centro de una bahía grande, de aguas por lo común quietas. En los días claros, el sol la viste de oro al amanecer y su resplandor proyecta una ancha y luminosa senda sobre el mar, un acontecimiento que los marinos de la antigüedad llamaron *porta aurea*.

El puerto, situado en una bahía dentro de la gran bahía, es un refugio seguro. En la primera línea frente al mar, Antiqua conserva los fortines de piedra, la sucesión de castillos y enclaves artillados del litoral y un antiquísimo barrio marinero. En lo alto, lo que visto desde la costa a unos kilómetros de distancia parece una muralla natural, es la cara de una meseta llana en la que se extiende la cuadrícula de calles y plazas de la ciudadela, la ciudad antigua. Entre esta y el puerto, los dos territorios del pasado, quedó un espacio grande en el que creció la ciudad nueva y terminaba de ocupar en tiempo reciente, con todos los ingredientes de una villa moderna pero orgullosa de un pasado que se perdía en los anales de la historia.

* * *

Lobo pasó la noche de retozo y amores con una perrita samoyedo, blanca como el algodón, a la que ya había relamido y olisqueado en otras noches de extravío. Él sabía desde la última vez que ella entraría en calores en unos días y el instinto volvió a malograrle la determinación de enmendar su vida disipada. De modo que cuando los amos se fueron a la cama esperó a oír los resoplidos del sueño para repetir el ritual de las escapadas.

Accedió al cuarto de la limpieza por un hueco de evacuación de gases que había bajo la pileta al que le faltaba la rejilla de embellecimiento. Abrió la puerta que daba al balcón de la cocina, cerró al salir para borrar los vestigios de la escaramuza, alcanzó la cornisa de la fachada y se perdió en la noche.

Aunque regresó antes de que despuntara el día, el amo lo buscaba por la calle, empuñando la correa y oliendo a furia contenida. De nada le sirvieron a Lobo las argucias de reconciliación. Ni acercarse al trote moviendo la cola, ni apoyarse en el pecho del hombre para lamerle la cara ni los gimoteos evitaron la reprimenda ni el encierro en la terraza del lavadero.

De tan seguido que Lobo se portaba mal y lo encerraban, el lavadero había dejado de ser la celda de las condenas y era ya su aposento habitual. Incluso sentía estar más cómodo allí, donde hacía más fresquito y menos le molestaba el estrépito de los humanos, que hablan a voz en grito y no paran de arrastrar muebles y poner pitidos y ronquidos a todos los artefactos que tienen. A ver cómo se entiende la regañina cuando a uno lo vencen las ganas de echar un aullido chiquito. El peor de los castigos no era para Lobo el encierro ni la reprimenda sino el desamor del amo, que lo hacía sentir una pesadumbre de desamparo insoportable y que era la causa única de que deseara rectificar su índole noctámbula y disoluta. Pero ese constituía un empeño derrotado porque el instinto vencía siempre a los propósitos.

El ama compró a Lobo, cuando apenas se había destetado, como regalo al marido. Al principio ella lo cuidaba bien y hasta lo sacaba a pasear, pero se irritó en la primera muda de pelos, sin que Lobo entendiera la razón del desafecto sobrevenido. Las travesuras y el carácter del animal, que en presencia del ama se mostraba siempre taciturno y sigiloso, terminaron convirtiendo la grieta de desencuentro en un abismo.

«¡Es un perro brujo del diablo!», dijo al borde de la histeria, la primera ocasión en que hizo evidente su antagonismo con el animal. No era para menos. Lobo había abandonado uno de los primeros arrestos en la terraza del lavadero por la oquedad bajo la pileta y la mujer, que lo esperaba preso detrás de una puerta infranqueable para un perro, lo encontró en el centro del salón, quieto, con la mirada detenida en ella. La mujer dio un chillido y corrió en dirección a la casa vecina y Lobo se apresuró a su lugar en la terraza. Esto empeoró la situación porque el ama

29

regresó escondida detrás de la vecina, y lo encontraron en el lavadero con cara de no haber roto un plato. El ama se sentó a esperar al marido y se puso gravísima cuando lo vio entrar por la puerta.

La rutina y el sosiego nunca se recobraron en plenitud y fueron, desde entonces, una falsa quietud, una paz imperfecta que no ocultaba el encono de una guerra no declarada. El ama comenzó a regañar a Lobo en cantaletas agotadoras, a dejarlo pasar hambre, a reventarle la cabeza al amo con tanto el perro cometió esta cosa y la otra, y tanto el perro perpetró lo de más acá y lo de más allá; y tanto me han dicho que el perro no tiene la pureza de raza que creímos, que seguro que los papeles de pedigrí son falsos, porque según fulano, que es erudito en perros, no es ni pastor alemán, ni husky de Siberia, ni malamute de Alaska, sino cualquier otra cosa que él me ha prometido indagar en sus libros, y que mejor no tener muchas esperanzas; pero tú, cariño, no desesperes, que yo te regalaré otro que esté comprobado, cariño mío.

Lobo todavía no se llamaba así. El primer día el ama le puso un nombre absurdo de perro finolis extranjero. Abandonado del amo y cada día más encarcelado en la terraza, empezó a rascarse escozores atormentando a la infeliz mujer. Salía, cambiaba un objeto de lugar y regresaba a su encierro. Así, lo mismo desaparecía un tenedor de trincha de la cocina que aparecía en el baño, que se encontraba unas bragas después de haberse pasado horas buscándolas sin resultado.

Poco inclinada a la racionalidad, el ama vivía desde joven en un universo a su medida, hecho de retales espiritualistas y supercherías de metafísica. Ante su camarilla de amigas defendía hallarse ante un caso clarísimo de perro nigromante y lo hacía responsable de todos sus infortunios, de cuanto despiste, extravío, tropiezo o fatalidad le acontecía, no ya en la casa, sino en el extenso entorno de su vida.

Para matar el aburrimiento a veces Lobo aullaba finito, finito, y alargado, alargado, lo que es inaudible para los humanos, pero en la población canina tenía el efecto de convocar un coro de ladridos, que se irradiaba como ondas sobre un estanque, de una casa a la otra, barrio por barrio, hasta los confines de la ciudad.

«¡Sé que has sido tú, aunque pongas cara de santo! ¡Maldito granuja endemoniado!», le decía el ama.

Esa era la situación hasta aquella mañana en que el amo tuvo prueba de las ausencias de Lobo y entendió por qué nunca hacía sus necesidades en la terraza, pese a las demoras en sacarlo a pasear. Por supuesto, esto corroboraba las conjeturas del ama, según las cuales se hallaban ante el caso de un perro con el poder de atravesar puertas y paredes; o todavía peor: de bilocarse y estar al mismo tiempo en dos lugares distintos. Un asunto que se había tratado, con todo el metódico rigor, en las reuniones del Grupo Femenino de Investigaciones Parapsicológicas, de la que ella era presidente emérita. Allí lo habían dado por realidad verificada. Pero la austera explicación del hombre sobre las razones de Lobo tuvo retardo en el comportamiento de la esposa: «Ya es un perro adulto. Habrá salido en busca de perras en celo».

Lobo, que estaba acostumbrado a las contiendas verbales de la mujer, no había asistido a una tan florida como la que presenció ese día. Comenzó con un suave zumbido, un resoplar de medias frases, un desvariar entre dientes, un recapitular que no era nuevo pero sí más pródigo, más refinado y primoroso. Al principio en tono jocoso, una dulce tonada que fue adquiriendo garbo, ganando volumen y frecuencia, haciéndose más hermosa y exquisita hasta que terminó aullando en un vendaval de fuerza ciclónica. Comenzó refunfuñando mientras ponía la lavadora el válgame Dios lo que me faltaba por oír, la semejante cosa que ni contarse puede porque se reirían de una en la propia cara. Susurraba por el pasillo el resulta que además de brujo me salió un perro vivalavida y putañero, ¡esto es para mondarse!, que se me escapa por las noches para irse de putas, ¡de putas! Interrumpía las tareas para ponerse la mano en la frente y clamar al cielo el qué demontre pensaba yo el maldito día que se me ocurrió comprar a este perro del demonio, este descastado que ha traído la ignominia al santuario de mi casa para llenarlo de cuantas pulgas y garrapatas lo hayan asaltado en los andurriales inmundos de la noche. Farfullaba a media voz cuando preparaba el almuerzo que nadie venga a contarme sus pamplinas cuando tengo una muestra bien justa en este hijo de Satanás, este embaucador farsante de los infiernos, que tiene embobado a mi marido. Para él es fácil, sólo tiene que sacarlo a pasear y cepillarle el pelo de San Juan a Corpus, pero de mí, quién se compadece de mí, del calvario que sufro cada día de mi vida con tanta desaparición y tanto extravío que estoy a punto de irme al manicomio por mi propio pie. Ahí tendido, mirándome a toda hora con tu carita inocente, a mí no me confundes, maldito. Sé muy bien que entiendes cada palabra de lo que digo. Tanta casualidad desde que tú estás en la casa, monstruo del abismo, tanta coincidencia sabiendo yo lo que mis ojos han visto. Y ahora, para colmo de los colmos, resulta que vengo a saber de otra fechoría aún más intolerable. Resulta que te has entregado a la disipación y el descarrío y te escapas cada noche para irte a los arrabales a medrar con toda clase de perras bastardas. ¡Válgame Dios, lo que me faltaba por oír! Un perro brujo que se me escapa por las noches para irse de fogalera y puteríos, a traerme a casa la roña, la cochambre, las pulgas y las garrapatas de esa caterva de perras pordioseras y a llenar el mundo de indeseables hijos, chuchos bastardos. Pero se acabó. A esas ventoleras de perdición les pondré remedio definitivo. ¡Sí, granuja, no me mires!, pienso venderte sin preguntar nombre ni condición y comprar un shar pei, que son perros tranquilos y cariñosos y de vida ordenada, diga lo que diga mi marido. Se lo explicaré muy clarito: ¡el perro o yo! ¡Válgame Dios, lo que me faltaba por oír! Un perro libertino con modales de gato; un perro bribón de vida obscena y moral desparramada.

Lobo no podía entender el desafuero verbal de la mujer, pero sí oler el aroma a despedida que subyacía en el trasfondo de sus palabras. Por la tarde el amo lo sacó a pasear después de consolar a la mujer y Lobo pudo oler en sus gestos el desfallecimiento de la derrota, en sus caricias la desazón de la culpa, en sus palabras la congoja del adiós. Volvió a olerlos por la noche, cuando lo sacó de la terraza para cepillarle el pelo y cuando lo bañó y lo dejó tenderse a sus pies en la alfombra del salón. El ama estaba calmada, parecía feliz, no se apreciaba en ella el vaho del veneno, entre agrio y dulzón, de su aguda inquina. Marido y esposa olían de formas distintas a la hedentina de la despedida.

Sucedió por accidente. La mujer se levantó del sofá para llevar a la cocina la loza de la leche con galletas. Una taza se le escurrió entre los dedos y golpeó el hocico del animal, que saltó enloquecido por el dolor. El amo fue detrás de él, lo acarició, lo tranquilizó, lo lavó y lo curó con agua oxigenada.

Cuando la mujer intentó aliviar la culpa con una caricia, se encontró con el cuerpo de Lobo dispuesto, las patas adelantadas, las orejas alerta, las fauces abiertas en un gruñido, mostrando los largos y blancos caninos, y sus limpios ojos marrones clavados en ella, atravesándola con el frío metal de una leal advertencia.

Poco después, a la hora de las escapadas, un largo aullido segó la noche. Los amos se incorporaron en la cama estremecidos. No necesitaron hablar. Ambos sabían que Lobo no regresaría jamás.

* * *

Habían pasado unas semanas desde la noche en que Lobo se echó a la calle a vivir al garete. Pagó con hambre la incertidumbre de la libertad, pero fue el hambre la que despertó en él la naturaleza depredadora y carroñera que atesoraba en la médula de los huesos y que demostró ser el único recurso que necesitaba para sobrevivir. Con preferencia cazaba. Un conejo de tarde en tarde, con frecuencia palomas o gaviotas y, cuando no tuvo mejor opción, algún lagarto. Aunque también rebuscaba restos de comida en la basura.

Al fin de sus andanzas nocturnas, hallaba cobijo en las malezas de tierras abandonadas del extrarradio, donde era poco probable la presencia de intrusos y donde dormitaba protegido del sol del mediodía.

El peor de sus tormentos fue otro, insospechado y sutil. Mucho más inasible que el hambre y con la misma perfidia de dolor, le malograba en enigmáticas tristezas el gozo cierto de la libertad. La insoportable tristeza, que aparece como el viento, como una suave brisa unas veces, en ráfagas fugaces otras y a veces en tremolina, como un vendaval transitorio que al igual que comienza cesa de pronto. En la peor de sus formas, se levanta como un leve y continuado soplo que se eleva, se suspende en el tiempo y aúlla sin cesar una sola nota sin fin. En ese tiempo de desdicha, abatido, sin aliento para andanzas, desaparecía en el cubil más apartado y se deslizaba hasta un valle de tinieblas donde permanecía durante días, tendido con la cabeza entre las patas, mirando al infinito a través de la bruma de la nostalgia, a la espera de que amainase, por fin, el viento malo de la tristeza.

Salvo por estos intervalos de desolación, la rutina de sus días era exacta en horarios y diversa en situaciones. Por muy azarosas que hubieran sido las aventuras de la noche anterior, solía dormitar en cualquiera de sus guaridas desde poco antes de la salida del sol hasta el atardecer, la mejor hora para intentar dar caza a una paloma o rebañar en la basura restos de comida.

No había hallado en el paisaje de olores un rastro más firme ni de más inequívoca masculinidad que el suyo, por lo que nada excluía del vasto perímetro de Antiqua. Toda ella era territorio propio: el laberinto de calles y plazas, los parques y jardines, desde los suburbios hasta los malecones del muelle. Era suya la querencia de las perritas de los atardeceres, de las finas perritas de los barrios de postín que sacaban a pasear sus dueños al filo de la medianoche. Eran suyos el rielar de luces en las aguas oscuras de la dársena, la fragancia de las algas en las escolleras, la taciturna placidez de las noches oscuras, la quietud de las noches de luna clara. La noche; la noche toda; la noche siempre; la noche compañera, entera y eterna.

Todo en Lobo llamaba la atención, la majestuosidad de la estampa, la galanura, el porte, los andares, el color del pelo, la altivez de la mirada. Muchos se acercaban con cariño sincero, pero otros escondían astucias y disimulos que no engañaban al animal, que hacía desistir los amagos de cercanía con el rugido, más insinuado que explícito pero infalible, que dibujaba la concisa línea que nadie sensato osaba sobrepasar.

Pero la prudencia no alcanza a todos. Un mal hombre con uniforme de guardia urbano lo acechaba desde una noche que lo vio en un barrio de las afueras, cuando un granuja le azuzó a dos mastines, que no fueron enemigos de Lobo ni sumando fuerzas.

Había acordado con los truhanes de las peleas de perros un buen dinero por él y llevaba semanas explorando la ciudad hasta que lo encontró en el mercado de abastos. Estaba fuera de servicio, pero vestía el uniforme y portaba su pistola reglamentaria. Cuando quiso atraparlo, no hizo caso del gruñido de advertencia de Lobo y le costó una dentellada. Con el antebrazo envuelto en una bufanda, lo persiguió dispuesto a matarlo. Lo vio a unas decenas de metros y disparó. Lobo huyó, esquivó a los que quisieron detenerlo, corrió por los pasillos de una lonja, desbarató un tenderete de fruta y derribó pilas de cajas en su huida por el andén de carga.

Dos hombres lo acorralaron y lo obligaron a esconderse debajo de un camión refrigerado. El guardia dejó pasar a un hombre que caminaba con dificultad cargando el cuarto trasero de una res. Adivinó la silueta del perro en la sombra debajo del camión y disparó. Erró el tiro. Iba a repetir el disparo, pero el hombre que un minuto antes había pasado a su lado saltó del andén y se interpuso, mostrando una reluciente macheta de carnicero en la mano derecha.

—No dispare. Ese animal es mío —mintió.

El guardia conocía al Doctor y sabía que lo poco que hablaba debía tenerse en cuenta.

—¿Tienes papeles?

—Tengo mi palabra.

—Tu palabra contra mis cojones, Doctor. ¿Quién te parece que perderá la apuesta? —desafió el guardia.

Elisario Calante avanzó un paso sin ocultar la macheta.

—Depende de si prefiere usted los cojones a la vida.

Sabía que el Doctor no bromeaba. Se le veía en la mirada que era un jodido loco sin nada que perder, dispuesto a morir por una palabra, o a matar por ella. Ese era el resumen: o se arriesgaba a un final, con mal acabar para los dos, o se olvidaba del animal. Y optó por lo más inteligente.

—Cualquier día ese cuento te va a salir mal, Doctor —le dijo mientras extraía la bala de la recámara y enfundaba el arma—. Y cuando me den la noticia, lo voy a celebrar tomándome un ron a la salud de la muerte —agregó cuando se alejaba.

Poco después el perro esperaba en la puerta del almacén.

—¡Vete, perrito! —le dijo Elisario Calante al pasar junto a él.

No obtuvo resultado. Lobo se detuvo un instante, gimió y fue detrás de él hasta el interior. Elisario Calante dejó la carga y lo llevó fuera del almacén.

—Este sitio está prohibido para los perros. Vete.

Lobo volvió a gemir, caminó unos pasos y se sentó sobre las patas traseras sin apartar la mirada de él. Elisario Calante optó por una estrategia que sería infalible. Entró en el almacén y regresó con un trozo de hígado y un hueso envuelto en hojas de periódico. Se lo dio a oler y el perro lo siguió hasta un lateral de las naves.

Noches después, en un solar cercano al mercado de abastos, Elisario Calante se despertó de un breve sueño y descubrió al perro tumbado a unos metros de él.

—¿Qué haces aquí, perro?

El encuentro le alegró la noche. Compartió con el animal un trozo de pan y media botella de agua, dándole de beber en su mano. Le desenredó el pelo, le expurgó garrapatas y jugó con él.

Se sucedieron las visitas que fueron siempre nocturnas. Compartía con él su comida. Un trozo de pan, algún tomate o una pieza de fruta, un bote de garbanzos, lentejas o judías cocidas; de tarde en tarde, una lata de caballa o de sardinas. Y en cada ocasión le desenredaba el pelo, le expurgaba garrapatas y lo peinaba.

En un admirable alarde de independencia, el perro llegaba o desaparecía guiado por iniciativas de su instinto. De igual manera pasaban días sin que se dejara ver o acudía varias noches seguidas, y lo mismo permanecía hasta el amanecer que terminaba la visita al cabo de unas horas. A veces lo veía acercarse al trote, pero era habitual que en un instante estuviera solo y el siguiente apareciera a unos metros, incluso que lo hallara sentado a su lado, sin que pudiera explicarse por dónde había llegado.

Sin duda era de una raza más habituada al frío que a la luz intensa, de ahí sus hábitos nocturnos, aunque en la medida en que lo conocía, descubría que las peculiaridades de su comportamiento se comprendían mejor desde la perspectiva del carácter como individuo que de los atavismos de la raza. Aullaba más que ladraba, aunque ambas cosas sin alboroto. El aullido para la alegría, el ladrido para el aviso, el gruñido para la contrariedad, y parecía querer comunicarse con su rico repertorio de gemidos. La propensión a la noche, la preferencia por las afueras, el recelo, el instinto del sigilo y la protección de las sombras eran la razón de que hubiera sorteado a los humanos.

La primera vez que el perro lo acompañó al mar, permaneció jugando con las olas en la orilla mientras él nadaba. Pronto correteó mojándose las patas en la marea, después dejó que el agua le cubriera los corvejones y, al final, le perdió el miedo y terminó nadando a su lado, incluso metiendo la cabeza bajo el agua.

—Eso de andar por ahí sin nombre no es acertado —le dijo una madrugada—. No quiero que te parezcas a mí. La gente piensa de los que no tenemos nombre que nos pasa porque nadie nos ha querido nunca.

Lo acarició y dejó la propuesta en suspenso, porque no supo qué nombre ponerle.

—Claro que tú no sabrás decirme qué nombre te gustaría.

Poco después, uno de aquellos aullidos le dio la respuesta.

—¡Lobo! —dijo alzando la voz, y el perro se acercó—. Así que ese nombre te gusta.

Otra vez tuvo la sensación de que el animal lo entendía, cuando se alejó unos metros y aulló a la noche.

La alegría de verlo crecía con la preocupación de que lo atropellara un coche, que lo capturasen, que las garrapatas le provocaran una enfermedad, que le faltasen vacunas o la atención de un veterinario. Entregarlo a un albergue de animales era una traición que no cometería ni con un perro.

Un recién jubilado, paseante de la noche con el que compartió algunos ratos de charla, había conseguido que el animal lo aceptara y quería adoptarlo. Con el corazón encogido, Elisario Calante preparó la despedida. Nadó y jugó con él en la playa. Lo peinó y desayunaron salchichas, un tomate y un trozo de pan del día anterior. Caminaron hasta una parada de autobuses, donde se despidió hablando como lo hubiera hecho con una persona.

—Mira, Lobo, a mí no debe faltarme mucho para el fin —le dijo, acompañando las palabras con caricias—. No podré cuidar de ti. Lo hará una buena familia. Tienen una casa muy bonita con un jardín grande. Allí podrás retozar y correr.

Lobo gimió.

—Dos o tres veces por semana irán niños a la casa. Jugarán contigo y te divertirás con ellos.

Volvió a gemir.

—Muy pronto me habrás olvidado, pero nuestra amistad la llevaremos siempre en lo más hondo.

Por la mirada atenta a los ojos, por los gemidos casi inaudibles, Elisario Calante habría jurado que el perro sabía que aquel era un adiós. Lobo gimió, ladró, intentó cambiarle el discurso incitándolo a jugar. Cuando vio que era inútil, se levantó sobre las patas traseras y se apoyó para lamerle la cara.

El autobús se acercaba, el hombre que se lo iba a llevar esperaba con una correa en la mano.

—Y si decides escaparte, haz tu vida por la noche —le dijo rascándolo bajo las orejas—. No te acerques a las personas. Huye de los que lleven uniforme. No muerdas a nadie y aléjate de las carreteras y las autopistas.

El autobús se detuvo.

—Muchas gracias por aliviarme la soledad. ¡Cuídate, amigo!

Confirmó el billete y observó al animal mientras el vehículo se alejaba. Seguro de que nunca volvería a verlo, el desgarro del corazón le escoció como no había imaginado.

* * *

A principios de octubre, una borrasca se mantuvo unos días girando sobre la ciudad, en un ensayo otoñal en aquel verano implacable. Elisario Calante lo sintió antes de que refrescara, pero no estaba preparado para el cambio de tiempo. Al acabar la jornada en el mercado, metió en una bolsa dos pimientos, dos tomates, una cebolla pequeña y varias manzanas. Pagó y se inclinó para introducir la bolsa en el morral, pero ya no fue capaz de incorporarse porque un calambre en los músculos lumbares estuvo a punto de ponerlo de rodillas.

El trabajo de bestia de carga le solía provocar episodios de lumbalgia que lo incapacitaban durante tres o cuatro días. Por la tarde, un viento suave y constante se llevó el humo de los coches y el cielo se engalanó de un hermoso repertorio de nubes, estratos y cumulonimbos de todos los grises imaginables. Derramaron lluvias mansas que dejaron las calles limpias y el ámbito perfumado. El repentino cambio meteorológico lo sorprendió sin ropa de abrigo. Inmovilizado por el dolor de espalda, tuvo que hacer un esfuerzo de titán para recorrer varios contenedores de papel para el reciclaje, en los que pudo hacer acopio de periódicos y revistas.

Al amanecer de una fría noche empezó a estornudar. Por la tarde respiraba con dificultad, y al lacerante dolor de espalda se sumaron una terrible cefalea y el dolor de amígdalas. Por la intensidad de los escalofríos supo que tenía fiebre alta.

Elisario Calante tenía consigo una vieja promesa. Llegaría donde la vida lo dejara, sin oponerse. Lucharía hasta donde pudiera dar el último paso por sus propios medios. La vida decidiría el año, pero él decidiría el día, la hora y la manera del instante final.

Apoyándose en una vara a modo de bastón consiguió recorrer los kilómetros que lo separaban de la atalaya donde acudía a contemplar la ciudad de Antiqua, en la que tenía su peculiar seguro de vida, un seguro de buena muerte. De madrugada, aturdido y forcejeando con media docena de males, sintió llegado el momento.

Ponerse en pie le costó soportar durante algunos minutos la tortura de hierros al rojo de su espalda. Caminó hasta la cornisa. A ochenta metros de caída en vertical, emergían del aluvión unas garras de roca viva en las que se deshacían las olas. Lo despedazarían en el acto, sin ofrecer ocasión a la agonía ni la posibilidad más temible, la de quedar vivo y tetrapléjico. Dejó caer el cuerpo sobre las rodillas y avanzó con los codos hasta el borde. En el filo no necesitaba más que un ligero movimiento para dejarse caer, pero no aceptaba vivir su último minuto arrastrando el cuerpo. Quería estar erguido para agradecer a la vida todo lo que le había permitido descubrir. En un esfuerzo, dobló las rodillas, pasó los pies por el borde y quedó sentado sobre el abismo.

Hasta los veinte años creyó que una forma de existir tan natural como otra cualquiera era tener ganas de llorar y no poder hacerlo. No recordaba haber llorado nunca, ni de niño, pero había sentido ganas de hacerlo casi todos los días de su vida y pensaba que moriría sin conseguirlo.

Tiritaba, un dolor le atravesaba la espalda, otro le atenazaba la garganta y otro más le palpitaba en las sienes; había comido algo a primera hora del día anterior, el hambre era insoportable, estaba agotado y con el cuerpo y la mente entumecidos, pero en aquel instante final la conciencia se le hizo cristalina.

Veía al fondo el resplandor de Antiqua. Era una noche tranquila.

40

«Es como dijiste, Amalia. Que no somos más que nuestros recuerdos. Que sólo nos pertenece lo que podemos recordar. Te quedaste para siempre en mí, Amalia. Al cabo de nuestros días contados, de nuestras pocas tardes de amor, te quedaste en mí. Cuando regresé a mi vida sin ti, el vacío era tan grande que no lo podía abarcar con el pensamiento, pero me quedaron tus recuerdos. Oigo tu nombre, Amalia. Lo oigo en el trémolo del viento cuando mece las ramas de los árboles. Lo oigo en el murmullo de los arroyos y los ríos. El mar me lo susurra cuando llega manso a la orilla, o me lo gritan con violencia las olas, como lo grita mi alma en lo peor de las noches. Y te veo, Amalia. Tu rostro me sonríe en la raya del ocaso cuando el día se desvanece. Te veo cuando se me escapa el pensamiento y la vista se me pierde, porque sólo veo tu silueta en una calle desierta y sólo oigo tus pasos que resuenan corriendo hacia mí. Veo la luna repicar en tus lágrimas. Es como dijiste, Amalia, sólo poseemos nuestros recuerdos. Doy gracias a la vida porque pude amarte. Me dispongo a morir, Amalia. Soy afortunado. Oigo tu nombre y te veo a ti».

Pese a la fiebre, los dolores, el agotamiento y la tiritona le pareció que era una noche deseable para el adiós. Incluso en aquella hora, la vida era hermosa. Lo esperaba apenas un segundo de miedo y todo quedaría saldado. Para quien la vida fue como la suya, el trance debía ser de alivio. Pasaría de la conciencia a la nada, de la mente al vacío, del dolor al sueño absoluto. Se marchaba tan desnudo y solo como llegó. Nadie lo sabría, nadie lo lloraría. Se iría, al fin, sin hacer ruido, como siempre deseó marcharse. Hubiera querido sentir la caricia de una mano de mujer por última vez, y se marchaba sin un leve indicio del sentido de la existencia ni del propósito con el que llegamos a este mundo. Quizá la prueba fehaciente de que la vida carece de propósito sea que para nada parece servir.

Si en el paso de la vida a la muerte se ven los rostros de los seres queridos, pensaba que lo provocada la ausencia de un neurotransmisor o, por el contrario, alguno que se libera en el instante en que el cerebro se apaga. Sin embargo, nada le impedía preguntarse por la naturaleza de aquellos fantasmas. ¿Quiénes serían?, ¿los que hemos amado aun cuando ellos no lo supieran?, ¿los que nos han amado aun cuando no lo supiéramos?, ¿sólo los que se han ido o también los que continúan vivos?

Muy pocos habría en su caso. Tres veces había amado cuando era joven. Amó a una mujer durante un tiempo con final previsto. De nuevo amó a otra mujer, pero fue inalcanzable. Amó a una más y la amó tanto que cuando el amor fracasó descubrió que no había reservado ni unas gotas de clemencia para sí mismo. Desde entonces no había conocido sino frío y soledad, pero no olvidaba el consuelo de una amistad final. ¿Dónde estaría su amigo de las últimas semanas? Habían pasado cuatro días desde que se despidió de él y no dejaba de echarlo de menos. ¿Estaría bien en la casa?

Se abotonó el cuello de la camisa, se atusó el pelo y la barba, y tenía los brazos en tensión para dejarse escurrir por la roca cuando oyó su respiración junto a él, como aparecido de la nada, y hubiera jurado que acompañándolo en los pensamientos.

—¡Has vuelto a dar conmigo, perrito! —exclamó con alegría, tendiendo la mano para acariciarlo.

Lobo rehuyó la caricia y dio unos pasos hacia atrás. Desde la distancia le ladró varias veces y Elisario Calante entendió que le reprochaba que lo hubiera entregado.

—¡Lo siento mucho, amigo! ¿No ves lo viejo y acabado que estoy? ¿Cómo iba a hacerme cargo de ti si no puedo con mi alma?

Lobo le ladró de nuevo, pero se acercó y se dejó acariciar.

—Debes irte. Yo termino aquí. No quiero que lo veas.

El perro gimió. Le lamió la mano.

—¡Vete, Lobo! ¡Por favor, vete!

Lobo se acercó gimiendo, le lamió la cara y entonces hizo algo inesperado: mordió el cuello de la chaquetilla y tiró de él con tanta fuerza que lo dejó tendido de costado, gritando de dolor. Gemía y tiraba y con cada tirón le provocaba un dolor tan intenso que los brazos no respondían cuando intentaba apoyar las manos. Pudo recoger las rodillas hacia el vientre y empujar con un brazo para cambiar la posición. Quedó boca abajo y se valió de los codos para gatear siguiendo los tirones del animal, que no dejó de arrastrarlo hasta que lo separó unos metros del abismo.

—¡Mírate, Elisario Calante! Arrastrándote, sin valor para morirte de una vez y dándole explicaciones a un perro testarudo.

Y arrancó a llorar con un bronco gemido. Por primera vez en su vida consiguió llorar y lloró desde tan hondo que ahora no sabía cómo parar.

Tendido boca abajo sobre la hierba se quedó dormido. Lobo no se separó de su lado. Cuando despertó los dos estaban empapados. En el cobijo de la roca secó al animal y se metió periódicos entre el cuerpo y la ropa.

Lobo permaneció junto a él durante el día, pero desapareció por la tarde y regresó con una paloma en la boca, que dejó a sus pies, en un gesto que lo conmovió. Lo acarició para darle las gracias y simuló que comía arrancando plumas con la boca, pero ni siquiera tuvo la tentación de aliviar el hambre con el cuerpo todavía palpitante de la desdichada paloma. La despellejó con la navaja y cortó tiras de carne que Lobo comió de su mano.

Escondido en la cinturilla del pantalón, envuelto en plástico, guardaba un billete de cincuenta euros. Necesitaban agua. La lluvia había cesado durante el día y la noche era menos fría que la anterior. Bajaron por el camino, llegaron a la carretera y caminaron despacio hasta una gasolinera donde lo conocían y podrían venderle una botella de agua y algo de comida. El dependiente lo vio en un estado tan lastimoso que se apresuró a meterlo dentro de la tienda, incumpliendo la norma de no abrir la puerta de noche. Además, dio aviso al médico de una ambulancia que paró a repostar y se ofreció a verlo.

—No tiene usted derecho a hacerme su paciente en contra de mi voluntad —protestó Elisario Calante.

—Por el contrario —replicó el médico—, tengo más que derecho, obligación. Usted está mal, no hay más que verlo, y yo soy médico. No puedo mirar para otro lado. Es usted quien no tiene derecho a echar sobre mí ese cargo de conciencia.

Elisario Calante pensó que el argumento no tenía contestación y se dio por vencido con un aviso:

—No dejaré que me ingrese.

—Con suerte no será necesario —dijo el médico.

Le auscultó el pecho y la espalda y le inspeccionó los oídos con un otoscopio, mientras contaba una pequeña historia.

—Tengo una anécdota del primer día que hice prácticas como médico en una ambulancia. Por Navidad se cumplirán tres años. Teníamos que atender a un hombre mayor, con signos de infarto. Unos granujillas hicieron un petardo enorme juntando pólvora de petardos pequeños y lo explotaron debajo de un banco. El susto casi mata al hombre. Otro que pasaba por allí impidió que muriera. Le practicó un masaje cardiaco durante los veinte minutos que tardamos en llegar. Sin más conocimiento que lo leído en una revista, salvó una vida. Al del infarto lo he visto pasear por la calle. Su salvador desapareció en cuanto llegamos con la ambulancia. Él no se acordará de mí, pero yo sí que me acuerdo muy bien de él. Lo llaman el Doctor. Y creo que el apodo se lo ganó aquella tarde.

Mientras el médico hablaba, Elisario Calante miraba a lo lejos y recordaba. Fue en los primeros días de su regreso a la ciudad. Había mucha gente alrededor de la escena y muchos lo vieron durante aquella interminable media hora. Un policía municipal fue quien utilizó el término «doctor» en un folio que pinchó en el tablón de anuncios del cuartel, pidiendo que le dieran las gracias en nombre de la familia. Siempre había aceptado el alias que hubieran querido ponerle. «Doctor» era de los mejores y desde aquellos días lo utilizó en sustitución del nombre que no tenía.

—Así que aprendí de aquel hombre que de nada sirve el conocimiento sin amor a la vida —continuó el médico—. Y si esto sirve para otra vida, ¿no vale para la nuestra? ¿No vale para la suya, Doctor?

Elisario Calante no respondió ni alteró su mirada fija en el infinito. Callaba. El interlocutor estaba siendo certero.

—¿Tomará la medicación que le prescriba, Doctor?

Elisario Calante asintió.

—¿Me lo promete, Doctor?

De nuevo respondió con el asentimiento.

Un antibiótico inyectado contuvo la bronquitis, una dosis de un potente analgésico y otra de cortisona hicieron imperceptible el dolor de la espalda, en apenas unas horas, y dos pastillas de un complejo vitamínico, que ni siquiera supo que las había tomado, le restituyeron el ánimo. Aceptó del médico las medicinas que le trajo poco después.

3

Mientras calentaba el horno Livia Reinier corrigió la forma de los panecillos que dejó leudando durante la noche bajo un paño de lino. Aquella mañana fue la primera en que el pan recién horneado perfumó la cocina de su nueva casa y el olor del café y del pan ayudaron a los hijos, Aurelio y Valeria, a saltar de la cama y llegaron a la cocina en bata, arrastrando los pies y bostezando.

Tres meses antes, Livia Reinier pagó, sin préstamos ni auxilio de banqueros, hasta el último céntimo de la fortuna que le pidieron por la propiedad. Tras unas pequeñas reformas, hizo la mudanza, remató a buen precio la antigua casa y no se dio tregua durante la etapa de caos doméstico, para alarma de los hijos, que la veían agotarse correteando de un lado para otro en jornadas de hecatombe.

Livia Reinier odiaba dejar asuntos a medio concluir y se había prometido no detenerse en tanto quedara una sola tarea que no estuviese dentro de la rutina de sus días. En aquel esfuerzo final, lo sabía ella y lo sabían los hijos, cumplía el propósito de hacer borrón y cuenta nueva de su vida.

Cuando los hijos se marcharon y quedó a solas con su intimidad y sus pensamientos, se dispuso a contemplar por primera vez el parque frente al edificio. Un hecho intrascendente que había evitado durante semanas porque quería darle el sentido de un instante de culminación. Corrió las cortinas, abrió la ventana y observó la fronda de laureles de Indias y sauces llorones, detrás de una línea de jacarandas. Sólo entonces descubrió que el inconsciente había estado conspirando contra ella durante los últimos meses. «¡Por Dios, Livia Reinier! Tan de lado dejaste la vida que hasta los recuerdos te traicionan», exclamó en voz alta.

Cerró la ventana, corrió a la habitación, se vistió con un pantalón vaquero y una blusa, se calzó con unos zapatos deportivos y salió hacia el parque.

No cayó en la cuenta cuando visitó la casa por primera vez, no fue consciente en las sucesivas visitas hasta que decidió la compra, no lo fue en el fragor de las obras ni en la agitación de la mudanza. Lo fue aquella mañana cuando dejó confluir el espacio real con otro de su más recóndita memoria y entonces recordó que aquel parque fue el escenario de su primer amor. El extravío de la memoria lo provocó que en los días de su recuerdo el parque estaba recién abierto. Un ingeniero de urbanismo, con más talento que recursos, aprovechó los solares de antiguas huertas fagocitadas por la ciudad. Extendió una red de senderos de albero, que serpenteaban entre arriates de piedra tosca, que pobló de muñones esqueléticos y enramados desnudos.

Fue allí donde una tarde Livia Reinier descubrió el amor por los besos de un joven que la abrasó de pasión y le hizo vivir los días más intensos de su vida. Y también fue allí donde otra tarde, tres semanas después de la primera, ella traicionó los tantos te querré para siempre, los tantos y tantos te quiero y nunca podré vivir sin ti, las tantas caricias y promesas que en el idilio se habían susurrado al oído. Todo lo acabó con el discurso que había preparado durante una noche de vigilia y que resultó tan conciso como había pensado, pero más brutal de lo que hubiera sido necesario.

El joven reaccionó con un exabrupto de pena y golpeó la pared de hormigón con el puño cerrado. Livia Reinier aún oía, con la misma claridad de aquella tarde, deshacerse, uno por uno, uno detrás de otro, los huesos de la mano por cuyas caricias ya sabía que se iba a morir para siempre.

—No lucharé contra ti, Livia. Vete. No volverás a saber de mí —dijo sin darle ni el alivio de un adiós.

Aquellas palabras que todavía le desbarataban duermevelas, resonaban cuando evocaba la última imagen de él. De pie en el centro de la calle, detenido en una mirada de derrota, se fue haciendo diminuto en el centro de la luna trasera del coche que la alejaba del lugar. Aquel retrato de su mente se esfumaba en la nebulosa amarilla del tiempo y marchitaba como una foto vieja. Pese a la ingratitud de la memoria y el dolor, pese al desgarro interior mil veces revivido y pese al atroz sentimiento de culpa, Livia Reinier atesoraba el recuerdo en un lugar clandestino del alma, con toda la ternura de su corazón.

No llegó a ejercer un trabajo para el que se había preparado con entusiasmo y se casó con un hombre con el que nunca vivió pasión alguna, pero considerado suficiente por la familia, con el que tuvo dos hijos que eran fundamento de su vida, el apoyo en su reciente viudez.

Livia Reinier siempre se preguntó qué habría sido de aquel joven vital, inteligente, honesto y muy en el fondo traspasado por una ignota agonía de desengaño. Suponía que habría hallado la felicidad que siempre le deseó, que habría conseguido desecar con los logros de su vida los fangos de dolor y soledad, que él se esforzaba en ocultar, pero que ella percibió todos los días del efímero noviazgo y cada día se juró lavarlos con el amor que él le hacía fluir del alma como un manantial de agua clara.

Lo imaginaba casado, con hijos al igual que ella, bien situado en la vida, viviendo en otra ciudad, componiendo su música, para la que tenía un talento excepcional, cuidando de los suyos y arropado por ellos. Era una página pasada, un episodio con el final resuelto, pero necesitado de un epílogo a la altura de la historia. Livia Reinier se preguntaba cómo sería la mujer que él habría encontrado, la que habría ocupado el sitio que ella rehusó. Y se preguntaba si él también la recordaría alguna vez y cómo serían sus recuerdos.

Le sucedía siempre. Livia Reinier nunca había podido concluir aquella evocación con serenidad. Tenía que sacudir la cabeza y apartar el pensamiento con un aspaviento de ideas cuando le palpitaban en las sienes los timbales de mala conciencia, la terrible certidumbre de que aquella tarde, en aquella esquina, abandonó el cadáver de un hombre más muerto que muerto de verdad: el cadáver de un alma asesinada.

Con la excusa de la viudez Livia Reinier desapareció de la vida social y ahora, que tenía bajo mano hasta las eventualidades más elementales de la vida doméstica, se sentía preparada para vivir el último trecho de su vida. A dos años de la viudez ya sabía que la falta del marido nunca sería la época de tinieblas y desolación que, con tanta angustia pero con tanto celo y devoción, imaginó durante los años de matrimonio. Ninguno de los presagios que la torturaron en sus pesadillas se hizo realidad, pese a que el fallecimiento del marido fue brutal por inesperado e inoportuno.

El duelo, el pesar y las lágrimas fueron sinceros, pero la soledad no resultó tan terrible ni el luto tan asfixiante. El marido no le dejó el espacio de los terrores con el que se había mortificado, sino un territorio liberado que comenzó a poblarse, con muchas pequeñas cosas que en los años de casada se le fueron extraviando en rincones secretos del corazón.

Nunca lo tuvo tan claro. Se había levantado a su hora y hecho el paseo muy temprano, había desayunado con los hijos, había hecho la compra y ordenado la casa y aún podría disfrutar otro paseo antes de la comida. Se retocó el color de las mejillas y se atusó el pelo frente al espejo. Al coger el bolso, en el salón observó el rostro del marido que miraba ceñudo desde el cuadro.

—¡Cómo serás, Aurelio Codino, que hasta muerto nos escudriñas la vida desde tu altura! —dijo en voz alta.

Salió y cerró la puerta, pero abrió de nuevo y regresó para terminar de ajustar las cuentas con el retrato del marido:

—Mira, Aurelio, siento que hayas muerto. A veces te echo de menos, pero estar viuda no es tan malo. Vamos a dejarlo ahí.

Parece una disculpa de Dios por tanto como una tuvo que sacrificar.

Concluyó con un mohín, que era infrecuente pero natural en ella y que quienes la conocían sabían que era la rúbrica con que zanjaba una cuestión, tras la que no habría poder, humano ni divino, que la hiciera torcer el criterio. Se marchó ávida del paseo y tan dichosa que le parecía que el mundo se estrenaba ese día.

Tenía motivos para su felicidad: la situación económica que dejó el marido fue lo bastante holgada, los hijos, Aurelio y Valeria, con los estudios terminados ya se hacían independientes. Bien parecidos y de buen carácter, eran atentos y cariñosos con ella y comedidos con todos. Su hija Valeria preparaba ya el doctorado en Historia y ayudaba a que su hermano echara a caminar el que fuera bufete del padre.

—¿Estás bien, mamá? —preguntó su hija cuando la vio regresar de su paseo un tanto turbada.

Livia Reinier le dio un beso, caminó por el pasillo y se giró.

—No es nada, Valeria —dijo, caminó otro trecho y giró de nuevo—: que hay mendigos en el parque. No entiendo cómo se consiente algo así. Un parque tan bonito.

* * *

Como un ventarrón en una tarde apacible, irrumpió el Loco por una céntrica calle, dejando a su paso una estela de ciudad desmantelada. De mediana estatura, de paso ágil, enjuto, de tez bruñida y, a pesar de sus casi sesenta cumplidos, liviano y fuerte. En la puerta de una iglesia desafió a un grupo de feligreses, afeándoles su entrega a la indiferencia: «Caerá la condena eterna sobre los que vuelven la espalda a la sed de un pobre enfermo sin más amparo que la piedad del hacedor», dijo señalándolos con el índice. Consiguió que rebuscaran en bolsillos y monederos y obtuvo lo suficiente para una buena merienda. Siguió el camino y más arriba pasó por el centro de un grupo de pontificales de una secta evangélica, que repartían sus pasquines anunciadores del fin de los tiempos, sin salvación para todo aquel que no les entregara el alma y la conciencia después de la cartera. De ellos nada sustancial obtendría y continuó el camino, aunque les dejó una reflexión: «Marchaos, que no existe más dios que el que os vais inventando para no terminar de creer que os espera la muerte».

Atravesó un parque y llegó a una rambla y quedó en medio de un grupo de jovencitas que se cogieron de la mano atemorizadas, inmóviles hasta que el Loco hizo el amago, sin intención real, de tocar a una en el trasero, y huyeron en desbandada dando gritos de terror. Increpó a los conductores que tuvieron que clavar los frenos cuando cruzó la calle, rebuscó en las papeleras y cruzó de nuevo, provocando el choque en cadena de tres coches.

Delante de tres mujeres de edades otoñales se sacó la minga, caminó con ella entre dos dedos al menos ocho metros y se puso a orinar en el escudo de una valiosa escultura, imprecando colérico a unos hombres mayores, sentados en un banco, que le reprendieron su grosería. Es que esto hace rato que se ha ido al carajo, dijo uno; desde luego, cosas así no se veían antes, observó el segundo; ¡ah!, ¡la democracia, que acabó con el respeto!, declaró el tercero. Uno aprobó lo dicho asintiendo y otros dos lo censuraron mirando mal, pero todos callaron cabizbajos y pensativos.

Desconocían que entre las señoras del grupito los comentarios eran de índole distinta, porque una de carácter airoso se lamentó del tiempo que llevaba sin un hombre bien pertrechado que la pusiera en el sitio, a lo que otra advirtió que una cosa es verlo y otra sentirlo y que su marido daba gloria verlo, pero a la hora de la verdad era incomodísimo.

El Loco continuó su andar pidiendo a unos que por el amor de Dios una limosna, que no lo quiero para beber sino para que coman mis cinco hijos, a otros que mira, niño, ¿tienes un cigarrito ahí?, y a otros que déjame algo pa'l tranvía, colega.

Frente a un vetusto recinto amurallado sorprendió, con la navaja en la mano, a un muchacho de pelo rubio y ojillos tristes que apenas empezaba a merendar un bocadillo y un refresco. O me lo das o te rajo, le dijo, y el infeliz muchacho se apresuró a entregárselo, rojo de vergüenza, con sus ojillos más tristes y su aspecto más desvalido que antes.

Mientras el Loco daba cuenta del bocadillo y el refresco, sentado sobre la celosía de un parterre, observó un viejo anuncio de un combate de boxeo. Se puso en pie de un salto y dio puñetazos al aire, hizo fintas, lanzó ganchos de izquierda y directos de derecha, esquivó con quiebros de cintura, defendió con la guardia alta y acorraló en el rincón del cuadrilátero de su alucinación al contrincante imaginario. De esa guisa avanzó algunas decenas de metros, con tan buen estilo que algunos transeúntes creyeron que era un antiguo campeón de boxeo, caído en el infierno de la locura por la sonadera de los golpes en la cabeza. Pero el Loco recordó que los buenos boxeadores saben bailar. Entonces transformó el ensueño y sintió ser una bailarina de danza clásica. Improvisó piruetas y saltos, avanzó de puntillas y ejecutó una inspirada coreografía con tanto acierto y buenas maneras, que otros creyeron que era un astro de la danza hundido en semejante sopor de demencia por estragos de drogas y descalabros de homosexualidad. Llegó así a las mesas de un café, en el centro del paseo, donde le hicieron corro y tuvo un minuto de gloria, que terminó mal cuando se le enredaron los pies y cayó en un estropicio de sillas.

En medio de una aclamación de silbidos, aplausos y burlas, se levantó manando un hilo de sangre de la frente y organizó un escándalo de insultos de conductores y bocinazos de coche porque cruzó en diagonal justo al abrirse el semáforo para los vehículos. Farfullaba frases inconexas, maldecía en voz alta a la madre del Doctor, espantaba ideas con manotazos al aire, escupía y gesticulaba puñaladas, degüellos, aplastamientos de cráneo y patadas en los cojones. En una glorieta torció el rumbo en dirección al parque.

Sentado sobre un arriate en el lugar más sombrío se hallaba Elisario Calante. El Loco lo vio desde lejos y sacó la navaja. Continuaba los juramentos pero declinaba la violencia cuando llegaba a él con la navaja dispuesta.

—¿Qué haces con la navaja? —preguntó Elisario Calante.

—Te buscaba, Doctor —respondió desinflado y manso.

—Guarda la navaja y abróchate la bragueta —le sugirió en un tono muy tibio, pero con autoridad.

El Loco guardó la navaja y se subió la cremallera.

—Hoy sólo puedo darte una naranja, Loco —le dijo, poniendo la pieza de fruta sobre el muro—. Vete al albergue, que te curen esa herida antes de que se infecte.

—Está bueno, Doctor.

—Aprovecha para ducharte. Y pórtate bien con los voluntarios —le dijo, cuando el Loco ya se alejaba.

—Está bueno, Doctor. Está bueno.

* * *

El otoño llegó en sus cabales, sin retraso y con tiempo fresco que congregaba a los paseantes del parque en las horas de la tarde. El comienzo del curso escolar ofrecía una excusa para la aparición pública del alcalde Marcelo Cato y su gabinete preparó un acto para los informativos de la noche. Bastaba la comparecencia de un centenar de afines que los medios técnicos harían parecer una muchedumbre y eligieron para la celebración una pequeña explanada, en la que se dispuso un entarimado cubierto y ciento cincuenta sillas. Se repartirían golosinas, bolsas de merienda y refrescos.

El Loco había pasado el infierno del mediodía, cometiendo sus desmanes de un lado para otro en la zona del litoral, y llegó agotado al parque. Sentado en una sombra, quedó en el centro de los preparativos cuando las cuadrillas tomaron al asalto el tranquilo rincón. Mientras lo transfiguraban en un escenario de película, el Loco permaneció en el sitio, tan pacífico y cuerdo que parecía formar parte del paisaje. Colaboró sin llamar la atención, cambiando de lugar para no estorbar, anticipándose a que tuvieran que pedirle el favor.

Al término quedó en la segunda fila observando con interés a los que tendían cables, instalaban artefactos y emplazaban focos, al tiempo que otros remataban la escena y decoraban árboles y farolas, con globos y cintas de plástico con los colores de la bandera de Antiqua. Allí permaneció mientras el público ocupaba los asientos a su alrededor. Tres veces sucesivas pusieron en las manos del Loco una bolsa de merienda, porque daba cuenta de ella tan rápido que los auxiliares pensaban que lo habían pasado por alto. Quedó envuelto por el acto, en el centro de todo, feliz, con el estómago contento y tan imbuido de espíritu ciudadano que nadie se percató de que estaba como una cabra.

Puntuales a la cita, llegaron los asistentes de diferentes ámbitos, personal del ayuntamiento, un nutrido grupo de profesores y una asociación de padres de alumnos, todos más afines a Marcelo Cato que a su partido político. Mientras calentaban el ambiente y los técnicos de televisión y sonido afinaban sus instrumentos, Marcelo Cato se retiró para leer el discurso.

—¿Sabes cómo entré en la política? —preguntó Marcelo Cato a Darío Vicaria, que ya participaba en los actos del partido—. Por mi habilidad para hablar en público. En la facultad me elegían para hablar en las asambleas. Un fundador del partido se fijó en mí y antes de terminar la carrera ya estaba metido hasta el cuello en el lodo de la política. Mi facilidad oratoria me ayudó a subir sin tropiezos hasta que gané la alcaldía, pero ahí comenzaron las zancadillas. Creen que quiero más. No saben que ser alcalde de Antiqua supone mayor honra que cualquier otra; ni senador o diputado, ni presidente regional tienen mejor empaque. Saben que vigilo el destino de cada céntimo, ahí les duele. Por eso quisieran reemplazarme. Para disminuirme me han impuesto el «gabinete político» que elucubra esta mierda —dijo, mostrándole la carpeta a Darío Vicaria, y necesitó hacer una pausa para serenarse.

»Gabinete de fanfarria, habría que llamarlo. Ahora tengo que representar este papel de politicastro que habrán sacado de alguna mala película americana. Ni una sola frase de lo que escriben pasaría un examen de lengua.

Cuando dieron aviso, Marcelo Cato se puso en pie y habló en susurros a Darío Vicaria.

—Hemos perdido la gracia, vamos cuesta abajo. En las próximas elecciones la situación será nefasta. Entonces habrá llegado el momento de presentar la batalla definitiva. Iré barrio por barrio, pueblo por pueblo, miraré a la gente a la cara, contaré la verdad. Volveré a meterlos en el bolsillo y me cobraré estas cucharadas de ricino. Tú estate preparado, Darío. No ha de tardar.

Frente al pequeño auditorio Darío Vicaria dio entrada al concejal que, a su vez, preparó la intervención del alcalde, levantando el aplauso de bienvenida.

Marcelo Cato no se contuvo. Exageró la pose y la modulación, saludó: «Amigas y amigos, madres y padres, niñas y niños, profesoras y profesores, ciudadanos y ciudadanas, todas y todos. Aquí estamos en una hermosa tarde —enfiló la travesía—, para celebrar durante la misma, de cara al comienzo de clases, a nivel de las escuelas y los institutos de nuestra corporación y a niveles superiores de la región autónoma, en base a los intereses inalienables del pueblo y los beneficios del mismo». Izó las velas, alcanzó viento favorable y desarrolló sus veinte minutos de esperpento. Como todo revolucionario, se despidió con el puño derecho en alto, aunque él siempre hubiera sido un revolucionario de dejar las cosas tal como estaban. En el aplauso se retiró tirando besos a un lado y otro, exagerando la bufonada, haciendo más irrisoria la parodia que le obligaban a interpretar.

Muchos entre el público permanecieron en los asientos, esperando saber en qué pararía el hombre que a un lado del escenario se humedecía el pelo con un refresco y se lo peinaba para conseguir la apariencia de llevarlo engominado. El Loco se acomodó y abotonó la camisa y se fabricó una corbata, con una de las cintas decorativas con los colores de la bandera. Con una filigrana de manos, se hizo un nudo español de mejor factura que el de los profesionales del cuello anudado. Quedó mejor su remedo de personaje político que los auténticos, y tenía a favor del auditorio que, al contrario que los otros, no engañaba a nadie.

Subió a la tarima de un salto y sorprendió a los vigilantes de seguridad que lo vieron cuando ya estaba frente al atril. Lo cogieron en volandas y el público protestó. Darío Vicaria imaginó la fealdad del titular informando de un disminuido de razón con lesiones durante un acto de Marcelo Cato y dio la orden de soltarlo. Contra toda probabilidad, el Loco consiguió lo que sólo consiguen los locos.

«Gracias por haber impedido que me silencien los lacayos del alcalde», dijo, y alzó el dedo índice en un silencio retórico de teatralidad magistral. «Habéis hecho resplandecer el principio democrático de que todo hombre tiene el derecho de expresarse y de ser escuchado. Os arrepentiréis».

Cortaron la corriente eléctrica, enmudecieron los altavoces y el Loco perdió la inspiración. Derrotado, se transformó. Caminó unos pasos con las manos en los bolsillos. Saltó de la tarima y se abrió paso deshaciendo la corbata de utilería.

«Loco, ¿tú crees que Dios existe?», preguntó alguien. Se volvió, quiso hablar, desistió, caminó unos pasos, giró y respondió: «Si Dios existiera, ¿para qué iba a necesitar tantas religiones?».

Anduvo como en trance mirando a una mujer que cruzaba el parque a lo lejos. Apresuró el paso y la siguió sin acercarse pero sin alejarse. La mujer subió una escalinata, caminó por la acera, cruzó la calle y se perdió en un portal.

* * *

En su atalaya Elisario Calante contemplaba el mar, sereno en un hermoso atardecer de cielo encapotado de nubes grises. Al fondo, Antiqua comenzaba su noche. Desde atrás, Máximo Devero, vestido con ropa deportiva, se aproximó al trote y Elisario Calante tuvo que tranquilizar a Lobo.

—¿Y este amigo, Doctor? —preguntó jadeando al tomar asiento.

—Otro como yo, un tipo de la noche. Iba y venía, pero ahora parece que me ha adoptado. ¿Cómo me ha encontrado aquí, Máximo? ¿Me está siguiendo?

—Descuide, Doctor. Lo veo desde la ventana de mi casa. Hacía mucho que me preguntaba quién sería el que venía aquí con frecuencia. Supe que era usted cuando nos conocimos.

—¿Es suya esa casa solitaria de las ventanas azules?

—También es su casa desde hoy, para lo que necesite. En ella me crie desde que nací. Este espacio está protegido por la ley. En la antigüedad fue un puesto de observación. Nadie puede tocar la casa ni construir en estos terrenos. Ni siquiera yo.

—Antes de marcharme de Antiqua, yo venía aquí. Usted no habría nacido. Es afortunado por haberse criado aquí.

—Sí que lo soy, Doctor. Me viene bien este encuentro porque me facilita algo que necesito hacer —dijo, y tuvo que meditar antes de seguir—. Quiero confesarle que me ordenaron que me hiciera amigo suyo.

Elisario Calante lo miró esperando otra frase que no llegó.

—¿Es usted muy hábil o muy torpe? —preguntó sin esperar la respuesta—. ¿Usa la sinceridad para dejarme sin defensa?

—¿Tendría alguna posibilidad si no fuera sincero?

—No lo creo —respondió Elisario Calante.

—Entonces estaré siendo hábil. ¿Ve la paradoja? No puedo cumplir las órdenes más que incumpliendo las órdenes. Aunque también tengo una razón personal.

—¿Y cuál es esa razón?

—Que me gustaría conocerlo a usted, Doctor.

—Pues estamos en un embrollo. ¿No le parece? No sabré si su razón personal es sincera o es el medio para llegar a la oficial.

—No si permanezco después de que me diga lo que necesito saber —afirmó Máximo Devero.

—¿Y cuál es esa faceta personal que le intriga de mí?

—Por qué esta vida. Por qué este vivir sin vivir suyo.

—Es mi método de irme al carajo. No tengo pasado ni futuro. No tengo ni nombre. Para qué querría alguien conocerme.

—En mi caso, justo por eso, Doctor. Por lo que muestra ser. Usted es raro, pero yo no me quedé atrás. También tengo mi método de irme al carajo. Comencé cuatro carreras. Hice dos años de Filosofía, dos de Psicología, dos de Antropología y dos de Criminología. Todo lo abandoné porque nada me dio las respuestas que necesito encontrar.

—¿Y sabe cuál es la pregunta, Máximo? Porque en ese caso es usted un ser afortunado.

—Sé la pregunta y sé que moriré sin saber la respuesta. Sólo quiero saber quién soy, nada más que eso.

—Pues no se mortifique más, ya se lo digo yo: química, materia muy bien organizada; nada que merezca tanta inquietud.

—Esto es lo que me dice la mente, pero algo en mí se niega a admitirlo —dijo Máximo Devero con un poco de rubor.

—Por lo que se ve, el recorrido de las materias que estudió fue de lo más genérico a lo más específico.

—Porque cuanto más genérico es el conocimiento más se aleja del terreno de la evidencia, de la verdad verificable. Y yo necesito la verdad. Muchas personas intuyen que cuando llegaron a la vida formaban parte de algo más grande que ellas. Vuelcan sus vidas a los demás, cuidan de hijos y de padres enfermos, empeñan sus días sin guardar nada para ellas, desdeñan dinero y privilegios y mueren sabiendo que sus ideas y su devoción a los demás se propagarán cuando ellos ya no estén entre los vivos. La biología explica por qué estamos aquí, pero algo más hay en nosotros. Por supuesto tenemos origen en la biología, pero esta especie rara y preciosa que somos es más que biología. Yo sólo quiero saber cuál es el camino desde la biología hasta esa entidad superior que intuimos ser.

—Entiendo que busca usted saber si tenemos alma y, de tenerla, de qué estaría hecha. Es gigantesco su propósito. ¿No teme que también sea desatinado?

—Por supuesto, Doctor, estoy convencido de que es desatinado, pero eso no me calma el anhelo de saberlo.

—¿Ha probado con la religión, Máximo?

—Si existiera Dios, habría enviado la religión como castigo a los que creen que él es la respuesta a esas preguntas. La religión es la ciénaga donde quedan atrapados todos los que creen que la respuesta es fácil.

—Es decir, que usted intuye que formamos parte de algo más grande, pero que no sería ningún dios.

—En síntesis, es así, Doctor. ¿Y usted no cree en nada?

—En un dios no, por supuesto. Un día creí en la amistad y descubría que era mentira. Este de aquí —dijo, acariciando a Lobo— me pone a prueba y ahora no sé qué pensar. De existir, debe ser como los diamantes, muy improbable y por eso tan valiosa.

—¿Y el amor, Doctor?

—También me rendí a él; es decir, que me derrotó. Resultó ser otra peligrosa falsedad —dijo, y cambió de tema—. No entiendo por qué conocerme podría ayudarlo en su búsqueda.

—Usted me despierta curiosidad. Tal vez, deseo saber quién es por si saberlo me ayuda a saber quién soy yo.

—Vamos, que querría usted desmontarme por piezas y analizarme para comprender las rarezas de la especie humana.

Se lo había expresado con gravedad, pero Máximo Devero reaccionó con una risa.

—¡Eso es! —exclamó—. ¡Qué momento! Y qué bien ilustra nuestra conversación. Aunque si puede darme información sobre la noche que tenemos en blanco, me hará un favor muy grande.

—De esa noche nada sé que no sepan ya los que deben saberlo en la comisaría. La Bella eriza la piel y aquella noche más que en otras, pero no puedo decir si algo sucedió durante las horas que estuve cerca de ella.

—Algo sucedió, Doctor. Una mujer está muerta.

En la medida en que Elisario Calante bajaba la guardia, Máximo Devero también consiguió que Lobo lo aceptara. Al principio le permitía acariciarlo y por último se adelantaba para recibirlo, lo que dio ocasión para avanzar otro paso con Elisario Calante.

—Quiero pedirle un favor —dijo él una tarde.

—Pídame lo que necesite, Doctor —respondió Máximo Devero, satisfecho, porque pedir un favor es la muestra de confianza más clara de alguien incapacitado para confiar.

—Lobo le ha cogido confianza. Si me pasara algo, ¿podría encontrarle un buen lugar?

—Sin duda, Doctor. El buen lugar ya lo tiene: esa casa de ahí. Estaría conmigo, en mi casa. Pero ese caso es hipotético y prefiero no hablar de él, porque usted no puede faltarnos. No puede hacernos ese feo ni a Lobo ni a mí. Somos sus amigos.

4

En aquellos días el Loco atravesaba una etapa de enigmática calma. Llegaba tranquilo de sus correrías, un tanto impasible, a veces abatido y más esquivo que de costumbre. Según sus maneras, intercambiaba unas frases con Elisario Calante y desaparecía o se alejaba a cierta distancia, una conducta prudente desde la aparición de Lobo en la escena, que mostraba su desaprobación con un gruñido en cuanto lo veía acercarse.

Elisario Calante desconfiaba de aquel estado de aparente quietud, porque ya sabía que el Loco nunca estaba más loco que cuando más cuerdo parecía. Aunque no había en su actitud más indicios de sospecha que los de siempre, con un propósito que ni él conocía, el Loco merodeaba la calle esperando a una mujer.

Se conocieron al poco del regreso de Elisario Calante a la ciudad en medio de una tormenta que arrasó la zona metropolitana de Antiqua. Una borrasca se estacionó girando en círculo cerrado y descargó una lluvia torrencial que no escampó durante horas.

En una avenida principal, los bomberos tuvieron que rescatar a un hombre que se salvó del torrente encaramándose a una farola. Fue capaz de subir pero no de bajar, porque estaba tan loco como para llegar a lo más alto, pero no tanto como para intentar el descenso. Elisario Calante se refugió de la tormenta en la terraza de un edificio oficial, hasta la que llegó el Loco cuando los bomberos consiguieron bajarlo de la farola.

Con frecuencia coincidían en el parque o en sus inmediaciones y entablaron una relación más compleja que la amistad. Elisario Calante lo observaba, compadecido siempre y muchas veces fascinado. Si lo veía atravesar una crisis, se ponía a su lado para distraerlo del mal trago.

No existía un mecanismo mágico que pusiera fin al martirio. La mayoría de las veces lo único que podía hacer era quedarse junto a él para darle compañía y evitar que se hiciera daño o se lo hiciera a un tercero. Abrumado por la cantidad de registros posibles que había observado en la tortuosa patología del Loco, admirado de la infinita complejidad de la mente humana y condolido con el hombre por su tormento.

De pronto el Loco podía exaltarse en una discusión consigo mismo. Farfullaba, disputaba con un contrincante imaginario cualquier intrascendencia del momento, o debatía intrincadas complejidades en las que era capaz de oponer de un lado o del contrario razones tan persuasivas que él o su oponente se quedaban sin pólvora argumental. Si había ganado, quedaba tranquilo, ufano en el triunfo, y ahí solía terminar el desencuentro; pero no siempre ganaba y tenía mal perder. Cuando cedía una batalla al adversario, era más duro consigo de lo que hubiera sido con el otro de haber adoptado su papel. Se desataba entonces otra lucha contra sí mismo. Se reprochaba con furia, se insultaba, se zahería y hasta llegaba a las manos, en una gresca tan real que se golpeaba la cabeza y la cara, se abofeteaba, se retorcía la piel con dolorosos pellizcos que a veces le sangraban y eran la causa de que llevara el cuerpo lleno de moratones. Era fácil que en su mente mediara en la discordia un tercero, que podía abrir un nuevo debate cuyo fin pacífico tampoco era previsible.

* * *

En los días siguientes al domingo de la pestilencia, Darío Vicaria ingresó como adjunto de la sección de cultura, deportes, juventud y festejos de Antiqua. Un empleo con presencia continua en los medios de comunicación y con mando en una suculenta partida del presupuesto. Desde que atravesó la ciudad sin conciencia de que lo hacía y se detuvo delante de La Bella, acudía a diario, incluso de madrugada para verla.

Una simple llamada telefónica al responsable del catastro municipal le dio acceso a un informe de los asuntos legales de la propiedad. El valor, que sin el estigma de fatalidad de La Bella hubiera sido enorme, ni siquiera alcanzaría para pagar una demolición, una opción que nadie tuvo el valor de sacar de la mera hipótesis. El consistorio la tenía catalogada como bien protegido, menos por el mérito arquitectónico y más por la aureola de misterio, que entregaba a la ciudad otra seña de distinción a su inmenso catálogo de símbolos. Lo que de verdad protegía a La Bella de especuladores y políticos era el cariño de los antiqueños, poco dispuestos a descuidar el patrimonio común.

Con su facilidad para ver el lado más elemental de las cosas, Darío Vicaria no admitía conjeturas sobre maleficios ni encantamientos. Se consideraba un hombre de ciencia, al fin y al cabo, era médico a falta de un esfuerzo final. Si nadie deseaba la propiedad, por qué no sacar provecho. Hizo cuentas y se propuso hacerse con ella en varios pasos: implicaría al ayuntamiento, primero la ocuparía como inquilino y la compraría después a precio de saldo. Sin salir de su despacho dio con el nombre del abogado Aurelio Codino, el esposo fallecido de Livia Reinier, que era albacea testamentario del último propietario.

Valeria Codino atendió una llamada telefónica en la que alguien manifestaba el interés del ayuntamiento por la casa. Un tipo de mediana edad, enorme, rechoncho, que vestía con desdoro un traje muy caro, entró una tarde haciendo preguntas sin haberse presentado ni saludar. Valeria Codino estuvo a punto de mandarlo al cuerno, pero el hombre rectificó a tiempo. Traía una oferta que sorprendió a Aurelio Codino y que la dueña de La Bella aceptó aquella misma tarde. A cambio de un contrato de alquiler de tres años, el ayuntamiento daría por satisfechos los impuestos pendientes que pesaban sobre la casa y sufragaría los gastos de rehabilitación.

Varias cuadrillas de operarios muy bien pagados, contratados fuera de Antiqua y desconocedores de la vieja leyenda, acometieron las obras de conexión al suministro de agua potable y electricidad, de evacuación de aguas negras y habilitaron la casa y los jardines.

Según los términos del contrato de alquiler, Aurelio Codino, en representación de la propietaria, y Darío Vicaria debían hacer un inventario y verificar que se hubiesen cumplido algunos requisitos, previos a la firma definitiva.

Cuando Livia Reinier se enteró, se opuso con tanta vehemencia a que su hijo Aurelio se personase en La Bella, que se hizo obligado un acuerdo familiar. Ella y su hija Valeria cumplirían la formalidad. A primera hora de la tarde siguiente, las dos mujeres partieron hacia La Bella.

Fue a su regreso cuando sucedió lo que Elisario Calante estaba temiendo. El Loco esperaba sentado frente a la entrada de vehículos por el que Valeria Codino tendría que acceder. Vio acercarse el coche, se puso en pie de un salto, cruzó la calle y esperó. Livia Reinier ocupaba el asiento junto al conductor. El Loco se abalanzó sobre el capó, metió la mano por la ventanilla y la agarró del pelo. Livia Reinier gritó, los transeúntes también gritaron, pero ninguno se arriesgó a enfrentarse al Loco.

Lobo llegó en una rápida carrera y le mordió la ropa. Elisario Calante consiguió agarrar al Loco de un brazo y hacerlo caer del vehículo. Lo ayudó a ponerse en pie, reprochándole la acción, y el Loco por un momento pareció que iba a pedir perdón, pero terminó huyendo.

Aunque asustada y con el corazón en un puño, Livia Reinier detuvo a su hija cuando quiso entrar en la cochera.

—Déjame darle las gracias a ese hombre —le pidió antes de apearse del vehículo y acercarse al individuo—. Muchas gracias, señor —dijo en voz alta a unos metros de él.

Elisario Calante alzó la cabeza, miró un segundo y no esperó a oír lo que ella intentó decirle. Corrió y Lobo fue detrás de él. Un coche que emprendió camino avanzaba a su lado. Elisario Calante intentó cruzar la calle y el coche aceleró. Apenas percibió la sombra y tuvo el acto reflejo de apoyar la mano sobre el capó y saltar. A medio camino del recorrido sintió que la pierna se le hacía añicos por encima de la rótula, después la cara golpeó el vidrio del parabrisas y, cuando el coche frenó en seco, voló sobre el asfalto, dio primero con un codo, después con la clavícula y lo último que sintió fue que el brazo se le salía del hombro. Lo que ya no pudo ver fue que el coche aceleró y le pasó por encima, y lo que para su bien no pudo sentir fue cómo se le hundieron las costillas y se le quebró un antebrazo.

A lo lejos, en el siguiente semáforo, el coche no respetó la luz roja, llegó a la esquina, se interpuso a los vehículos que circulaban por la otra calle y desapareció. Los curiosos agolpados en las aceras iban de la curiosidad a la impavidez y del asombro a la indignación. Algunos llamaron al servicio de emergencias, pero ninguno se acercó al cuerpo del hombre tendido. Lo hizo Valeria Codino. Elisario Calante estaba inconsciente, con el pulso muy débil y respiraba con dificultad. Cambió la posición del cuerpo para facilitarle la respiración y practicó un torniquete en la pierna rota. La ambulancia llegó pronto. Valeria Codino retuvo a Lobo, que no paró de gemir y lamer la cara del Elisario Calante y quiso subir a la ambulancia.

A unos pasos, junto a su hija Valeria, Livia Reinier contempló la escena, pálida y desencajada, impresionada por las imágenes y herida por los gemidos del perro que arrastraba el cuerpo del hombre hasta el borde de la acera.

Máximo Devero se enteró del accidente y corrió al hospital. Tras varias horas de espera le dijeron que Elisario Calante estaba fuera de peligro, pero tenía tantas fracturas que necesitarían toda la noche para lo más urgente y que le esperaban varias semanas de operaciones y algunos meses de recuperación.

El Loco estaba detenido y bajo vigilancia médica y la policía buscaba al autor del atropello, dado a la fuga.

Valiéndose del morral y el sombrero de Elisario Calante, Valeria Codino y su hermano Aurelio consiguieron que Lobo se acercara cuando lo encontraron en el parque. Se dejó acariciar por ella, bebió agua y comió de su mano y se dejó conducir a la casa.

* * *

Dos años antes, cuando el comisario Claudio Prego repasaba los expedientes de policías recién incorporados, se detuvo en el de Máximo Devero. Era el primero de aquella promoción y había abandonado cuatro carreras en las que obtuvo notas excelentes, pese a que estudió sin abandonar su trabajo en el *Diario de Antiqua*. Lo llamó al despacho y tras una breve conversación lo destinó a la comisaría central, bajo su mando directo, y Máximo Devero nunca le dio un motivo para arrepentirse.

No fue el único que se fijó en él. Por físico y apostura llamaba la atención de las mujeres y era de trato amable y considerado. Tenía candidatas para un escarceo amoroso sin molestarse en buscar, pero rara vez se dejó llevar. Además de que era un solitario empedernido, adicto a la lectura, no estaba cómodo si le faltaban sus dos horas de ejercicio diario. Era también un soñador y anhelaba encontrar la mujer que mereciera la pena, pero no quería perder el tiempo en intentos inútiles o poner en peligro su soledad con cualquier aventura infructuosa.

Evelina Comín, una policía con una avidez sexual y un instinto depredador desatinados, lo requirió nada más verlo. Máximo Devero, que ya conocía los resortes del comportamiento humano, sabía que un desliz de amores es el camino más directo para despeñarse, más aún en el ámbito de la policía, y Evelina Comín era un peligro absoluto.

Era guapa, pero excesiva en gustos y modales, y sus amoríos eran un largo repertorio de hombres que casi siempre salieron mal parados. La falta de respuesta de Máximo Devero, primero a las insinuaciones y al final a los apremios, la tomó Evelina Común con despecho. Después de varias intentonas de perjudicarlo, el comisario Claudio Prego perdió la paciencia y la destinó fuera de la comisaría. Ella lo recurrió y había ganado ante los tribunales casi dos años después.

—¿Saldrá de esta el Doctor? —preguntó el comisario.

—Está muy mal, comisario, pero no temen por su vida —respondió Máximo Devero—. ¿Han encontrado los compañeros al conductor fugado?

El comisario apenas hizo una vaga alusión a las condiciones del servicio y cambió de asunto.

—¿Conoce usted la leyenda de esa casa de La Umbría, Devero?

—Conozco lo que todos, comisario. El rumor de que han perdido la cabeza todos sus ocupantes.

—Sus ocupantes varones —aclaró el comisario—. Parece ser que respeta a las mujeres. ¿Usted lo cree?

—Por supuesto que no, comisario. Habrá algo de casualidad y mucho de invención. La tendencia humana es introducir conjeturas en lo que no se comprende de manera racional. Así nacen los mitos, incluyendo la religión, el mayor de todos. En esta ciudad, llena de símbolos y alegorías, no existe nada con tanto brillo alegórico como La Bella.

—No todo es mito, Devero —dijo el comisario extendiendo la mano para poner una carpeta a su alcance—. Esa casa enloquece a los hombres y en poco tiempo. Hay cuatro casos comprobados. Un antiguo cronista de la ciudad da pormenores muy detallados de todos. Esas fotocopias proceden de las páginas de un libro donde lo explica.

El comisario hizo una pausa para abrir la carpeta y continuó:

—Dos casos pueden ser casualidad, incluso tres y hasta cuatro, pero con cada uno la casualidad se va haciendo el menos probable de los hechos. En nuestro trabajo sabemos mucho de hechos y de probabilidades. Hace treinta y dos años un hombre la ocupó durante unos meses. Fue el último.

Máximo Devero ojeó las fotocopias y esperó a que el comisario concluyera.

—Entérese de quién es el dueño actual, si se pagan o no los impuestos, si la ha expropiado el ayuntamiento. Al parecer han estado trabajando en ella. Nadie, ni de dentro ni de fuera, debe tener conocimiento de esto. Lo rutinario envíelo a mi cuenta de correo, lo que no lo sea, comuníquemelo de inmediato. No hable sobre esto, Devero, y consúlteme cualquier duda. ¿Tiene alguna?

—Discúlpeme, comisario. Si me permite la pregunta, ¿por qué debe ser trabajo extraoficial?

—La primera razón es que mañana se reincorpora aquí Evelina Comín. Hasta que no sepamos con qué actitud viene, prefiero que usted no ande por aquí.

—Se lo agradezco, comisario. Seguro buscará cualquier oportunidad para meterme en un lío.

—He dado orden para que no coincidan sus turnos. En prevención, procure que haya un compañero junto a usted cuando ella esté por aquí.

—¿Nada más sobre la casa, comisario?

—Sí, y muy importante: le prohíbo a usted personarse en La Bella o en sus alrededores. Y dé gracias, Devero. Los compañeros se sintieron incómodos al cruzar el umbral. Algunos salimos con dolor de cabeza. Si alguien ocupa esa casa, no necesitamos saber si se volverá loco o no. Quien sea ya debe estar bastante loco.

* * *

Tan inexperto era Máximo Devero en cuestiones de amor, que creía que funcionaba como una semilla en una maceta. Brotaría y crecería un poquito cada día hasta convertirse en un recio arbusto. No imaginaba que el amor llega más veces como una tromba que deja la vida en escombros, que como una lluvia serena que la limpia. A él le llegó en dos chaparrones.

El único asiento libre en la sala de espera estaba junto a una joven que aguardaba turno. Máximo Devero, tímido y atento a no hacerse notar, permaneció de pie unos metros frente a ella, sin poder apartar la mirada de su hermosura. Era Valeria Codino, que parecía ausente en la lectura de una revista de veterinaria.

Valeria Codino era el retrato de Livia Reinier a su edad. Bella, delgada, de hermosos senos y formas elegantes, de manos lánguidas, de bonito cabello castaño ondulado sobre los hombros, y de unos ojos grandes y limpios para los que Máximo Devero se sentía invisible. Lo llamaron primero a él y se detuvo unos segundos para mirarla y despedirse: «Si supieras cuánto he llegado a quererte, me mirarías al menos una vez».

A Elisario Calante lo mantenían inconsciente y lo creían fuera de peligro, pero la lista de las lesiones que enumeraron a Máximo Devero era tan larga que perdió la cuenta y se quedó con la más delicada, el desprendimiento de ambas retinas.

La tarde siguiente, poco antes de las cuatro, estacionó a cierta distancia del edificio del despacho de Aurelio Codino. Se apeaba del coche cuando la joven pasó junto a él tan fugaz que no pudo ver su rostro, pero oyó el susurro del vestido y sintió la fragancia del cabello. La siguió a una distancia prudente sin parar de maldecir de sí mismo, porque le faltaban redaños para adelantarla y volverse a mirarla, porque no tendría el descaro ni la insolencia para preguntarle cualquier tontería intrascendente y en la esquina ella torcería por una ruta distinta y él se quedaría agonizando de amor, sin saber por quién se moría. Pero era el más afortunado de la tarde y ella entró al edificio donde él debía hacerlo. No fue capaz de compartir con ella el ascensor y permaneció, sin valor para mirarla, leyendo los carteles del directorio y pidiendo a la vida que hiciera el favor de cambiarlo por otro.

En la puerta del despacho un cartel anunciaba al titular: AURELIO CODINO. ABOGADO. Pulsó el timbre y esperó. Máximo Devero sintió que se le aflojaban las rodillas cuando se abrió la puerta, porque la desconocida que lo invitaba a pasar, con una sonrisa que hubiera derribado cualquier fortaleza, era la que robó la paz de su alma aquella tarde y era, además, la que se la había robado la tarde anterior. Consiguió devolverle el saludo, incluso la sonrisa, pero fracasó al exponer el motivo de su visita sin presentarse:

—He venido para hablar con el abogado Aurelio Codino.

—El Aurelio Codino al que te refieres debe ser mi padre. Mi hermano es quien puede atenderte —le dijo ella, tuteándolo, mientras le franqueaba la puerta, dominando la situación.

Lo invitó a sentarse frente a ella y continuó hablando.

—También se llama Aurelio y también es abogado. ¿Ves el acierto? La misma placa en la puerta, el mismo despacho. Y hacemos lo imposible para que sean los mismos clientes.

Máximo Devero, extasiado, le siguió la conversación con algún monosílabo, oyéndola hablar, incapaz de preguntarle lo único que le importaba saber: su nombre. La conversación pasó pronto de los lugares comunes al terreno personal.

—¿Tienes a alguien en el hospital? —preguntó Valeria Codino con cautela.

—¿Me viste ayer? —respondió con otra pregunta.

—Claro que te vi. Y sé que tú me viste, aunque no creo que te fijaras —dijo ella, con un guiño de curiosidad y reproche.

—Pues te equivocas. Sí que me fijé —le respondió, guardándose en la sonrisa la maravilla de que se había enamorado de ella dos veces, en dos tardes consecutivas, sin saber que era la misma mujer. Y se preguntó si de verdad no existe el destino.

—¿Visitaste a un familiar? —preguntó Valeria Codino.

—A un amigo que sufrió un atropello.

—Me parece que visitamos al mismo paciente. A uno que llaman el Doctor. Lo atropellaron después de ayudarnos a mi madre y a mí de un perturbado.

—¿Sabes qué pasó con el perro que lo acompañaba?

—Está conmigo. Mi hermano y yo lo encontramos de madrugada. Una familia de nuestro edificio se ofreció a acogerlo.

Aurelio Codino se retrasó una hora que los dos agradecieron. Era dos años mayor que su hermana Valeria, alto, riguroso en el trato y muy celoso con los pormenores del trabajo, pero cordial. Prometió hablar con la propietaria de La Bella y el reciente inquilino y darle la información personal que ellos permitieran.

* * *

En el segundo día tras el suceso, Livia Reinier luchaba con dos sentimientos enfrentados. Un mendigo desconocido la había atacado. De acuerdo que era un demente, pero el ataque fue personal, dirigido contra ella. Otro mendigo al que llamaban el Doctor la había salvado. El que consideraba el peor de todos los que merodeaban por el parque, el que rebuscaba en la basura y se lavaba con los aspersores de riego, el que seguro que robaba al descuido y se alimentaba con desperdicios. A ese indeseable, ella tenía que agradecerle que la hubiera salvado.

No entendía por qué había huido cuando ella quiso agradecérselo y que al infeliz lo atropellaran dos veces y con intención de hacerlo. En el recuerdo del perro gimiendo y tirando del cuerpo del hombre, de nuevo se le saltaban las lágrimas. De ninguna manera habría aceptado al perro en su casa. De acuerdo que era un perro fino, lo contrario que el amo, pero desde niña ella nunca había admitido animales cerca y no pensaba volver a tenerlos por mucho que fuesen la debilidad de su hija.

Durante el almuerzo Valeria estuvo ensimismada y ausente, comió poco y se retiró antes de lo acostumbrado. Livia Reinier tocó con los nudillos en la puerta del dormitorio de su hija, entreabrió y le habló evitando mirar en el interior.

—¿Estarás con tu hermano esta tarde?

—Claro, mamá.

—¿Tiene visita?

—Si yo estoy de suerte, sí la tendrá.

—¿Cenarás en casa?

—Espero que hoy no, mamá. Te llamaré para confirmar, pero le he pedido a Aurelio que se retrase lo que pueda.

—¡Qué rara estás hoy, hija! ¿Podrías hacer el favor de no hablarme con acertijos?

—Es verdad que hoy estoy rara. Lo siento mucho, mamá.

—¿Y no puedes decirme qué es lo que te pasa?

—Parece que estés atrasada, mamá. ¡Es un chico!

—¡Ah, un chico! Con razón no lo entendí. ¿No tiene defectos o todavía no has tenido tiempo de encontrarle? ¿Qué tiene de especial?

—Que no quiero saber si los tiene. ¡Voy a casarme con él!

De modo que el romance era inevitable. Valeria Codino se apeó del tranvía a la misma hora de la tarde anterior y a cincuenta metros de la parada, tras el primer recodo, descubrió a Máximo Devero echando la llave a un viejo Renault 4, un humilde aunque honorable «cuatro latas», muy bien conservado. La esperó con una sonrisa que le animó a ser más espontánea.

Ni la tarde anterior ni en ese momento tuvo duda de que aquel muchacho, de un metro ochenta y dos, de amplios hombros, sereno, de ademanes atentos, de trato cautivador y de una timidez tan irresistible que le daban ganas de hacer alguna locura, era el hombre de su vida.

—Qué suerte habernos encontrado —dijo ella.

—No es suerte —se arriesgó Máximo Devero—. Esperaba por si te veía llegar.

—¿Hace mucho rato que esperas?

—Más o menos, desde ayer.

Ella rio la broma, quiso decir algo, pero se dejó llevar por el impulso, se puso de puntillas y lo besó en la mejilla.

—Quiero que me lo expliques —le dijo, feliz, cogiéndolo del brazo y caminando a su lado—. Pero ahora no.

Hicieron el trecho juntos, sin hablar porque todo quedaba mejor dicho con la sonrisa y las miradas de complicidad. En el ascensor ella le cogió la mano, segura de sí misma, mirándolo con un fuego en los ojos que evaporaba todas las dudas. Máximo Devero creía imposible que estuviera sucediendo, que le correspondiera la desconocida de la que se había enamorado dos veces seguidas sin saber que era la misma mujer. Tras la puerta del despacho, en la penumbra de la estancia, se entregaron al primer arrebato.

5

En el departamento de Psiquiatría Clínica del hospital donde se encontraba Elisario Calante, una mujer que sobrepasaba en poco los cincuenta años pidió hablar con una doctora. Era Katia Romano, una reconocida pintora que firmaba sus obras como «E. Romanova». Llevaba envuelto en papel de embalar lo que parecía ser un cuadro o un lienzo. La doctora despejó la agenda para atenderla y la recibió en la puerta de su recinto.

—¿Está bien, Katia? ¿Tiene alguna urgencia?

—Estoy bien, doctora. No vengo por mi salud. O tal vez sí. Pero no necesito consulta médica, sino un favor —dijo tendiéndole el paquete—. Le he pintado unas violetas, sus flores favoritas.

—Ni loca renunciaría a una pintura suya, pero demos un paseo por el jardín —dijo la doctora—. Sólo puedo aceptarlo de una amiga, no de una paciente.

—Hace unos días presencié un accidente de tráfico. Atropellaron a un hombre. Está ingresado aquí. Lo mantienen inconsciente y necesito que usted me facilite que pueda acompañarlo fuera del horario de visitas.

—¿He oído bien, Katia? ¡Quiere acompañar a un hombre! ¡Un varón que no es su hermano! ¿Es una súbita mejoría o se trata de ese hombre que sale en nuestras conversaciones?

—No hay mejoría. Es el hombre del que hemos hablado.

—Pues hoy me llevaré a casa dos alegrías. Esta pintura y ese cambio de situación. Pediré la acreditación, no como favor sino como terapia, para usted y para el otro paciente.

* * *

Elisario Calante estaba donde siempre temió, en una cama, incapaz de valerse y sin posibilidad de poner fin al martirio. En un recuerdo nebuloso, huía, sentía dolor en una pierna, el cristal frío en las manos y el dolor en la cara. A continuación la oscuridad. El sopor de las drogas impedía aflorar la consciencia. Atrapado en pavorosos torbellinos, sentía el cuerpo prisionero en un ataúd, estaba ciego e incomunicado, con dolores y escozores concretos y en ocasiones un dolor absoluto imposible de ubicar. A veces creía hallarse fuera del cuerpo, sentía estar por encima, por debajo o a un lado, escindido en dos entidades distintas, separadas por unos centímetros o unos kilómetros.

Creía habitar el espacio que una vez imaginó en sus especulaciones sobre el alma y que sería el peor de los infiernos. En aquel estado la consciencia quedaba eternizada en el resumen de la vida, viviendo en círculo los pesares que no quedaron resueltos al morir.

Pasó dos veces por la experiencia de haber muerto y regresado a la vida. Vio su cuerpo desde lo alto, uno de los aparatos del quirófano se estropeó y tuvieron que sustituirlo; el médico que lo operaba utilizaba unas gafas enormes con montura de color naranja. La segunda vez, dos hombres y una mujer lucharon por reanimarlo. Vio a Lobo en el parque, sujeto de una correa por Máximo Devero, que estrechaba la mano de una chica. Nada temió de la muerte, pero halló tal amor por la vida que desterró de su mente cualquier temor sobre ella.

Una sensación lo ató al mundo. La mano de una mujer que sostenía la suya y a veces se la llevaba a los labios para besarla. No hablaba o él no la oía, pero permanecía a su lado. La última vez la mujer le limpió la cara y lo acomodó, pero en esta ocasión lo besó en la cara, dejó la mejilla acariciando la suya, deslizó los labios para besarlo sobre los de él y se detuvo durante unos segundos tan intensos que sintió que el aliento de otra vida recorría su cuerpo. Le reveló que al ser humano le otorga la naturaleza de serlo la capacidad de sentir el calor de otro ser humano.

Cada vez con mayor frecuencia oía voces lejanas al otro lado de la oscuridad que luchaban para llevarlo con ellas. Entonces alguien le cogió la mano y una voz conocida le habló.

—¿Me oyes, Doctor? Soy Máximo. Si me oyes, no intentes hablar, tienes un tubo en la garganta. Aprieta la mano.

Apretó la mano y sintió la otra mano responderle.

—Has estado muchos días en suspensión. Tienes varias fracturas y desprendimiento de las retinas. Ya te retiran medicación. Pronto te quitarán las vendas y podrás ver. Aún tienen que operarte y necesitarás rehabilitación, pero los médicos son optimistas.

Elisario Calante apretó la mano dos veces y Máximo Devero entendió que preguntaba por Lobo.

—Lobo está conmigo, Doctor. Está bien.

En la primera consulta, el cirujano traumatólogo liquidó el que fue su estilo de vida.

—Han sido muchas operaciones, pero sus análisis y su corazón parecen los de un joven de veinte años. Las fracturas fueron limpias, no han afectado a articulaciones. Ya sabe, deberá caminar y hacer ejercicio moderado a diario. Otra cosa distinta es su espalda, debe cuidarla. ¿A qué se dedicaba usted?

—Trabajo pesado.

—Se acabó. Olvídelo. Me han dicho que duerme usted en la calle, donde le llega la noche.

—Más o menos es así.

—También se acabó. Arregle papeles y busque ayuda. A su edad, habiendo pasado por esto, no tendrá inconveniente. Por cierto, Doctor, estuvo usted al otro lado. ¿Estaría dispuesto a contarme lo que vivió?

—Estuve dos veces —respondió Elisario Calante, sin sorpresa por la pregunta—. Se lo contaré si usted me corresponde y me dice lo que sabe de esto.

—Me parece justa su proposición. Hablaremos de ello.

Sin una identidad que poner en los documentos, nada pudo hacer el servicio social que quiso tramitar la ayuda económica.

* * *

En todos los acontecimientos de su vida, Livia Reinier se dejaba enmarañar por enredos de ingratitud y culpa que libraban en su interior una antigua y encarnizada batalla, reyertas consigo misma que a lo largo de su existencia habían pasado por episodios de magnífica inspiración. No terminaba de comprender que ingratitud y culpa eran en ella dos hermanas gemelas que nacían y se alimentaban de un mismo miedo. Desde el ataque del Loco y el accidente del Doctor, no se había dado un instante de tregua, atormentada por el recuerdo de la escena en que el hombre que la salvó del desastre quedó tendido sobre el asfalto. Una y otra vez, lo veía destrozarse la cara en el parabrisas, salir despedido, volar y caer sobre el suelo con un chasquido, que oía incluso dormida y que la había despertado algunas noches, empapada en sudor. Atravesada por el hiriente gemido del perro que arrastró el cuerpo del hombre y dejó teñido el pavimento con dos rastros de sangre que ella percibía como señales acusadoras sobre su cabeza.

Hasta allí la injustificada culpa. Tan pronto se lo llevaron, la ingratitud empezó a cauterizar cualquier resquicio por donde pudieran escurrirse unas gotas de misericordia. Con el mismo tesón con que hacía su vano esfuerzo de indiferencia, alimentaba de nuevo el sentimiento de culpa. Ningún alivio le daba pensar que el hombre en trance de perder la vida, que yacía hecho un guiñapo en una cama del hospital, fuese el ser más lamentable que la imaginación le permitía concebir, pero mientras juraba y perjuraba que nunca se dejaría ver junto a un ser tan aborrecible, se preparaba para la visita.

El taxi la dejó en la puerta del hospital a la hora exacta del horario de las visitas. La habitación donde debía encontrarlo estaba desocupada y tuvo que preguntar a una enfermera.

—Hay un paciente al que llaman el Doctor. No es que sea médico sino que así lo llaman. Un mote —explicó Livia Reinier, consciente de la mala idea de preguntar en un hospital por alguien conocido por el sobrenombre del Doctor.

—¿Es usted familiar?

—¡No, ni mucho menos! —respondió casi ofendida—. Suele venir mi hija, pero hoy no ha podido. No lo conocemos de nada, no vaya a creer, fue que presenciamos el atropello.

—Esta mañana hubo un incidente y se ordenó el traslado a otra habitación. Está inmovilizado y muy sedado.

Livia Reinier pensó lo peor. Imaginó que habría provocado un altercado, que se había sobrepasado con una enfermera, que hubiera agredido a un médico. Imaginó de todo pero nada bueno.

—¿Eso quiere decir que ahora está dormido? —le preguntó, creyendo que era imposible mejorar la suerte aquella tarde.

—Sí, ahora está inconsciente.

—¡Ah, muy bien! Entonces será entrar y salir —dijo a la enfermera sin ocultar el alivio.

Con las cortinas corridas y la luz de lectura encendida, la tibia atmósfera de la habitación invitaba a permanecer allí. Reinaba orden y limpieza y Livia Reinier hubiera dicho que era excesivo para alguien acostumbrado a dormir donde lo hubiera llevado la borrachera. Nunca fue capaz de ser tan buena persona como pensaba, pero tampoco fue nunca tan mala como para lograr que le saliera bien una ocasión en la que hubiera decidido serlo. Acordó consigo misma acompañar al infeliz durante cinco minutos. «Como mucho nueve o diez, nada más, ya está. ¡Y quedamos en paz!», se dijo al tomar asiento.

Al cabo de un minuto, sin sobresalto, sin el asombro de no haberse asombrado, entendió que el hombre hubiera huido al verla. Porque el ser en escombros con los brazos atados con correas, acorazado por la escayola, con el cráneo repelado, el rostro afeitado aunque con barba de algunos días, el hombre satinado de intemperie y mala vida a quien ella tanto detestaba y de quien llevaba meses imaginando en las más abominables aberraciones, era el hombre de quien nunca había dejado de preguntarse cuál fue su paradero. Lo que veía sobre la cama eran los saldos del hombre que fue el primero y más cierto amor de su vida. El primero en el amor emocional, el primero en el amor físico, el ser con aura de arcángel al que recordaba con una mano rota y el alma aniquilada, abandonado por ella justo en la esquina donde estaba resultando que lo encontró treinta años después, triturado sobre el asfalto. Una coincidencia que parecía una burla del destino. Un extraño prodigio del inconsciente le había permitido verlo muchas veces sin haberlo reconocido.

Dos lágrimas le quemaron en las mejillas. Se olvidó de la gentuza de sus horrores que come de la basura y duerme en las calles, remontó su memoria tres décadas atrás y recordó el retrato del joven maltrecho de una mano, derrotado pero altivo y sereno, que dejó atrás cuando ella puso rumbo a la vida mejor que la aguardaba en el futuro que él nunca podría darle.

Livia Reinier supo que las dos horas de visita no serían suficientes para tanto recuerdo. Sacó un paquete de pañuelos, se acomodó en la butaca y se abandonó a sus lágrimas y a la memoria de un tiempo feliz de su juventud.

SEGUNDA PARTE

6

Era una hermosa mañana de junio. En una plaza de la ciudadela, en un banco a la sombra permanecía Elisario Calante, inmóvil, con la mirada extraviada, incapaz de expresar una frase para explicar quién era y de dónde había llegado.

A esa hora llegaban en trenes distintos los dos hijos varones de Diego de Altaterra Coronado. El primero en aparecer fue Gabriel de Altaterra, el mayor de los hijos, que se sorprendió de que su padre no hubiera ido a recibirlo. Esperó en un banco hojeando un ejemplar del *Diario de Antiqua* hasta que su padre y su hermana bajaron a los andenes, cuando entraba el tren que traía a su hermano Fernando, el segundo de los hijos.

—¡Gabriel, hijo! ¡Qué despiste imperdonable! —exclamó su padre, tendiendo los brazos—. Los embrollos de ferrocarriles me han confundido los horarios.

Diego de Altaterra Coronado quería a sus tres hijos con efusión, aunque no ocultaba su predilección por Fernando, que los otros aceptaban sin resentimiento.

—¿Al final te quedó nada más que una asignatura? —preguntó sin perder la atención del tren que se aproximaba.

—Dibujo Técnico, papá. Una pluma recién comprada se astilló y me arruinó el examen. No me quejo. Una sola asignatura pendiente de recuperar no es mal resultado en Arquitectura.

—Tienes el verano, lo resolverás en septiembre —dijo Diego de Altaterra Coronado, atento a los pasajeros que llenaban el andén—. ¿Te lo ha contado tu hermano? ¡Matrícula de honor en todas las asignaturas y recomendación especial! Me llamó el deán para felicitarme. Nunca han tenido mejor libro de calificaciones que el de tu hermano.

—Fernando me lo contó eufórico. No me sorprendió, papá.

—Siempre he dicho que tu hermano es un predilecto de Dios.

—Cierto, papá, lo has dicho siempre.

—¡Allí, allí está! —alertó Diego de Altaterra Coronado.

Fernando de Altaterra apresuró el paso para abrazarlos.

Los hijos tenían preferencias en el uso de los apellidos. El ampuloso comienzo De Altaterra que heredaban del padre se desmoronaba con el Torremocha que les llegaba de la madre. Gabriel utilizaba la fórmula simple, De Altaterra Torremocha, en tanto que Fernando calcaba al padre, De Altaterra Coronado, relegando el Torremocha a los documentos oficiales. Eulalia, sin edad para decidirlo, terminaría adoptando su fórmula.

Diego de Altaterra Coronado rendía culto a una tradición de varios siglos que heredó de sus antepasados. Al menos dos veces por semana, hubiera o no motivo importante, el matrimonio se reunía con los hijos en la antecámara de su habitación. Dispuestas en ángulo junto a una mesa pequeña, había dos butacas a las que se sumaba una silla con respaldo. En la silla sentaron a los hijos desde muy pequeños cuando debían rectificarles el comportamiento, reprenderlos o hacerles saber hechos significados de la familia. La disposición de la silla y las butacas permitía dialogar mirando a los ojos del interlocutor y el aire de recogimiento de la lámpara creaba una atmósfera que facilitaba la conversación. La butaca que ocupaba en vida Eulalia Torremocha los hacía sentirla presente, por lo que los hijos continuaban acercando la silla y dejaban libre la butaca. Más que en ningún otro lugar, allí se anteponían el afecto y la comprensión a la divergencia y no tenía cabida ningún reproche. El diálogo y el razonamiento eran el método preferido de Diego de Altaterra

Coronado, antes que la censura y en ningún caso el castigo. El respeto, el cariño recíproco y la bien calculada puesta en escena lograban que ninguno de los hijos hubiese mostrado fastidio o recelo de reunirse allí con los padres. Era en esos encuentros donde se permitían tanto los signos de desacuerdo como los de afecto. Las muestras de disensión estaban prohibidas fuera del estricto ámbito de los familiares en primer grado y las de afecto debían ser moderadas, incluso ante los criados.

Tras meses de ausencia, la charla era obligada y Diego de Altaterra Coronado recibió primero a su hijo Fernando.

—Cuéntame, hijo, cómo hiciste posible ese sobresaliente general. Casi me emocionó el deán cuando llamó para felicitarme.

—En realidad no me costó, papá. Tenía bien preparadas las asignaturas comunes y dediqué más tiempo a las nuevas, de contenido religioso. Salió todo muy bien.

—Siendo este tu primer curso allí, cabe suponer que no te surgirán dificultades con los profesores, en adelante. ¿Qué tal los alumnos? ¿Has hecho amigos?

—Seguí tus consejos. Los veteranos me dejaron tranquilo enseguida y los nuevos estaban más asustados que yo. Cuento con simpatías entre unos y otros, pero son sólo eso: simpatías.

—Con tu don de gentes tal vez mi consejo sea superfluo, pero ayuda siempre que puedas y sé amable con todos. Ahora descansa. Además de tus amigos, tendremos invitados importantes. Recibiremos al obispo, recién nombrado. Por lo que depare el futuro, estará bien que te conozca.

El siguiente turno de charla lo dedicó a Gabriel, el hijo mayor. Desde niño fue capaz de expresar a sus progenitores las diferencias de criterio cuando las tenía, lo que no inquietaba a su padre, que consideraba que las discrepancias, si son explícitas, son prueba de lealtad.

La ausencia de la madre consolidó los vínculos de la familia, los de los hijos con el padre y los de ellos entre sí. Gabriel, el más unido a ella por los años de convivencia y por la compatibilidad de caracteres, fue el que más sufrió su pérdida.

—Tuve la ocurrencia de invitar a las amistades de tu hermano para celebrar su regreso. ¿Te incomoda?

—De ninguna manera, papá. Fernando está entusiasmado.

—Pensé que participarías de mi idea —continuó Diego de Altaterra Coronado—. Lo agradezco mucho, hijo. No fui contigo propenso a estas celebraciones porque no eras dado a ellas, pero temía que lo percibieras como signo de rudeza hacia ti.

—¿Rudeza tú conmigo, papá? En absoluto.

—Eres el primogénito, de modo que esto de tu hermano lo hacemos juntos tú y yo, los dos a la par. En realidad pretendo despejarle el camino, puesto que parece decidido a seguir la vida eclesial. Vendrán el párroco y el cofrade mayor y me han confirmado que asistirán el obispo y su secretario. No faltará ninguno de su cuadrilla de burócratas. Aproveché la afición de algunos a la pitanza para lograr que convencieran al obispo. Espero que disfruten del ágape, con agradecimiento sincero.

Hizo una pausa, miró al hijo con detenimiento, extendió el brazo para acariciarle la mano y continuó:

—Debes estar presente cuando lleguen, por cordialidad con ellos y tu hermano, pero disculparé tu ausencia si la decides.

—Pierde cuidado, papá. Estaré donde me corresponde.

—Hoy es un día feliz porque volvemos a estar juntos —dijo Diego de Altaterra Coronado, pero se detuvo y rectificó—. Un día feliz, a falta de tu madre.

Necesitó hacer una pausa para tomar aire antes de seguir.

—¡Discúlpame, hijo! En ocasiones como esta es cuando más la echo en falta.

Diego de Altaterra Coronado respiró hondo y añadió:

—Te veo delgado. ¿Estás cómodo en la facultad?

—La carrera es difícil. Tengo que emplearme a fondo pero me desenvuelvo bien. Yo la elegí, y no me arrepiento de la decisión.

Diego de Altaterra Coronado asintió y tomó aliento.

—Hemos concluido la venta de esa finca de la costa, la Media Espada —dijo un tanto desolado, porque sentía como una pérdida cualquier venta del extenso patrimonio de la familia—. Fue providencial que pasara de uso agrícola a turístico porque de un día para el siguiente pasó a valer una fortuna. Seguí tu consejo y segregué el erial antes de vender. Veremos con qué provecho.

—La Media Espada era tierra en barbecho —le quitó importancia su hijo Gabriel.

—A mi modo de ver todas nuestras tierras están en barbecho —se apresuró el padre—. No rentan como en los tiempos en que se entregaba una parte del beneficio al Estado y el injusto diezmo a la Iglesia. Estimo preferible pagar mejores salarios y el fondo para la mutualidad, pero las tierras no dan para tanto y espanta verlas abandonadas por los campesinos.

—Tendremos que encontrar la manera de hacerlo, papá. La familia tiene su patrimonio en tierras y propiedades. Las pondremos a producir con sistemas modernos. Venderemos lo que convenga menos para renovar lo que interese más.

—Está bien que pienses así, hijo, porque eres el primogénito y a ti corresponderá hallar un nuevo camino. No se te entrega privilegio sino responsabilidad. Estarás obligado a velar por el futuro de tus hermanos y cuidar del patrimonio, que también es de ellos. Y de tus tías; nunca olvides a tus tías. No debe faltarles para vivir con la dignidad que merecen. Sé que no es necesario decirlo porque no cabe pensar en dos personas mejores que mis hermanas, pero conviene repetirlo y que no deje de tenerse en cuenta: tampoco debe faltarles nunca tu cariño ni el de tus hermanos, ni el respeto de todos en la casa de Altaterra.

Gabriel de Altaterra no quiso introducir una palabra cuando su padre hizo un alto para tomar aire.

—Estoy seguro de que sabrás conducir los asuntos de la familia mejor que yo. Veo en ti la predisposición que a mí me faltó. Me educaron para el papel que corresponde a nuestra posición, pero nada útil aprendí para la vida productiva. Tu abuelo fue buen negociante. Tuvo inteligencia para hallar lucro en una época tan difícil como la suya. Conseguía contratos con el ejército para provisión de abastos. Pertrechos y comida para las tropas.

—¿Hizo algo el abuelo que tú no hayas hecho?

—Sí. Para bien, con sombras que debo confiarte. En el futuro nada de lo que yo conozco te debe faltar, porque deberás ir prevenido de las armas que blandirán contra ti los enemigos que te saldrán al paso. Pero bajo ninguna circunstancia nadie más ha de saber lo que hoy hablemos.

—No temas, papá. Desde niños sabemos que lo que aquí se habla no ha de oírse en ninguna otra parte.

—No lo olvides nunca, hijo. He dicho que tu abuelo tuvo la inteligencia para el negocio y el lucro, pero lo que más tuvo fue el temple. Te lo diré sin ambages: lo que tuvo de sobra fueron redaños. Durante una época conseguía cargamentos de grano que se había ordenado quemar o destinar al ganado, lo tostaba en el trapiche, lo aventaba mediante una máquina de su invención para limpiarlo de impurezas, lo molía y lo vendía a la intendencia militar. En tiempos de hambruna la opción de los soldados era el elegir entre hambre o lo que hubiera. Al menos, las harinas de tu abuelo no enfermaban a nadie y estaban libres de gorgojos. A él no le faltó el valor para hacer lo que debía. Yo no he servido para los negocios. Creo haber sido buen padre de vosotros y buen marido de tu madre, pero nunca tuve la disposición de mi padre.

—Por lo que sé, el abuelo alivió a muchos del hambre. Tú no has ido a la zaga. Y has mantenido el patrimonio sin merma.

Diego de Altaterra Coronado rozó la mejilla de su hijo para despedirse, asintiendo con agradecimiento.

—Ahora haz el favor de traerme a tu hermana —le dijo con gesto desolado—. ¡Cuánto afecta a los niños la falta de su madre!

Minutos después entró Eulalia, la hija. Cerró la puerta, caminó unos pasos, se sentó sobre las rodillas de su padre que dulcificó la expresión cuando ella recostó la cabeza en su hombro.

—Cuéntame, Eulalia, ¿cómo pasó?

—Le estaba enseñando mis peluches a mi amiga Livia. No me di cuenta de que su perrita tenía las patas apoyadas cuando cerré el arcón y la tapa le pilló una patita.

—¿Cómo está la perrita?

—Tiene la patita escayolada.

—Debes tener más cuidado, hija. Esta noche, antes de irte a la cama, recuerda llamar a tu amiga y preguntar por el animalito. Mañana me acompañarás a misa. Nos confesaremos.

Servando Meno, un hombre de confianza de los Altaterra, carpintero de profesión que se ocupaba de gran parte del mantenimiento en la vivienda, por la mañana hizo varios viajes a la casa de Altaterra, empujando una carretilla de madera con cuatro ruedas, en la que transportaba herramientas y útiles. Sintió condolencia por un muchacho que llegaba por la calle aturdido y asustado y se sentó en un banco de la plaza. Otras dos veces que pasó a su lado lo vio inmóvil, con la mirada perdida, traspuesto y sin reaccionar.

—¿Estás bien, chico? —le preguntó con suavidad.

Elisario Calante le respondió sin mirarlo, asintiendo con un movimiento de la cabeza apenas perceptible.

—¿Puedo hacer algo por ti? —insistió Servando Meno sin obtener respuesta clara, seguro de que hablaba con alguien en estado de conmoción.

En el último de sus viajes con la carretilla dejó caer una pieza, como por accidente. Elisario Calante se acercó con pasos imprecisos, la recogió y la devolvió a la carretilla. Servando le dio las gracias y poco después regresó sin el carro, con un bocadillo enorme envuelto en papel de estraza y un refresco.

—Mira, chico —le dijo tendiéndole el paquete—. Que no me gusta meterme donde nadie me ha llamado, pero a estas alturas ya no discuto con María, mi mujer. La cosa es que cuando le he explicado que llevabas aquí tanto rato, se ha metido en la cocina y te ha hecho este bocadillo. Es buena cocinera, te parecerá el mejor que hayas comido nunca. Se quedará contenta y me dejarás en gracia con ella por haber cumplido su encargo.

Elisario Calante aceptó el paquete y no hizo intención de comer pero bebió unos sorbos del refresco.

—Esto de meter la nariz en los asuntos de otro hombre es cosa poco aconsejable, así que no lo haré. Pero yo creo que tiene que ser algo muy difícil lo que te ha traído aquí para que lleves todo el día sin hablar. Claro que, si decides contarme lo que te ha pasado, quizá podamos resolverlo.

No consiguió saber cómo se llamaba, pero al preguntarle si tenía familia hizo un leve gesto de negación por el que Servando Meno adivinó una posible vía de comunicación. Formuló preguntas que pudieran ser respondidas con un sí o un no y, por ese procedimiento elemental, pudo saber que no era de la ciudad ni de la provincia, ni siquiera de la región. Que había llegado en avión aquella mañana, que nadie fue a recibirlo y que no tenía lugar adonde ir ni nadie a quien acudir.

—Para mañana no puedo dar mi palabra, para esta noche algo podré ofrecerte —le dijo dándole una palmada en el hombro.

Mientras tanto, a continuación de la bienvenida a sus invitados, Fernando de Altaterra se excusó para cumplir la promesa de rezar la primera oración en su parroquia, la iglesia más cercana. Entre los invitados se hallaba el párroco que se dispuso a acompañarlo y la iniciativa agradó al obispo, que se sumó a ella y arrastró a los adultos y buena parte de los jóvenes.

En el centro de la comitiva que atravesaba la plaza, Fernando de Altaterra detuvo el paso delante de Elisario Calante y cruzó con él la mirada los segundos necesarios para comprender que vivía una hora muy amarga.

En el interior de la iglesia el obispo tomó la palabra dispuesto a descubrir cuánta verdad existía en el rumor que oía sobre Fernando de Altaterra, desde que ocupó el cargo, meses antes.

—Hoy nos introducirá en la oración Fernando de Altaterra, que ha impresionado al profesorado del seminario por su brillantez —anunció por sorpresa.

La argucia no perturbó a Fernando de Altaterra. Titubeó un instante, tomó aliento y vislumbró el curso claro de una reflexión sobre la trascendencia que la persona de fe viene obligada a dar a cada una de las horas de la vida.

De su crianza en el seno de una familia de la más genuina aristocracia, poseía una dicción limpia que predisponía a escucharlo. Los oyentes lo siguieron por los vericuetos argumentales de una explicación didáctica, desenfadada y fresca en el tono, pero tan sólida y bien amarrada en el contenido como la de un predicador veterano. Sin una palabra de menos ni una de más, moderando el ritmo en preguntas retóricas que exigían atención a los conceptos, alargando los silencios en el preámbulo de las respuestas, acompasando la cadencia de las frases y entonando sin exceso para enmarcar argumentos de inaudita belleza, Fernando de Altaterra elevó un cántico sobre la conciencia de los presentes, persuadidos de que algo tan impropio en un muchacho de su edad sólo era concebible si actuaba bajo el influjo de la inspiración divina.

En el silencio y el asombro de unos, en el éxtasis, los suspiros y la embriaguez de otros y en la admiración de todos, se deslizó alguna lágrima; alguien sufrió un mareo momentáneo; el obispo se emocionó al abrazarlo y desató una aclamación en la que Fernando de Altaterra, al igual que el mismísimo Jesús del Evangelio de Lucas entre los doctores, se sintió izado sobre las cabezas de los mortales por la mano de Dios.

A la vez que se producía este milagro, Elisario Calante era conducido por dos guardias al cercano cuartelillo de la policía municipal. Dentro de la más severa austeridad, vestía buena ropa y calzaba buenos zapatos y tenía el aspecto de un adolescente saludable. Seguros de que estaba bajo los efectos de una droga, le ordenaron que se marchara y él regresó sobre sus pasos de sonámbulo al lugar que había ocupado. Según el documento de identidad que le hallaron encima, y que le confiscaron porque era falso, tendría dieciocho años, pero era más creíble que rondara los dieciséis.

A última hora de la tarde, Servando Meno pidió hablar con Diego de Altaterra Coronado, que se apresuró a atenderlo.

—¡Buenas noches, Servando! ¿Qué se te ofrece a estas horas? ¿Está bien María?

—Sí, don Diego, María está bien. Me ha dado saludos para usted y los chicos. Vengo porque intento hacer una buena obra. Siempre digo que no hay mejor sitio donde pedir socorro cristiano que en su casa, don Diego.

—Y lo dices bien, Servando. Para esa clase de socorro ha estado dispuesta la casa de Altaterra en toda ocasión. Y yo con ella.

—Pues aprovecho que está el señorito Fernando y, al tiempo que lo saludo, le cuento lo que pasa. Con su permiso, don Diego.

En ese momento el aludido llegó a la carrera y quedó en medio de los hombres, tendiéndole los brazos a Servando Meno.

—¡Servando, cómo estás! ¿Y María, cómo está María?

—¡Yo muy contento de verlo, señorito Fernando! Y María muy contenta también. Vendrá mañana a saludarlo.

—Pues dile que no lo haga. Soy yo quien debe ir a verla.

—Está bien que estés aquí, hijo —intervino Diego de Altaterra Coronado—. Nuestro querido Servando ha venido motivado por una buena obra, dice él, y ha pensado en ti.

—Hay un muchacho en la plaza, señorito Fernando. Está como ataratado, con dificultad para hablar, pero he sabido que no tiene dónde pasar la noche. Le dije que por esta noche podría quedarse en casa. Nada costará tender una colchoneta en el suelo del taller. En esta época bastará una manta para aliviarlo del relente de la noche y a María y a mí no nos incomodará. Eso, con su permiso, don Diego. Como tiene su misma edad, señorito Fernando, pensé que a usted le será más fácil ganarse su confianza.

—¿Es el que está en un banco, con un bolso negro?

—Ése es, señorito Fernando.

—¡Vamos pronto, Servando!

Servando Meno permaneció a unos metros para permitir a los jóvenes hablar a solas. Unos minutos le bastaron a Fernando de Altaterra para conseguir que Elisario Calante los acompañara.

—Acomódalo en la habitación del fondo, Servando —dijo Fernando de Altaterra.

Una amplia escalera de dos tramos conducía a una galería de la parte alta, en torno a un patio de luces. Ocupó una pequeña habitación con ropero y cama, de las muchas que se encontraban sin uso en una casa con vocación de acogida. Servando Meno indicó dónde podía lavarse y hacer sus necesidades y le explicó las costumbres y normas de la casa.

—¿Y tú, cómo te llamas? —le preguntó Servando Meno.

—Elisario —dijo el muchacho, todavía con imprecisión.

Había dicho la verdad, el nombre que creía tener, pero Servando Meno, que además de ser un lector curtido supo por los policías que carecía de documentos, creyó que mentía. Así que quiso cogerlo al vuelo y provocó, sin proponérselo y sin saberlo, una deriva de cuarenta años de misterio y equívocos.

—Si me lo permites, te diré algo sobre nombres. Tal vez en tu circunstancia te parezca oportuno ocultar el tuyo. El nombre no es sino una manera de entendernos y un hombre tiene derecho al olvido. A mí tu caso me recuerda al de Kaspar Hauser.

Hablaba sin quitar ojo a su interlocutor, que daba señales claras de ir superando el estado de trance.

—Me lo parece porque ese apareció como tú, un día cualquiera en una plaza. Tampoco hablaba.

Fernando de Altaterra llegó en ese momento con una bandeja con refrigerios de la merienda, seguido por una mujer joven que traía ropa de cama y toallas.

—Por cierto, no has dicho cómo te llamas. No he sabido qué decirle a mi padre.

—Rafael —dijo Elisario Calante—. Rafael a secas —añadió mirando a Servando Meno, que no ocultó en la mirada un destello de satisfacción.

—De acuerdo, Rafael. Si te apetece, aprovecha mientras preparan la cama para darte una ducha —le dijo poniendo en sus manos una toalla grande y otra pequeña de las que traía la mujer que lo acompañaba—. Te ayudará a dormir.

Le dio una suave palmada en un costado y las buenas noches, y concluyó con una frase:

—Aunque a veces no lo parezca, Dios vela nuestro sueño —dijo antes de salir.

Lo creía sin ninguna duda al término de un día que fue para él de triunfos. Regresó con el mejor expediente en la historia del seminario. Complació al obispo al proponer una oración en la iglesia. Su primera disertación pública arrancó lágrimas a su padre, emocionó al obispo y puso en pie a la concurrencia entre aclamaciones. Despedía el día con una buena acción. Se sentía exultante en su papel de aprendiz milagrero, de persona propicia, de benefactor de desahuciados, de santidad inminente.

Para Elisario Calante, que aquel día pasó a ser conocido como Rafael, la noche fue mejor que el terrible primer día de su nueva vida. Estaba agotado y la ducha tibia lo preparó para el sueño. En adelante habría de buscar refugio donde pasar cada noche. Se metió en la cama y permaneció inmóvil pero tardó en dormirse.

Se levantó descansado aunque aturdido por los acontecimientos del día anterior. Creyendo que la hospitalidad de la casa duraba lo justo para pasar la noche, se preparó, recogió la habitación y bajó a la planta baja para esperar a que hubiera alguien despierto a quien dar las gracias antes de marcharse. Sobre las siete de la mañana Servando Meno entró, como solía, por una puerta auxiliar, echó un vistazo al vestíbulo principal y lo vio al fondo, sentado en el primer peldaño de la escalera.

Desayunó en la cocina, donde la mujer joven de la noche anterior y otra mujer mayor lo trataron con dulzura. No le preguntaron más que lo esencial: si había dormido bien y nadie intentó averiguar por qué se había visto en su situación.

—María quiere conocerte, Rafael —dijo Servando Meno cuando salieron a la calle—. ¿Me acompañas y la saludas? Está muy cerca de aquí.

—Por supuesto, Servando.

Por el camino, Servando Meno contó los méritos de la familia De Altaterra en la historia de la provincia y de la nación. Su esposa y él vivían en una casa propiedad de la familia a la que llamaban «casa de obras».

—Mira, Rafael, le estoy dando vueltas a esto tuyo desde ayer. Junto al taller hay una habitación donde podrías quedarte el tiempo que necesites. Verás que no es mal lugar. Si la vaciamos y hacemos algún arreglo, tendrás donde dormir. Al lado hay un cuarto de aseo con ducha que está sin uso. Tengo buenos maderos para hacer un catre y hay algunos muebles que te pueden servir. Allí nadie te molestará. Si me echas una mano para recoger el taller o cuando yo necesite que me sujetes una pieza de madera, tampoco te sentirás en deuda. No puedo pagarte, pero la cama, la comida y lo imprescindible sí lo tendrás mientras tú no te quieras marchar.

Elisario Calante caminaba a su lado sin dar respuesta, aunque asentía con alivio. La casa de obras era una construcción antigua de gruesos muros, y de dos plantas. Tenía en su centro un amplio patio de luces que habían cerrado con un techo acristalado, bajo el que Servando Meno dispuso su taller. En una esquina del patio vivían él y su esposa. No pagaban renta y recibían una paga mensual que cubría lo imprescindible para sobrevivir, pero que llegaba con puntualidad. Servando Meno completaba sus ingresos con la actividad adicional de lutier.

A Servando Meno los años se le iban echando encima, ya no tenía la fuerza de antes y le hacía falta una pequeña ayuda, pero ni siquiera lo mencionó cuando acordó con su esposa ofrecer el alojamiento. Utilizó el añadido de que podría echar una mano en el taller sólo como recurso para que el acogido no lo sintiera como una caridad.

En un extremo del taller, en un rincón bien iluminado por un enorme tragaluz, sobre unas mesas dispuestas contra la pared llamaban la atención un laúd y dos guitarras en diferentes etapas de fabricación. Servando Meno observó que el muchacho salía un momento de su aparente estado de sopor y se detenía frente a los instrumentos desarmados. El que era ya su protegido parecía haber descubierto un tesoro. Acarició con la mirada los esqueletos de las piezas, las maderas nobles y las herramientas sobre el banco y Servando Meno vislumbró la que bien podría ser una solución definitiva para los dos.

—¿Te gusta la música, Rafael?

—Sí; me gusta.

—¿Tocas algún instrumento?

—Un poco el piano.

—¿Tienes idea de solfeo?

—Un poco de idea.

—Eso fue lo que me faltó a mí. Sé tocar alguna cosa en la guitarra, pero lo hago de oído. Lo primero que mi abuelo y mi padre me enseñaron, fue la lutería. Así se llama el oficio de fabricar instrumentos de cuerda. Es buen oficio. Incluso es lucrativo para alguien con cabeza.

—¿Podría enseñarme?

—¡Claro, Rafael! Para mí sería una bendición enseñarte. Si le pones empeño, puede darte un buen porvenir. Es un oficio bonito y los buenos lutieres se hacen con un nombre.

—Entonces me quedaré, si no molesto. Hasta que usted me diga o yo encuentre sitio, como usted dijo.

Servando Meno le rodeó los hombros con el brazo, seguro ya de que la providencia había juntado sus caminos.

María esperaba con impaciencia y cuando vio entrar a su marido acompañado por el joven, no necesitó ni una seña para saber que ya había conseguido que aceptara el alojamiento.

—¡Bienvenido, Rafael! —le dijo tan afable que disolvió en él cualquier recelo—. Qué preocupación pasamos ayer por ti.

Y lo abrazó como a uno de sus hijos.

La habitación que Servando Meno dispuso para el recién llegado estaba situada en el extremo contrario al de su vivienda, en la diagonal del espacio del taller. Una mampara que la aislaba del polvo y el serrín le daba reserva adicional.

Desalojada, pintada y limpia, por la tarde ya estaba dispuesta con un camastro muy sólido, un pequeño ropero, una mesa con cajones junto a una pared y sobre ella unos estantes. Una gruesa puerta de madera daba acceso al interior, otra idéntica lo daba al zaguán. Era silenciosa y ofrecía al ocupante la intimidad que Servando Meno juzgó necesaria para conseguir que se sintiese cómodo.

Fernando de Altaterra se sumó al trabajo y a la mañana siguiente apareció arrastrando una maleta llena de prendas de vestir, que se le habían quedado pequeñas, apenas sin uso, y que calculó que eran de la talla del nuevo huésped. Respetó el consejo de Servando Meno de no entrar en averiguaciones sobre la vida de Elisario Calante. Como todos, Fernando de Altaterra sentía curiosidad y, como todos, supuso que pronto contaría su historia por propia iniciativa.

7

En la página de sociedad del *Diario de Antiqua,* una gacetilla daba la bienvenida a Fernando de Altaterra, con felicitación por el excelente resultado de su primer año de seminario y elogios a la homilía que pronunció en presencia del obispo. En paralelo, un rumor recorría la ciudad. Lo que comenzó como la anécdota del socorro que Fernando de Altaterra dio a un desconocido de su misma edad, alguien lo propagó como el milagro hecho en la persona de un muchacho mudo y privado de cordura. Fernando de Altaterra lo celebró con una carcajada.

—Pues lo hice a la carrera —decía riendo—. Expulsé los demonios de su cuerpo a toda prisa porque me esperaban en otro sitio para que multiplicara panes y peces.

No prescindía de la compañía de Elisario Calante ni cuando acudía al encuentro de otros amigos. Fueron frecuentes las mañanas de playa, los paseos por el campo y las visitas al cine.

—Este es mi primo, Rafael; es De Altaterra como yo —decía al presentarlo y así lo llamaban al mencionarlo.

Lucila de Miranda, una amiga de Fernando de Altaterra con quien él mantenía una estrecha relación de amistad sin visos de sexualidad, fue la joven por quien sintió mayor interés Elisario Calante. Lucila de Miranda era lo contrario a las adolescentes de su época. Vestía, vivía y sentía con excesiva severidad la simbología de la fe. Compartía con Fernando de Altaterra, y también con Elisario Calante, la característica de ser otra singularidad.

Se acercó a Elisario Calante a petición de Fernando de Altaterra, pero lo adoptó de inmediato, un tanto compadecida de su naturaleza desconcertada, intrigada por sus silencios y cuidando de no pisar el terreno resbaladizo de las preguntas personales. La amistad fue sincera y sentida por ambos.

Cuando Fernando de Altaterra regresó al seminario el origen de Elisario Calante continuaba siendo un misterio. Por el vocabulario, la perfecta caligrafía o alusiones a la cultura general, en las que no erraba, Fernando de Altaterra y Lucila de Miranda creían que provenía de un ambiente de clase media alta. Sin embargo, habían tenido que explicarle hasta los usos más elementales de la rutina social y era de una candidez enternecedora en los asuntos del mundo. Desconocía el precio de las cosas y el valor del dinero, nunca había entrado en un cine y trataba de usted incluso a los de su edad. Por la calle se extasiaba ante las cosas más triviales, no sabía cómo desplazarse en la ciudad y carecía de sentido de la orientación. No había practicado deporte alguno, desconocía a famosos y personajes de la televisión, hasta los dibujos animados y los tebeos despertaban su curiosidad. En lo personal prefería pasar necesidad antes que pedir un favor, nunca era el primero en dirigir la palabra y le costaba seguir una conversación, en particular con las mujeres.

El temor de que al marcharse Fernando de Altaterra, desapareciera de su espacio Lucila de Miranda, se disolvió una tarde en que la vio sonriéndole desde una puerta del taller.

—¡Me han encargado que te tenga vigilado!

Incorporado sin dificultad a la rutina de la casa de obras, Elisario Calante ayudaba por la mañana con las tareas de carpintería y la limpieza del taller, después de comer practicaba con trozos de chapa y varillas las herramientas de lutier y por la tarde, tras recoger y ordenar, dedicaba la última hora a las lecciones de guitarra de Servando Meno.

En la primera clase Servando Meno puso en sus manos una vieja guitarra, castigada y deslucida pero con buen sonido.

—Puedes usar esta. Es una guitarra corriente pero ha pasado por mucho. Lo que tiene de bueno se lo ganó en el calor de las lumbres y el frío de las amanecidas.

Y mientras la afinaba le dio la primera lección arriesgándose a que fuese innecesaria. Enumeró las cuerdas de primas a bordonas y enunció las distintas partes del instrumento para dejar establecido el nombre por el que se referiría a cada una de ellas. La puso en sus manos y desde ese momento fue el alumno el que llevó al profesor de asombro en asombro, hasta que ya no pudo asombrarse del pupilo en nada relacionado con la música.

Creía haberle entregado la guitarra bien afinada pero Elisario Calante pulsó las cuerdas y sin hacer una pregunta ni mediar una palabra, comenzó a mejorar el afinado. Servando Meno, atónito, lo vio pulsar la sexta cuerda al aire y sin un signo de incertidumbre, con la misma precisión y el mismo rigor de un concertista experimentado, la aflojó en el clavijero y fue pulsándola al aire y subiendo el tono hasta que hizo cristalina la sonoridad de la nota mi de la sexta cuerda. En menos de un minuto había repetido la operación en las cuerdas cuyo afinado podía mejorarse.

Servando Meno, que no salía de su estupor, quiso saber más. Arrastró su pulgar derecho para hacer sonar al aire todas las cuerdas de su guitarra, despacio, dejando un intervalo.

—¿Dirías que se va alguna?

—La quinta sube un poco; la tercera baja, apenas nada —respondió sin un signo de duda.

Los guitarristas tienen varios métodos para comparar el sonido de las cuerdas. Elisario Calante no necesitó ninguno porque le bastaba oírla para saber si daba el tono exacto. Incluso el uso del metrónomo hubiera sido ocioso en su caso. Servando Meno le facilitó dos métodos de guitarra que cogían polvo en una estantería: el de Dionisio Aguado y el de Guillermo Lluquet, que el alumno añadió a las prácticas de la clase. Elisario

Calante avanzó con tanta limpieza que en pocas semanas Servando Meno era quien recibía clases de lectura musical.

—Hazme el favor de que este talento tuyo no se conozca fuera de aquí —dijo Servando Meno—. No debe saberse en la casa de Altaterra. En particular, que no lo sepa Fernando.

Puesto que a Elisario Calante todo le resultaba nuevo, escuchaba y observaba con interés sin perder detalle. Por la música sabía que las técnicas sólo llegan a dominarse mediante la repetición sistemática, que aplicó hasta en las tareas más sencillas.

Una o dos veces por semana Lucila de Miranda acudía a la casa de Altaterra y no se marchaba sin saludar a Elisario Calante y con frecuencia lo sacaba para dar un paseo que concluía a la hora de la cena frente a la casa de ella. La alegría, la vitalidad y la buena índole natural de Lucila de Miranda envolvían un carácter de acero. No había fuerza capaz de distraerla de sus convicciones y su actitud religiosa no tenía razón en ninguna suerte de miedo o pudor.

Así como evitó hacer juicios cuando Fernando de Altaterra lo introducía en las cuestiones sociales, Elisario Calante también los evitó cuando llegaban a través de Lucila de Miranda. Ella le desvelaba actitudes, líneas ocultas y perspectivas que todos suelen descubrir desde niños, pero de las que él carecía de referencias. Sobre todo lo fascinaba el universo cotidiano del que ella hablaba desde la perspectiva de una mujer de su misma edad. Le pareció que en las relaciones ellas ponían más en juego que los varones. Invertían más, lo que daban era más y era más importante, de manera que estaban más atentas a cuanto podían perder. Aquella idea lo dispuso a permanecer alerta y ser delicado al tratarlas, lo que terminó por abrirle puertas inaccesibles para otros.

Pronto descubrió que el vínculo de Lucila de Miranda con Fernando de Altaterra era menos de amistad y más de enamoramiento sin porvenir. Ser más leal con uno suponía serlo menos del otro y la situación le causaba incomodidad y tristeza. Callaba para no alimentar vanas esperanzas en Lucila de Miranda y siempre se refería al amigo como alguien de cuya trayectoria religiosa no cabía esperar retorno.

Elisario Calante dedicaba el tiempo libre a practicar con la guitarra y a leer. Cuando el trabajo del taller lo permitía, sintonizaba música en una vieja radio. Escuchaba de todo, desde música sinfónica a música popular, pero cambiaba de emisora o la apagaba si no conseguía buena música.

Lo abastecían de libros Servando Meno y Gabriel de Altaterra y no tuvieron éxito los intentos de Fernando de Altaterra de introducirlo en las lecturas religiosas. Aunque puso afán en todas, de todas desistió en las primeras páginas.

A salvo de los cambios de temperatura y humedad, Servando Meno conservaba una colección de instrumentos de cuerda que habían ido quedando de sus trabajos de lutería. Algunas guitarras, laúdes, un violín y un arpa. Unos abandonados por sus dueños para no afrontar el pago de la reparación, otros de reparación imposible y otros, dolientes a los que no se sabía bien qué les pasaba. Entre éstos uno tenía nombre propio: «Clavelina», decía un papel sujeto entre las cuerdas en el clavijero. Fue para Elisario Calante un amor a primera vista que Servando Meno no consiguió disuadir.

—No pude con ella. Es una guitarra de concierto, muy cara pero de vida desafortunada. Está sorda de un lado y no mantiene el afinado. Si quieres, la puedes desmontar como práctica de taller, pero te aconsejo que te fabriques una buena guitarra. Será tu certificado de maestría como lutier.

Tal vez porque encontró un desafío en las palabras «vida desafortunada», Elisario Calante se entregó a ella como en un acto de clemencia. Mientras continuó practicando con la vieja guitarra, no dejó de lado la Clavelina, como la llamó siempre. Servando Meno no supo dar explicación del nombre pero sí recordaba a la joven que se la entregó para su reparación décadas atrás y que fue la causante de su ruina porque la dejó como adorno sobre una chimenea, recalentándose por un lado durante todo un invierno. La abandonó al saber que no tendría arreglo.

Muchas tardes Elisario Calante le pasaba un paño, la afinaba, tocaba con ella unos minutos hasta que perdía el afinado, en un círculo cansino. A veces se tendía hacia atrás y se dejaba dormir abrazado a ella. Hacía sonar una nota con el oído en la caja y esperaba un momento eterno a que el sonido se agotara. Así por todas las cuerdas y trastes del diapasón y desde todos los ángulos de la caja. Se abandonaba en los lamentos de su alma escudriñando en el alma del instrumento, uno y otro caídos en similares desdichas.

Servando Meno tenía un amplio repertorio de frases y chascarrillos sobre los artesanos. El más repetido era que se conocía a los buenos artesanos por el cariño que dan a las herramientas. Elisario Calante dedicaba la última hora de la jornada a recogerlas y limpiarlas y los primeros momentos del día a cuidar y repasar los filos de corte.

Cuando fue capaz de fabricar instrumentos sin la ayuda de Servando Meno, creyó llegado el momento de tener una buena guitarra. Desencordó la Clavelina, despiezó el clavijero y empleó cuchillas muy afiladas para liberar el fondo y la tapa del aro y el mástil. Contra el criterio de Servando Meno, que insistía en que la fabricara desde cero, estaba resuelto a no desprenderse de ningún elemento sin brindarle una oportunidad. Con las piezas sueltas sobre la mesa, comenzó la reconstrucción.

Aunque desechó el diapasón de ébano, conservó el mástil, de madera de arce, y sin pena despreció la caja. Servando Meno aportó dos hermosas tablas que guardaba para un caso especial. Una pieza de cedro con un ligero y bonito veteado parecido al de la guitarra original para la tapa acústica, y otra pieza de palosanto, uniforme, apenas sin vetas, para el aro y el fondo.

En un ejercicio que tenía más de intuición que de ciencia, golpeaba las piezas y escuchaba buscando virtudes y vicios; lijaba, golpeaba de nuevo, escuchaba y repetía hasta conseguir el preciso tono de un sonido de su inconsciente. Lo llevó a cabo no sólo con las maderas de la caja sino con los nuevos costillares.

El montaje final fue un proceso largo y minucioso. Utilizó las medidas exactas de la guitarra original, tanto en las proporciones de las piezas como en los ángulos del mástil y el puente sobre la caja. Pocas piezas, y no las más importantes, provenían de la Clavelina. Conservó el mástil sin el diapasón, el clavijero y el embellecedor de la embocadura, que rescató de la caja original.

Sin gran diferencia en el color de la madera, tras las múltiples capas de goma laca, la apariencia fue muy similar a la primera Clavelina, y con ese nombre se refirió siempre a ella.

Una tarde hizo el encordado. Servando Meno organizaba papeles y oyó al otro lado del taller el característico afinado de su ayudante, sin pausa y sin incertidumbre. Luego el silencio y a continuación la resonancia de un acorde cristalino y potente que lo estremeció. Se acercó oyendo los primeros compases de *Recuerdos de la Alhambra* con un sonido que sólo recordaba de instrumentos excepcionales.

—Lo conseguiste —le dijo, serio y satisfecho—. Es una guitarra única. Te felicito, ya eres mejor lutier que yo.

Fue como un certificado de diplomatura.

—Nunca podré serlo —respondió Elisario Calante, tendiendo la guitarra para invitarlo a probarla—. Siempre será usted maestro y yo aprendiz. Gracias por enseñarme. Y por todo lo demás.

Álvaro Reinier, un comerciante de objetos musicales amante de la música y conocedor del oficio, visitaba a Servando Meno para llevarle instrumentos que necesitaban reparación o le solicitaba la fabricación de uno nuevo. En una de sus visitas oyó sonar la Clavelina tocada por Elisario Calante y se apresuró a hacer una oferta por ella.

—La guitarra es del chico —respondió Servando Meno—. La ha fabricado para su uso. Dudo que la venda.

Álvaro Reinier hizo un gesto de pena, se acercó a Elisario Calante y concluyó con una oferta más osada:

—Rafael, si algún día se viera en la necesidad, pregúntele a Servando dónde encontrarme. Seguro que encontraré la manera de aprovechar su talento.

Fueron buenos años para Elisario Calante. Estaba cómodo en la casa de obras donde Servando Meno y María lo hacían sentir como un hijo. En la casa de Altaterra mantenía buena relación con el personal y a la amistad con Fernando de Altaterra y Lucila de Miranda, había sumado la de Gabriel de Altaterra.

Diego de Altaterra Coronado, respetuoso y atento hasta con los más humildes, utilizaba la cordialidad como su modo natural de vencer la timidez. Lo saludaba con una sonrisa cuando lo veía en la casa y solía preguntarle por Servando y por María y pedirle que les trasladara sus saludos. Nunca había mantenido conversación con él y Elisario Calante no esperaba que ésta llegase a producirse hasta un día en que se detuvo a observar los antiguos retratos, con especial interés por el de un hombre de mirada intensa que vestía lo que parecía un austero hábito de religioso.

—Se llamaba Rodrigo —dijo en voz alta Diego de Altaterra Coronado, acercándose desde el otro extremo del pasillo—. Fue un héroe de muchas batallas, amigo personal del rey. Un hombre valiente, tan esclarecido y bueno que fue propuesto para santo.

Elisario Calante lo saludó con respeto y escuchó con interés lo que contaba.

—He observado que a veces te detienes para contemplar estos retratos. Estaré a tu disposición si te surge una pregunta.

—Muchas gracias, don Diego. A veces miro este retrato porque lo he visto en un dibujo. No recuerdo dónde.

—Es posible que lo hayas visto en una enciclopedia o en un libro de enseñanza secundaria. Esta imagen es la única que existe de él. El retratista no alcanzó renombre, pero era un magnífico pintor, como es posible apreciar en esta obra. Rodrigo Coronado fue capitán de los Tercios españoles cuando su nombre hacía temblar a sus enemigos. Sus huesos se conservan aquí, pero murió en Puerto Rico, donde dispuso una casa en la que daba cobijo y enseñaba a indios taínos, adultos y pequeños. Su biografía es apasionante. Algunos documentos rescatados hace poco de la biblioteca, están en estudio. Algún día completarán su biografía.

Mientras hablaba caminaban despacio hacia los sótanos de la casa. Bajo el lugar aproximado donde se situaba la capilla, una estancia contenía los osarios en nichos en la pared, cerrados con mármoles y granitos de diferentes épocas, algunos con nombres y fechas. Diego de Altaterra Coronado se detuvo y señaló a uno con las iniciales «R. C. F.».

—La verdad es que mi antepasado directo fue hermano suyo, pero su figura ha estado tan presente en la historia familiar que a veces se nos olvida. Rodrigo Coronado fue ante todo un aventurero y en las buenas historias de los aventureros de su época no podía faltar una leyenda de corsarios y bucaneros con un fabuloso tesoro. Seguro que la mayor parte es invención, pero se cuenta de unos piratas que perpetraron sus desmanes por las aguas del Caribe hasta el día en que dieron con Rodrigo Coronado; el mejor y más leal para tener como amigo, pero el más temible como enemigo. Ese encuentro con piratas está confirmado. El tesoro de aquellos piratas lo entregó en persona a las arcas reales, pero quedó fuera una parte a la que llaman el tesoro de Cardenal. Lo han buscado estudiosos, aventureros y oportunistas y nunca se halló rastro de él. Yo me divierto con los cuentos y la leyenda de ese tesoro.

De temeroso y desconcertado, Elisario Calante había logrado confianza y dejaba ver el hombre tranquilo y seguro de sí mismo que sería siempre. Tan solitario y hermético como el primer día, se escondía para pasar las tardes practicando con la guitarra y las noches leyendo. Hábitos que sólo interrumpía Lucila de Miranda con frecuencia y Fernando de Altaterra en los intervalos en que regresaba a la casa.

Por su parte, Fernando de Altaterra culminó la enseñanza secundaria con un brillante expediente académico, pero al término del primer curso de la enseñanza superior, se encontró con el recelo de algunos profesores, que él tomó como un triunfo.

—¡Por fin empiezo a ser alguien! Ya me salen enemigos.

Cuando se conocieron Fernando de Altaterra era diez centímetros más alto que Elisario Calante, pero en el verano siguiente la diferencia era de veinte centímetros. Elisario Calante apenas creció un par de centímetros y había echado unos hombros magníficos, al tiempo que Fernando de Altaterra se hizo un hombre que causaba sensación. Buen deportista, bien parecido, atlético, de casi dos metros, de hombros fornidos y talle escueto, presentaba una imagen de galán de cine que, sumada al estrépito de los apellidos, despertaba el delirio entre las jóvenes de las mejores familias. Por él, la casa de Altaterra volvió a ser la más concurrida en los acontecimientos sociales.

Tonteaba Fernando de Altaterra con las chicas y ellas con él, que se dejaba querer aparentando que no tenía decidido si continuar o no el camino del compromiso religioso, lo que confundía a todas y en especial a Lucila de Miranda.

Con Elisario Calante hablaba con desparpajo de cuestiones de sexualidad, a veces con el nombre de alguna chica de su entorno. Quien no lo conociera hubiera pensado que su vida la vivían al tiempo dos seres opuestos, pero Elisario Calante sabía que no era sino una falsa apariencia, una diversión con la que conseguía permanecer en el centro de las miradas.

El celibato era el principal fundamento de Fernando de Altaterra, tanto en lo religioso como en lo personal. Le había confesado que estaba dispuesto a morir sin haber conocido el pecado de la carne. Y esto quería decir cualquier pecado de la carne de los abominados por el clero, hasta el más perentorio e inocente. De manera que el caso de Lucila de Miranda no tendría solución.

En realidad, una parte del flirteo de Fernando de Altaterra con las mujeres de su círculo tenía por objeto emparejar a alguna de las amigas con Elisario Calante, que lo acompañaba siempre, pero que parecía no existir en las reuniones.

Ninguna de aquellas jóvenes de la alta sociedad se dejaría ver en público en compañía de un joven de dudosa procedencia, sin embargo, era otra la disposición que se daba en privado. Elisario Calante era atractivo, de buena presencia, elegante en las formas, y estaba envuelto por un aire de misterio que lo hacía ser centro de miradas y causa de algunos suspiros aleteando en el trasluz de los postigos. Entre las amigas de Fernando de Altaterra las hubo que insinuaron su disposición hacia Elisario Calante con cautela y las hubo que le pidieron sin remilgos el favor de que provocara el encuentro. Nunca prosperó. Algo impedía que Elisario Calante abriera el único resquicio por el que podría liberar el pesar que lo atenazaba.

Con su edad y en su desolación afectiva, Elisario Calante lo necesitaba, pero el miedo a ser rechazado o el miedo contrario, el de ser aceptado y no saber cómo continuar, eran trabazones insuperables. En los embelesos de guitarra se abandonaba en melodías de redondas, blancas y negras sincopadas, para soñar con una desconocida que vendría una tarde y traería tanto amor que disolvería las ataduras que lo hacían prisionero de sí mismo.

Llegaba la edad en que el Estado lo hubiera reclamado para el servicio militar de haber tenido papeles. El día en que subió a un avión, por primera y única vez, lo confundieron con uno más de los jóvenes que se incorporaban al servicio militar. Lo que vio, vivió y sintió fue que los trataron con desconsideración, que los humillaron y amedrentaron y que por nada del mundo querría volver a vivir aquel día. Razón de más para dejar el asunto de la filiación y los documentos en el limbo donde los tenía.

8

Absorto en la Clavelina, hasta poco antes de los veintiún años Elisario Calante no había tocado ni casi mirado a una mujer. La añoranza del amor, que le permitía adentrarse en preciosos lamentos de guitarra, provenía de algún ámbito anterior al de las ideas. Pero desconocía que la avidez de la vida nos ha puesto sobre el mundo con todos los trámites de sus negocios resueltos. También en su caso, el curso de la existencia debía atravesar aquel paraje y sucedió en el momento que debía y por el camino más directo posible, que para los buenos amores resulta ser el camino menos esperado.

Las que en la casa llamaban «las tías», las dos hermanas de Diego de Altaterra Coronado, fallecieron con una semana de diferencia una de la otra, en el mismo hospital. El recogimiento y la tristeza se apoderó de la casa, no tanto por el luto y la solemnidad de las liturgias, sino porque eran dos mujeres muy queridas de todos. Un nombre que Elisario Calante apenas conocía como una vaga resonancia cuando pasaba por la cocina, cristalizó en la realidad cotidiana. Amalia Norcron, aunque se referían a ella por el diminutivo de Ami, era ahijada de las hermanas fallecidas, que la acogieron y criaron desde niña y a cuyo lado ella permaneció hasta en los momentos más difíciles del amargo final.

Con todo derecho y dignidad, Amalia Norcron ocupó una habitación en el área restringida a los miembros directos de la familia y se integró en la casa de Altaterra. Era joven, dos años mayor que Elisario Calante, agraciada, de huesos sólidos y carnes rotundas. Su talante austero la hacía parecer seca de trato, lo que no era sino un subterfugio de timidez, a la vez que una fórmula para no complicarse la vida. Sin que nadie hubiera podido explicarlo, pese a su juventud, en dos meses de presencia en el predio de la cocina, había tomado posesión de la gobernanza doméstica con la anuencia de las otras mujeres, porque además de hacerse querer tenía un sentido de lo práctico que hacía insostenible cualquier argumento contrario a su criterio.

Nunca fue con Elisario Calante diferente que con otros. Lo trataba sin complacencia, con respeto y lejanía que reforzaba por la rigidez del tratamiento sin tuteo. Lo saludaba apenas con un movimiento de cabeza y un buenos días o buenas tardes, correcto, pero burocrático y helador. Ella trazaba por este medio una delicada raya que tenía el poder de mantener a cualquiera en otro universo aparte del suyo. Un año después de su llegada, Amalia Norcron no había intercambiado con él ni una frase que no fuese obligada para pedir que llevara un recado a Servando Meno o a María, o para requerir su atención en algún problema.

Elisario Calante de ninguna manera se permitía mirar donde no debía, mucho menos a Amalia Norcron, más próxima a los miembros de la familia De Altaterra que al personal de la casa, aunque no era inmune a su sensualidad. Alguna vez ella no puso cuidado al agacharse delante de él, que no pudo evitar la mirada de desconsuelo clavada en la sensualidad de su figura. Otras veces le habían quedado un par de botones del escote abiertos y la blusa suelta le permitió la furtiva visión del nacimiento de sus senos. Apenas lo justo para que pudiera adivinar que el hombre afortunado a quien ella le concediese tal dicha hallaría a la vez delirio y perdición al término de aquellos contornos de tentación. Él no se consintió ni una milésima más allá de esas migajas dispersas. Nunca una mirada de cerca, a veces ni siquiera de lejos. Además, la carencia de malicia propia le impedía imaginar la malicia ajena, y Amalia Norcron acababa de prometerse con un menestral de la casa de Altaterra y puesto fecha de la boda cuando hubiesen pasado dos años.

En un entresuelo sobre la cocina, al término de una ancha escalera de peldaños bajos, una estancia servía de apoyo. Los gruesos paredones de carga, más de un metro de piedra y argamasa, proporcionaban el lugar perfecto para los hornos y un par de fogones, dispuestos en una pared lateral. En el lado contrario frente a esta pared, detrás de una pesada puerta de madera maciza, se situaba la fresquera, la despensa donde se guardaban harinas, granos y alimentos que no requerían frigorífico. Una tarde en que Amalia Norcron estaba en su interior, un sordo estrépito hizo correr escaleras arriba a las otras mujeres. Respiraron con alivio cuando la vieron aparecer en la puerta, limpiándose las manos con el delantal.

—No ha pasado nada —dijo, y aclaró enseguida—: Unas repisas se han roto. Madera podrida. Tendremos obras esta semana.

Por la tarde Servando Meno y Elisario Calante llegaron a subsanar el estropicio. Tomaron notas y medidas, hicieron un croquis a mano alzada y retiraron piezas para reparación en el taller. Elisario Calante asumió la tarea, como era ya común en las obras menores. Pasados unos días, por la mañana muy temprano, trasladaron hasta allí herramientas, maderas y materiales. Servando Meno desapareció y Elisario Calante acometió solo la reforma.

Sin otro propósito que el de satisfacer la curiosidad, Amalia Norcron aparecía y echaba un vistazo, según su forma de proceder, respetuosa, sin entregar ni una señal más de la debida. Elisario Calante alzaba la vista y la encontraba bajo el dintel, impávida, observando sin hacer una pregunta. Él continuaba la tarea y cuando alzaba de nuevo la vista, ella había desaparecido. A media mañana le llevó una bandeja de primorosa presentación con una limonada, un plato con una rebanada de pan con lonchas de jamón y rodajas de tomate aliñadas con ajo dorado y orégano.

—Tome algo, Rafael —le dijo con el tono de cortesía con que marcaba la frontera de hierro de su espacio personal—. No es bueno hacer un trabajo tan duro con el estómago vacío.

Lo informó de que nadie estaba presente en las estancias de acceso exclusivo al personal más cercano a la familia, porque Diego de Altaterra Coronado acogía una importante visita en una casa de la costa. Sólo ella quedó en la vivienda para asegurar que se terminara pronto la pequeña reforma.

Al mediodía regresó con otra bandeja, de tan esmerada presentación como la anterior, en la que traía el almuerzo, sencillo y frugal. Desapareció durante la tarde y volvió cuando Elisario Calante ya recogía las herramientas.

Entre los bultos sobre el suelo había quedado un estrecho paso por el que cabía una persona. Elisario Calante hizo todo lo posible por apartarse y Amalia Norcron le sonrió acercándose a él. Olía a jabón, a baño reciente, a cabello limpio. Llevaba un vestido y una rebeca a medio abotonar que mostraba su piel desde el cuello hasta el nacimiento de los senos.

—¿Me disculpa? —le dijo apoyando una mano sobre su hombro y pasando tan próxima que rozó su cuerpo en una larga y apretada caricia, que lo estremeció desde la punta de los pies a la coronilla—. ¡Qué torpe soy! —se reprochó.

Observó el trabajo y se volvió satisfecha.

—Ha quedado muy bien.

—El barniz no ha endurecido —avisó él—. Mejor resultado dará no cargar los estantes hasta mañana. Vendré temprano a retirar las herramientas. Podré ayudarla a colocar las cosas y poner orden, si acepta mi ayuda.

—¡Claro que la acepto! —se apresuró ella.

Y lo observó durante unos segundos en los que Elisario Calante permaneció atento a su mirada, a la espera de una pregunta que lo cogió por sorpresa.

—Antes de marcharse, ¿le importaría subir a la planta alta?

Una habitación al fondo de un pasillo que permanecía con la puerta entreabierta dejaba ver la luz del interior. Golpeó con suavidad y la puerta no tardó en abrirse. Amalia Norcron se retiró a un lado para franquear la entrada.

—No será necesaria la caja de herramientas —le dijo.

Elisario Calante dejó la pequeña caja junto a la pared mientras Amalia Norcron cerraba la puerta y echaba la llave. Se acercó después con una intención que él jamás hubiera imaginado. Lo observó con pausa, segura de sí misma. Él sostuvo la mirada, tenso, a la expectativa, creyendo adivinar el calor de cierto anhelo. Ella se aproximó otro paso, le cogió una mano, se la llevó con suavidad a un lado del cuello y la acarició con la cara.

—¿Te portarás conmigo como un hombre? —le preguntó tuteándolo por primera vez, y se acercó extendiendo la otra mano para rozarle los labios con la yema de los dedos—. Sé que por ti nadie lo sabrá. ¿Me prometes que no?

Estremecido, Elisario Calante asintió y no tuvo el impulso ni el instante para pronunciar una palabra que hubiera sido innecesaria. De pronto sintió la delicada caricia en la boca, sintió que se le aceleraba el pálpito del corazón, sintió liberarse en sus arterias el torrente de la sangre y correr por su cuerpo el caudal de una fuerza incontenible que le cambió de golpe todas las dimensiones de la realidad. Se dejó besar y se dejó llevar con docilidad y miedo hasta que ya no pudo retroceder y quedó contra la pared, indefenso entre los brazos de Amalia Norcron, descubriendo con el primer beso que, en la pasión y el amor, el único miedo racional es el de haber vivido sin sentirlos.

Ella fue ardiente y tierna. Supo contenerse, lo distendió con las caricias, lo sosegó alargando los instantes, progresó muy despacio, recorriéndolo con las manos sin dejar de besarlo, mostrando de qué manera deseaba transitar el camino que emprendían. Él tomó la delantera en cuanto superó el miedo y entonces fue ella quien entornó los ojos y se abandonó en él.

Fundidos durante horas compartieron el baño, la cena y la cama apenas sin hablarse. Se amaron con fuerza y con delicadeza, con ansia y con ternura, y terminaron agotados en la madrugada sin haber acabado de saciarse. En la puerta, en un círculo interminable de infructuosos intentos que los devolvían al arrebato, tardaron media hora en despedirse.

Elisario Calante regresó dando un gran rodeo por las calles mojadas en una noche de neblinas cerradas. Era feliz, sin un pesar, sin una duda ni otro deseo que pensar en Amalia Norcron. Cuando colgaba el abrigo sabía que era ya otro ser distinto del que se marchó por la mañana. Había terminado de hacerse hombre con la mujer excepcional que era Amalia Norcron y era el más afortunado del mundo.

En verdad lo era. Recién llegada Amalia Norcron, cuando apenas exploraba los extensos límites de la casa de Altaterra, acudía algunas tardes a la casa de obras para inventariar y poner orden en las habitaciones que servían de trastero. Entraba por un acceso auxiliar, atravesaba las estancias y dejaba entreabierta la puerta del zaguán frente a la puerta de Elisario Calante, por si tenía ocasión de oír la música de su guitarra. Muchas veces se sentó a escuchar y antes de saber cómo era él por fuera comenzó a saber cómo era por dentro. Sentía la música que improvisaba como un hermoso lamento de alguien a quien hubiera querido llevar unas palabras de aliento.

Seguía sin conocerlo cuando cometió la osadía de husmear en su habitación. Oyó abrir la puerta interior y a continuación la de la calle y no pudo resistir la tentación. Vencida por la curiosidad, aunque todavía sin un propósito claro, caminó los siete pasos que separaban las dos puertas a los lados del zaguán. Para su sorpresa, la puerta de él estaba entreabierta y le facilitó pasar el umbral. El cuarto era acogedor y el más limpio y mejor ordenado de cuantos había visto en su vida. Del sólido camastro se veían las gruesas patas de madera bruta, bajo la colcha tendida con esmero. La ropa limpia y bien doblada, aunque muy gastada. Un buen abrigo, un par de buenas botas, dos camisas y un pantalón eran nuevos, lo demás era ropa de trabajo. Camisas con los cuellos ajados y los pantalones descoloridos y con algún roto zurcido. En los estantes sobre la mesa, libros de todos los temas. En un extremo, apiladas en un montón, varias decenas de partituras.

De manera que cuando Amalia Norcron vio por primera vez a Elisario Calante lo conocía mejor de lo que él imaginaba. Lo encontró una mañana en la cocina, esperando por el café, con su metro setenta y ocho de pie junto a una puerta, con los brazos cruzados sobre el pecho, y a Amalia Norcron le llamaron la atención la elegancia de la pose y la belleza de las manos.

—Buenos días, Rafael —dijo ella arriesgándose a equivocarse.

—Buenos días, señorita Amalia —respondió él con cortesía, serio y conservando la distancia.

Desde ese día lo observó con disimulo. Había empezado a intrigar consigo misma para disponer el mejor lecho que mujer alguna hubiera hecho jamás a un hombre. Lo había madurado durante meses de observación y lo había preparado con sigilo, sin dejarse ver por él en un mal momento, siempre bien vestida y peinada, con una pizca de carmín en los labios, que sólo usaba cuando esperaba verlo, pero sin dejar que se adivinara en ella un signo de interés.

Los que él había creído pequeños desliz que le perturbaron el instinto, no fueron descuidos de una mujer que nunca omitía ni el detalle más intrascendente, sino que habían sido acciones deliberadas de refinada y deliciosa incitación. Ella eligió el momento y la manera para sabotear las maderas de la despensa, que pedían ser remozadas desde hacía un siglo, pero que habrían soportado enteras otro par de siglos más.

Ansiosos de volver a verse, se encontraron la mañana siguiente de aquel primer encuentro, trasnochados y cansados, con las brasas de la noche pasada aún vivas y el amor crepitando en sus corazones. Desayunaron juntos casi en silencio sin dejar de mirarse a los ojos. Aún disponían de la casa para ellos solos, pero comenzaban a interpretar el papel que en adelante cuidarían, de modo que cuando se encontraron de nuevo, en el mismo lugar y en la misma hora de la tarde anterior, la pasión se desató con el ímpetu de una explosión.

Antes de la noche volvían a estar extenuados, pero les sobraban energías y edad para recobrar las fuerzas tras una tregua que empleaban en explorarse. Todo en la medida y la manera de Amalia Norcron, cuya inteligencia y dominio Elisario Calante comenzaba a adivinar que, más que simple soltura para el manejo de la vida, era sabiduría primigenia para vivirla.

Aquella segunda tarde, bajo la ducha, tras apaciguar el primer ímpetu Amalia Norcron volvió a tomar la iniciativa.

—Cierra los ojos, no pienses —le dijo como una orden.

Muy despacio lo lavó, enredó los dedos en el pelo, enjabonó su cuerpo con las manos recorriendo la piel en largas y lentas caricias. Después se envolvió en los brazos de él, con la espalda apoyada en su pecho, y le dirigió las manos para enseñarlo a repetir en ella las caricias. Sin dejar de explorarse se secaron muy despacio. Ella lo tendió sobre la cama y continuó recorriéndolo, saboreándolo en besos sutiles, paseándose sobre él y junto a él, con la vista y con las manos, de un lado y del otro, desde la cabeza y desde los pies. Lo cabalgaba o se tendía sobre él, lo besaba, lo lamía arrastrando la punta de la lengua, lo saboreaba en eternidades diminutas; lo deshacía en sílabas, lo deletreaba y lo reconstruía después letra por letra; y todo culminaba en un nuevo comienzo, en otra nueva e inesperada caricia. Él aprendía siguiendo el juego, copiaba sus maneras y sus pausas e intentaba llegar al trance en que ella se perdía.

—No me llames Ami —le dijo tapándole la boca—. Eres el único que me llama Amalia. Señorita Amalia me dices. Me gustaba oír mi nombre en tu voz. Se me quedaba en el corazón como un eco que me hacía sentir que vivías en mí. Y me gustaba mucho cómo me mirabas.

—¿Cómo te miraba?

—Con mucho deseo. Y sin esperanza de conseguirme.

—¿Se me notaba? —preguntó con un pronto de rubor.

—No se notaba, tonto. Es que yo lo sentía. Y me daban ganas de encerrarte en un cuarto y comerte crudo.

—¿Como ayer?

—¡Sí, como ayer! ¡Eso fue lo que hice! —exclamó Amalia Norcron riendo—. No me arrepiento. Me gustó mucho.

Elisario Calante la besó sin añadir una palabra.

—¿Qué sentiste? —insistió Amalia Norcron.

—Eres lo mejor que me ha pasado, mi único deseo satisfecho, estar contigo.

—No mientas. También lo sentirías igual si hubiese sido otra chica cualquiera.

—Las dos cosas son verdad. Cuando no se espera cumplir un deseo es mejor no tenerlo, pero no podía evitar el deseo de estar con una chica. Desde que te conocí sólo me servía que la chica fueses tú. Sólo soñaba contigo como estamos ahora.

—¿Confiabas en mí?

—Contigo me siento seguro. Todos quieren saber quién soy y cómo llegué aquí. A ti parece no importarte.

—En la casa sienten intriga sobre ti. Se preguntan quién eres. Yo no entro en las conversaciones sobre nadie, menos si se habla de ti. He oído decir que tal vez no te llamas Rafael.

—No me llamo Rafael. El nombre que yo creía tampoco era real. Cualquier nombre sería mentira. Qué más da cual diga.

—Pues no hablemos nunca de lo que éramos, porque hay algo hermoso en que no sepamos nada del otro.

Al decirlo quedó pensativa, meditando algo que le escocía.

—¿Qué te preocupa?

—Algo que debemos hablar —le dijo rompiendo el instante de duda—. Es muy importante, porque tal vez tú no quieras estar conmigo otra vez. ¿Sabes que me voy a casar?

—Sí, lo sé. No se habló de otra cosa la semana pasada.

—¿Piensas de mí que soy una ligera de cascos por haberte traído a mi habitación?

—Yo no pienso nada de nadie. No entiendo lo que hace la gente, ni siquiera en las cosas más sencillas. No tengo opinión. Por lo que voy descubriendo, es buena manera de ir por la vida. Desde ayer no he hecho más que pensar en ti y en lo que me has hecho descubrir. ¿Cuánto durará? No lo sé. Me da miedo pensarlo.

—Hace diez días era virgen —confesó ella—. Lo di para poder estar contigo.

Fue una hermosa declaración que, sin embargo, dejó una sombra de desgarro y tristeza.

—¿Me crees?

—Sí te creo. A cualquier otra no la hubiera creído. A ti te creo.

—Desde el principio le impuse la condición de que debía esperar al matrimonio. No se lo había permitido, ni se lo volveré a permitir mientras esté contigo.

Elisario Calante no la interrumpió con una pregunta.

—Hasta que me case, si tú quieres, podré seguir encontrándome contigo. En estos dos años que faltan, seré tuya nada más. Solos tú y yo, si tú lo quieres. ¿Lo entiendes?

Elisario Calante no respondió enseguida.

—No debes temer —dijo tras la reflexión—. Desapareceré cuando sea el momento sin hacerte un reproche.

—¿Es una promesa?

—Es más que una promesa, Amalia. Es mi modo de ser.

Amalia Norcron no tenía una duda sobre aquello.

—De nada servirá que explique mis motivos —dijo ella—, porque no puedo expresarlos con palabras. La única manera en que tendrán sentido es que seas tú quien los descubras. Valdrán para que no nos sintamos defraudados uno del otro. No habrá entre nosotros confusión, no habrá equivocación ni compromiso cuando termine. Si lo consiguiéramos, este será el tiempo más feliz de nuestras vidas.

Aunque le quedó clavado un puñal su respuesta fue la precisa.

—Que se acerque a mí otra mujer es improbable, pero te prometo no tener nada con ninguna.

Pronto descubrió las razones de Amalia Norcron. Aquel simple acuerdo pasional entre amigos, aquel amor sin porvenir, con fecha de caducidad, habría de ser la relación más leal, más intensa y perdurable.

Su habitación junto al taller fue el lugar de los encuentros una o dos veces por semana, incluso tres, cuando tuvieron oportunidad. Ella accedía por la puerta de servicio, en el extremo contrario de la casa de obras, atravesaba un largo pasillo, accedía al zaguán y entraba en la habitación. Empleaba el sigilo, a pesar de que su libertad en la casa de Altaterra era absoluta y nada estaba fuera de sus hábitos y funciones. No necesitaba ni imaginar una excusa.

La pasión daba sostén a un intercambio que iba más allá de lo que ambos estaban dispuestos a admitir. Con el final en una fecha fija, aprovechaban hasta las migajas. La sinceridad, el respeto, la camaradería, la delicadeza en el trato, la amistad sin necesidad de palabras, la dicha de estar juntos, querían pensar que era el sedimento que dejaba la culminación del deseo sexual. Creían que era el resultado de tener los minutos contados para amarse y creían callar los sentimientos para no imponer al otro una atadura, pero se engañaban. Callaban porque al manifestarlos habrían flaqueado, porque no llegarían con entereza al momento del adiós. No lo admitían. Sólo somos amigos, se repetían en silencio. Pero no era más que amor.

—¿Sabes qué somos las personas? —le preguntó Amalia Norcron cuando lo puso sobre la pista de sus razones.

—Creo que somos química —respondió Elisario Calante.

—Sólo somos nuestra memoria. Nada más que eso. Aunque la memoria también sea química.

Cuando era niña su padre sufrió un derrame cerebral y nunca volvió a reconocerla. Las hermanas de Diego de Altaterra Coronado la acogieron y le dieron cariño y protección. Apenas tenían unos años de diferencia, pero enfermaron de alzhéimer casi al mismo tiempo y Amalia Norcron asistió al declive que en pocos años las llevaría a la muerte. Las vio irse borrando de la vida desde los primeros olvidos hasta un final estremecedor. Dos hermanas que habían estado juntas toda la vida, a las que nadie recordaba enzarzadas en una discusión ni haber mostrado disensión entre ellas, se preguntaban cuando aún eran capaces de hablar: «¿Y tú, quién eres?» y la otra no sabía qué responder.

Esa era la clave que mantenía en pie el edificio que Amalia Norcron había construido como refugio de sí misma. La complejidad de su acuerdo resultaba en realidad bastante simple. Ella se extasiaba en las caricias, al hacerlas y al recibirlas, se entregaba a los juegos y los besos, intentando atesorar en la memoria cada segundo de la experiencia.

—Lo que hago contigo nunca lo haré con otro, ni con mi marido cuando lo sea. Te llevaré en mí toda la vida; no dejaré que nada opaque mi memoria; no tendré otra experiencia que empañe mis recuerdos de ti.

Los meses del otoño fueron de pasión sin tregua, que recobraron tras el intervalo de las fiestas de Navidad. En la primavera eran veteranos. Como un matrimonio se entregaban a los juegos, la conversación, las confidencias y la camaradería.

Ella le cortaba el pelo y lo enseñó a cortárselo por sí mismo con la ayuda de dos espejos. Juntos hicieron una funda para la Clavelina, con tres telas y dos rellenos que protegían las finas láminas de madera de roble que actuaban de armazón. Amalia Norcron le regaló un neceser de costura hecho por su propia mano con piel de borrego. Enrollado y atado con un lazo, era un poco más grande que un puño y contenía los útiles imprescindibles para los remedios de costura ocasionales. Sería el utensilio más apreciado en el estilo de vida que Elisario Calante llevaría años después. Amalia Norcron era una excelente costurera y fue buena instructora y él un alumno aplicado, que aprendió técnicas de cosido, puntos y nudos que sólo se conocían en los talleres de tapicería reales o en conventos de monjas.

Amalia Norcron desapareció de su vida durante semanas y regresó a ella cuando se cumplía un año de su acuerdo. Le regaló un jersey que había tejido y una camisa confeccionada con sus propias manos, cuyas medidas tomó en secreto, contando palmas y dedos cuando lo tenía a su merced, desnudo sobre la cama. Fue tan precisa que las prendas no necesitaron arreglo.

De nuevo la Navidad supuso un paréntesis cuando empezaban a contar su tiempo no por semanas sino por días. En cada encuentro, los juegos se tornaban más delicados, menos sexuales y más amorosos, y las despedidas más tiernas por fuera cuanto más encarnizadas por dentro. Ocultaban en sus silencios la herida abierta del adiós traicionados por las manos, que expresaban el desgarro interior con mayor ternura que las palabras.

Nadie sospechaba de aquellos amores porque nadie los hubiera imaginado de Amalia Norcron y por el hermetismo de Elisario Calante. Los que tenían la facultad de preguntarlo, Servando Meno, María, Lucila de Miranda y Fernando de Altaterra, preguntaron si no había alguna mujer y él lo resolvió con la frase más común y simple: «Tonteo con una chica».

En los preámbulos de la Navidad, un día de ausencia de Amalia Norcron, Elisario Calante paseaba lamentando no tener sobre ella ni el derecho a echarla de menos. No podía llamarla ni correr el riesgo de dejarle una nota, ni siquiera podría mirarla si la encontrara en la casa de Altaterra.

Lucila de Miranda salía de la catedral y corrió para saludarlo. Él se alegró de verla y le sonrió, pero ella lo encontró decaído. Hablaron de los tópicos usuales: que la Navidad también causa tristeza, que pronto llegaría Fernando de Altaterra, que en dos semanas acabarían los festejos. Pero es imposible engañar el corazón de una mujer y Lucila de Miranda tuvo un instante de revelación.

—¡Te pasa algo más bonito! —dijo riendo, complacida por su descubrimiento—. ¡Estás enamorado!

Elisario Calante no pudo defenderse.

—No sé si estoy enamorado —balbuceó—. Pero sí que la echo de menos.

—Acéptalo. La echas mucho de menos, estás muy enamorado.

En marzo Amalia Norcron mostraba los primeros síntomas del inminente acontecimiento de su boda. Desaparecía para preparativos de los que él nada sabía y regresaba a su lado con el ansia del reencuentro. Durante el verano se produjeron los intervalos de ausencia más largos.

Para alivio general, Amalia Norcron gobernaba con lucidez y mano de hierro los asuntos domésticos de la casa. Se casaría con un muchacho de la confianza de Diego de Altaterra Coronado, que llevaba temas de las fincas, de manera que ayudó a que la unión no se convirtiera en trastorno cediéndoles una vivienda en una finca de la costa, para facilitarles ir y venir sin perturbar las funciones que desempeñaban por separado.

Llegó septiembre, se adivinaba el otoño final de los dos años de gracia que Amalia Norcron y Elisario Calante se habían concedido. Cuando ella llegó, dispuesta a preparar el adiós, fue él quien la esperaba con un obsequio hecho por su propia mano: una guitarra, con su funda.

—Para que te quede algo mío —le dijo cuando la puso en sus manos a punto de quebrarse—, no para celebrar otra cosa.

Amalia Norcron lo besó sin querer evitar una lágrima.

La había enseñado a leer la clave de sol en el pentagrama, a identificar las notas en el diapasón y a practicar escalas. Según su estilo de trabajo, manufacturó la guitarra con parsimonia, dando a la madera tiempo para asentarse y coger la forma. Era distinta a la Clavelina porque se veía hecha para una mujer, pero en sonoridad nada tenía que envidiar.

—Hoy será nuestra última vez —sentenció Amalia Norcron al meterse en la cama.

No fue la pasión ni la juventud la que les dio la fuerza para amarse dos veces casi seguidas, fue la ternura. Se despedían. Ninguno de los dos dijo cuánto amor sentía, pero ninguno dejó de sentir el amor del otro. Amalia Norcron, que era de orgasmos largos y profundos, los tuvo confundidos en llanto. Elisario Calante, atenazado, incapaz de pronunciar una palabra, se disolvió en ella en silencio, besándole las lágrimas.

Ella regresó del aseo y se vistió sin hablar. Elisario Calante, con una camisa por encima, la observó desde la cama. Pensó que aquella era otra tarde de su vida en que sería incapaz de pronunciar una frase. Amalia Norcron terminó de arreglarse, se anudó la bufanda y se puso el abrigo. Se volvió, muy seria, intentando ser tan fría como en la época en que lo trataba de usted. Él se puso en pie, ella se acercó, lo besó y recostó la cabeza sobre él.

—¿Volverás? —preguntó él.

—Volveré. Sólo para decirte adiós.

—Mañana llevaré la guitarra. Les pediré que te la entreguen.

Ella asintió, llegó a la puerta y salió. Elisario Calante no necesitó ver su rostro para saber que lloraba.

Fueron dos semanas tristes de hermoso otoño. Paseó muchas noches sintiendo ya el doloroso vacío que Amalia Norcron dejaba en su vida. Dos semanas de pesar en que la Clavelina se desangró inconsolable.

Amalia Norcron regresó como había prometido dos días antes de la ceremonia de boda. Elisario Calante la aguardaba en la habitación, sentado en la cama, vestido con la camisa que ella cosió a mano y el jersey que tejió para él. Esperaba que ella dijera adiós y se marchara, como había dicho. Entró muy serena, sin saludar lo miró desde lejos, parecía abatida. Se dio la vuelta muy despacio para quitarse el abrigo, pensativa. Caminó hacia él y se sentó en sus rodillas, cogió su cara entre las manos y lo besó.

—Te he echado tanto de menos que tenía que esconderme para que no me lo notaran. No quiero que este tiempo pase nunca, no quiero tener que decirte adiós.

Y entonces hizo lo que había dicho que no harían. Le abrió la cremallera, lo buscó con la mano, le quitó el jersey, le desabrochó la camisa y revivieron la pasión de la primera tarde.

El día siguiente, el de la víspera de la boda, Elisario Calante apenas pudo comer. Servando Meno y María lo notaron más taciturno que otras noches y le preguntaron si se sentía bien.

—A veces la cabeza me da un poco de lata —respondió sin decir la verdad, pero sin mentirles—. Saldré a dar una vuelta cuando las calles queden tranquilas.

Les dio las buenas noches, atravesó el taller, se aseó y esperó la hora del paseo nocturno sentado en la cama, sin ánimo para otra cosa que no fuera pensar en Amalia Norcron. Ella había dado sentido a su vida, lo salvó de la mejor manera en que es posible salvar a alguien, llenándolo de esperanza. Para merecerla, se prometía salir adelante.

Lo sorprendió oír la puerta del otro lado del zaguán y la de la habitación a continuación. Amalia Norcron cerró y se volvió hacia él. Una lágrima se deslizaba por su mejilla. Dejó el abrigo, fue hasta él, se sentó a horcajadas sobre sus piernas y lloró en silencio sobre su hombro.

—Pasaré la noche contigo —le dijo para su sorpresa, porque él se lo había propuesto muchas veces y ella siempre rehusó quedarse—. Me casaré con ojeras, pero me da igual.

Si la primera tarde fue la del más hermoso preámbulo de amor, aquella noche fue la de un tierno y doloroso epílogo. No pudieron dormir y de madrugada Amalia Norcron propuso salir a dar una vuelta. Tras un breve paseo en coche, media hora después, contemplaban la estela lunar, sentados en la arena bajo una manta.

—¿Entiendes hoy por qué te pedí que las cosas entre nosotros fuesen como han sido? —preguntó Amalia Norcron.

—Lo entendí desde el principio. Sabía que me dolería cuando tuviera que decirte adiós, pero no pensé que dolería tanto como duele —respondió Elisario Calante.

—¿Piensas que a mí no me duele?

—Debe dolerte como a mí. Has cumplido tu promesa, no me has traicionado. Acepté que hoy tuvieras que marchar, nada tengo que reprochar. Te llevaré en lo mejor de mí, como dijiste.

Amalia Norcron tomó aliento antes de responder.

—Gracias por hacerlo fácil —le dijo besándolo.

—Quiero decirte algo que debes oír al menos una vez. Callé para no estropear nuestro acuerdo.

Necesitó una pausa. Ella esperó.

—Te he querido desde el día que llegaste a mí. Te seguiré queriendo —dijo, al fin.

Ella lloró asintiendo, pero calló lo que él esperaba oír. Caminaron abrazados. Regresaron en silencio y estacionaron en paralelo a la calle de la casa de Altaterra. En el callejón la luna refulgía con destellos de plata en el empedrado. Se dijeron adiós con un beso. Amalia Norcron caminó abatida por la estrecha calle. Se giró. No esperaba verlo, pero allí estaba.

Corrió hacia él. El eco de los pasos resonó en el callejón. Se colgó a su cuello para decirle lo que no le había dicho.

—¡Yo también te he querido! ¡Y te querré siempre! ¡No me odies, por favor! ¡No me odies!

—No podría odiarte. ¿Recuerdas por qué fue? Siempre nos quedará lo que hemos sido.

Ella se alejó caminando muy despacio. Al final de la calle se giró y lo observó por última vez.

9

Aun lado sobre la mesa del profesor, en una de las aulas del Ejército de Tierra, un crucifijo de buen tamaño presidiría la reunión. Fernando de Altaterra ocupaba la silla y leía un pasaje del Antiguo Testamento, mientras esperaba a que terminaran de llegar los soldados voluntarios a la charla. A la hora en punto de la cita apartó el libro, se alisó la ropa, caminó hasta el centro de la tarima y esperó por los rezagados. Hizo una seña con la mano mientras daba la bienvenida y todos se levantaron para rezar el padrenuestro y el avemaría. Con otro gesto, los asistentes tomaron asiento. En una calculada puesta en escena, que debía ser contenida para que ganara efectividad, paseó a un lado, reflexionando, seguido por las miradas. En el extremo giró, caminó en el sentido contrario y habló:

—Pasado cierto tiempo, aconteció que Dios puso a prueba a Abraham y lo llamó: «Abraham», y él respondió: «Heme aquí».

Ganada la atención, detuvo los pasos, y prosiguió la cita hablando de frente al auditorio:

—Y Dios dijo: «Toma a Isaac, tu hijo único, a quien tanto amas, y ve a la tierra de Moriá y ofrécelo allí en sacrificio sobre uno de los montes que yo te diré».

Citó el viaje incomprensible de Abraham hasta la dramática escena en que no llegó a clavar el cuchillo en su único hijo sólo porque una voz lo detuvo. Fernando de Altaterra volvió al paseo de reflexión teatral, regresó al centro y ubicó el debate:

—Este pasaje del Antiguo Testamento plantea diversas preguntas. Abraham hubiera podido devolver la decisión a Jehová diciéndole: «Toma mi vida a cambio de la de mi hijo, libérame de algo que me haría perder la fe en ti». Desde la parte de Jehová se plantea la pregunta contraria. ¿No demuestra Abraham ser indigno patriarca de su pueblo si es capaz de inmolar a su hijo sin hacerse una pregunta?

Tras otra pausa retórica, continuó:

—No hablaremos de eso, lo utilizamos para la pregunta que hoy nos interesa. ¿Qué es de nuestra conciencia cuando cumplimos órdenes de un superior? La respuesta debe llevarla aprendida todo soldado cristiano porque esa pregunta lo asaltará con cada orden que deba cumplir, sobre todo en el campo de batalla. Si hubiera guerra, Dios no lo permita, usarás tu fusil, llevarás la muerte, pero por cristiano no podrás olvidar que el enemigo es también ese prójimo que Dios nos manda amar como a nosotros mismos. Entonces dudarás; si titubeas en la batalla podrías morir o resultar herido, o podrías hacer que tus compañeros muriesen o fuesen heridos. Pensarás que condenarías tu alma, pero si no lo haces y mueren otros por tu cobardía o inacción, ¿no la condenarías de igual manera?

Los últimos en llegar se habían incorporado ocupando los laterales y otros hacían corro en la puerta. Una vez tuvo planteado el terreno del debate, invitó a expresar dudas y convicciones, preguntó a los que cavilaban, cercó a los que equivocaban conceptos y fue esclareciendo en la mente de todos la conclusión final, que él ya tenía hecha para sí. El encuentro fue ameno y excedió el horario sin que nadie hubiera abandonado la sala cuando llegó al resumen final:

—Un cristiano halla contradicción en la milicia, como la halla en cualquier otra actividad de la vida. El soldado cristiano cumplirá las órdenes sin temor por su alma; hallará fortaleza en la fe y en la oración. Sabe que su alma es inmortal, no teme a la muerte, es el más valiente de los soldados. Como cristiano, tendrá consuelo moral reconfortando al moribundo y cuidando del compañero herido. Tratará al enemigo derrotado y preso, que no suponga peligro, con la piedad que todo cristiano debe a su prójimo. Y no olvidará que condena su alma si abusa de civiles o prisioneros, si viola, saquea o se excede en las órdenes.

Una ovación cerró la charla. En la última fila, vistiendo ropa de civil y sin perder detalle, un hombre que rondaba los sesenta años evitaba llamar la atención. Se llamaba Lucrecio Estrada y a sus ojos quedaban cortas las alabanzas que le habían llegado sobre aquel joven de complexión atlética, de imponente presencia, resuelto, inteligente, con un imbatible don de la palabra, un compromiso con la fe fuera de duda y ungido con apellidos de la más antigua raigambre aristocrática.

Lucrecio Estrada era robusto, de manos grandes y ademanes rudos, pero su apariencia pedestre ocultaba una aguda inteligencia. En el conocimiento no pasaba de la espuma, en lo teológico le bastaba el dogma; no obstante, las virtudes que lo convertían en un clérigo mediocre lo erigían a la vez en un insustituible dirigente de su congregación. Alcanzaba sus metas por la disciplina y una constancia de trabajador incansable y tenía un olfato muy fino para descubrir en cada persona sus anhelos primarios. Por tanto, Lucrecio Estrada era un adversario digno de respeto.

Quería a Fernando de Altaterra dentro de su congregación, pero acertaba al suponer que un joven con semejantes cualidades y forjado en la educación clásica estaría prevenido. No empleó la fórmula usual para captar adeptos, el acometimiento suave, imperceptible, constante, que lamina poco a poco el juicio del sujeto. Lo camuflaría haciéndola parecer un asalto frontal. Sería sincero desde las primeras frases.

Acudía con frecuencia a las charlas para los reclutas, para conocer a Fernando de Altaterra, pero también, y cada vez más, porque encontraba en ellas un momento de placidez.

—No llegamos al siglo de existencia y hemos pasado por épocas difíciles —dijo Lucrecio Estrada a Fernando de Altaterra—. Ahora somos unas docenas de hermanos, pero andaremos pronto un nuevo trecho de nuestro camino.

—¿Y a qué se debe su interés en mí, padre? —preguntó Fernando de Altaterra.

—Puedes llamarme páter, que es el término cariñoso que emplean mis hermanos de la orden —dijo Lucrecio Estrada—. Mi interés es el natural. Necesitamos sangre joven por ley de vida. Tu caso es especial a causa de tus apellidos. Desciendes de la familia de Rodrigo Coronado, figura muy admirada entre nosotros.

—Hace tres siglos y medio que Rodrigo Coronado está con Nuestro Señor.

—Que en su paz descanse —dijo santiguándose—. La figura de tu antepasado es entrañable para nuestra pequeña comunidad. Si quisieras orar con nosotros durante algún tiempo, mientras terminas los estudios y recibes las órdenes, sin estorbar tus obligaciones, serviría de estímulo a nuestros hermanos. Sin ataduras, por supuesto. La tuya sería una contribución que Dios bendecirá y por la que yo, como maestre de nuestra humilde hermandad, te estaré siempre agradecido. Al final, decidas lo que decidas, tendrás mi bendición.

Cada tarde antes de la apertura del comedor, Fernando de Altaterra acudía a una pequeña iglesia cercana a la residencia de estudiantes del seminario, dedicada a san José, patrón de los seminaristas. Desierta a esa hora, la atmósfera de recogimiento y soledad le permitía evadirse del trajín de la jornada. Arrodillado en el reclinatorio, creía ser el único en el recinto. Al incorporarse estuvo a punto de perder la compostura. Alguien se había sentado tan cerca que invadía su espacio personal.

—¿Vienes aquí a esta hora para quedar bien con tu conciencia o porque te gusta?

Fernando de Altaterra sentía que el corazón se le salía del pecho y necesitó tomar aire.

—Era costumbre familiar —dijo cuando tuvo aliento—. Descargar la mente antes de la cena, dejarla en blanco unos minutos. O meditar y rezar, si prefieres esos términos. Hoy me has hecho añicos la inspiración con tu impertinencia.

El causante del sobresalto no se dio por aludido. Era seminarista de un curso superior, con el que Fernando de Altaterra apenas había intercambiado un gesto de saludo cuando se cruzaban por el pasillo entre las clases.

—Magnífica costumbre. ¿Sabes cuál es su procedencia?

—Me llamo Fernando de Altaterra —se presentó tendiéndole la mano, esperando ser correspondido.

—Sé quién eres —dijo el otro estrechándole la mano, aunque sin decir su nombre.

—Pertenezco a una vieja familia —continuó Fernando de Altaterra, pasando por alto la formalidad—. Una parte de mi casa fue monasterio hace mucho tiempo. Tal vez la costumbre provenga de esa época. Aunque no la hayan practicado todos en la familia ni durante todo el tiempo, es una antigua tradición. En algunas familias una tradición viene a ser como un deber sagrado. No es mi caso. A mí me gustaba desde niño.

—Eso se dice de ti; que no tienes duda de tu vocación.

—Quería ingresar en el seminario antes de tener la edad mínima. Tal vez eso lo explique mejor.

—Está bien, amigo Fernando de Altaterra. Yo me llamo Conrado Coria. Por el contrario que tú, pertenezco a una familia muy pobre y estoy en el seminario porque era la única forma de estudiar y porque ayudaba a mis padres siendo una boca menos.

—Me interesa conocer tu historia. Pero dime, ¿por qué estás aquí?

—Te he abordado en este templo porque, de momento, no conviene que nos vean juntos. Tú resplandeces. Menudos rumores se oyen. Qué formidables habrán de ser los enemigos que conspirarán en tu contra.

—Algunos ya conspiran.

—Pronto hablaremos —dijo Conrado Coria al incorporarse y quedar de pie—. Dime si alguien pone palos en tus ruedas, por si puedo ayudarte a prevenirlo.

—¿Y por qué?

—Porque la veteranía es un grado y me han pedido que esté atento a ti, que te facilite el camino —dijo Conrado Coria alejándose en dirección a la salida.

—¡Espera! ¿Quién te lo ha pedido?

—En breve lo descubrirás.

Con quince centímetros menos de estatura que Fernando de Altaterra y un poco más ancho, Conrado Coria era también un hombretón. Tenía el pelo hirsuto con reflejos rubios, era de ojos claros, de carácter duro y de noble mirada.

Poco tiempo después, Fernando de Altaterra llegó una tarde a un edificio vetusto de gruesos muros, en apariencia cerrado, tras cuyo portalón lo esperaban Lucrecio Estrada y los miembros de su pequeña orden. Entre ellos, el último en rango era Conrado Coria, que desde el fondo sonrió inclinando la cabeza en señal de saludo y Fernando de Altaterra le correspondió. Los frailes eran hombres adustos, de carácter áspero, y lo acogieron entre la impavidez de unos y la alegría de otros, pero todos con interés.

Quedó en el centro cuando Lucrecio Estrada se dirigió a él para darle la bienvenida con un pequeño discurso. Habló de las falsas doctrinas, las sectas profanas y los enemigos dentro de la propia Iglesia. Habló del fundador, y del ejemplo del heroico y santo Rodrigo Coronado, al que tanto admiraban, y presentó al invitado, del que dijo que era descendiente por la vía directa.

Después del rezo Fernando de Altaterra intercambió algunas frases con la media docena de los más proclives a la conversación. El último en acercarse fue Conrado Coria.

—Aclarado queda quién te pidió que me ayudaras —dijo Fernando de Altaterra—. ¿Eres miembro?

—Novicio. Debo ordenarme como presbítero antes de ser miembro. En mi caso no tengo opción a renunciar, así que lo seré dentro de poco si Dios no lo impide.

Tuvo ocasión de devolver el susto a Conrado Coria, otra tarde en que lo encontró en la misma iglesia de San José, reclinado, en el mismo sitio que él ocupaba cuando hablaron por primera vez. Tocó su hombro con suavidad y tomó asiento a su lado.

—Pues yo me habría vengado. En tu caso, me habría cobrado la broma —dijo Conrado Coria cuando se incorporó.

—No tengo duda, pero a mí las bromas no me salen bien. Las preparo, terminó complicándolas y las echo a perder.

—¿Qué tal fue tu visita? ¿Ya has decidido pedir el ingreso?

—Antes de hablarlo contigo debo saber si lo hago con Conrado Coria, el seminarista, o con el novicio.

—Es justo que pidas tu aclaración y noble que la expongas —repuso Conrado Coria—. La charla de hoy sólo será entre tú y yo, como colegas de estudio, pero debes corresponderme. Prométeme que nadie sabrá que la hemos tenido.

—Eso también es justo. Tienes mi promesa. De tus preguntas puedo responder lo evidente: la visita fue interesante; pasé un rato agradable; el páter aclaró algunas de mis dudas; no me sorprendió verte allí, creo que lo esperaba. La respuesta a la otra pregunta es que no perjudicaré mi carrera trabajando en favor de unos intereses que no son los míos.

—De eso se trata, de que hagas tuyos esos intereses. El propósito de Lucrecio Estrada y la congregación es sencillo y también es justo —dijo Conrado Coria—. Por supuesto, el páter sueña con el poder para conducir a la Iglesia un poco atrás; regresaría al pasado y corregiría algunas cosas que salieron mal. Pero nada que pudiera preocupar, apenas tres o cuatro siglos, cinco como mucho, nada más.

Conrado Coria obtuvo de Fernando de Altaterra la sonrisa que necesitaba para distender la charla.

—Hace siglos que una orden militar es una antigualla. Dudo que ningún papa de hoy respalde algo así.

—De hecho, es lo que se le pone en contra —asintió Conrado Coria—. Los objetivos de la fraternidad son muy prosaicos en la práctica: servir de retiro de jubilados. Aunque conviene no dejarse engañar por las apariencias; hay mucho más de lo que se ve detrás de Lucrecio Estrada.

Envuelto en cautelas, casi invisible en la última fila, Lucrecio Estrada no faltaba en las charlas de Fernando de Altaterra a los reclutas, y lo esperaba para dar un pequeño paseo en el que volvía a pedirle que se hiciera novicio de su hermandad.

—Tras la ordenación pasaré dos años en la Academia Pontificia Vaticana —se excusaba Fernando de Altaterra—. Intentaré pertenecer al cuerpo diplomático.

La declaración no supuso desánimo, al contrario, fue un aliciente más. Los paseos continuaron con Lucrecio Estrada insistiendo infatigable con suaves maneras y Fernando de Altaterra escurriéndose en cada centímetro, pero la tierra de nadie que quedaba entre ellos se iba estrechando hasta que terminaron separados por una delgada raya de terquedades recíprocas, que no disimulaba los claros indicios de afecto mutuo.

La austeridad del convento y la calculada pobreza de los hermanos tenía fundamento en la elección del modo de vida, pero el sostenimiento económico de treinta y tantos clérigos, dedicados día y noche al culto y la oración, no parecía estar entre las inquietudes de Lucrecio Estrada.

De los seminaristas que abandonan, se dice que no es la disciplina lo que se les hace insoportable sino la soledad. Esa fue la razón por la que Lucrecio Estrada pidió a Conrado Coria que se acercara a Fernando de Altaterra. Compartían edad, deberes, anhelos y objetivos, sufrían los mismos incordios y tenían que superar las mismas pruebas, de manera que la camaradería fue inmediata. La ayuda en los escollos cotidianos dio pie a charlas frecuentes que actuaban como válvula de escape.

Al contrario que Fernando de Altaterra, que recibió la fe desde la cuna, Conrado Coria iba construyendo la suya muy despacio, asentando un ladrillo de incertidumbre sobre el ladrillo de la incertidumbre anterior. Memorizaba los textos que adivinaba eran de la preferencia de los profesores para ocultar la vaguedad de sus convicciones. Aparentaba ser ferviente devoto de dogmas y axiomas, pero vivía un calvario interior.

Estaban solos en la habitación de Conrado Coria, que permanecía sentado, abstraído en una reflexión que le pesaba. Fernando de Altaterra leía un libro cuyo resumen saldría en un examen.

—Creo que nunca existió —declaró Conrado Coria.

Fernando de Altaterra apartó la vista de la lectura y lo miró sin comprender a quién se refería.

—Jesús de Nazaret —dijo Conrado Coria—. No creo que existiera. El que existió no era el que nos han dicho.

La expresión de Fernando de Altaterra fue de la sorpresa al asombro y del asombro al espanto.

—¿Estás loco, alma de cántaro? ¿Es que quieres arder en la hoguera acusado de herejía?

—Ya no se quema a la gente por herejía. ¿O todavía sí?

—Loco e ingenuo eres, Conrado Coria —dijo Fernando de Altaterra poniendo a un lado el libro que leía—. ¿Cómo que no se quema a la gente? Todos, sin excepción, a todas horas hacemos arder a los disidentes y nos vamos inventando la herejía a nuestro parecer y conveniencia. Los quemamos por dentro, no se ven ni se huelen las chamusquinas, pero los abrasamos a fuego lento hasta que tenemos sus vidas disueltas en humo y sus almas en cenizas. Tú hazme el favor de no repetir lo que me has dicho donde alguien pueda oírte.

—Sé que me guardarás el secreto porque entiendes que sólo se trata de una hipótesis personal. Algo sin consecuencias.

—Claro que me callaré que tienes esa mala cabeza, pero cuéntame cómo te metiste en ese embrollo.

—Estudiando. Cómo, si no —respondió cabizbajo Conrado Coria, un tanto abochornado, con el semblante de quien sintiera que hacerse ciertas preguntas era, sin más, un acto reprobable.

—¿No tendrías que haber llegado hasta aquí con ese capítulo resuelto? ¿Es que no tenías vocación cuando ingresaste?

—Ninguna —afirmó Conrado Coria—. No me lo reproches, el hambre duele. No fui el único y tampoco el primero en huir de ella ingresando en el seminario. En mi descargo, puedo decir que he trabajado la vocación sin descanso, con el estudio y la disciplina. Eso se espera de mí, eso he dado; a nadie he traicionado.

—Te falta poco para la ordenación. ¿Te ves con ánimo para continuar o abandonarás?

—No sé si llegará el día en que abandone, pero no será ahora. Las dudas de fe pueden surgir en el camino, incluso al final de la vida. Yo he sobrellevado las mías desde el principio, son mi estado natural. No sé si algún día me harán abandonar.

—En esos estudios, ¿qué hallaste que te condujo al disparate?

—No es lo que se halla; es lo que no se halla —rectificó Conrado Coria—. No hay una sola referencia irrefutable sobre la figura de Jesús. Nada tenemos salvo los Evangelios y ellos no traen certezas sino más dudas. Son parte interesada, no pueden ser tomados como referencia histórica.

El camino que todos habían recorrido, unos buscando razones para creer y otros para no creer, Conrado Coria lo recorrió con la necesidad desesperada de saber la verdad. Como enumerando las estaciones de un particular viacrucis, le detalló a Fernando de Altaterra la senda de las lecturas que lo llenaron de inquietud.

En un ejercicio de traducción, el conocido «Testimonio flaviano» le pareció a Conrado Coria un amaño, coincidiendo con muchos eruditos que lo consideran falso. Con el sentimiento de ser un prófugo de Dios, buscó, rebuscó, leyó y releyó textos en la antesala de los impíos. Extrajo de notas al margen, de fuentes ocultas, de rumores y de sospechas, de indicios y de suposiciones, y creyó de Jesús que sólo era un desafío para poner a prueba a los creyentes.

Intentó aclarar dudas acudiendo a historiadores de la época y el resultado empeoró. A Jesús de Nazaret no lo mencionan los que sí mencionan a personajes de su época. Nada dice de él Justo de Tiberíades, historiador, que sí nombra a Poncio Pilatos; no lo menciona Filón de Alejandría, en su catálogo de sectas judaicas de la época; no lo mencionan Cornelio Tácito, ni Plinio el Joven, ni Suetonio en *Vidas de los doce césares*.

Con temor de ser oído, Conrado Coria lo explicaba casi en un susurro y Fernando de Altaterra escuchaba con avidez, sin interrumpirlo para no perder una palabra.

—En los manuscritos del mar Muerto se habla de Jesús de Nazaret —interpuso Fernando de Altaterra, azuzando al amigo para que profundizara en su exposición—. Incluso parece que en ellos se habla de su hermano Santiago.

—Eso se creía. Ahora se sabe que corresponden a una época anterior a Jesús de Nazaret, entre doscientos cincuenta y cincuenta años antes. Es imposible que contengan cualquier referencia sobre él. Se decía que en ellos figuraban dogmas del cristianismo. Ahora eso está en duda.

—¿Y tus lecturas también ponen en cuestión los Evangelios?

—Todos. Canónicos y apócrifos. El Evangelio de Marcos, escrito más de medio siglo después de Jesús, es tomado como referencia en el de Lucas y el de Mateo, que son posteriores. El de Juan, escrito dos siglos después del tiempo de Jesús, toma como referencia a los anteriores. Tres siglos después de Jesús, en el Concilio de Nicea hay al menos cien evangelios. Por un procedimiento del que se prefiere no hablar para no ofender la inteligencia ni poner en evidencia a la fe, se escogen los cuatro evangelios canónicos.

Mientras Conrado Coria hablaba, Fernando de Altaterra contemplaba admirado a su amigo. Por la lectura de un simple párrafo que levantó su sospecha, indagó, aprendió, avanzó sin miedo, amplió su conocimiento y alcanzó una nueva luz.

—¿Por qué no abandonas, Conrado? Si has abandonado la fe en lo principal, para qué seguir.

—Porque quiero hallar la verdad, Fernando. Porque es aquí donde será más fácil encontrarla. Claro que la buscaré desde una tesis crítica. Ya puedes regañarme.

—No te regañaré, Conrado, porque no creo que te equivoques más que otros. Puedo añadir a tus dudas otras preguntas.

Puedo entregarte un nuevo campo de estudio con sospechas de que nada es como nos han dicho. Es posible que Pablo de Tarso y los evangelistas se fundaran en divinidades egipcias y griegas. Mucho de lo que se atribuye a Jesús en los Evangelios, ya se contaba atribuido a esas antiguas divinidades.

—Ahora me asombras tú a mí, Fernando. ¿Estás como yo?

—No estoy como tú, Conrado, proclamo que nada de esto importa. Tanto daría que Jesús fuese el hijo único de Dios como que se hubiera valido de él, de los apóstoles, de Pablo de Tarso y de los evangelistas y de todos cuantos vinieron después.

—¡Para ahí! Me llamaste hereje y loco y resulta que tú andas peor que yo.

—Herejes y locos, eso somos, Conrado —dijo poniéndose en pie—. Herejes y locos para quienes no hayan visto la luz. Pero no olvides que si otro loco demostrase que todo fue una invención, Dios seguiría aquí para nosotros.

Salió y cerró la puerta. Era ya la madrugada. Él también había tenido una revelación. Era un niño, empezaba la vida y una voz interior ya le susurró:

«No puedo hablar sino con la voz que es posible oír, con las palabras cuyo significado se conoce; nada puedo mostrar excepto a los ojos capaces de ver, nada puedo explicar excepto a las mentes capaces de comprender. Tú querrás interpretar mis deseos, te equivocarás y sufrirás por ello. Mi verdad es la vida y sólo la vida habla en mi nombre. Un día lo entenderás y te llevaré conmigo; alcanzarás la paz en el momento de tu muerte».

* * *

Conrado Coria oraba en el confesionario de la iglesia de San José, situada a medio camino entre el seminario y el obispado.

—¡Ave María purísima! —dijo el confesor.

—Sin pecado concebida, ilustrísima.

—¿Tienes novedad para mí?

—Importante ninguna, reverendo padre. He avanzado en lo que usted me aconsejó. Pequeños pasos en la buena dirección.

—¿Te considera amigo?

—Hay muy buena amistad y creo que es sincera. Por mi parte debe serlo, me produce desazón callar la verdad. A veces conversamos hasta la madrugada, ya me hace confidencias reservadas. Le interesa la música, dedica su tiempo de ocio al piano, una hora o dos diarias. No tiene vicios. Dice que nunca ha caído en un pecado carnal. Lo creo porque da muestras de que no siente interés ni le preocupa. Tiene un querido amigo que es agnóstico y una amistad muy estrecha con una chica, que fue compañera de juegos. Ella le ha prometido hacerse monja cuando él sea sacerdote.

—¿Y cómo marcha su relación con el páter?

—Está muy madura. Fernando de Altaterra ha decidido conocer la comunidad. Tal vez el próximo curso sea novicio.

—Profundiza en la amistad y tráeme cualquier noticia.

—Así lo haré, ilustrísima.

—¿Deseas confesarte?

—Sí, padre.

—Te escucho.

—Siento envidia de Fernando de Altaterra. Se destaca tanto que a veces hiere. Procuro observar sus virtudes, lo ayudo de corazón en lo que puedo. Creo que es una envidia que me estimula a mejorar, pero no estoy seguro de ello. En ocasiones miento. A veces por cosas menores y no siempre por piedad. Mi despecho hacia el padre Lucrecio Estrada me sobreviene con frecuencia. Se me van las miradas detrás de las mujeres guapas, padre. Es lo que más me cuesta evitar.

—Continúa con tus oraciones. Intenta que no sea el instinto sino la mente la que gobierne tu inclinación hacia nuestras hermanas y el deseo transmutará en amor. Sigue con lo que te pedí que hicieras y dedica la tarde del domingo a estudiar la asignatura que lleves más atrasada.

—Así lo haré, padre —dijo Conrado Coria a modo de despedida, mientras el obispo le daba la absolución.

10

Según los términos del acuerdo escrito a fuego en el adiós de la última noche, Elisario Calante y Amalia Norcron eludían encontrarse y cuando era inevitable cuidaban la distancia en el trato que mostraron siempre en público.

El amor de Amalia Norcron había hecho a Elisario Calante menos taciturno y más seguro de sí mismo. En el tiempo de sus amores secretos compartió pocos momentos con Fernando de Altaterra en sus breves retornos al seno de la familia, pero habían bastado las charlas de horas y el paseo nocturno por las calles vacías para reavivar los afectos.

Elisario Calante había notado que el joven espontáneo y alegre que era su amigo, que poseía el don de cautivar a los más ariscos y hacía fluir la vida a su paso, había ido transmutando en alguien distinto. Fernando de Altaterra se mostraba contenido y prudente, todavía atento con los demás, pero el muchacho que seducía por su franqueza y su sencillez estaba dando paso a un hombre precavido, pensativo y calculador. En lo físico culminó al tipo fornido de casi dos metros de estatura, cuya imponente presencia no tenía rival en el salón ni en el patio de deportes.

Desde que terminó la carrera, que obtuvo a curso por año, Gabriel de Altaterra asumía asuntos de la familia que su padre le confiaba. Cada mañana Diego de Altaterra Coronado lo esperaba en la biblioteca para repasar la agenda de trabajo. Delegaba en él sin inquietud porque su hijo aceptaba la responsabilidad y tenía la aptitud y la inteligencia necesarias para conducir los asuntos de la familia con acierto.

Sin embargo, en lo personal su primogénito continuaba siendo un desconocido. Solitario y trabajador, era desde niño metódico y prudente, tan maduro que no le recordaba ningún capricho y de adulto jamás tuvo que llamarlo al orden por un gasto injustificado. Era el favorito del personal, tanto en la casa como en las fincas, y mantenía buenas relaciones con colaboradores y conocidos, pero no frecuentaba amigos.

Había tenido amores y escarceos con algunas mujeres jóvenes de los que apenas mostró evidencias vagas, pero se le veía interés en una compañera más duradera. Diego de Altaterra Coronado lo meditaba mientras lo veía acercarse y en ese momento supo la causa de su incertidumbre: nunca había visto en su hijo Gabriel una señal de que hubiera alcanzado la felicidad.

—¿Habló Fernando contigo, papá? —preguntó mientras tomaba asiento—. Me llamó y me dijo que pediría tu permiso para invitar a unos frailes durante el verano.

—Sí que hablamos. Hasta la ordenación definitiva recibirá órdenes cada año antes del comienzo de curso. Le he dado permiso para invitar a esos frailes. Al parecer, uno de ellos es prior, abad o como sea que lo llamen en su congregación. Unos cuantos pasarán el verano y otros vendrán en los días previos a la ceremonia, antes del comienzo de curso. Para celebrarlo quiero rescatar el piano de tu madre. Tu hermano ha continuado con sus clases, por lo que he decidido levantar mi condena a ese pobre instrumento. Al fin y al cabo no podré llorar a tu madre más de lo que la lloro. Está en la casa de obras, es de suponer que en buen estado. Ve y háblalo con Servando.

Eulalia Torremocha, la difunta esposa de Diego de Altaterra Coronado, fue una excelente intérprete de piano y profesora de música de alumnos jóvenes a los que escogía por sus cualidades sin aceptarles dinero. Gabriel fue el único de sus hijos que tuvo ocasión de aprender de ella. A causa de su temprana pérdida, él abandonó el interés por el estudio aunque no el gusto por la música. Por el contrario, su hermano Fernando asistía desde niño a clases de solfeo y piano.

Tras el fallecimiento de Eulalia Torremocha, desapareció el trajín de los alumnos, el ajetreo de las clases, las tardes de música, las representaciones de teatro y las tertulias con que ella llenaba de calor y bullicio el palacio de Altaterra. El piano se quedó en su rincón, presidiendo un espacio sombrío, como testimonio fúnebre de su ausencia. Diego de Altaterra Coronado solía detenerse a mirar desde lejos el instrumento, huérfano sin la mano de su dueña. Un día no soportó tanta tristeza alrededor de aquel objeto devenido en mueble inútil y ordenó retirarlo al trastero de la casa de obras, donde dormía desde entonces.

* * *

Elisario Calante siguió a Servando Meno hasta el interior del zaguán. Detrás de la puerta por la que Amalia Norcron accedía para encontrarse con él en secreto, el pasillo interior daba por un lado al ventanal clausurado del patio de luces que hacía de taller, y por el otro a las habitaciones repletas de muebles y enseres. Bajo una gruesa manta se adivinaba el piano de Eulalia Torremocha.

—¿Funciona? —preguntó Elisario Calante levantando las telas que lo protegían.

—Dímelo tú —respondió Servando Meno, que no olvidaba la primera vez que hablaron de música, cuando dijo que sabía un poco de piano.

Bajo la tapa se hallaban algunas de las partituras que Eulalia Torremocha utilizaba en sus clases. Las dispuso en el atril, hizo sonar unas notas con el dedo índice mientras observaba los mecanismos en el clavijero. Sonaba muy mal pero no se detuvo. Acercó el taburete y sorprendió a Servando Meno con los primeros compases de la partitura que había quedado encima, el *Primer nocturno* de Chopin, que sonó como una carraca.

—Hace mucho que necesita afinado.

—¿Te atreverías a hacerlo?

—De ninguna manera. Seguro que será algo más complicado que tensar las cuerdas. No sabría por dónde empezar.

—Te enseñará Antonio Sacho, es el mejor afinador de Antiqua y un buen amigo. La artrosis y la edad no le permiten trabajar, pero he hablado con él y vendrá a conocerte, si estás dispuesto.

—¡Claro que lo estoy! —aseguró con entusiasmo.

Antonio Sacho se presentó con un par de bolsos de herramientas. Saludó a Elisario Calante y puso sobre el piano una libreta con una anotación en la cubierta:

«Steinway 1890, doña Eulalia Torremocha, casa de Altaterra».

En vida de Eulalia Torremocha, Antonio Sacho visitaba el piano dos veces cada año, por lo que el instrumento y él eran viejos conocidos. El hombre tenía a orgullo haber conservado el historial de todos los pianos que afinaba y reparaba en libretas como aquella. Sin apartarse del relato que juzgó propicio para enseñar a un aprendiz, comenzó por enumerar las herramientas y continuó señalando con una vara los elementos de la caja de resonancia: el clavijero, el arpa, los pedales y el mecanismo con el complejo sistema de palancas que actúan sobre el arpa. El afinado del piano al completo lo hizo Elisario Calante, aunque siguiendo las instrucciones de Antonio Sacho. En las semanas siguientes lo acompañó en un recorrido de despedida de sus pianos, por locales y casas particulares de la ciudad.

—Asombra este joven —le dijo a Servando Meno—. El afinador electrónico lo apartó el primer día sin mirarlo, los diapasones le estorban. Le basta con el oído.

Antes de que Servando Meno diera por concluido el encargo, Elisario Calante interpretó para él una de las partituras. En el clímax de un pasaje la emoción llevó a Servando Meno a decir una frase desafortunada:

—Quien sea que te enseñó podrá morir con orgullo.

Elisario Calante perdió el ritmo, continuó, equivocó un acorde y se detuvo, ahogado, con la mirada fija en el teclado.

Servando Meno volvió a ver al niño desorientado al que encontró como un perro abandonado en la plaza, siete años atrás.

—Lo siento mucho —le dijo, cerrando la tapa del teclado y tirando de él—. Lo dejamos aquí. Estoy deseando saber qué nos tiene preparado María en su cocina.

Cubrieron el piano y caminaron muy despacio.

—Don Diego quiere darle la sorpresa a Fernando. Faltan meses para el traslado —explicó Servando Meno—. Practica. El piano lo necesita y a ti te vendrá bien.

Sin abandonar la Clavelina, practicó todos los días después del trabajo y allí lo sorprendió una tarde Gabriel de Altaterra, que al oír la música entró por la puerta de servicio y se sentó donde pudo. Creyéndose a solas, Elisario Calante interpretó unas páginas de Bach, el *Primer nocturno* de Chopin, un ejercicio de Liszt y terminó con versiones de piano solista de *Let It Be* y *Yesterday*, de los Beatles, y *Strangers in the Night*, la canción que había hecho famosa Frank Sinatra.

Al salir de la habitación, Gabriel de Altaterra lo recibió de pie, aplaudiendo con el gesto.

—Sabía que tocabas la guitarra, pero no que eres un pianista consumado —dijo sin ocultar su admiración.

—Lo tocaba antes que la guitarra.

—¿Lo afinaste tú?

—Ayudé al afinador. Es un gran piano. Encontré esas partituras en el interior. Son adecuadas para practicar.

—Las utilizaba mi madre en sus clases. Creo que no será necesario pedirte que lo mantengas en uso.

La amistad entre ellos se había estrechado despacio, pero no era de menor confianza que la que tenía con su hermano Fernando. Días después, Gabriel de Altaterra regresó con una carpeta que contenía la fotocopia de una partitura con la que Eulalia Torremocha había luchado y que no supo o no tuvo ocasión de concluir.

—Trabajaba en esto cuando murió —le dijo mostrando los papeles—. Me gustaría grabarlo para mi padre.

A Elisario Calante le bastó echarle un vistazo para hacerse idea de lo que tenía de bueno y lo que fallaba. La colocó en el atril y la ejecutó en un tempo menor del que pedía. El comienzo era delicado y pegadizo, pero se dispersaba y perdía coherencia melódica.

—El tema es bonito. ¿Puedo arreglar lo demás?

—¡Sí! ¡Por favor, inténtalo! Aunque mi padre llorará al oírlo, lo agradecerá de corazón.

En unos días tenía los arreglos, pero practicó y corrigió durante dos semanas antes de interpretarlo para Gabriel de Altaterra. Modificó la estructura, el orden de frases y pasajes, hizo cambios en la armonía pero no introdujo nada que no estuviese en lo escrito por Eulalia Torremocha.

Gabriel de Altaterra lo escuchó retirándose las lágrimas con el dorso de la mano y Elisario Calante adivinó que no sólo tenían causa en el recuerdo de la madre sino que la música le llegaba al alma. En los días siguientes consiguieron una buena grabación sin ecos ni interrupciones, favorecidos por la casualidad de que el recinto estaba repleto de muebles y enseres cubiertos por telas y muchas alfombras. Gabriel de Altaterra continuó acudiendo a la hora habitual de las prácticas y se sentaba a escucharlo.

* * *

Tras la reforma litúrgica del Concilio Vaticano II los novicios debían pedir la orden de admisión y en años sucesivos recibir las órdenes de lectorado, acolitado, diaconado y presbiterado. Fernando de Altaterra cumplió las dos primeras en la catedral donde no cupo una persona más.

Al término del curso, cuando regresó para pasar el verano, era un hombre distinto del que conocían. Llegó cargado de secretos compromisos, acompañado por dos de aquellos clérigos agrestes de la comunidad de Lucrecio Estrada. El de mayor rango pasaba de los cincuenta y era un hombre impenetrable, largo y enjuto, de ademanes rudos, que no entonaba al hablar. El otro, más joven, era bajo, calvo, de tez pálida, usaba unas gruesas gafas de montura de pasta negra y era de modos apocados, tan inseguro y leve que parecía no existir. Hicieron un saludo esquivo, que dejó perplejo a Diego de Altaterra Coronado, y se recluyeron en el espacio que se les había reservado.

Salían como sombras furtivas a los actos religiosos en la catedral vistiendo traje y corbata. Fernando de Altaterra no los acompañaba a la misa de la mañana, pero sí a la de la tarde. Eludían cualquier contacto con los miembros de la familia y con el personal y se negaron a ser atendidos por mujeres, lo que obligó a Amalia Norcron a hacer filigranas con los turnos de la servidumbre. Un criado limpiaba y acondicionaba la habitación y el baño en la hora en que acudían a la misa. El mayor, el de carácter hosco, hacía las solicitudes a través de Fernando de Altaterra y si no tenía más opción que hablar con alguien del servicio lo hacía detrás de la puerta entreabierta, con la luz apagada, sin llegar a mostrarse.

Bajo su observación, se preparó el recibimiento de los otros invitados, un grupo que llegaría unas semanas después y otro grupo a primeros de septiembre. Las casi cien habitaciones sin uso concreto de la casa, que se abrían cuatro o cinco veces al año para controlar los insectos xilófagos, airear y limpiar, eran recintos espaciosos y altos, de casi cuatro metros desde el suelo hasta el techo. Una de las más amplias se acondicionó como gimnasio, equipada con pesas y artefactos, junto a otra preparada para el entrenamiento de boxeo y artes marciales.

Los preparativos se hicieron con antelación suficiente a la llegada del primer grupo. Tres invitados de edades similares a los que estaban allí, tan cautelosos, enigmáticos, adustos y displicentes como los anteriores, se instalaron en el remoto pasillo reservado para ellos, sin el decoro de saludar a Diego de Altaterra Coronado ni a su hijo Gabriel. El único en presentarse fue Conrado Coria, al que por espontáneo y respetuoso Diego de Altaterra Coronado identificó como un verso suelto entre aquellos rostros congestionados de amargura y austeridad.

Hacían estricta vida monacal: laudes a las seis de la mañana, para leer salmos y las reflexiones que el páter Lucrecio Estrada enviaba por facsímil el día anterior. A continuación el desayuno, distendido con risas y bromas: café, zumos, frutas, pan y repostería recién sacados del horno. Ejercicio físico y estudio hasta la hora del ángelus y el almuerzo. Descanso, lectura y paseo hasta la hora de vísperas, que a veces sustituían por asistencia a los actos en la catedral. La cena era otro acto de liturgia en el más escrupuloso silencio, al que seguía otro de distensión, paseo, televisión, ajedrez o tertulia. Por último, antes de retirarse, la oración de completas y lecturas escogidas de lo escrito por el páter.

Fernando de Altaterra los acompañaba de laudes a completas, aunque estaba excusado de la cena, que compartía con la familia. Una concesión que no tranquilizaba a Diego de Altaterra Coronado, cada día menos complacido con la conducta sectaria de los monjes acogidos en su casa.

Y aún no había asistido a lo peor. A principios de septiembre, con los preparativos para la ceremonia en que Fernando de Altaterra recibiría el acolitado, llegó Lucrecio Estrada. Lo acompañaban dos que hacían de secretario y asistente. Fernando de Altaterra y otro de la hermandad fueron a recibirlos a la estación.

Con la mejor voluntad, vestidos para la ocasión y con el rigor de los buenos anfitriones, los esperaban en la casa Diego de Altaterra Coronado y su hijo Gabriel, pero como hizo el grupo anterior, se escurrieron hasta las habitaciones de las que no salieron ni para hacer un saludo de cortesía.

Aquella tarde Diego de Altaterra Coronado observó desde una ventana a su hijo Fernando mostrando el palacio a Lucrecio Estrada, seguidos por la tropa de monjes, y la rabia le hizo rechinar los dientes. Al día siguiente se presentó su hijo en compañía del que actuaba como secretario, que traía una nota de Lucrecio Estrada en un pequeño sobre cerrado.

Diego de Altaterra Coronado, que masticaba su enojo en silencio, abrió el sobre, extrajo la nota con parsimonia, la leyó y se descompuso.

—¡Ah, qué excelente trato se me dispensa! Al parecer alguien está persuadido de que este lugar es una fonda y yo soy el hospedero —dijo con dulzura, contrayendo el gesto, conteniendo su rabia—. Es él quien me recibirá a mí. En mi casa. Me dispensará quince minutos después del almuerzo. No dice en qué momento. ¿Sabe usted a qué hora se producirá el milagro? —preguntó al secretario, que estaba a punto de echar a correr—. ¡No me lo diga! —siguió Diego de Altaterra Coronado—. Está muy claro. Se infiere de su absurdo propósito que debo permanecer atento; no hacer otra cosa que esperar a que su altísima beatitud tenga a bien recibirme. ¿O lo llamamos ya Su Santidad? Firma como «Ilustrísimo y Reverendísimo Señor». Con las mayúsculas opcionales bien visibles. Debe de pensar que soy lego en asuntos de protocolo y que no sabré distinguir que se otorga a sí mismo el boato reservado a los obispos.

Introdujo la nota en el sobre, tendió la mano para devolverlo al secretario, que permanecía de pie, inmóvil, tenso, con los ojos abiertos, observando con espanto la fiera que había liberado.

—Dígale al insolente que lo envía, a ese vicario de la vanagloria, ese desdeñoso, engreído y presuntuoso grosero, que me llamo Diego de Altaterra Coronado y de Alente. Que entre mis antepasados figuran hombres y mujeres con títulos de grandes de España, señores, duques y marqueses con siglos de historia. Que como anfitriones suyos, mi familia y yo haremos lo posible para que su estancia sea la más cómoda que podamos brindarle durante el tiempo que more en nuestra residencia. Pero que no olvide que nuestra casa es el palacio de Altaterra, donde han pernoctado reyes y reinas que aquí engendraron hijos. Donde en épocas de hambruna y de guerra, de nuestro exclusivo peculio y por nuestra sola iniciativa, los pobres han tenido una hogaza de pan, un plato de sopa caliente, una lumbre y una manta que les aliviara el frío. Que no menosprecie la austeridad de sus nobles paredes ni la sobriedad de sus estancias porque entregaron su esplendor a la gloria de Cristo. Que fueron despojadas de sus magníficos tapices, sus excelentes pinturas, sus ricas molduras bruñidas en pan de oro y sus tesoros de arte, enajenados para dar consuelo a los que llamaron a su puerta, cuando adversidad y tribulación opusieron desafío a nuestra vocación cristiana.

Mientras hablaba no subía el tono, pero la rabia lo enrojecía y lo hacía más elocuente.

—Dígale al petulante altanero que lo envía que su ridícula pretensión de que me postre yo, que postre a mis antepasados y a mi familia ante su ridícula persona, sólo obtiene mi más efusivo desprecio. Y puede añadir que no me conmueve la recua de gañanes de la que se rodea para darse pompa; que su comitiva de mastuerzos en balandrán me provoca risa; que no necesito mirar para saber que esa corte de bigardos iletrados no es más que una comparsa de ronceros, o un rebaño de truhanes.

Tomó aliento, sosegó la forma y le habló a su hijo Fernando.

—No apruebo tus recientes amistades, hijo. Nada pueden ofrecer a quien es mejor que ellos. ¿Recuerdas el día que me hiciste llorar en la parroquia porque respondiste a la encerrona del obispo con una lección de fe? Todos creyeron que fue una luz celestial la que te inspiró, pero sólo era la luz que lleva iluminando el camino de los cristianos durante dos mil años: no hacer mal para no sentirnos mal; hacer bien, desde el silencio y la humildad, para sentirnos bien; ganar por esa sencilla vía la esperanza que nos ayude a sobrellevar nuestros días. Algo tan grande y simple no necesita más retórica ni teología. Recuerda lo que tú mismo, con acierto y hermosura, expusiste aquel día. Medita tus propias ideas. Verás que nada tienen que ver con las mañas y ceremoniales de esta logia de desnortados.

Por la contrariedad de Diego de Altaterra Coronado y por la cobardía de Lucrecio Estrada a ofrecerle disculpas, nunca se dirigieron la palabra. El hombre intentó una maniobra que terminó en flagrante derrota, una tarde en que Fernando de Altaterra le anunció que el obispo tomaba café con su padre, lo que sin ser un hecho cotidiano se producía con relativa frecuencia. El clérigo que actuaba de secretario se apresuró con otra nota dirigida al obispo. Por supuesto, nada había contado Diego de Altaterra Coronado de su descontento con los invitados.

—Dígale que solicite audiencia en el obispado —respondió el obispo al amanuense, devolviéndole la nota.

Sin saberlo, acababa de entregar a Diego de Altaterra Coronado la satisfacción de un justo triunfo.

* * *

Fernando de Altaterra no había dedicado a Lucila de Miranda más que el tiempo justo del saludo el día de su llegada y no volvieron a encontrarse hasta la semana anterior a la ceremonia. Ella tuvo que interrumpir su rutina cuando Fernando de Altaterra le pidió que fuera a la casa y llegó a la cita con su apariencia y su rigor de vestimenta, tan difícil de concordar con la alegría y la vitalidad propia de su carácter. Le pareció intolerable la presencia de los hombres de Lucrecio Estrada que observaban desde la distancia.

—¿Estos que nos vigilan temen que te muerda?

—Sabes que en lo religioso nos debemos a las formalidades. Y la renuncia a la vida personal debe preceder lo que hacemos —quiso explicar Fernando de Altaterra.

—Tú sabrás en qué líos te metes, pero nada tengo que ver yo con esos. Preferiría no verlos ni a lo lejos. Gabriel dice que no ha podido hablar contigo a solas. Y tu padre está muy disgustado.

—Es un paso en mi carrera y no el más importante —se excusó Fernando de Altaterra—. Dentro de algún tiempo tendré yo la capacidad de cambiar las normas de esa comunidad. Lo entenderás cuando tú ingreses en el convento.

—Pues, fíjate, que tengo perdido el interés por hacerme monja y al verte con estos me reafirmo.

Esa tarde, un golpe en la contraventana avisó a Elisario Calante de la visita del amigo y se apresuró a recibirlo con un abrazo. Lo acompañaban Conrado Coria y uno de los frailes.

—Este amigo desea conocerte por lo mucho que le he hablado de ti —dijo como preámbulo para presentar a Conrado Coria.

Fernando de Altaterra y Conrado Coria entraron a la habitación y el otro acompañante esperó en el zaguán, a pie firme.

—¿Era esta la guitarra que sonaba? —preguntó Fernando de Altaterra, señalando a la Clavelina—. Aprendiste bien.

—Servando fue buen profesor y practico a diario.

—¿Y qué tal con tu enamorada desconocida?

—Pronto hará un año que ella tuvo que regresar a su vida. ¿Y tú? Con grandes compromisos por lo que parece.

—No sé si grandes. Digamos que ineludibles. Quería presentarte a Conrado pero también disculparme. La vida religiosa es muy exigente y no he tenido ocasión de verte.

—Todo avanza en cada segundo y nos cambia —lo tranquilizó Elisario Calante—. No podemos deshacer el tiempo pasado, pero te diré una cosa que alguien me ha enseñado: lo más valioso que tenemos son los recuerdos. Debemos cuidarlos.

—Tiene razón esa persona. Los nuestros son buenos recuerdos. Cuando estoy fuera siento nostalgia de los primeros veranos que pasaste aquí. Fue un tiempo feliz.

—Feliz de verdad —afirmó Elisario Calante—. Tú atento a todos nosotros, Lucila a ti y yo a las chicas, sin valor para hablarles.

—Lucila está ahora más cerca de ti que de mí —comentó Fernando de Altaterra con cierto pesar.

—Más tiempo sí, pero no más cerca. Espera por ti —dijo, sugiriendo que pusiera fin a la espera—. ¿Y qué tal tus enemigos del seminario? ¿Desisten o resisten?

—Resisten mucho. La Iglesia perdura desde hace dos milenios porque está formada por personas que lo resisten todo. Gabriel me dijo que querías hablarme del piano de mi madre.

—El piano lo afiné yo. Me enseñó el afinador de confianza de tu madre. En unos días lo trasladaremos.

Fernando de Altaterra mostró sorpresa pero se alegró.

—Además, hice el arreglo de una composición que tu madre dejó sin terminar —siguió Elisario Calante, un poco tenso.

Fernando de Altaterra mostró mayor sorpresa y mayor complacencia, que parecía sincera.

—Es decir, que tocas el piano y sabes de música.

—Lo callé, pero ya sabes que no por deslealtad —confesó.

—Nadie sabe lo que llevamos en nuestro interior —lo tranquilizó Fernando de Altaterra y terminó con la pregunta que en sus años de amistad nunca quiso hacer—. Pero sí que me gustaría saber de dónde viniste. ¿Qué pasó? ¿Qué te hicieron?

Las respuestas, improbables si estuviesen solos, eran imposibles con un tercero presente.

—Ya lo sabes. Nací donde me encontraste. Sólo era un crío que no conocía a nadie y no tenía dónde pasar la noche.

Fernando de Altaterra meditó cómo plantear otra pregunta.

—¿Por qué crees que Dios nos puso en el mismo camino?

Elisario Calante también meditó la respuesta.

—No creo que un dios tuviera nada que ver, Fernando. Fue simple casualidad, como todo lo que sucede.

—¿Te inquieta la idea de la existencia de Dios?

—No puede inquietarme algo en lo que no creo. Aquí fui acogido por practicantes católicos. Tampoco pueden inquietarme las creencias de personas que ayudan a los demás cuando lo necesitan, pero es más complejo.

—¡Esa es la cuestión, Rafael! A eso me refiero, a lo que dices que es tan complejo. Si no hay un lugar para Dios, ¿qué llena ese espacio? ¿Qué lo sustituye?

Fernando de Altaterra se había sentado en la butaca junto al pequeño escritorio. Conrado Coria, con vivo interés, se acomodó en un baúl que hacía de asiento. Elisario Calante ocupaba la silla frente al escritorio. Se puso en pie y depositó en la mesa los libros religiosos que no conseguía leer.

—En mi caso, es la razón, Fernando. En estos libros tú encuentras argumentos, verdades y certezas que te acercan a tu idea de Dios. Para muchos como yo este es un callejón sin salida.

—Lo que nosotros llamamos fe.

—O algo distinto: el sentimiento de trascendencia de la vida.

A quienes no disponemos de ese sentimiento sólo nos queda la razón. Necesitamos encajar las piezas del universo que vemos.

Y mientras hablaba fue haciendo un montón de libros: *El origen de las especies* de Charles Darwin; *El mono desnudo* de Desmond Morris; *Los dragones del Edén* de Carl Sagan; y *El universo* de Isaac Asimov.

—¿Crees que algo tan complejo como la vida no ha de tener por fuerza un creador?

—El creador es el propio universo, Fernando. ¿Sabes que sólo una estrella de segunda generación puede crear un planeta como la Tierra? Los elementos más pesados que el hierro se generan en una estrella que ha colapsado y explotado. Con los desechos de esa explosión se forman nuevos planetas con elementos pesados. De esa basura espacial estamos hechos, de polvo de una estrella muerta.

—Pero la complejidad del universo tiene que haberla creado una inteligencia —afirmó Fernando de Altaterra, con más interés en provocar la respuesta que en ganar la disputa.

—No hace falta un dios, Fernando. El universo es tan inmenso y ha tenido tanto tiempo que ha probado infinitas veces todas las combinaciones posibles de la energía y la materia. En un momento dado, una determinada combinación altera el medio que la rodea y hace copias de sí misma. A eso lo llamamos vida. Y la vida no para de modificar su propia estructura para adaptarse y prevalecer. Existe vida en la Tierra porque está a la distancia justa del Sol, porque posee un núcleo de hierro que genera un campo magnético que la protege de la radiación solar y porque cuenta con la Luna, un satélite que estabiliza su órbita y le permite periodos estacionales y un clima benigno.

—¿Y entonces qué somos, Rafael? —preguntó Conrado Coria, incapaz de contenerse—. ¿No somos nada más que materia organizada? ¿No tenemos alma?

—Somos materia y energía. ¿Tiene nuestra naturaleza capacidad para albergar una energía que podríamos llamar alma? El universo son cientos de miles de millones de filamentos de materia y energía; en cada filamento hay cientos, miles o millones de galaxias; en cada galaxia cientos de miles de millones de estrellas. A la deriva en uno de esos filamentos, existe un grupo de galaxias que nada tiene de especial; en un lugar sombrío de ese cúmulo, se encuentra nuestra galaxia, que nada tiene de especial; en ella, en un confín alejado de todo, habita una estrella, nuestro Sol. Es de segunda generación, pero no tiene nada de especial. En su campo gravitatorio gira el pequeño y frágil planeta que nos ha dado vida. Deambulamos en este páramo minúsculo y de ese universo que ni siquiera alcanzamos a imaginar; vamos de la no existencia anterior a la vida, a la no existencia posterior a la muerte; vamos de la nada a la nada. Somos seres insignificantes en el tiempo infinito y en el espacio inabarcable de lo que algunos llaman creación. Si somos algo más que materia, si tenemos alma, somos almas en el páramo; almas errantes. En todo caso, no somos sino polvo estelar.

Fernando de Altaterra y Conrado Coria regresaban meditando lo que acababan de escuchar.

—¿Qué te ha parecido? —preguntó Fernando de Altaterra.

—Que creería si supiera que es Dios quien lo ilumina. Y mucho debe quererlo para iluminarlo tanto.

—Es lo que he pensado desde que nos conocimos.

—Y tiene razón: somos almas en el páramo —sentenció Conrado Coria.

—Almas errantes; polvo estelar —añadió Fernando de Altaterra.

11

Un policía municipal detuvo la circulación en la calle, durante los minutos necesarios para mover el piano sobre un tablero con ruedas de goma, fabricado en exclusiva para la tarea. Mientras Elisario Calante rectificaba el afinado a la resonancia del salón, Gabriel de Altaterra hizo llamar a su padre, que apareció un tanto sorprendido y tomó asiento.

—Necesitamos tu parecer, papá.

En cuanto sonaron los primeros compases del *Nocturno* de Eulalia Torremocha, Amalia Norcron y otras mujeres se precipitaron hacia el salón. En las estancias del exilio de frailes lo oyó Fernando de Altaterra que tiró de Conrado Coria y los dos corrieron por los pasillos.

Diego de Altaterra Coronado escuchó la música y fue transformando la expresión: sorpresa, melancolía, pena, resignación, sosiego y admiración, con las gafas en una mano y limpiándose los párpados con un pañuelo. Al terminar nadie aplaudió porque él alzó la mano mientras se ponía en pie.

—No te levantes, querido Rafael —le dijo, todavía emocionado, poniéndole una mano sobre el hombro—. Eres evidencia fehaciente de que Dios nos pone a prueba enviándonos sus bendiciones envueltas en apariencia de escasez y desdicha. El día que Servando vino a decirme que aceptabas nuestra hospitalidad pensé que habíamos sido agraciados. Hoy has demostrado tu talento y yo sé por qué fuiste enviado. Has terminado la música que mi amada Eulalia no pudo concluir. Estoy seguro de que ella la hubiera acabado así y estoy dispuesto a afirmar que tú lo has hecho por inspiración de ella. Permíteme creer que se ha valido de ti para decirme que me espera.

Desde el asiento Elisario Calante lo escuchaba mirando a los ojos del hombre.

—Ahora sí, hijo. Ponte en pie y acepta mi abrazo.

Elisario Calante se incorporó y Diego de Altaterra Coronado lo abrazó con fuerza mientras todos aplaudían. Fernando de Altaterra regresó a su retiro caminando junto a Conrado Coria, despacio, en silencio, cavilaba.

La ceremonia de Fernando de Altaterra en la catedral, que se anunció y cuidó en todos sus detalles, tuvo menor afluencia que en ocasiones anteriores. Vistiendo sus hábitos de ceremonia, sin un saludo ni un gesto de simpatía, Lucrecio Estrada y los suyos tomaron la primera fila de una bancada. En la bancada contigua, la primera fila la ocuparon los familiares de Fernando de Altaterra: Diego de Altaterra Coronado, Lucila de Miranda como invitada especial, Eulalia, Gabriel y detrás algunos parientes lejanos. En las filas siguientes, el extenso grupo del personal de la casa con sus familiares, sin la presencia de Elisario Calante.

A primera hora de la mañana siguiente Lucrecio Estrada abandonó la casa junto a su asistente, el secretario, Conrado Coria y los dos hombres que fueron los primeros en llegar. Una nota muy parca y administrativa fue todo lo que hizo llegar a Diego de Altaterra Coronado como agradecimiento por la acogida en la casa. Se quedaron con Fernando de Altaterra dos frailes, aunque más jóvenes, iguales en su férrea vigilancia sobre todo cuanto sucedía y se decía en su entorno.

La marcha de los clérigos apenas supuso un poco de alivio a Diego de Altaterra Coronado. El encuentro festivo de aquel domingo cerraba una época porque era la despedida social de Fernando de Altaterra, el más inclinado de los hijos a fiestas y celebraciones. Aunque Eulalia de Altaterra, la benjamina de la familia, parecía dispuesta a tomar pronto el relevo.

Diego de Altaterra Coronado recordaba los encuentros que promovía Eulalia Torremocha con la excusa de cualquier acto cultural y que trascendían de la intimidad familiar. Eran para él como dos caras de una misma moneda, porque la ausencia de su mujer lo llenaba de congoja, pero el bullicio que atestaba las estancias lo hacían revivir momentos de su niñez y juventud y del tiempo feliz junto a ella.

Ser invitado de la familia De Altaterra era credencial del estatus social, en Antiqua y en la provincia, y la sola oportunidad de pasear por las estancias del palacio, tan sobrias y austeras como Diego de Altaterra Coronado las había descrito, constituía privilegio suficiente para no menospreciar la invitación.

En un tiempo lejano, cuando la casa de Altaterra era un cortijo amurallado en la linde de la ciudadela, se cedieron tierras aledañas en las que se construyó un convento. En el transcurso de los siglos, mientras la ciudad antigua crecía en torno a la casa de Altaterra, el convento dejó de utilizarse y fue, en épocas sucesivas, seminario, hospital militar y hospital civil, hasta que regresó al dueño original y formó un todo con la casa. Se practicaron los accesos en un muro colindante, se incorporó a la propiedad el viejo convento y el claustro quedó como un patio interior ajardinado, circundado por las arcadas, en cuyo centro los caños de una fuente de piedra manaban agua en las horas de luz solar. Aunque nunca supieron qué hacer con las habitaciones de la parte alta y las nuevas dependencias.

Las salas más importantes se situaban entre la fachada y el pasillo principal del claustro y se abrían para permitir el acceso al patio interior, en las ocasiones en que se recibían invitados. En uno de los salones se disponían largas mesas, cubiertas con mantelería, con entremeses, refrescos y golosinas para los pequeños y bebidas para los adultos.

Desde que llegó a la casa, Elisario Calante no faltaba a las invitaciones de Fernando de Altaterra. Aparecía como un espectro, sin hacerse notar, con el aspecto desvalido de un pollo caído del nido, sin saber cómo ponerse ni dónde. Por idéntica causa, tampoco faltaba Lucila de Miranda, que lo buscaba nada más llegar y solía encontrarlo en el jardín, medio escondido en el sitio de menor alboroto. Detrás de ella llegaba sin demora Gabriel de Altaterra, que por edad hacía el papel de hermano mayor de ambos. Acudía en socorro de los dos, sin decir que de ese modo también encontraba amparo para sí mismo.

Al fin, por el mecanismo de refugiarse unos en otros, cada uno había hallado la manera de que aquellos momentos se les hubieran hecho entrañables. Podían hablar de cualquier cosa y tenían la confianza para cualquier comentario, pero el silencio les bastaba para sentirse cómodos.

El amplio corro de amigos y conocidos de Fernando de Altaterra, que años antes no faltaban a la cita, había menguado al tiempo que crecía el más extenso y bullicioso grupo de las amigas de Eulalia de Altaterra. En torno a ella se formaban varios círculos concéntricos de chicas jóvenes y adolescentes, que arrastraban la nebulosa frenética de los varones que iban detrás de ellas, hermanos, primos y amigos. En el núcleo, el círculo más estrecho estaba formado por las amigas más cercanas. Media docena de muchachas entre los dieciséis años y los dieciocho, en el que participaba Livia Reinier, amiga de Eulalia de Altaterra desde la infancia, proveniente de una familia de la vieja burguesía aunque sin marchamo aristocrático.

El intento de Fernando de Altaterra de interpretar la música de su madre salió tan mal como cabía esperar. Practicaba en su habitación en un teclado electrónico, que utilizaba con auriculares para consuelo de quienes en otro tiempo salían corriendo en las horas de sus prácticas. Terminó cediendo el puesto a Elisario Calante, que no pudo rehusar.

Aquella tarde Fernando de Altaterra apenas saludó a los invitados y se despidió con unas palabras de agradecimiento. Elisario Calante tomó asiento frente al piano y antes de que algunos comenzaran a escurrirse hizo sonar unos compases de canciones de moda. Cuando captó la atención comenzó a sonar de verdad la música de Eulalia Torremocha y todos escucharon hasta el final. Durante el aplauso alguien lo desafió a que lo tocara con ritmo de rock and roll. Interpretó algunos compases y las amigas de Eulalia de Altaterra se arremolinaron alrededor del piano. Le pidieron que siguiera con ritmo de blues; divirtió y tuvo que seguir con ritmos de tango y de bolero. Lo retuvieron cercado en el piano recordando canciones de los Beatles, de Creedence Clearwater Revival, de Simon y Garfunkel y otros de los más populares, hasta que terminó agotado.

Desoyendo a los frailes que lo apremiaban para regresar a las habitaciones, Fernando de Altaterra observaba a Elisario Calante entre las dos docenas de jóvenes volcados en él. En otro rincón Lucila de Miranda y Gabriel de Altaterra contemplaban la escena. Amalia Norcron, atenta a que nada faltara, no perdía detalle desde otro extremo. Elisario Calante la miraba a los ojos y ella le mantenía la mirada.

Una mala noticia puso fin al encuentro: Diego de Altaterra Coronado se había sentido indispuesto y se lo llevaban en una ambulancia.

* * *

De madrugada lo despertaron unos golpes en la contraventana; alguien que llamaba con insistencia, casi con violencia. Elisario Calante se apresuró y salió descalzo al zaguán, con un pantalón vaquero que se puso a toda prisa y una camisa sin abrochar. Los dos acompañantes de Fernando de Altaterra estaban allí. Vestían el hábito con una rebeca de lana por encima y se protegían las manos con guantes de piel negros. A unos metros, con ropa de civil, un Fernando de Altaterra que le resultó desconocido lo esperaba, con una expresión dura, distante, hostil.

—¿Pasa algo, Fernando?

Fueron las últimas palabras que pronunció. Comprendió la utilidad de los guantes con el primer golpe que le llegó al estómago y lo dejó sin aliento. El cuerpo se le arqueó y al agacharse recibió el segundo puñetazo en la frente, que lo envió hacia el otro matarife, que lo esperaba para asestarle el siguiente en un pómulo y lo devolvió en dirección al primero. Eran golpes muy medidos, con la fuerza justa para no derribarlo. Se le doblaron las rodillas y el último golpe en la mandíbula lo dejó inconsciente. Lo arrastraron en volandas ochenta metros, hasta el banco en que lo encontró Fernando de Altaterra la tarde en que fue a buscarlo.

Abrió los ojos, incapaz de recordar lo que acababa de suceder. A lo lejos veía la silueta del que había creído su amigo, velada por una cortina de sangre. Servando Meno en chanclas y ropa de cama, cubierto por una bata, lo increpaba. Junto a él, en camisón y con un abrigo por encima, María lloraba. Ella tenía un abrigo en un brazo y un par de botas en el otro y cuando intentó caminar hacia él se lo impidieron los matones con sotana. Uno de ellos le arrancó las prendas de las manos, caminó con ellas hasta donde lo habían tirado sobre el pavimento y las arrojó a sus pies.

Elisario Calante se limpió la sangre con el faldón de la camisa y pudo ver a Servando Meno caminar furioso detrás de María hacia el otro lado de la casa. Fernando de Altaterra y sus esbirros desaparecieron en el interior. Elisario Calante volvió a perder el conocimiento.

No sabía cuánto tiempo había pasado cuando despertó todavía en estado de profundo aturdimiento. Estaba aterido, ya no sangraba. Se calzó las botas, se cubrió con el abrigo y caminó, arqueado y maltrecho, por la calle. Entró en un portal oscuro que encontró entreabierto, se sentó para recobrar fuerzas, estiró las piernas y se quedó dormido o perdió el sentido.

Servando Meno, que corrió a la plaza en cuanto dejo de oír el murmullo de los hombres, pasó dos veces a unos metros de él sin verlo. A media mañana lo encontró Gabriel de Altaterra en una sombría sala de espera, con la cara amoratada y la camisa manchada de sangre. Parecía entero pero confuso y resignado.

—¿Ya te han atendido? —le preguntó, estremecido.

—He podido lavarme. Creen que no tengo nada roto. Un médico debe explorarme antes de hacerme las curas. ¿Cómo está tu padre?

—Mi padre está bien. Fue sólo un susto. Lo tienen en observación. Mañana estará en casa, si todo va bien.

Gabriel de Altaterra necesitó guardar unos minutos de silencio antes de abordar la cuestión que a los dos preocupaba.

—Esto que te han hecho ¿tiene explicación? ¿Discutiste con alguno de esos frailes?

—Nunca he hablado con ellos. Ni siquiera había visto a uno de cerca. Tu hermano me presentó al más joven. No estaba anoche. Otros fueron los que me golpearon, pero la razón sólo la conoce tu hermano. Fernando estaba con ellos.

—¿Hubo algo entre vosotros?

—La última vez que hablé con él tú estabas presente. Cuando me pidió que interpretara la música de tu madre.

—¿Puede ser por lo de la música?

—Servando temía algo así. Me puso sobre aviso al poco de llegar a la casa. Me pegaban y tu hermano me miraba con rabia. No permitió a María y a Servando que se acercaran a mí.

—Cuando te hayan curado, te vienes a casa conmigo. Si quieres denunciarlo, te acompañaré.

—No, Gabriel. Mi tiempo en la casa de Altaterra terminó anoche. Para denunciar necesitaría un nombre y unos documentos que no tengo. No curará mis heridas ni hará que pueda olvidarlo. Es tu casa, pero es también la de Fernando. ¿Qué haría, esconderme cuando venga?

—Reconsidéralo, Rafael. Por María, por Servando y por mi padre, que se llevará un disgusto.

—Nunca podré sentirme seguro allí, Gabriel.

—La decisión no le corresponde a mi hermano, me corresponde a mí. Mi padre nunca discute una decisión mía. El sitio te lo has ganado con tu trabajo y tu lealtad.

—Me arrastraron hasta el banco donde conocí a Fernando. Eso es un mensaje claro. Me pregunto qué ofensa pude haber hecho a tu hermano. Sé que todo se perturba. Servando no podrá con el trabajo, pero ya tiene merecido retirarse.

Gabriel de Altaterra renunció a insistir.

—Prométeme, al menos, que vendrás a visitarnos. Dime en qué te puedo ayudar.

—No puedo prometer que iré porque no sé si podré cumplir. Necesito que me ayudes a concluir, Gabriel. A decir adiós.

Mientras el médico lo atendía y le hacían las curas, Gabriel de Altaterra fue a la casa y regresó con una maleta y la Clavelina, acompañado por Servando Meno y María, cansados de la mala noche, ojerosos y con lágrimas en los ojos.

—Nos ha dicho Gabriel que no quieres regresar a casa —le dijo Servando Meno—. Fernando se marchará hoy. Te prometo que nunca pisará allí mientras tú permanezcas con nosotros.

—Lo siento mucho, Servando. No puedo estar donde no sea bienvenido para todos. Siempre habrá una sospecha sobre mí. Si los demás me hablaran, Fernando podría guardar algo contra ellos. Hoy debo seguir mi camino. Muchas gracias por todo.

Abrazó a María, que lloraba sin consuelo.

—No llore, María. Recuerde que nunca dejaré de quererla como a una madre.

Se volvió hacia Servando Meno.

—A usted también lo recordaré siempre como a un padre, Servando. Retírese, que bien merecido tiene el descanso.

—En el interior está la tarjeta de Álvaro Reinier —le dijo Servando Meno al entregarle la caja con el dinero que encontró en la mesita de su habitación, al que sumó lo que le fue posible, junto al neceser de costura que fue regalo de Amalia Norcron.

—¿Qué harás? —preguntó Gabriel de Altaterra, deslizándole un sobre con dinero en el bolsillo interior del abrigo.

—Algo encontraré. Si no lo encuentro, tocaré en cualquier parte con la Clavelina. Seguro que caerá una moneda.

—La casa de Altaterra es tu casa y allí siempre serás bien recibido —dijo Gabriel de Altaterra al abrazarlo.

—Despídeme de Lucila. Cuida de ella, apártala de tu hermano.

* * *

Superado el traspiés de salud, Diego de Altaterra Coronado descansaba en sus habitaciones. No consiguieron que guardara cama pero accedió a ocupar la butaca de su antecámara y admitió un reposapiés. Su hijo Fernando entró a despedirse junto a uno de los frailes, que Diego de Altaterra Coronado ahuyentó.

—Los galenos me han amarrado a esta butaca, pero nadie impedirá que hable con mis hijos —dijo, muy serio—. He visto circunspecto a tu hermano. Las mujeres se han marchado con alivio al saber que he sufrido un ligero traspiés, pero su alivio no me oculta la gravedad de algo que callan. Nada me dice tu hermano, nada me dicen ellas; me sobra una mirada para saber cuándo ha hecho una de las suyas tu hermana Eulalia. Esta vez es tu semblante el que me manifiesta que algo ha sucedido durante mi ausencia. Algo grave que tiene relación contigo y sospecho que con los malandrines que te vigilan.

Expectante, Fernando de Altaterra guardó silencio. No tenía defensa ante su conciencia y nada influiría en el criterio de su padre.

—Te dije el otro día y lo ratifico que no apruebo esas amistades que has traído a casa. Me aflige porque siento truncadas mis esperanzas en ti, no por mi felicidad sino por la tuya, hijo. Te eduqué, como a tus hermanos, en el respeto a la libertad porque una persona sin libertad no es más que una cabeza de ganado, y debemos desear para los demás, sean ricos o pobres, lo mismo que Dios desea para nosotros: la felicidad que haga fecundas nuestras vidas. Pero ¿qué felicidad es posible hallar cuando se carece de libertad? La razón más natural de las sectas consiste en evitar que alguien de fuera conozca lo que hacen dentro. Por eso rompen los lazos del adepto con familia y amigos. Estamos en esta situación absurda porque han abducido tu alma, hijo, y nada podré hacer ni decir que modifique tu percepción de las cosas. Pero no olvides que si Dios nos da libre albedrío, ellos no pueden ser censores entre tú y yo. ¿Por qué he de hablar contigo, que eres mi hijo, frente a ese mentecato que he tenido que expulsar? ¿Qué es lo que tiene que rectificar un necio de lo que yo pueda decirte? Quien toma el mensaje de Cristo y lo arrastra en ese lodazal, no lo dudes, es un ser maldito.

Fernando de Altaterra no tuvo valor ni fuerza para oponerse a su padre. Todo lo que dijera podía perjudicar su convalecencia. Lo besó y se despidió, ocultando la congoja con una sola frase.

—Piensa que tal vez sólo hago lo que debo, aunque no pueda explicarlo ni tú alcances a entenderlo ahora.

Abandonó la casa y regresó al seminario.

* * *

—Háblame sin sutilezas, Servando. Pero, por favor, dime que no es cierto que nos dejas.

—Es cierto, don Diego. Dios sabe que con mucho dolor.

—Sois parte de la familia. ¿Dónde iréis? ¿Qué será de María? ¿Y de ti, Servando? ¿Qué será de vosotros?

—Iremos a casa de mi hija. La paga del Estado es escasa, pero nos permitirá llegar al final de la vida. No como hubiéramos querido, pero no mucho peor. Ya no tengo edad ni fuerzas para empezar de nuevo, don Diego. Rafael era mi último empeño para concluir de acuerdo con la tradición de su casa y se ha malogrado sin causa que lo explique.

—Pero no hay razón para que te marches. Puedes disfrutar de tu jubilación ocupando la casa de obras, bajo mi palabra y mi autoridad. De sobra lo has ganado y nadie os pedirá a María y a ti que hagáis otra cosa que agraciarnos con vuestra compañía. Mi hijo Gabriel encontrará quien te sustituya. Y María y tú podréis venir cada día a mi casa, que es la vuestra, donde se os atenderá igual que se atiende a mi persona.

—Lo que agradecemos, don Diego, y no dude de que se nos verá con frecuencia por aquí. Pero María y yo hemos hablado mucho de esto. Usted podría faltar un día, Dios no lo quiera, y todo quedaría en manos de sus hijos. Perdóneme la desnudez de las palabras, don Diego, que no tengo modo de callar porque el respeto me obliga. De Gabriel no hay duda posible; ni hubo un niño más noble ni hay hombre más comprensivo, pero tiene usted otros dos hijos a los que hemos temido desde que eran críos.

Diego de Altaterra Coronado sabía francas y certeras las palabras del que consideraba un amigo.

—Ya sabes que intentaré haceros desistir de vuestro propósito, pero es hora de que me cuentes lo que sucedió.

—Su hijo Fernando echó a Rafael. Lo sacó de su habitación de madrugada, de la manera más cruel. Llegó en compañía de dos de aquellos que en hora maldita trajo a esta casa, que no son hombres de Dios sino vulgares matones. Apalearon a Rafael, lo arrastraron hasta la plaza y lo dejaron tirado como un fardo. Se asombrará usted de saber que vestían el hábito, pero llevaban guantes para protegerse las manos de los golpes. Así los encontramos María y yo cuando salimos a ver lo que pasaba. No nos permitieron acercarnos a él para atenderlo. Había un rastro de sangre. Su hijo Fernando no nos dejó despedirnos de él. Ni siquiera nos dejó alcanzarle una prenda de abrigo. Pudimos verlo después y darle un abrazo, pero fue el de la despedida. María y yo ahora cargamos un pesar. Tal vez no haya podido venir o tal vez tema perjudicarnos. Por miedo a su hijo dimos la espalda al pobre muchacho. La confesión no nos da consuelo, don Diego. La conciencia no nos libera. Merecemos el castigo porque somos tan culpables como Fernando.

—¿Puedo enderezar algo? —preguntó Diego de Altaterra Coronado entre dolido y avergonzado—. Yo querría pedirle perdón en nombre de mi familia. Si viniera a verme, tal vez acepte mi palabra y mis disculpas. Él sabe que yo también lo quiero. No tanto como tú o María, pero casi como a un hijo. Tienes mi palabra de que restañaré las heridas que mi hijo Fernando haya causado.

—De nada serviría, don Diego. Si viniera, le daría las gracias a usted, se las daría a María, me las daría a mí y desaparecería sin decir dónde encontrarlo. Lo conozco en lo que es posible conocerlo y sé que no regresará. Más aún, por él nadie sabrá de sus años entre nosotros. El señorito Fernando sabía dónde hacerle más daño y allí le dio con mayor fuerza.

—¿Y cuál fue la causa, Servando? ¿Qué provocó tanta crueldad? ¿Por qué tanta violencia?

—Es lo más triste, don Diego. Rafael le ocultaba a Fernando su talento con la música porque yo lo puse sobre aviso. Sin que pudiera explicar por qué, algo recelé y no me equivoqué. Rafael se hizo cargo del piano porque se lo pedí cuando usted nos ordenó trasladarlo. Él no quería tocar en público y mucho menos esa tarde. Fue su hijo Fernando quien le pidió que lo hiciera. Tuvo mucho éxito, como usted pudo ver. Sólo Dios sabrá qué traman esos fantasmones que acompañan al señorito Fernando. De ellos es la mayor parte de culpa, pero yo también tengo para mí que la causa de esta locura la provocó que el señorito Fernando sintió que le quitaban el sitio.

* * *

En la ciudad nueva, por una calle estrecha, entre una línea de construcciones pequeñas en una acera y un enorme paredón a lo largo de la acera contraria, apareció Elisario Calante con la cara amoratada, la maleta en una mano y la Clavelina cruzada a la espalda. En el penúltimo local de la calle estaba el establecimiento en el que Álvaro Reinier comerciaba con instrumentos musicales y objetos relacionados con la música.

Era una tienda de aspecto sombrío. Tenía un largo mostrador con vitrina delante de una pared con instrumentos de cuerda; en la pared del fondo, instrumentos de viento; en la otra pared discos, libros y partituras; en el centro, un piano de pared, órganos electrónicos, amplificadores y altavoces. Para quien amaba la música como Elisario Calante, aquel dominio era el paraíso. Álvaro Reinier lo atendió en un receptáculo mínimo en el que cabían con dificultad una mesa pequeña con un teléfono y dos sillas. Fue amable y se interesó por su salud, sin entrar en averiguaciones sobre las magulladuras

Por excepción en los Reinier, todos de cuerpo escurrido, Álvaro Reinier era robusto, un poco orondo, pero muy refinado en sus hábitos y elegante en gestos y maneras. De una notable cultura musical, no dominaba ningún instrumento, lo que explicaba con expresión de náufrago cuando la ocasión lo merecía:

—Soy incapaz de seguir el ritmo sin equivocarme, ni siquiera para bailar algo sencillo.

Solía vestir con traje y corbata, la manera de ir bien para la clase de clientes que atendía en su negocio.

—Tal vez hayas oído que soy un tacaño —dijo Álvaro Reinier por sorpresa—. Puede que te hayan contado un chiste con mi nombre. Mi mala fama no es infundada. La prefiero a que se conozca la verdad, porque entonces sí que estaré perdido. La verdad es que estoy arruinado. Mi vida pertenece a un banco.

Tras un silencio, explicó como en un acto de expiación la causa de sus males.

—Con tu edad debes tener presente que una mujer como compañera de la vida es lo mejor que un hombre puede desear. Pero no olvides que una buena mujer nos afina el alma hasta la nota precisa y una mala la destruye igual que mal músico arruina el instrumento que toca. La contraté para que atendiera la tienda mientras yo hacía gestiones en la calle y visitaba a los clientes. La creí candorosa y buena. Tonto de mí, me dejé embaucar por artes tan antiguas que no engañan sino a los dispuestos a dejarse engañar. Al principio me buscaba y colmaba mis deseos; todos, incluso los que yo mismo desconocía tener. Después construyó una tapia entre ella y yo que no podía franquear sin pagar un precio: regalos, ropa, zapatos, joyas, viajes, hoteles y caprichos que no me podía permitir. Entonces el banco apretó su tenaza y puso mis pies en el suelo. Ella no tardó ni una semana en abandonarme, con una denuncia para sacarme los últimos céntimos, pero ya no quedaba nada que sacar. Tardé en llegar a odiarla y tan iluso fui que me costó aceptar que no era buena mujer, que sus reproches y sus llantos inexplicables y sus constantes cambios de humor no eran más que maniobras para manipularme. Me dio todo el sexo, el que pude y el que no pude, después lo restringió porque era la mercancía de su negocio. Cuando el velo desapareció de mis ojos descubrí que ni siquiera era guapa. Los vestidos, la lencería, la peluquería y las visitas al salón de belleza, que me costaban un río de dinero, apenas escondían a una mujer medio analfabeta y vulgar, con el atractivo de un repollo vestido con falda.

Además de la tienda, Álvaro Reinier tenía un pequeño ático a pocas manzanas en el que vivía, y una casa grande en las inmediaciones de una playa un tanto alejada de la ciudad. Todo sujeto a hipotecas que le costaba satisfacer. Después del banco, le quedaba lo justo para sobrevivir esquivando estrecheces.

No podía ofrecer a Elisario Calante un puesto de trabajo, pero lo acogió en su apartamento.

—Puedes dormir en el sofá del salón, o podemos acondicionar el palomar —le dio a elegir Álvaro Reinier—. En la azotea tengo un lavadero sin uso. El acceso da a la escalera común, podrás entrar y salir con libertad. Lo llamo el «palomar» porque cuando lo compré las palomas habían hecho allí sus nidos.

El palomar era un recinto de catorce metros cuadrados, pero disponía de agua caliente y acceso independiente por la escalera común. Un buen carpintero, como Elisario Calante, no tendría inconveniente en proveerla de los enseres para utilizarla como dormitorio. Le propuso a Álvaro Reinier que se la alquilara, si le aceptaba pagar con su trabajo.

El acuerdo fue próspero para los dos y la relación personal discurrió con facilidad. Elisario Calante afinaba pianos, reparaba instrumentos y demostraba los que vendían, en particular los órganos electrónicos, que estaban de moda y que tanto Álvaro Reinier como él detestaban, pero eran una importante fuente de ingresos.

En aquella tienda sin sitio para moverse Elisario Calante se desenvolvía con placer. Los discos y una colección de cientos de cintas de vídeo, que Álvaro Reinier grababa de la televisión cuando emitían música sinfónica o de cámara, completaron su formación musical. Tenía a su alcance música de todas las épocas y de cualquier género, disponía de libros y partituras y podía practicar con el piano y la guitarra hasta la madrugada, sin molestar a nadie y sin que nadie lo importunara.

Álvaro Reinier era buen contable y magnífico tenedor de libros. En un libro aparte de los del negocio escribió en la primera página la dirección completa del apartamento que ahora compartían. A partir de la segunda página abrió una sola cuenta con el nombre de Rafael de Altaterra. En el concepto de la primera anotación escribió el nombre del apartamento y en la columna HABER el importe acordado por la propiedad. Cada mes anotaba en la columna DEBE los importes que tendría que haber pagado en concepto de salario y comisiones por las ventas de instrumentos, descontadas las exiguas cantidades en dinero efectivo que le hubieran entregado y que figuraban en recibos firmados.

Sumando sus talentos y sus precarias economías, sin horarios y sin extraviar un céntimo, rompieron el círculo vicioso de los impagos al banco y en tres años el negocio estaba liberado y preparaban ya su reforma y ampliación.

12

La ordenación sacerdotal de Fernando de Altaterra llegó cuando los estudios, los compromisos secretos y la intransigencia de Diego de Altaterra Coronado lo habían alejado de la familia. Había visitado la casa familiar en breves intervalos durante el verano y la Navidad, con la ineludible compañía de varios adeptos elegidos por Lucrecio Estrada. Diego de Altaterra Coronado vivía un desgarro definitivo con el que fue su hijo favorito cuando le llegó por correo ordinario una tímida invitación a la ceremonia de ordenación.

Acudía a ella apenado y dolorido junto a sus hijos Gabriel y Eulalia, y con Lucila de Miranda, que viajaba con ellos por expresa petición de su hijo Fernando. Durante el viaje en tren, su hijo Gabriel intentaba distraerlo con la charla.

—Estoy con el ánimo decaído, hijo; temo que hoy no seré una buena compañía —se disculpó Diego de Altaterra Coronado—. Me abrasa el alma que tu hermano haya decidido celebrar la ceremonia de ordenación lejos de la ciudad que es la suya de natural. Hasta en la forma se me ha humillado y he tenido que enterarme por una carta de ese preboste advenedizo que ha usurpado el papel que a mí me corresponde. Tu hermano apenas me llama y cuando lo hace hay alguien escuchando la conversación. Percibo la respiración de un tercero al otro lado del teléfono.

—Que eso no te atormente, papá. Fernando ha cambiado, pero ha llegado donde está por vocación, que es la que lo devolverá al camino. Nunca dejará de ser tu hijo y el amor por ti y por la familia terminará imponiéndose. Pronto regresará a nosotros.

—Deseo creer cierto lo que dices. A veces temo que no haya sido la vocación sino la obstinación la que condujera sus decisiones. También me preocupa tu hermana, no porque haya decidido estudiar en el extranjero y en breve nos dejará, sino porque de ella nunca he sabido qué puedo esperar.

—Estudiará fuera unos años, pero la tendremos con frecuencia entre nosotros, papá.

—Me inquieta porque no parece inclinada a formar una familia, pero en ese sentido quien más me preocupa eres tú, hijo. Conduces los asuntos de la casa de Altaterra con acierto y tus planes para su futuro me dan esperanza. Ahora comprendo tu excelente criterio al elegir la arquitectura con preferencia a la ingeniería agrícola, que yo te aconsejaba. Mi preocupación por ti es que rondas la treintena y nada sé de tus planes. ¿No hay ninguna mujer que te atraiga entre tantas que parecen dispuestas a explorar sus posibilidades contigo?

—La que yo quisiera va detrás de otro, papá. No parece que haya solución, pronto tendré que encontrar mi camino. Buscaré a una mujer a la que pueda querer.

La conversación apaciguó a Diego de Altaterra Coronado, pero enseguida volvió a su pesadumbre. Se cambió de ropa en el hotel, llegó a la iglesia a la hora en punto de la ceremonia, asistió a la ordenación que sintió como un amargo trámite y regresó al hotel sin felicitar a su hijo. Pasó mala noche y por la mañana cogió un tren que lo llevaría de vuelta a casa, acompañado por su hija Eulalia.

Avisado por su hermano Gabriel, Fernando de Altaterra apareció en el andén a la carrera, con el tiempo justo para despedir a su padre. Diego de Altaterra Coronado lo vio llegar secundado por dos monjes y se irguió resuelto a ahuyentarlos. Fernando de

Altaterra les pidió que se mantuvieran alejados, seguro de que su padre no aceptaría decirle adiós en presencia de ellos.

—¿No te quedas ni un día en la ciudad, papá? Esperaba verte en el almuerzo.

—Nada tengo aquí que aporte paz a mi espíritu —respondió Diego de Altaterra Coronado—. Bien al contrario, antes lo hallaré cuanto antes haya llegado a casa.

—Esta tarde oficiaré mi primera misa. Nunca pensé que pudieras no estar presente en ella.

—Somos tu familia, hijo. La que esa secta a la que has entregado tu alma te impide ver sin presencia de comisarios. Tu padre soy yo, el que has consentido que sea humillado. Deseo de corazón que disfrutes de tu almuerzo y de tu primera misa, pero concédeme ser fiel a mis principios. Cuando alguien acude a donde sabe que se le detesta, se presta a la doblez y el fingimiento y no es la hipocresía un talento que yo haya cultivado en mí, ni mostrado a mis hijos. Ya estás en el sitio que elegiste, hijo. Rezaré para que Dios ilumine tu camino. Sabré que lo ha hecho cuando puedas venir a nosotros sin esa manada de cabestros.

Fernando de Altaterra no ahondó en la herida. Abrazó a su hermana y a su padre y creyó que se le rompía el alma cuando lo vio girarse en el estribo para mirarlo, altivo, estirado, incapaz de contener las lágrimas que había luchado por reprimir.

Lucila de Miranda había hecho el viaje a petición de Fernando de Altaterra. Sabía que él iba a requerirla para que ingresara en un convento y ella iba dispuesta a desengañarlo. Gabriel de Altaterra, que no le hubiera permitido hacer sola el viaje de regreso, permaneció a su lado y se separaron en la catedral, donde habían acordado la cita. Ella entró por una puerta de la sacristía y Gabriel de Altaterra la esperó en la calle, tomando fotografías y apuntes en un cuaderno de dibujo.

A un lado de la nave central, un sacristán abrió la entrada a Fernando de Altaterra a un recinto cercado por rejería de hierro.

Fuera del enrejado, aunque a poca distancia, esperaba la pareja de acompañantes.

—Felicidades. Ya eres sacerdote, como soñabas —saludó Lucila de Miranda al tomar asiento a su lado.

—Ahora faltas tú para cumplir nuestra promesa —abordó la cuestión sin preámbulos—. ¿Ya has decidido el convento?

—Vayamos despacio, Fernando. Es cierto que lo dije, pero éramos niños y no fue una promesa —precisó Lucila de Miranda—. No tengo la vocación que creía tener. Cuando lo hablamos era bonito; fue en la edad de la fantasía y los ideales, pero ahora soy una mujer. Tengo que hacer frente a la vida real y ser fiel a mis convicciones de hoy.

—Lo nuestro era un noviazgo, Lucila. Una promesa de vivir unidos en la fe, sin un acto ni un deseo que lo manchara. Nos hemos amado y guardado fidelidad, como un matrimonio. ¿De verdad quieres romper el amor que nos dimos?

—El amor que nos dimos, si era eso, nunca se romperá. Lo envolvía un sueño de adolescencia, pero ya somos adultos, no tenemos lugar para los ensueños, es el tiempo de la vida. Tú has alcanzado tus objetivos y yo debo encontrar los míos. He estudiado una carrera, mi padre me pide nietos. Lo cierto es que disfruto con mis sobrinos y me gustaría darle esos nietos. He decidido prometerme en matrimonio y lo haré con la condición de casarme pronto. Confieso que me da pereza y tengo muchas dudas, sin embargo, de algo sí estoy segura: no quiero ser monja.

—¡Vas a casarte! Lo dices sin haberme dado una señal durante estos años.

—Habrías visto mis señales de no haber desaparecido, pero de nada te habrían servido. No abandonarías tus metas religiosas aunque yo deseara el matrimonio.

—Ahora ya nunca lo sabrás, Lucila. Aunque lo digas con tanta firmeza, el matrimonio no te dará la felicidad que dices. Hablas de él sin ilusión, incluso con tristeza.

—Es cierto, me falta ilusión, pero acepto la realidad. Ya no estamos en el ensayo, ahora es el momento de la vida. Sí que querría estar enamorada como tal vez lo estuve de ti con dieciséis años, pero acepto que no es así.

—Lamento oír lo que dices, Lucila —dijo Fernando de Altaterra con amargura, y tras una larga mirada a lo lejos volvió el rostro hacia ella y le asestó una frase definitiva—: Es cierto, no eres la Lucila que yo quería. Eres otra; me has decepcionado.

Lucila de Miranda lo encajó sin mostrar flaqueza.

—Hemos sido confidentes, Fernando. Sólo eso. Y confidentes sólo de la parte que tú elegías. Me querías como un trofeo. La verdad, Fernando, es que nuestro sueño de la adolescencia de mi parte era una bobada, pero de la tuya era vanidad y egoísmo.

Al despedirse, se cogieron de la mano y simularon el beso en la mejilla, sin rozarse la piel. Fernando de Altaterra sentía un hueco en su interior; por el contrario, Lucila de Miranda sentía haberse liberado.

Gabriel de Altaterra la esperaba tomando sus apuntes de dibujo en otro lugar alejado del que ocupó al principio, porque fue persiguiendo la sombra hasta que terminó bajo un árbol de frondosa copa. Ya estaba por el cuarto o quinto dibujo y el segundo carrete de fotos cuando Lucila de Miranda tomó asiento junto a él.

Por dentro ella sentía que lo que acababa de suceder era con exactitud una ruptura, pero no le producía pesadumbre sino paz. Aquel era un hermoso día para sentirse feliz.

—¿Ya está? —preguntó él sonriéndole mientras guardaba el cuaderno—. ¿Todo resuelto?

—Sí, ya está —dijo Lucila, devolviéndole la sonrisa—. ¡Por fin, resuelto del todo!

El paisaje se precipitaba en la ventanilla del tren. Lucila de Miranda y Gabriel de Altaterra observaban el crepúsculo que anunciaba la noche.

—Otra vez tengo que darte las gracias —dijo Lucila de Miranda—. Tu hermano me hacía ir y venir y me abandonaba sin hacerme ningún caso. Lo soportaba porque aparecías tú para hacerme compañía. Ya no necesito esa excusa. Seguiré paseando hasta tu casa para saludar a tu padre, no porque sea el padre de Fernando, ni porque tú me lo hayas pedido, sino porque me agrada charlar con él. Pero espero verte y me gustará pasar un rato contigo cuando vaya, si tú quieres.

—Por supuesto que quiero, Lucila. Mi padre cambia el semblante cuando te ve aparecer. Creo que le recuerdas a mi madre. ¿En qué afecta a tu vida la ordenación de mi hermano?

—Tu hermano es lo que quería ser. Él hará su vida y yo debo hacer la mía. No quiso escucharme cuando le dije que no quería ser monja. He tenido que venir para demostrarle que mis palabras iban en serio.

—¿Y cuál será tu rumbo, si no soy indiscreto al preguntar?

—Llevo años rechazando a un pretendiente. Me ha vuelto a insistir. Aún no se lo he dicho, pero he decidido aceptarlo. Que sea lo que Dios quiera.

Gabriel de Altaterra permanecía atento a ella, pero en las últimas frases desvió la mirada hacia la ventanilla.

—Es muy acertado que no te hagas monja —dijo sin apartar la vista de la última luz del día y dejó un silencio antes de continuar—. Espero que seas muy feliz con tu pretendiente.

—¿Te entristece mi decisión? Tú y yo seguiremos siendo amigos, ¿verdad?

—Por supuesto, Lucila. Espero que siempre seamos amigos.

La miró unos segundos y volvió a perder la vista en el paisaje que se desvanecía en el crepúsculo. Como tantas veces, Lucila de Miranda lo vio quedar absorto en reflexiones y quiso dejarlo ausente en ellas, pero hubo algo en el tono de su voz, algo dejó percibir en la mirada que fue distinto. Entonces cayó en la cuenta de que era la primera vez que estaban a solas, que todos los que los rodeaban eran desconocidos.

—¡Mírame, por favor!

Gabriel de Altaterra la miró y esperó la pregunta que llegó como un cuchillo.

—Dime, ¿por qué te duelen mis planes?

Parecía imperturbable pero estaba herido. Tardó en hablar y respondió con suavidad.

—Intento que no me lo notes, Lucila. Lo siento mucho, pero no tengo el corazón de piedra.

Fue como una detonación. Con asombro, aturdida, tardó en comprender lo que no necesitaba ser comprendido. Reaccionó en un chispazo de dicha. Muerta de amor se giró hacia él con los ojos muy abiertos y le cogió la cara entre las manos.

—Nunca he besado a un hombre. Es muy urgente que te bese.

Fue él quien la besó, y no pararon durante el viaje ni en el paseo hasta la casa de ella, que hicieron a pie.

—¿Qué sientes? —preguntó Lucila de Miranda al despedirse, en el zaguán de su casa.

—Tenía un sueño —respondió él, acariciándole las mejillas con los pulgares de ambas manos—. Era un imposible, sólo un sueño del que no quería despertar. Tú me has despertado para decirme que no era real. Así me siento.

—Yo también soñaba y ha sido un hermoso despertar. Tanto tiempo soportando las memeces de tu hermano porque así seguiría viéndote a ti.

—¿De verdad era eso, Lucila? Si abandonara el hábito, ¿no te casarías con él?

—No estaba enamorada de él. Nunca lo estuve, aunque yo creyera que sí. ¿Sabes por qué estoy segura? Estar enamorada no es lo que sentía por él sino lo que siento por ti. A tu lado me parecía un chico, tú eras un hombre. Yo ahora me siento mujer. No puedo explicarlo mejor. Te necesito a ti.

Durante generaciones, las familias De Altaterra y De Miranda se habían entrecruzado muchas veces resolviendo con el acuerdo y el respeto las ocasiones en que tuvieron disparidad de criterios o intereses. En el ideario de Lucila de Miranda, Gabriel de Altaterra personificaba a la perfección el papel que tenía reservado de nacimiento. Era firme, contenido, prudente y responsable.

El hachazo de Fernando de Altaterra a la amistad con Elisario Calante ahuyentó a Lucila de Miranda que casi desapareció durante un tiempo. Fue a la casa de Altaterra a felicitar la Navidad y Gabriel de Altaterra, que no soportaba echarla tanto de menos, le pidió que fuera a visitar a su padre cuando tuviera ocasión y encontraron así la excusa perfecta para coincidir cada semana, a la vista de todos, sin otro propósito que el de apaciguar una inclinación que no llegaban a reconocer como lo que de verdad era.

A Lucila de Miranda se la consideraba rara incluso en el seno de la familia. Fue educada en la tradición católica, pero los padres no lo pidieron ni deseaban que lo llevara con el grado de rigor que ella se exigía. En la edad en que las chicas empiezan a sentirse guapas y a desear parecerlo, Lucila de Miranda intentaba ocultarlo. Sujetaba su hermoso cabello de color castaño rojizo con horquillas y se hacía un pequeño moño en la nuca, para evitar que se le soltara un bucle traicionero. Según la época del año y el rigor de los días, se cubría la cabeza con un gorro para el frío, una boina o un sombrerito. Vestía blusas cerradas hasta el cuello, bajo un corpiño con el que intentaba ocultar la exuberancia de sus senos. Lo común era que vistiera pantalón para lo informal, y un vestido por debajo de las rodillas y medias gruesas para lo social, que le daban el aspecto de una catequista de los tiempos de sus abuelas.

Fue en la época del amor quimérico de su adolescencia, por lo que Gabriel de Altaterra sospechaba que su hermano Fernando no era del todo inocente en el exceso de rigor indumentario de Lucila de Miranda, que ella había atenuado en los últimos años sin abandonarlo del todo.

El lunes siguiente al domingo de los primeros besos, Lucila de Miranda se puso en manos de su hermana, que la llevó al peluquero, la ayudó a elegir la ropa, le arregló las cejas y la maquilló. Fue un cambio discreto y acertado. Dejó libre la hermosa mata de pelo con reflejos rojizos, permitió que un toque de carmín resaltara su boca, que el vestido de color granate le ciñera el talle y resaltara el perfil de sus senos, y que el calzado, con tacón más alto que sus zapatos de siempre, elevara sus caderas, para que se mostrara en su esplendor la mujer que se había empeñado en ocultar.

En su casa Gabriel de Altaterra la esperaba en la puerta de uso privado, nervioso, anhelando verla aparecer, pero no la reconoció hasta que ella llegó corriendo y se echó en sus brazos.

—No te he reconocido —le dijo él—, estoy sin aliento.

—Acostúmbrate. Me arreglé para estar a tono con el sitio, pero me gusta mucho sentirme así.

Gabriel de Altaterra la miró con sorpresa.

—¿Adónde iremos?

—Estoy muerta de miedo, pero… ¡a tu habitación, tonto!

Al salir de la capilla Diego de Altaterra Coronado vio a su hijo Gabriel, que inspeccionaba las plantas del jardín y tomaba notas en un cuaderno. Se acercó y lo dejó concluir antes de abordarlo.

—Confirma mis sospechas, hijo —le dijo cuando llegó a su lado—. Anoche cenaste con avidez, pero estabas ausente. En el desayuno te vi contento y seguías con la mente extraviada. En el almuerzo volcaste una copa y te hice una pregunta que me respondiste a medias con un circunloquio. Desde anoche vislumbro que un rayo de luz encandila tu mente. Dímelo, por favor; dame esa alegría; dime que ese atolondramiento lo causa una mujer.

La expresión de abatimiento, que se había apoderado del rostro de su padre en los últimos años, por un momento dejaba sitio a un ápice de esperanza.

—Te lo digo, papá. Tu metáfora es buena. Se trata de un rayo de luz lo que pasa por mi cabeza. Y se debe a una mujer.

—¡Y ella te corresponde! Lo adivino por tu alegría.

—Sí, papá. Me corresponde.

—¡Por fin, hijo! Por fin un poco de felicidad en esta casa.

Emocionado, Diego de Altaterra Coronado dio una palmada afectuosa en el hombro de su hijo. Se disculpó y caminó en dirección a la capilla.

—¿No quieres saber quién es, papá?

El padre detuvo sus pasos y se giró para esperar la noticia.

—Si es capaz de provocar la felicidad que veo en ti, tiene mi bendición, sea quien sea.

—No es una desconocida, papá. Es alguien a quien tú quieres mucho y que te quiere mucho a ti.

Diego de Altaterra Coronado deseó que fuese la que enseguida le vino a la mente.

—¿Me hablas de Lucila? ¿De nuestra Lucilita?

—De ella te hablo, papá, de Lucila.

Diego de Altaterra Coronado entornó los ojos en expresión de agradecimiento.

—Entonces es una bendición que viene a poner orden. ¿Ella era la chica misteriosa de la que me hablaste?

—Ella era, papá. No me atrevía a dejar que se notara mi interés a causa de Fernando. Ya se ha ordenado, espero que nada tenga que decir.

—De ninguna manera debe importarte lo que diga tu hermano sobre este asunto —afirmó apretando con fuerza un brazo de su hijo—. Sus pretensiones con esa muchacha eran una ignominia. Haz el favor de decirle a Lucila que me colma de alegría. Que doy gracias porque sea quien te acompañe en la vida.

—Podrás decírselo tú, papá.

En efecto, Lucila de Miranda llegó aquella tarde a hablar con Diego de Altaterra Coronado. Lo encontró por los pasillos circundantes del jardín, paseando pensativo con las manos cruzadas por detrás de la cintura, y se acercó a él de frente, sonriéndole desde lejos.

—¡Niña querida, ven a mí! —se anticipó Diego de Altaterra Coronado abriendo los brazos para recibirla—. El de hoy será uno de mis días más felices y de más grato recuerdo.

—Aunque Gabriel me tranquilizaba, yo seguía con mi temor de que usted nos reprobara, don Diego.

—Nada habéis hecho que merezca reprobación —la sosegó Diego de Altaterra Coronado, haciendo un gesto para invitarla a pasear con él.

—Hace unos años me di cuenta de que nunca podría ser monja. Creía amar a uno de sus hijos y he descubierto que amaba al otro. Temía que usted me tomara por voluble y caprichosa.

—No lo eres. Pero si lo fueses, estarías en tu derecho. No admitas reproche, porque el primer deber es la propia felicidad. Igual que para mantener la salud debemos obedecer el dictado de la naturaleza, para mantener nuestra paz hemos de obedecer las demandas de nuestro espíritu. La vida es un camino y todo camino es evolución. Lo que hoy percibimos de una manera mañana puede parecernos lo contrario. Que algo tan importante haya cambiado en tu interior sólo es señal de que has madurado, de que estás viva.

* * *

La familia De Miranda recibió la noticia con idéntico entusiasmo que Diego de Altaterra Coronado. Lo sucedido confirmaba lo que habían intuido y deseado durante los últimos años. En realidad, eran los protagonistas los que vivían instalados en un engaño, mientras en su interior ardían en silencio las brasas de un amor contenido y mudo, porque ninguno de los dos sospechaba que el otro albergara el mismo sentimiento.

Como todos los sábados recientes, Gabriel de Altaterra esperaba la llegada de Lucila de Miranda, sentado junto a una ventana de su habitación desde la que podía escrutar la calle. Alzó la vista de la lectura y vio su silueta a lo lejos. Caminaba despacio, parecía feliz.

En apenas unos meses el amor la había hecho florecer. Abandonó sus antiguas maneras, no sólo en la forma de vestir sino de comportarse. Liberada de las horquillas y peinetas con que antes retenía su hermosa cabellera, redimida de los gruesos corpiños que constreñían su espléndido torso y eximida del recato de las faldas y pantalones que acorazaban sus formas, se dejaba ver como la mujer que era. En lo físico a una hembra en la plenitud, capaz de hacer volver la vista al más retraído de los paseantes. En lo humano se mostraba como antes, feliz y plena, espontánea, alegre y vital, pero ahora como cualquier chica de veintiséis años, satisfecha con la vida.

Cruzó la calle, entró en la casa, subió la escalera interior y caminó por el pasillo hasta la habitación. Gabriel de Altaterra la esperaba en la puerta, todavía con el libro en la mano. Ella se colgó de su cuello y lo besó atrapando el momento. Gabriel de Altaterra esperó a que se acomodara y la observó doblar la ropa, abstraída en los pensamientos.

—¿Ha pasado algo, Lucila? —preguntó cuando ella se tendió a su lado.

—Es apenas nada. Que llevaba dos días dando vueltas a una duda, pero ya se ha resuelto —respondió acariciándole la nuca y besándolo en el cuello con los ojos entrecerrados.

Al fin, alzó la vista con una leve sonrisa, llena de amor.

—Tendrás que tratarme con mucho cuidado.

Gabriel se apartó para mirarla a los ojos y esperó la noticia que ya lo emocionaba.

—¡Vamos a ser papás! —dijo Lucila de Miranda con suavidad.

No hubo sorpresa. La besó en el vientre, la levantó con suavidad y la sentó sobre él para besarla entre los pechos.

—Este es el momento más feliz de mi vida.

—¿No te parece pronto? ¿No complica las cosas? —preguntó Lucila de Miranda.

—Pensaba que no era posible amar más y descubro que apenas estoy empezando a amarte. Es lo que importa. Esta noticia sólo adelanta lo que habíamos decidido. Apenas da un poco de urgencia a nuestros planes.

—¿Qué haremos? —inquirió Lucila de Miranda.

—Casarnos de inmediato. Habla con tu familia. Yo daré la noticia a mi padre. Se pondrá eufórico.

—¿Y tu hermano Fernando?

—A mi hermano le pediremos que nos case. Es lo obligado y lo más lógico, pero lo haremos juntos y en persona. Si acepta, resolveremos dos dificultades, y sólo puede aceptar.

Lucila de Miranda asintió y reclinó la cabeza sobre él. Una sombra oscurecía su semblante.

Las dos noticias, la del matrimonio y la más reservada del embarazo de Lucila de Miranda, fueron recibidas con regocijo por las dos familias.

Reunidos en la biblioteca de la casa de Altaterra con Diego de Altaterra Coronado, trataban los pormenores del casamiento y abordaron la cuestión de que su hijo Fernando desconocía el compromiso. Diego de Altaterra Coronado insistía en la que hubiera sido solución más directa. Tenía buenas razones para aconsejar una sencilla llamada telefónica.

—Elogio vuestro deseo de evitar recelos innecesarios, pero puede pecar de excesivo. Nunca hubo relación formal. Si le concedéis importancia, la decepción de Fernando alcanzará una categoría que él no debe sentir. Conozco a mi hijo. Convertirá la minucia en un todo. Lo que temo de vuestra sana intención es que os lleve al fin contrario y el resquemor se transforme en deuda impagable.

Pese a que compartían el temor decidieron hacer un viaje urgente y breve.

13

Fernando de Altaterra se adelantó a la hora de la cita y preguntó en el hotel por su hermano. En la respuesta de la recepcionista se hizo evidente que compartía habitación con Lucila de Miranda y le confirmó lo que intuía desde hacía semanas y sospechó la tarde anterior, cuando recibió el aviso de que viajaban juntos para verlo.

Aunque el embarazo de Lucila de Miranda no alteraba su aspecto, cuando la pareja salía del ascensor Fernando de Altaterra vio por primera vez a la hermosa mujer que ella había escondido bajo los disimulos indumentarios. La saludó cogiendo su mano y simuló el beso en ambas mejillas en el modo puritano del que se valieron desde niños. Su hermano Gabriel, también alto, fornido, de hombros y espalda ancha, que parecía grande ante otros hombres, desapareció en el abrazo.

—Hemos venido a pedirte disculpas —dijo poniendo todo el afecto en las palabras—. No te hemos hablado antes de nuestra situación porque queríamos decírtelo en persona. Hace unos meses que nos prometimos. Vamos a casarnos y queremos que oficies la ceremonia.

—Sería hipócrita si dijera que me sorprende vuestra repentina decisión —dijo después de meditarlo, evitando delatar la rabia que rumiaba—. Lo esperaba y os doy mi enhorabuena. Aunque lamento que hayáis tardado tanto en decírmelo.

—Fue por consideración hacia ti —dijo Lucila de Miranda—. No veas deslealtad donde sólo hay respeto. Las cosas surgieron sin intención. Sabemos que nos quieres y no hemos dudado de tu alegría por sabernos felices.

—Aclaradme una cosa, ¿la prisa es porque voy a ser tío?

—Sí que lo serás. Si Dios lo quiere, pronto tendrás un sobrino —le confirmó Lucila de Miranda.

—Entonces nada puedo añadir a lo que Dios parece haber dado su bendición —concluyó tras unos segundos.

Lucila de Miranda quería que la ceremonia tuviese lugar en una pequeña iglesia a medio camino entre su casa y la casa de Altaterra, donde se celebraría el banquete. Hasta allí los invitados podrían llegar dando un pequeño paseo.

Sin mostrar su ánimo, Fernando de Altaterra aceptó celebrar la boda. No dio ocasión a la charla distendida que su hermano y Lucila de Miranda deseaban, y declinó el desayuno, la comida y el encuentro por la tarde para despedirlos. Dijo adiós a Lucila de Miranda fiel a sus viejos modos puritanos, pero con una gravedad en la mirada que ella desconocía. Retuvo a su hermano Gabriel en el abrazo durante unos segundos y él lo notó tenso y dolido.

* * *

La primera lista de invitados superó las quinientas personas. Por insistencia de su hijo Gabriel, la de Diego de Altaterra Coronado fue escueta. Además de los hijos, entre los que incluía a Amalia Norcron, y la docena de parientes en segundo grado, sólo añadió al obispo titular de Antiqua, con quien había ido estrechando la amistad y frecuentaba casi a diario la casa de Altaterra.

Fue más difícil para la madre de Lucila de Miranda, una mujer de carácter expansivo, capaz en todo lo relacionado con los actos sociales, que además sería la madrina en la ceremonia. Ella vio compromisos ineludibles con media Antiqua, pero cuando la lista llegó a los novios, la devolvieron llena de tachaduras, puestos a salvo los familiares y amigos muy cercanos. Desolada, la madre de Lucila de Miranda, que conocía hasta los parentescos más remotos de las dos familias, consiguió rescatar casi tres docenas de los eliminados. Al final quedó una honrosa y manejable lista de poco más de dos centenas de personas.

Para el asunto más delicado, la cena y el acogimiento de los invitados, disponían de la baza excepcional de Amalia Norcron, que ya dirigía por completo los dominios domésticos de la casa de Altaterra. Ella se informó con los novios y los padrinos de los horarios y los salones en que se montarían las mesas; acordó la cena con sus platos, postres, vinos y bebidas; y decidió la decoración y el ornato. Coordinó a unos y otros en las dos familias, advirtió de las fragilidades y propuso las soluciones, pero no movió un brazo hasta que no hubo pleno acuerdo de novios y padres. Sólo entonces desató un huracán.

Con un grueso cuaderno lleno de anotaciones, de tarjetas pegadas con cinta adhesiva y de hojas marcadas, acometió la tarea. Informó a los empleados de plantilla, entrevistó a los de refuerzo, hizo inventarios de mantelerías, vajillas, cristalerías, cuberterías y utensilios; repasó enseres y mobiliario; puso a recaudo muebles y piezas valiosas; renovó uniformes y puso a trabajar a carpinteros, albañiles, electricistas y jardineros. Días antes de la fecha prevista lo tenía todo dispuesto y ensayado.

Fernando de Altaterra se presentó sin avisar a la hora de la siesta, la víspera de la ceremonia. Amalia Norcron había dado orden de preparar las habitaciones que ocupaban los monjes de su ineludible cortejo, pero Conrado Coria era su único acompañante. Fernando de Altaterra ocupó su habitación y pidió que preparasen otra cerca de la suya para el amigo.

De inmediato tocó con los nudillos en la antecámara de la habitación de su padre. Desde dentro oyó la voz de Diego de Altaterra Coronado: «Pase». Abrió la puerta y encontró a su padre de pie en el centro de la estancia, en bata y babuchas, que lo miró primero con sorpresa y después a punto de derretirse. Fernando de Altaterra cerró la puerta y abrazó a su padre. Se sentaron como años antes, el padre en la butaca de siempre y el hijo en la silla, para dejar libre la butaca en la que los dos sentían la presencia incorpórea de Eulalia Torremocha.

Diego de Altaterra Coronado vio en su hijo a un desconocido. Un hombre de semblante sombrío, expectante, y parecía que perseguido por alguna contrición que lo llenaba de amargura. Se le había puesto la cara que tenían los adeptos de la fraternidad de Lucrecio Estrada.

—Había perdido toda esperanza de volver a reunirme aquí contigo —confesó el padre—. Doy gracias a Dios por permitirlo. Veo bienestar en tu cuerpo, no así en tu ánimo. Parece que una bruma haya oscurecido la alegría que nos transmitías.

—Yo sí te veo mejor, papá. De salud y de espíritu. Imagino que lo provoca el enlace de Gabriel con Lucila.

—Así es, hijo. En buena hora, lo de ellos me ha infundido un chorro de vida. Verte y hablar contigo me lo acrecienta. Bendito sea Dios que dispone así las cosas.

—Bendito sea, papá. Me alegra mucho tu felicidad.

—Discúlpame, hijo, si la franqueza me hace perder sutileza, por una pregunta que considero obligada. ¿Esa carga que aprecio en ti, la produce que ellos hayan terminado juntos?

—No, papá, de ninguna manera. Me alegra. Yo estaba seguro de que Lucila elegiría la vida religiosa, pero no sintió la llamada final y ha escogido otro rumbo, como yo escogí el mío.

—Nada me han dicho, pero noté su ahogo cuando viajaron para verte. Aunque Lucila y tú no teníais más que una hermosa amistad de infancia, te quieren y les preocupaba tu reacción.

—Es verdad, nada teníamos, excepto una promesa de chicos.

—Cuéntame, hijo. Tu doctorado en Filosofía, ¿cómo va?

—Muy bien, papá. Trabajo en paralelo con Conrado, el compañero que ha venido conmigo. Nuestros temas se complementan y eso facilita las cosas. Él lo leerá este año, el próximo será mi turno.

—¿Piensas todavía en la diplomacia vaticana?

—Si Dios lo permite, iré a la Academia Pontificia.

A diario, con escrupulosa puntualidad, Diego de Altaterra Coronado tomaba el aperitivo en una mesa dispuesta para él junto a una ventana desde la que podía contemplar el jardín interior. Acompañaba un sorbo de jerez o manzanilla, con unas olivas, un trozo de queso y jamón ibérico y unas cucharadas de ensalada muy picadita. Cuando se lo permitían sus deberes, el obispo salía por una puerta trasera del palacio episcopal y caminaba unos cientos de metros para compartir con Diego de Altaterra Coronado la media hora de refrigerio.

—Con el remozado la casa se ha llenado de regocijo, don Diego —dijo el obispo tomando asiento frente a él—. Da gusto ver a tantos operarios moviéndose por aquí.

—Estoy de acuerdo con ambas afirmaciones, ilustrísimo amigo —dijo Diego de Altaterra Coronado a modo de saludo.

Solía utilizar el tratamiento destinado a los obispos, aunque desnudo de pompa, en un tono familiar y afectuoso.

—A usted también lo veo muy contento a medida que se aproxima el día de la boda, don Diego.

—Porque lo estoy. Ha llegado mi hijo Fernando y lo ha hecho sin esos edecanes que detesto. Lo acompaña otro presbítero con el que colabora en la preparación del doctorado; no es la suya presencia que me incomode, aunque pertenezca a la secta en la que se malogra mi hijo. Esta noche la familia estará reunida en la cena, por fin. Es un día feliz, a falta de mi esposa Eulalia. Dios la bendiga.

—Alabado sea —dijo el obispo haciendo la señal de la cruz ante los ojos—. Usted la mantiene tan presente que a veces creo que un día la veré paseando por aquí.

—Está en todo lo que digo y hago porque me falta con la misma desesperación que me faltaría el aire si me lo quitaran.

—¿Ella era creyente, don Diego?

—Menos que yo, pero sin confusión. En la porción en que sí creía, lo hacía con mayor intensidad que yo. Fue ella la que atenuó mis dudas cuando las tuve.

—¡No me diga! ¿Tuvo usted dudas? No puedo imaginarlo.

—Sí que las tuve, ilustrísima.

—Ahora no tengo otro remedio que rogarle que me lo explique para no quedarme en la intriga.

—Esas dudas me cercaron en la juventud y más crecían cuanto más estudiaba. Aquel tiempo de titubeo lo encauzó mi querida Eulalia cuando la conocí. No era amiga de ritos y odiaba los dogmas, así fuesen de fe, arte, filosofía, ciencia o política, pero su alegría de vivir y su bondad natural emanaban de ella en un aura de perfección. Sin un lamento, ponía siempre lo primordial a salvo de lo accesorio y conseguía no truncar el propósito de la vida, que tan fácil es, aunque tan difícil parezca.

—¿Y cómo hizo para que su conciencia volviera al redil? ¿Qué vio usted en doña Eulalia? ¿O fue que le dio argumentos que lo hicieron recapacitar?

—De muy antiguo, los jóvenes de la familia De Altaterra, hombres y mujeres, han recibido el conocimiento de Séneca y Marco Aurelio, de los estoicos en general. En el tiempo de mis dudas, Eulalia me hizo reparar en que la filosofía moral cristiana, que ella abrazaba, nació influida por los estoicos. Eso me liberó.

En vísperas de la boda la casa de Altaterra evocó la alegría que tuvo en época de Eulalia Torremocha. El implacable filtro que Lucila de Miranda y Gabriel de Altaterra aplicaron a la primera lista de invitados, provocó que quedaran los del parentesco más cercano de ambas familias. Entre ellos, el grupo más vigoroso era la pandilla de las chicas. Amigas todas y la mayoría primas unas de otras, jóvenes, alegres, entusiasmadas con los vestidos y zapatos que estrenarían para el acontecimiento y dispuestas a conjurar, con un chorro de saludable bullicio, la impensable desgracia de que la boda de Lucila de Miranda pasara sin pena ni gloria.

Por supuesto, aquella noche debía tener el debido decoro romántico, de manera que conspiraron a espaldas de los novios. Hurgaron en carteras y bolsos, pasaron la canastilla a padres y tíos, involucraron a Gabriel de Altaterra y fueron a la agencia de viajes y cambiaron los billetes y reservas de su discreto viaje por un crucero que partiría la madrugada de la boda.

En la iglesia no cupieron todos los que acudieron a la ceremonia. Vestido de frac, Gabriel de Altaterra esperaba nervioso. Su hermano Fernando lo observaba recordando lo central que fue en su vida desde niño. Tranquilo y responsable, capaz en sus metas, amante de su soledad, desprendido, humano y amable en cualquier circunstancia.

Su hermano Gabriel fue el que le enseñó los primeros pasos de la vida, las primeras palabras y las primeras letras; su protector cuando quedaron huérfanos de la madre, el que tantas lágrimas le enjugó y tantos miedos le disolvió; en cuya cama durmió más de dos años y a quien muchas veces empapó de orín durante la noche; el ejemplo y modelo de todos sus pasos, el que le descubrió misterios, le custodió secretos y fue su socorro. Fernando de Altaterra quería a su hermano y se alegraba de su felicidad. En los últimos días le había parecido el más feliz de los hombres y aquella tarde se le veía dichoso. Él debía casarlo con Lucila de Miranda, pero no conseguía evitar que un sordo gemido chirriara en su interior.

Lucila de Miranda apareció al fondo del pasillo central del brazo de Diego de Altaterra Coronado, vestido de riguroso frac negro. Ella lucía un bonito vestido blanco, moderno en aquella época, con vuelo por encima de los tobillos, sin cola; en la falda era tafetán y satén y en el corpiño de tul y encajes, dejaba los hombros desnudos. Un sencillo tocado blanco sujetaba el pelo; el velo, muy tenue, la cubría hasta media espalda.

Cuando la veía acercarse regresaron a él las imágenes de la infancia compartida. La niña que correteaba con él por jardines y pasillos de la casa de Altaterra; con la que se perdía por espacios que imaginaban secretos, para jugar y hacerse confidencias; la que exploraba con él lugares repletos de misterio, que ocultaban huesos de antepasados, talismanes, fetiches maléficos, reliquias milagrosas, tesoros de piratas; la que coloreaba con él las historias que habían escuchado a los mayores para hacerlas de su tamaño de niños, más fascinantes y extraordinarias. La que un día le confesó que se había hecho mujer y que ya no podrían tocarse porque cometerían el más terrible pecado mortal. La que al enterarse de que él estudiaría en el seminario, le declaró, con lágrimas en los ojos, que si él se hacía religioso no podrían casarse y ella entraría de monja en un convento del que nunca saldría. La niña con la que hizo un juramento de inmaculado y eterno amor, a la que nunca dejó de considerar suya ni nunca podría considerar de otro.

Se esperaba un oficio propio del muchacho que sabía emocionar desde la primera frase y erizar la piel de los feligreses hasta en los sermones más prosaicos. Pero fue una ceremonia triste, sin entusiasmo, un trámite gris y administrativo.

Por el contrario, la cena fue cálida. El acierto de juntar a tantos familiares la liberó de restricciones. Fue amena y resultó breve porque las chicas tenían que entregar su regalo especial de aquella noche: los billetes del crucero que partiría unas horas después. Los novios los acogieron con alegría por doble motivo: por el regalo en sí mismo y porque facilitó la excusa perfecta para retirarse cuanto antes.

Fernando de Altaterra aprovechó la ocasión. Se excusó por no sentirse bien y explicó que debía regresar pronto a sus ocupaciones. Se despidió del padre, de su hermana Eulalia y del hermano con un largo abrazo. Se detuvo delante de Lucila de Miranda para observarla unos segundos. La veía exultante de vida, preciosa y confundía su feminidad con sensualidad, su belleza con incitación y la exuberancia de sus formas con sexualidad. La abrazó y la besó, como nunca antes lo había hecho, en las mejillas y en la frente y Lucila de Miranda sintió que un chorro helado recorría su espalda.

* * *

El barco soltó amarras y abandonó el muelle en una noche fresca, de luna leve en cuarto menguante, con más claros que nubes. Las luces de la ciudad quedaban atrás y el cielo se cuajaba de estrellas para acompañarlos en el paseo por una de las cubiertas.

—Al fin solos —dijo Gabriel de Altaterra rodeándola por la cintura desde atrás—. Todo ha salido mejor de lo esperado. Las chicas lo han hecho especial.

—Sabía que algo tramaban pero no imaginaba esto, aunque pude adivinarlo. Siempre dije que me gustaría viajar en crucero, pero que sin novio sería un desperdicio.

—Mi hermana Eulalia las ayudó en la conspiración. Me preguntó si me parecería bien que te dieran la sorpresa. Sabiendo que era una antigua ilusión tuya no pude negarme. Además, el crucero pasará por los lugares que íbamos a visitar.

Caminaban despacio conversando, deteniéndose una y otra vez para que los besos dijeran lo que las palabras no decían.

—¿Nos retiramos ya? —preguntó Lucila de Miranda.

Continuaban vestidos con los trajes de boda. Gabriel de Altaterra había disparado media docena de fotos, algunas con el abrigo. Quería una última de ella con el vestido de novia y le pareció buena idea tomarla bajo un flotador con el nombre del barco.

Lucila de Miranda se quitó el abrigo y quiso mejorarla. Se alzó apoyando el pie en un saliente de la barandilla. Agarró con fuerza el amarre del flotador y se dispuso para la foto, en una posición precaria. Gabriel de Altaterra disparó la foto cuando una sombra se abalanzó sobre Lucila de Miranda, la empujó y la hizo caer al mar.

Gabriel de Altaterra sólo tuvo tiempo de identificar a su hermano Fernando.

—¿Qué has hecho? —gritó antes de saltar.

Desde aquella altura la superficie del agua resultó tan dura como una roca y el golpe fue fatal. Gabriel de Altaterra supo que había caído muy mal, pero consiguió ganar la superficie. El mar estaba quieto y helado. Le costó bracear y le dolía la cervical, pero llegó hasta el cuerpo de Lucila y lo rodeó con el brazo desde atrás. Los dos flotaban boca arriba. Lucila de Miranda no respondía a los gritos. «¡Lucila! ¡Respóndeme, Lucila! ¡Por favor, Lucila, háblame!».

Pero Lucila de Miranda no podría responder. Gabriel de Altaterra no sentía el frío del agua, no sentía el cuerpo de ella bajo su brazo y no sentía su propio cuerpo. Sólo veía en el cielo inmóvil, una a una, todas las constelaciones del firmamento. Sabía que Lucila de Miranda nunca respondería. «¡No me dejes, Lucila! ¡Llévame contigo!». Gritó con desesperación. Quería beberse de un trago el mar entero, pero brazos y piernas no le respondían. Vestidos de novios, los cuerpos flotaban en la superficie quieta.

El capitán del buque crucero dio orden de fondear mientras una lancha de la policía de costas rescataba los cuerpos. La mujer muerta y el hombre sin conocimiento fueron llevados a puerto y trasladados en ambulancia. Vestido de civil, Conrado Coria declaró ante la policía que fue él quien dio la voz de alarma.

—La mujer se encaramó a la barandilla para que el hombre le tomara una foto. Resbaló, perdió apoyo y cayó por la borda. El hombre se tiró al mar detrás de ella.

Con la declaración firmada la policía de costas dio por concluido el trámite y abandonó el buque, y el capitán ordenó continuar rumbo a su destino.

Bajo el peso de la mentira, Conrado Coria regresó al camarote donde Fernando de Altaterra se debatía. De rodillas, con las manos apoyadas en la cama, pedía que su acción no tuviera consecuencias. Lloraba y rezaba con desesperación, pero las lágrimas le traían más desesperación y las oraciones mayor condena. Conrado Coria colgó una cruz en la manija y se reclinó para rezar de espaldas a Fernando de Altaterra. También lloraba.

En el mediodía siguiente, en el puerto de otra ciudad, cansados y ojerosos, abandonaron el barco. No hablaban entre ellos. Los dos llevaban en su alma la carga terrible que nunca más habría de permitirles un segundo de paz.

* * *

La noticia llegó a la casa de Altaterra cuando los más remisos a concluir el festejo todavía bailaban y hacían sonar las copas. Chispeados de vino espumoso, tuvieron que pasar sin entreacto del contento al más terrible desconsuelo.

La ciudadela pasó del acontecimiento festivo de la boda a la aflicción. El repicar de las campanas se propagó desde la catedral por los incontables templos de culto de la ciudadela y la ciudad nueva y llegó a los del litoral. Apenas se extinguía una campanada, lánguida y triste, sonaba otra en la lejanía. La ciudad antigua se recogió sobre sí misma, saturada de solemnidad y dolor. Las llamadas a la plegaria de las campanas movilizaron a los creyentes más rezagados, que acudieron a los oficios religiosos con sus mejores atuendos de misa y luto.

Diego de Altaterra Coronado y su hija Eulalia asistieron al funeral junto a los familiares directos de Lucila de Miranda. Aunque fue un funeral largo, Diego de Altaterra Coronado se retiró lo justo para atender sus necesidades y permaneció firme, entero, aniquilado, con la mirada perdida, sin dormir ni un minuto desde la madrugada del suceso hasta que retiraron el féretro para la incineración.

14

Estragados de mala noche, heridos y derrotados, Conrado Coria y Fernando de Altaterra llegaron en tren a su destino final. Sin pronunciar una palabra dirigieron sus pasos a la pequeña iglesia de San José, en la que se conocieron y que era parada obligatoria en aquel día aciago.

—Espérame aquí —dijo Conrado Coria a Fernando de Altaterra—. Aprovecha para confesar.

En el palacio episcopal pidió ver al secretario del obispo. Los vigilantes pasaron del recelo inicial a la premura en cuanto recibieron instrucciones por teléfono y uno de ellos lo condujo a un despacho de la planta alta. El obispo entró minutos después y vio a Conrado Coria atribulado, como recién escapado de una batalla, rezando con desconsuelo.

—Dime, Conrado, ¿qué es tan trascendente que no pueda esperar, qué te ha obligado a poner en riesgo la cautela que te pedí guardar? —preguntó en tono tranquilizador al acercarse.

Conrado Coria se arrodilló para besar el anillo obispal.

—Prefiero contarlo en confesión, ilustrísima —dijo entre lapsos, incapaz de expresar la frase completa.

El obispo acercó la butaca, se sentó, puso la mano sobre la cabeza de Conrado Coria y esperó a que pudiera hablar.

—Me he convertido en cómplice de un asesinato, padre. Tendría que acudir a ponerlo en conocimiento de la policía, pero no sé si debo hacerlo; me siento sucio y perdido.

Con el rostro lívido relató al obispo los hechos sin omitir un detalle, desde el mediodía anterior. Eulalia de Altaterra le pidió el favor de que entregara a su hermano Fernando un sobre sin cerrar que contenía un billete de barco. Conrado Coria llamó por teléfono a Lucrecio Estrada que no tardó en conseguir otro billete para que pudiera seguirlo. Contó al obispo la escena en que vio a Fernando de Altaterra espiar a los recién casados desde la sombra y contó, como en trance, que lo vio caminar cinco pasos apresurados y empujar a Lucila de Miranda.

—Fueron mis errores los que provocaron esa tragedia, padre. Debí hablar con Fernando, pero llamé al páter; pude hacerlo reflexionar; puede interponerme de haber estado más cerca. No pude imaginar algo así y me equivoqué en todo, padre.

El obispo le dio la absolución y caminó unos pasos, meditando.

—Has hecho bien en venir —dijo desde el otro lado del despacho—. Son justificados tu dolor, tu miedo y tu confusión. Si no estuviese en juego algo más importante, le pediría a un abogado que te preparase la declaración y te ayudara a contarlo ante un juez, pero haríamos fracasar nuestros planes.

—¿Qué debo hacer, ilustrísima?

—Avísame de inmediato de cualquier movimiento extraño. En la fraternidad déjalo todo en manos del páter, pero no se lo contarás como a mí. A él le ocultarás tu dolor y tus dudas. Sólo aceptará que cumpliste sus órdenes, que no tenías capacidad para interpretarlas, que sólo podías obedecerlas. ¿Qué crees que hará?

—La diabetes lo va cercando poco a poco. Seguro que pensaba en Fernando como sustituto. Ahora eso está en el aire.

—En realidad, lo sucedido puede que despeje lo que hemos de hacer llegado el momento.

—Esto cambiará muchas cosas y de Lucrecio Estrada no cabe esperar sorpresa. El páter sabe mucho de humillaciones y este hueso no lo soltará. A Fernando de Altaterra le queda mucha humillación que soportar. Lo utilizará para vengarse de don Diego, el padre de Fernando, al que odia a muerte. Intentará avergonzarlo, extorsionarlo y sacarle cuanto le sea posible. Dinero, sobre todo. Desde el principio quería servirse de las influencias de don Diego, que las tiene y son poderosas. Don Diego lo adivinó y se mantuvo firme. El páter utilizará al hijo contra él.

—¿Cómo se lo tomará don Diego?

—Por lo que conozco de él y por lo que me ha contado su hijo, don Diego es un buen cristiano y cumplidor de la ley. No claudicará ante Lucrecio Estrada. Al contrario, lo dejará llegar al final para que su hijo vea el lado oscuro de la fraternidad y regrese a la familia. Será una guerra larga.

—No los hagas esperar, pero dúchate, cámbiate de ropa y come algo. Que te vean llegar lo más entero posible, con la situación bajo control, como los buenos capitanes.

* * *

Lucrecio Estrada apenas contenía la furia por la falta de noticias de dos miembros de la comunidad desde la madrugada anterior, cuando sonó la campana de la puerta anunciando la llegada.

Dos frailes condujeron a Fernando de Altaterra a una celda y Conrado Coria se presentó ante Lucrecio Estrada. Le hizo el relato de lo ocurrido sin dejarse traicionar por la emoción. Aunque no parecía que Lucrecio Estrada se alegrara, su expresión no era la de quien hubiera recibido una mala noticia, sino la de quien calculaba las ventajas en medio del estropicio.

—Me ceñí a sus órdenes, páter —concluyó Conrado Coria.

—Lo hiciste como debías, Conrado. Nada más has de explicar. Que nadie sepa de esto. Tienes prohibido el trato de amistad con el hermano Fernando. Él tendrá que expiar su culpa. Ha de saber que no toleramos la traición. Una vez entre nosotros, nada le quedaba que decir a esa chica ni albergar sentimiento fuera de nuestra hermandad, ni siquiera con su padre o sus hermanos. Su única familia somos nosotros.

Conrado Coria bajó la mirada en un gesto que Lucrecio Estrada creía de humildad, pero que era un modo de evitar que lo traicionara un destello de la mirada.

—Así lo haré, páter. Con su permiso —dijo para retirarse.

—Que traigan al hermano Fernando.

Trasnochado, afligido e inconsolable, Fernando de Altaterra entró en la habitación, se arrodilló frente a Lucrecio Estrada, entrecruzó las manos en el pecho, invocó la ayuda de Dios, se santiguó y quiso ponerse en pie, pero Lucrecio Estrada se lo impidió presionando con una mano sobre su hombro.

—Cuéntamelo desde el principio, sin dejarte nada.

Aunque Lucrecio Estrada había tenido la información día a día, Fernando de Altaterra se remontó a la conversación con Lucila de Miranda en la catedral, el siguiente día de su ordenación. Volvió a relatar el encuentro en que ella y su hermano le dieron la noticia de que esperaban un hijo y le pidieron que oficiara la ceremonia de boda. Tuvo que tomar aire y enjugarse las lágrimas para contar la tragedia final.

—No sé por qué pedí a mi hermana que consiguiera el billete. No tengo explicación, páter. Lo que Lucila de Miranda hubiera decidido con su vida no me concernía, aunque me doliera. Nada le dije al hermano Conrado porque no creí que subiría a bordo de ese maldito barco. Pero lo hice y sólo me queda pedir perdón.

—Eres muy afortunado, Fernando —dijo Lucrecio Estrada de espaldas, sin dedicarle una mirada—. Has tenido suerte de que el hermano Conrado me advirtiera a tiempo. Te salvó que el hermano secretario consiguiera un billete; te salvó que el hermano Conrado siguiera mis órdenes y te cubriera las espaldas; te salvó que las autoridades civiles dieran el asunto por concluido gracias a la declaración del hermano Conrado. Lo hizo por el bien de la fraternidad, pero tú lo convertiste en cómplice de tu asesinato.

—Es un homicidio, páter —se defendió Fernando de Altaterra enjugando sus lágrimas—. No quise la muerte de ella. La quería. A mi manera, desde mi compromiso eclesial y mi celibato, la quería. No preparé su muerte, no soy un asesino, páter.

—Lo eres, Fernando. Compraste un billete, te presentaste donde nada tenías que hacer, la empujaste, la entregaste al mar y perdió su vida. En un juicio civil tendrías dificultades incluso para demostrar un momentáneo estado de ofuscación que te sirviera de atenuante. En el juicio de Dios habrás de encontrar su clemencia en el retiro y la oración. En mi juicio y el de tus hermanos, nos traicionaste. Traicionaste las sagradas promesas que nos entregaste con tus votos. La fraternidad velará por ti y evitará que tengas que responder ante la justicia civil, pero la deuda eterna que habías contraído con nosotros será desde hoy más irrevocable.

—Estoy dispuesto, páter; impóngame la penitencia —dijo Fernando de Altaterra, doblegado.

—Te recluirás en una celda a orar y meditar, no saldrás de ella sin mi permiso expreso, usarás el hábito de reo, podrás ver cuándo es el día y la noche, pero nunca sabrás en qué día de la semana vives, dormirás sobre un jergón en el suelo y ayunarás.

Fernando de Altaterra asentía y dejaba correr las lágrimas.

—Así será hasta que yo crea que te has redimido.

—Obedeceré, páter.

—No sólo obedecerás. Agradecerás la penitencia que te impongo y sé que la cumplirás con plena conciencia, como el sagrado deber de contrición que es, cuando conozcas lo que te falta por saber. No se ha hecho público pero tu delito es aún peor.

Calló para asegurarse la atención de Fernando de Altaterra.

—Di orden de silenciarlo porque quería ser yo quien te lo hiciera saber —continuó—. Tu hermano no murió, pero estará de por vida insensible y paralizado del cuello para abajo.

Fernando de Altaterra dio un grito de dolor. Lloró y gritó golpeando con la cabeza el suelo. Dos frailes entraron. Lo pusieron de pie, lo despojaron de la ropa, incluso de la interior, lo obligaron a arrodillarse de nuevo, lo raparon, le pusieron un hábito de lana cruda, que no era más que una manta gruesa y maloliente con una ranura para meter la cabeza. A empellones lo llevaron a una celda oscura en cuyo interior sólo había un jergón hecho con la misma lana abrasiva que la manta utilizada de hábito.

* * *

A Gabriel de Altaterra lo devolvieron a su casa en una camilla dos semanas después, inerme del cuerpo y vacío del alma, en un acto tan terrible como la despedida de Lucila de Miranda. Lo recibieron Diego de Altaterra Coronado, imperturbable, y su hija Eulalia, aferrada a su brazo. Detrás de ellos todos los miembros del personal evitaban el dramatismo conteniendo la emoción, que se desató después en la cocina en llantos desconsolados.

Desde el suceso, a solas, en la capilla, en su dormitorio o la biblioteca, también lloraba Diego de Altaterra Coronado. Apenas abandonaba la biblioteca para visitar a su hijo en un acto supremo para llevarle un momento de imposible normalidad, o para recibir al obispo, que había tomado como un deber pastoral visitarlo a diario y aliviarlo de la desesperación.

Tuvieron que acondicionar la habitación de Gabriel de Altaterra para que pudiesen atenderlo y hacerle compañía durante todas las horas que él necesitara y deseara. En el amplio patio de luces del interior instalaron un ascensor por el que podría acceder a la planta baja en una silla de ruedas adaptada para él, que no utilizó sino en raras ocasiones.

Diego de Altaterra Coronado no necesitaba oír el relato de su hijo Gabriel para vivir en el temor de lo que sucedió. No se atrevía a preguntárselo para evitar que su hijo reviviera la tragedia y porque estaba seguro de que nunca señalaría a su hermano, pero la desaparición de su hijo Fernando desde la noche de la boda, que no se hubiera hecho presente en las exequias ni en la misa de cuerpo insepulto, que no respondiera los innumerables mensajes de su hermana Eulalia, ni hubiera hecho una llamada de condolencia, confirmaba sus vaticinios.

La primera noticia sobre él llegó tres semanas después de la noche de la tragedia, cuando aparecieron sin avisar dos emisarios de Lucrecio Estrada, que dijeron portar una misiva de Fernando de Altaterra. Uno era fraile de la orden, lo que Diego de Altaterra Coronado distinguió porque vestía el traje gris oscuro, casi negro, con camisa blanca y corbata, que había visto utilizar a modo de hábito o de uniforme a los integrantes de la fraternidad. El otro, que actuó como interlocutor, vestía también un traje oscuro, pero distinto. Dijo ser abogado y como tal actuaba, aunque se le notaba en las maneras el trato habitual con funcionarios y gente del clero.

La carta de Fernando de Altaterra, que su padre releyó un par de veces, era escueta, tanto en los términos como en las formalidades. Decía en ella que había decidido recluirse en la existencia espiritual y que no deseaba tener trato que lo distrajera de ella. Nombraba interlocutor único y representante absoluto de sus intereses al abogado que hacía entrega de la misiva.

—Han venido ustedes sin avisar de su llegada —los reprendió Diego de Altaterra Coronado—. Como dicen ser portadores de noticias de mi hijo, yo no podía negarme a recibirlos. Buena jugada. Es una vieja táctica de vendedores, presentarse de improviso para no dar al posible cliente oportunidad de esclarecer las ideas. Como ve, no es mi caso: yo los esperaba.

—Le pedimos disculpas por no haberlo llamado con antelación, don Diego. Puesto que usted nada sabría de la decisión de su hijo, nos pidió diligencia en este asunto. Venir de inmediato era condición obligada por las circunstancias.

—Puesto que habla usted en calidad de abogado y parece disponer de formalidades legales para representar a mi hijo, debo suponer que desea trasladarme alguna demanda en su nombre.

—Lo supone bien, don Diego. La primera es hacerle saber que siendo su hijo heredero de una parte del patrimonio de la casa de Altaterra, en calidad de representante legal suyo, debo ser informado de las decisiones que afecten al patrimonio, y que debo participar en la toma de decisiones en la misma medida y condiciones que sus otros hijos. La segunda demanda se refiere a los gastos de manutención y alojamiento de su hijo. Él espera que sean atendidos en cantidad suficiente, con prontitud y con la periodicidad adecuada, a través de mi despacho.

—Si es que debemos entendernos, no ofendamos a la verdad, abogado. No me muestra usted sus cartas, pero no necesito verlas. Aunque diga otra cosa y lo avalen sus papeles, en realidad defiende los intereses de esa cofradía sin refrendo del papa, en la que mi hijo ha empantanado su carrera y su vida. Más aún, usted sólo defiende los intereses de ese abad cargado de ínfulas y pretensiones que ahora cree disponer del medio para doblegarme. Sus exigencias hacen evidente que mi hijo ha sido hecho rehén, lo sepa él o no. Esto convierte sus peticiones en extorsión evidente.

—Se excede en los términos, don Diego. Le ruego respeto.

—No hay más que respeto en decir la verdad. Llamar extorsión a sus pretensiones es la escueta verdad de este caso. En la larga historia de mi familia, este trance se ha afrontado un sinnúmero de veces. Sé por mis anteriores que no me trae usted dos posibilidades entre las que elegir: salvar a mi hijo o condenarlo. Me trae una sola. Cuanto más cediera a sus pretensiones, más rehén haría a mi hijo y más alimentaría la codicia de quien los envía. Al fin, la vida no nos daría provisión suficiente para saciar sus demandas.

—Saca usted las cosas de quicio, don Diego. La comunidad a la que pertenece su hijo es pobre, muy carente de recursos. Su hijo ha sentido una llamada espiritual. Por su voluntad, sin imposición de nadie ni otra intervención que la de su conciencia, ha decidido recluirse para acercarse más a su Creador. La fraternidad, a la que pertenece para la gloria de Dios, le da amparo, le pone los medios para que ejerza su libre albedrío.

—¿Gloria de Dios? ¿Libre albedrío? ¿Es gloria de Dios romper los vínculos de un hombre con su padre y sus hermanos? ¿Es libre albedrío no poder visitar a la familia o tener que hacerlo fiscalizado por una cohorte de desconocidos? Lo que está fuera del quicio lo han sacado ustedes con sus mañas. Mi hijo Fernando sabe desde niño que debía vivir replegado en la familia, permanecer atento a estas emboscadas. Sabe que mi respuesta sólo puede ser la que doy. Ha caído en un agujero, pero a ese agujero lo han conducido sus propios pasos.

—Entonces ¿la respuesta que da a su hijo es el desprecio con que nos trata? ¿No nos deja usted más oportunidad que el diálogo ante los tribunales?

—Conmueve la forma rústica en que utiliza usted los recursos retóricos, abogado. Si los planteara con mayor finura, tampoco harían mella en mí. Ni rechazar sus exigencias es muestra de desprecio a su persona ni a la del fraile que lo acompaña, ni aprovecharla para amenazarme con los tribunales me desviará de lo que pienso. Las respuestas que ha venido a buscar, pierda cuidado, se las llevará todas en la cinta que está grabando el edecán que lo acompaña.

Desconcertado, el fraile miró al abogado, bajó la mirada, cambió de postura en la butaca y persistió en su silencio.

—Hablaré con mayor claridad, si cabe, para que no se pierda en ella ni una palabra —continuó Diego de Altaterra Coronado—. Usted tendrá su respuesta, la tendrá el intrigante que lo envía y la tendrá mi hijo. La de usted es que yo también dispongo de abogados que me representan y en lo sucesivo se dirigirá usted al que yo disponga. A su patrón le digo que si mi hijo ha hecho algo reprobable, debe acudir a denunciarlo sin demora; que no lo oculte ni un segundo a las autoridades o que calle, porque si empuña esa arma contra mí, descubrirá que el secreto de confesión es una espada con dos peligrosos filos, que muchas veces ha degollado al primero en sacarla de la vaina. Para mi hijo, aunque dudo que le permitan hablar con él, recuérdele lo que ya sabe: que esta es su casa, que dispone aquí de cama, alimento, cuidados y una asignación de dinero. Que lo espera mi perdón y con el tiempo, incluso el de su hermano mayor, mi primogénito. Que si ha cometido falta o delito, yo le exigiré hacer confesión ante quien corresponde hacerla, pero que no estará solo; que lo defenderé con todas mis fuerzas y permaneceré a su lado en la condena que le sea impuesta, mientras Dios me lo permita.

* * *

Nadie hubiera dicho en aquellas semanas que Eulalia de Altaterra quisiera a sus hermanos y a su padre, pero era una falsa apariencia. Diego de Altaterra Coronado era el único que conocía a su hija lo suficiente para saber que era una apariencia de la que ni la propia Eulalia de Altaterra era consciente. Como en tantos esfuerzos infructuosos volvió a otro nuevo intento de atraerla a los asuntos de la casa de Altaterra.

—Con tu hermano postrado en la cama, recae sobre ti la responsabilidad de la familia.

—Estoy muy afectada, papá, pero no quiero asumir responsabilidades. Tú te vales. Desde la cama Gabriel podrá decidir lo que deba hacerse. No necesitará más que la ayuda que ya tiene. Amalia ha demostrado su lealtad. Nunca fallará a la familia De Altaterra en nada que se le pida.

—¿Y tú, hija, por qué no tú? Con tu hermano Fernando secuestrado de su voluntad, recluido y en deuda de sus votos, eres la única que puede darme los nietos que necesito yo y necesita nuestro linaje.

—Lo sé, papá. No quiero quitarte la esperanza. Llegado el día, cuando haya terminado los estudios y hecho algo por mí misma, prometo darte esos nietos. Ahora pospondré mi marcha al extranjero para acompañarte a ti y a mi hermano Gabriel, pero continuaré aquí los estudios, sin atarme a los asuntos de la casa.

—¿Es que no sientes que está en juego el futuro de la familia De Altaterra?

—Sí que lo siento, papá. Y me apena tanto como a ti, pero tú y yo sabemos que no soy una buena opción para conducir asuntos de la familia. Lo mejor para la casa y el apellido De Altaterra es que yo me mantenga alejada.

Diego de Altaterra Coronado quiso decir algo, pero no halló en la reflexión un argumento para rebatir tan concisa verdad.

* * *

En aquel tiempo de incertidumbre todo el peso de la casa de Altaterra recayó sobre Amalia Norcron. A su llegada al palacio, cuando Diego de Altaterra Coronado la puso al frente de la organización doméstica, desempeñó el cometido con eficacia y mejoró el funcionamiento de cuanto estuvo de su mano. Aprendió observando a unos y a otros en el desarrollo de sus tareas. Pronto descubrió que su cometido estaba lleno de sutilezas e imprevistos que no se podían dejar a la improvisación y decidió tomar clases de secretariado y administración varias veces en semana.

Desayunaba y almorzaba con el personal en los días laborables, pero cenaba con la familia. Durante los últimos años, en muchas ocasiones era la única que daba compañía a Diego de Altaterra Coronado durante la cena. Los empleados la percibían como otro más entre ellos, pero también parte de la familia De Altaterra. Amalia Norcron actuaba de muelle entre las dos partes y mediaba en las pequeñas disputas de los trabajadores. Tenía siempre inventarios actualizados de todo, desde los útiles y enseres más humildes hasta los muebles, antigüedades y obras de arte, habitación por habitación y pieza por pieza. Llevaba las cuentas al día y con claridad, no participaba en chismorreos, escuchaba con atención para detectar las causas de descontento y no ponía en conocimiento de Diego de Altaterra Coronado un problema sin acompañarlo de una propuesta de solución.

De manera que Diego de Altaterra Coronado tenía en Amalia Norcron su más valioso respaldo.

—Hay circunstancias que antes de ser expresadas con palabras es mejor antecederlas con hechos —le dijo Diego de Altaterra Coronado—. Como ahijada de mis hermanas te consideré desde niña parte importante de mi familia. Ellas no tuvieron ocasión de pedírmelo porque cuando quise darme cuenta ya las había perdido, pero sé que de haber tenido oportunidad me habrían requerido que te tuviese en tanta consideración como a mis hijos. Por eso me anticipé a pedirte que te incorporaras a la casa y te destiné una habitación cerca de las ocupadas por mis hijos y la mía. Quería que estuvieses cómoda y sintieras que, si no por la sangre, sí por el afecto, éramos tu familia.

—Así me lo han hecho sentir usted y sus hijos, don Diego.

—A esto se refiere mi pregunta. Si cuentas con nosotros en los planes que haces para tu vida. Lo que necesito saber es si te sientes cómoda o tienes inquietudes que puedan hacerte abandonar la casa de Altaterra.

—Ni los he tenido antes ni los tengo ahora, don Diego. Con su hijo Gabriel impedido, me siento en mayor obligación de permanecer. Todas las personas a las que quiero trabajan y tienen su vida aquí. Abandonar la casa sería abandonarlos a todos. Seguro que esto aclara sus dudas.

—Las aclara por completo, querida Amalia. Es lo que esperaba oír y lo que me permitirá tomar difíciles decisiones que no pueden esperar. Tú eres la única en quien puedo apoyarme con confianza para llevarlas a término.

—Tenga usted ánimo para hacer lo que deba, don Diego. Cuente con mi ayuda.

—Mi hijo y tú tenéis una excelente relación, personal y de trabajo. Eso da seguridad a lo que debo hacer. Es imperioso que, en su postración, mi hijo se sienta útil, que sepa que su opinión es imprescindible y que sus órdenes se cumplirán sin dilación. Tú eres la única que puede ayudarlo a formar su criterio y a servir de transmisión efectiva. Debes ser sus ojos y sus oídos, prestarle tus pies para llegar donde antes llegaba por sí mismo.

—No tengo hermanos de sangre, don Diego. No sé si el sentimiento hacia un hermano es como el sentimiento a un amigo. A su hijo Gabriel lo siento como a un amigo entrañable, creo que como a un hermano. No estará solo ni desatendido, si está en mi mano evitarlo.

* * *

Lucrecio Estrada menospreció la advertencia, que le llegó de varios frentes, de que Diego de Altaterra Coronado se crecía ante las adversidades. La que creyó que era artillería pesada contra él se quedó en fuego de artificio y no le quedó sino el consuelo de la mezquina venganza que hasta entonces había administrado con cuentagotas: impedirle hablar con el hijo.

La celda de castigo de Fernando de Altaterra estaba situada al final de un oscuro pasillo alejado del tránsito rutinario, iluminado por la luz macilenta de una bombilla de exigua potencia. Era pequeña, de dos por tres metros. Tenía una puerta gruesa y pesada, de sólidos herrajes, que se cerraba por fuera con un cerrojo que chirriaba en todo el recorrido y golpeaba con un sonido bronco en los topes. En el interior las paredes recién encaladas eran de blanco inmaculado y el suelo de losetas de barro cocido estaba limpio y conservaba parte del brillo original. Cerca del techo un pequeño tragaluz proyectaba un rayo de sol durante quince escasos minutos cada mañana.

Los primeros días de cautiverio los pasó en la desesperación, llorando y rezando sin consuelo, durmiendo sólo a ratos porque en cuanto lo vencía el cansancio soñaba en un círculo sin fin con el momento de la tragedia. Le faltaba apetito hasta para beber un trago de agua.

El alimento consistía en una escudilla con agua y un trozo de pan oscuro. Tres veces al día oía chirriar el cerrojo y golpear el cierre. Con la capucha puesta y sin pronunciar una palabra, aparecía la silueta de un fraile que depositaba en el suelo los recipientes y retiraba los anteriores. Evacuaba en un cubo con tapa de madera que retiraban una vez al día y, como única medida de higiene, cada varios días le facilitaban una jofaina con un poco de agua y una toalla húmeda.

Años atrás, a su padre le bastó el primer vistazo para desenmascarar a la cofradía que llegó a su casa y, entre otras calificaciones a cuál más florida, dijo de ellos que eran un rebaño de truhanes. Fernando de Altaterra necesitó caer en la desgracia para saber con qué grado de acierto los retrató. Los más cercanos a Lucrecio Estrada, de los que se hizo acompañar en aquel viaje, eran como los definió Diego de Altaterra Coronado. Hubo entre ellos quienes se tomaron como deber cristiano el desafecto que ordenó el páter y se prodigaron en humillaciones como tirarle el pan o derramarle el agua. Entre esos y los que eligieron el trato de indiferencia había buenos hermanos que tuvieron la compasión de deslizar en el cuenco del agua un tomate, una pieza de fruta o un trozo de queso. Él se despedía en todos los casos con un «Dios te bendiga, hermano» al que a veces le habían respondido con un empujón, pero con mayor frecuencia con una bendición, y algunos lo reconfortaban con una palmada o el apretón en la mano o el hombro.

Tras varias semanas de dieta a pan y agua, añadieron una pieza de fruta en la primera comida, un cuenco con patatas o legumbres con algún trozo de carne o pescado en la segunda y otro cuenco con caldo en la tercera.

Por orden expresa del páter, Conrado Coria estaba excluido del turno para atenderlo las primeras semanas. Fernando de Altaterra sentía una rabia sorda contra él, por las oportunidades que desperdició para impedir la tragedia.

Un mediodía el chirrido del cerrojo anunció la llegada de la comida. Fernando de Altaterra se arrastró para hacer el intercambio de cuencos. El monje que se arrodilló frente a él era Conrado Coria.

—El páter ha prohibido que hablemos contigo —dijo Conrado Coria en un susurro—. ¿Necesitas algo?

—Mi cepillo de dientes. Un libro.

—El cepillo creo que sí, el libro no lo toleraría el páter.

—¿Por qué no lo impediste, Conrado?

—No te conoces, Fernando. No admites desacuerdo y no imaginé que albergaras en ti el miedo que provocó lo que pasó.

—También a ti debo pedirte perdón, Conrado —admitió.

Conrado Coria hizo el signo de la cruz en señal de absolución.

—Hazme caso, Fernando. Tienes que hacer ejercicio y mantener la mente ocupada. No dejes que la culpa te atormente.

Más que una petición, la de Conrado Coria fue la súplica de alguien a quien habían horripilado los relatos sobre los recluidos en celdas de aislamiento, incluso cuando se hubieran recluido por propia voluntad. Clérigo castrense la mayor parte de su vida, Lucrecio Estrada conocía el daño irreparable que produce el aislamiento en los presos. Lo había sufrido, lo había impuesto en su época de la milicia y lo había incorporado como práctica en la comunidad. A pesar de que el aislamiento de Fernando de Altaterra era leve, dado que tenía luz natural y las dimensiones de la celda le permitían los ejercicios físicos, muy pronto comenzó a manifestar sus efectos dañinos.

Desconocía el día de la semana y del mes en que vivía cuando se impuso la disciplina de realizar una tabla de ejercicios, cuatro veces al día, que pudo cumplir, pero con la que no consiguió dejar a un lado la tortura de la mente. Aprovechando el recuadro de luz que el sol proyectaba en la pared, cada día marcaba con un hueso de ciruela el punto de la esquina superior izquierda para registrar el paso de los días.

Continuaba durmiendo poco, mal y con desorden a causa de la pesadilla. La oración había terminado en una actividad mecánica en la que repetía una y otra vez la misma letanía carente de sentido.

Cuando llegó el invierno, le había crecido el pelo y la barba y el recinto estaba corrompido por un olor insoportable, que él no percibía, pero que obligaba a los frailes a volver la cara para respirar en el pasillo. Los primeros en percatarse de los delirios fueron los que intentaron darle la bendición y él se cubrió el rostro con los antebrazos para protegerse.

A finales del invierno se oyó su grito implorando una manta. Sobrecogido y apenado, Conrado Coria se levantó y le llevó las mantas de su propio camastro.

—Sé quién eres, pero no me acuerdo de tu nombre —dijo Fernando de Altaterra.

—Soy Conrado —le respondió doblegado de pena—. Soy tu amigo Conrado.

—Sí, eres Conrado; me acuerdo —dijo, muy triste al principio, pero tras un intervalo empezó a reír—. Qué susto me diste con tu broma. Se la haré a mi hermano Gabriel. Le gustaban mis bromas y siempre me perdonaba.

Al terminar de decirlo cambió el semblante y comenzó a llorar sobre el pecho de Conrado Coria.

—Gabriel no me habla. No viene cuando lo llamo. Mi hermano ya no me quiere.

Conrado Coria lo abrazó hasta que pasó el trance. Se despidió, echó el cerrojo y se detuvo para secarse las lágrimas con una manga del hábito.

Consiguió que al día siguiente lo visitara el médico de la comunidad, un hombre adusto, estirado y reseco como un cartón, que apenas le tomó la tensión y le auscultó el tórax y le miró las pupilas. Recomendó una ducha caliente, y en lo que quedaba de mes, un complejo vitamínico en la comida del mediodía y doble ración de caldo por la noche.

Mientras le afeitaban la barba y la cabeza y tomaba la ducha, baldearon el suelo de la celda con agua y lejía y sustituyeron el jergón. Le cambiaron la manta que hacía de hábito por otra limpia y lo devolvieron a su cubículo. Causó tanta lástima a los que lo vieron salir de la celda, delgado, sucio, maloliente, demacrado y hablando con incoherencia, que cesaron los golpes y las humillaciones que algunos todavía le dispensaban.

Conrado Coria fue testigo de la rapidez con que su amigo se fue hundiendo en una ciénaga de depresión y locura. Sabía que no resistiría mucho más tiempo, sin que su ya notable grado de confusión mental se hiciera irreversible, y temía que no recobrara las facultades que lo hacían un ser excepcional.

Cuando le tocaba llevarle la comida, lo oía hablando solo, enzarzado en disputas con Dios. En la medida en que se hacían más frecuentes los delirios, perdía peso. Muchas veces le retiraban los cuencos intactos, no sólo de la comida sino del agua. Se hizo sensible a ruidos que al principio oía con agrado, como el chirrido del cerrojo o el sonido de la lluvia. Un día no dejó de gritar pidiendo que mataran a un grillo que se había instalado cerca de la celda.

Después del indigno estado en que lo vio el médico la primera vez, el páter había ordenado que lo visitara cada mes. Lo sacaban para afeitarle la barba y raparle la cabeza, le permitían la ducha caliente y lo devolvían después a la celda, baldeada con agua caliente y lejía y con un jergón limpio. Durante unos días parecía que su penosa colección de trastornos tenía carácter provisional.

Lucrecio Estrada no visitaba a los frailes a los que hubiera impuesto un castigo. Las estancias más largas en la celda de castigo nunca habían superado más que unas semanas. Inflexible en sus métodos, no admitía conceder alivio a Fernando de Altaterra, pero lo reconsideró por el lamento de los frailes, cuando el grado de las alucinaciones se hizo insoportable hasta para los más rígidos. Consintió el paseo por el patio una vez por semana y entonces lo vio desde lejos, delgado, desmejorado, con canas en las sienes, con el cabello clareando en las entradas y la coronilla y caminando como un anciano. Entonces ordenó que el paseo y la ducha fuesen diarios, pero no disminuyó ni un día la condena que nadie más que él conocía.

15

Gracias al impulso de Elisario Calante, el negocio de instrumentos musicales de Álvaro Reinier se mantuvo a flote y tres años después incorporaba el local colindante. Un cartel avisaba del cierre provisional: CERRADO POR REFORMAS DURANTE EL VERANO.

Extrañado de que los últimos regalos de su hermana Katia fuesen discos comprados en el mismo establecimiento, Nicolás Romano salió de la casa, dio un pequeño paseo rodeando el perímetro del que pronto sería un nuevo parque público y llegó a la tienda situada en el penúltimo local de la calle. Cuando Elisario Calante se acercó para atenderlo, Nicolás Romano comprendió el creciente interés de su hermana por el establecimiento. Lo tuvo por un milagro. Contra toda esperanza, su hermana Katia, su querida Ekaterina, parecía tener interés por un hombre.

Nicolás Romano doblaba el recodo de los treinta años y era encantador y afable. Firmó un cheque por la compra de un teclado electrónico profesional, pero puso una condición.

—Si el establecimiento estará cerrado durante el verano, necesito saber dónde localizarte, si surge algún problema.

Elisario Calante no estaba dispuesto a perder la venta y anotó una dirección en la factura que entregó a Nicolás Romano.

* * *

Livia Reinier había terminado el segundo curso de carrera y la familia tenía planeado un viaje en el que los acompañarían sus dos amigas más cercanas. Con los billetes en la mano y las maletas a medio preparar, el viaje se frustró porque su tío, Álvaro Reinier, sufrió un aneurisma que lo llevó al hospital.

Paralizar las obras del local hubiera supuesto un duro revés económico. Además, Elisario Calante estaba acondicionando la casa de la playa, por lo que Juan Reinier, hermano de Álvaro Reinier y padre de Livia, pensó que sería un desperdicio, y tal vez una temeridad, tener la casa desocupada durante los meses de verano. Canceló el viaje y anunció a la familia que pasarían el verano en ella, las hijas todo el tiempo y su esposa y él durante los fines de semana.

Livia Reinier utilizó todos los recursos a su alcance para convencer a sus padres de que ella y las amigas podrían viajar solas. Juan Reinier, acostumbrado a vivir con tres mujeres cuyo único rasgo de carácter común era una testarudez invencible, prefería dejarlas que llegaran al acuerdo entre ellas, al que contadas veces se oponía, pero que en aquella ocasión era un debate estéril puesto que carecían de opciones. Pasó dos semanas oyendo la sordina de la disputa, hasta que estalló en los postres de una cena. Dio un golpe con la cucharilla y las tres lo miraron con los ojos muy abiertos, temiendo haberlo hecho perder los estribos.

—Este tema de conversación se acabó —dijo sin alzar la voz, pero con una determinación que no admitiría réplica—. Reconozco que el tío Álvaro está soltero y solo porque es el hombre más tacaño del mundo, pero dejemos dicho que las únicas que nada han de opinar sobre las tachas de mi hermano son las tres mujeres de esta casa. Con vosotras ha sido atento y desprendido y siempre os trajo buenos regalos, sin reparar en el precio. Es de justicia no olvidarlo porque está muy enfermo y podemos perderlo. No tiene más familia que esta y no hay otra cosa decente por hacer que ir a visitarlo al hospital y ayudarlo en lo que podamos. Nada más hay que discutir.

Hizo un intervalo para mirar a los ojos de cada una de las hijas y concluyó:

—No sé qué martirio será ese de pasar el verano en una casa que parece un palacio, en la linde de una playa de las mejores, tranquila, limpia y sin apenas turismo. Si Dios me mandara ese castigo, yo le pediría unos veranos muy largos y que se olvidara de redimirme lo que me quede de vida.

Miró a Emilia, la hija mayor.

—Tú serás responsable de la casa y de tu hermana. Cuida que mantenga la verija a buen recaudo, pero no la agobies. El ayudante del tío Álvaro ya lleva un par de meses en la casa, pintando y adecentando. Estará aparte. Duerme en la cochera. Pídele la ayuda que necesites.

A continuación le habló a Livia.

—Seguro que habrás contado a tus amigas lo que ha sucedido. Invítalas a pasar el verano contigo. Yo hablaré con los padres. Tu madre y yo iremos allí los fines de semana, a nuestro aire, sin estorbar. Y haz caso de lo que diga tu hermana. No la culpes a ella ni le reproches lo que yo le haya mandado hacer.

Las amigas de Livia se tomaron el cambio de planes como una mediación de la buena fortuna. La mañana de un viernes llegó la familia a casa en un coche cargado de bolsos y utensilios y antes del mediodía se presentaron en tromba Miriam y Gloria, las amigas de Livia, dispuestas a hacer de aquel verano una época memorable.

Salían para la playa cuando el sonido de una guitarra las retuvo. Miriam y Gloria interrumpieron sus bromas y se asomaron a una ventana para descubrir al ejecutante. Livia Reinier esperó de pie junto a la puerta, con gesto de fastidio al principio, pero se sentó en una silla después a escuchar el sonido de la guitarra.

Nunca prestó atención cuando su tío Álvaro hablaba del joven que lo ayudaba en la tienda. No sabía que era el mismo que tres años antes animó una fiesta en la casa de su amiga Eulalia de Altaterra y congregó a los asistentes alrededor de un piano.

Se imaginaba a un tipo con cara de empollón, regordete, medio calvo y con gafas de culo de botella, pero descubrió que había imaginado mal por las bromas de las amigas.

—¡Qué buen verano se presenta! —exclamó Miriam, la más elocuente al manifestar el estado de sus hormonas—. ¡El vecino está para perderse con él en una isla desierta!

—Es el ayudante de mi tío —aclaró Livia Reinier—. No lo conozco. Dicen que toca varios instrumentos y que es buen músico.

—Pues ya sabes que estás en la cola —la advirtió Miriam riendo con una carcajada—. Y yo la primera.

—¡De ninguna manera! —protestó Gloria—. Tú ya tonteas con dos y a Livia no le interesa ninguno. Éste es para mí, es de justicia.

—Mira, Livia, esta es la retórica de las que fueron delegadas de curso con las monjas —bromeó Miriam—. Llama justicia a un buen repaso con uno como el de abajo.

Fueron hacia la playa con sus risas, sus gafas de sol, sus sombreros, sus pantaloncitos cortos tan ceñidos que iban más tentadoras que desnudas, con su alegría, sus ganas de comerse el mundo, dejando a su paso un reguero de corazones maltrechos.

Cuando se retiraban, antes de atardecer, vieron a Elisario Calante acercarse por la linde de la playa en una bicicleta vieja, con la guitarra cruzada a la espalda, perseguido por un remolino de chiquillos. Sentado en un pequeño parapeto, tocó para ellos durante un rato. A continuación dejó la guitarra y la bicicleta en uno de los negocios y se dirigió al extremo menos concurrido de la playa.

Ellas torcieron el rumbo para observarlo desde una prudente distancia. Él se remangó los pantalones y caminó hacia el mar con una toalla sobre el hombro y pasó a pocos metros sin reparar en ellas. Al verlo de cerca Livia Reinier no participó en las bromas de Gloria y Miriam, que cuchicheaban frases irreprochables en la forma, pero cuyo significado hacía subir la temperatura del verano unos cuantos grados. Ella no intervino, no siguió el juego, no rio las gracias, pero sentía en sus entrañas el aullido de una loba desconsolada.

En aquella época la moda hippy había pasado de largo con más pena que gloria y dejaba atrás un estilo de libertad en la imagen personal que cada cual administraba a su manera. El estilo de Elisario Calante no tenía más propósito que la supervivencia; sin embargo, gozaba de la edad, la buena salud y la actitud para vivir con despreocupación la idea que pudieran hacerse de él quienes lo veían. Llevaba el pelo por encima de los hombros, cortado a trasquilones, anticipándose dos décadas a una moda. Vestía sus pantalones vaqueros de siempre, muy gastados, deshilachados en las perneras y con zurcidos, que también estarían de moda años después. Una camisa con cuello mao, que era en realidad una camisa a la que le había quitado el cuello, se veía tan gastada como los pantalones. Calzaba sandalias y no lucía ningún adorno, excepto un pañuelo largo que usaba a modo de cinturón, anudado a un lado de la cintura y colgando a medio muslo.

En el caso de Elisario Calante, cada quien veía en él lo que quería ver. Unos a un pordiosero, otros a un holgazán entregado a la gran vida a costa de unos padres ricos. En la edad para ensoñar, las tres amigas que tuvieron ocasión de ver y escuchar cómo las gastaba con una guitarra, también creían ver lo que deseaban y estaban impresionadas con la bohemia que irradiaba Elisario Calante. Fantaseaban, entre bromas y veras, con el revolcón que hiciera de aquel un verano inolvidable. Livia Reinier no sabía qué veía, pero sentía cosquillas en el corazón cuando lo presentía cerca y la loba de sus entrañas entonaba su desconsolada letanía.

En el imaginario de la gente resonaba la canción *No soy de aquí ni soy de allá*, de Facundo Cabral, el famoso cantante argentino. Elisario Calante con su apariencia de vagabundo sin ataduras, sin otro futuro que el resplandor de la luna sobre el mar, sin más lecho que la arena de la playa ni otro techo que las estrellas, pegado a la guitarra, con la frecuente compañía de alguna turista y apareciendo por la linde de la playa con una bicicleta vieja, no podía tener mejor sobrenombre que el de Cabral y por ese apodo lo conocieron durante el verano.

Tras el ingreso de Álvaro Reinier en el hospital, Elisario Calante dejó de percibir una exigua cantidad de dinero de subsistencia, y se vio obligado a encontrar un medio para comer. En el parapeto del paseo de la playa, se sentó a tocar la Clavelina frente al negocio que parecía tener mejor clientela, procurando no dar la impresión de ser un músico callejero. Muy pronto no quedó un asiento libre. El dueño del local fue rápido y certero y le puso una jarra de cerveza fría al alcance de la mano.

—Invitación de la casa —dijo—. Y lo espera otra en la barra antes de marcharse.

Elisario Calante asintió y continuó con la guitarra.

—No puedo pagar por una música como la suya —dijo el hombre cuando pudieron hablar—. Si le ofrezco lo que puedo, sería una falta de respeto. Pero siempre que venga a esta hora y toque un rato delante del negocio, la bebida no le costará nada.

Acordaron que podría hacer allí las tres comidas a cambio de amenizar durante la cena con la guitarra. De inmediato ampliaron el acuerdo para extender la música de la cena a una velada de guitarra que terminaba de madrugada con la puerta cerrada para las dos o tres docenas de personas que cabían en el recinto. Con un porcentaje de los ingresos ganaba lo suficiente para sufragar los gastos menores. Sólo interpretaba de memoria lo que le pedían, y siempre que sentía el impulso improvisaba variaciones de algún tema, interrumpido con frecuencia por los aplausos.

Los primeros y más devotos seguidores de las funciones nocturnas fueron los hermanos Nicolás y Katia Romano. Elisario Calante estaba seguro de que no los había encontrado allí por casualidad.

—¿Me venderías un sistema de grabación decente? —le peguntó Nicolás Romano—. Si no te importa que grabe tu actuación pagaré lo que consideres oportuno. Quiero regalarle las cintas a mi hermana, que adora tu música.

—Mañana traeré lo necesario. Cobraré los aparatos, pero no por la música, si me das tu palabra de que las cintas serán sólo para tu hermana.

Elisario Calante nunca hubiera cobrado un céntimo a Katia Romano por su música. La primera vez que la vio, él había pasado quince minutos absorto en una improvisación. Al dejar la Clavelina la encontró sentada sobre un bulto, esperando por él con un disco en la mano. Mostraba tanta emoción en la mirada que sintió que la música los había fundido en uno solo.

Con sus cautelas y su silencio, Katia Romano se hizo asidua de la tienda. Compraba algo, pagaba y se marchaba. Elisario Calante pasaba las tardes esperando verla aparecer. La veía sensible, necesitada de amistad y hubiera deseado acercarse a ella, pero algo le decía que dejaría de verla si lo intentaba.

Katia Romano vestía de una manera peculiar. Llevaba camisas de hombre bajo una chamarra, también de hombre, arremangada con dos vueltas sobre la muñeca; un gastado pantalón de peto, tan suelto que no permitía apreciar su figura; se cubría con un sombrero de hombre y llevaba el pelo en tirabuzones, peinado para disimular el rostro; ocultaba sus preciosos ojos con unas gafas enormes, del estilo desmesurado de moda una década antes. El contraste perfecto de su figura bajo los atavíos masculinos acrecentaba su feminidad.

Pero su aspecto en la playa fue el contrario. Lucía su hermosa mata de pelo negro que le caía hasta media espalda y vestía colores claros, con blusas amplias y faldas por debajo de la rodilla. Si pretendía no ser reconocida, habría fracasado con Elisario Calante porque en cualquier parte él habría reconocido sus bonitas manos, las delicadas líneas de su rostro, la suavidad de sus movimientos, la sensualidad de su figura y la atención y la ternura con que lo miraba.

—¿Cómo se llama tu hermana? —preguntó a Nicolás Romano.

—Katia. Es muy tímida, sobre todo con los hombres.

Aquella noche le dedicó una pieza que rondaba sus improvisaciones desde que la conoció. «Canción para Katia», dijo. Gustó y la dedicatoria fue tomada por el título. Fue ganando en compases y melodía y se convirtió en la favorita del público. La tocaba como broche final y mientras tocaba miraba a los ojos de Katia Romano, que a veces conseguía mantener la mirada.

Allí lo descubrieron Livia Reinier y sus amigas, desoladas por la escasez de entretenimiento nocturno. La lista de espera para la velada era larga y las probabilidades de conseguir sitio escasas, así que no hallaron una solución mejor que la más fácil, pedirle a Elisario Calante el favor de encontrarles un hueco. Aquella misma noche asistieron a la velada de guitarra y ya no faltaron durante todo el verano.

Al término de la primera actuación a la que asistieron las tres amigas, Elisario Calante se perdió camino de la playa acompañado por dos mujeres que lo esperaban. Lo repitió durante el verano, con mujeres distintas a las que Livia Reinier no perdía el rastro. Desaparecían al cabo de una o dos semanas, pero al poco ya tenía reemplazo y volvió a darse la circunstancia de que fuesen dos mujeres en lugar de una.

Muchas veces no lo oía llegar al amanecer y, en ocasiones, por la mañana muy temprano, era su acompañante la que abandonaba la cochera. Miriam y Gloria, que no paraban de cuchichear sobre él y sus amistades femeninas, se retaron a seguirlo una noche. No lo vieron en ninguna actividad comprometida, pero regresaron con el barril de las bromas lleno hasta el borde, porque consiguieron verlo desnudo al entrar y salir del agua.

El verano transcurrió entre días de playa y noches apacibles de veladas de música y paseo, que Livia Reinier recordaría siempre como el tiempo más feliz de su vida. Se mostraba imperturbable al ir y venir de Elisario Calante, siempre en el centro de atención de sus amigas, y más obstinada en negar que se reconcomía de celos cuanto más desgarrados eran los aullidos de su loba.

A principios de septiembre, la velada de la despedida fue triste y emotiva. Katia Romano lloró al escuchar por última vez la canción que, con excepción de ella y de su hermano, nadie sabía a quién la dedicaba. Tras guardar la Clavelina en su funda, Elisario Calante se fue hacia ellos. Abrazó a Nicolás Romano y se detuvo indeciso frente a Katia.

—Voy a echar de menos tus ojos, Katia —se atrevió a decir.

Katia Romano le tendió la mano con su timidez incontrolable, él tiró de ella con suavidad, la rodeó con los brazos y la besó en la mejilla y ella reaccionó de una manera que sorprendió y emocionó a su hermano. No sólo le devolvió el beso, sino que se detuvo al hacerlo, prolongando el instante.

Pocas semanas después Katia Romano pasó frente a la tienda y Elisario Calante corrió tras ella.

—¡Katia! —la llamó desde lejos.

Katia Romano se detuvo y lo esperó.

—Te veo pasar a diario por aquí. ¿Por qué no tocas en la puerta? Tendríamos oportunidad de hablar.

—Yo lo quisiera, pero no estoy preparada para hablar contigo. Ni con ninguno.

—¿Y no te parece que hablar con alguien es la mejor manera de que llegues a estar preparada?

Ella asintió, reanudó el paso, se giró para mirarlo un instante y continuó. Elisario Calante no volvió a verla pasar.

* * *

Álvaro Reinier confirmó a su hermano Juan los números y el significado de la cuenta con el epígrafe de Rafael de Altaterra. Amable, aunque distante con Elisario Calante, Juan Reinier se apresuró a entregarle las cantidades que hubiera debido recibir desde que Álvaro Reinier quedó convaleciente.

En octubre terminaron las obras del nuevo local. Al contrario de la tienda que había sido, lóbrega y anticuada, ahora era alegre y despejada, con un hermoso escaparate, en la esquina de la calle. Debía estar abierta para la inauguración del parque, que iba a celebrarse con un ruidoso fasto.

Juan Reinier empleó toda su cautela para solicitar la colaboración de sus hijas. No dudaba que su hija Emilia, la mayor, entendía la difícil situación del tío y la suponía dispuesta a colaborar, pero imaginaba que su hija Livia interpondría toda clase de trabas. Sin embargo, se llevó una sorpresa.

—Al tío Álvaro no le darán el alta hasta mediados de enero —informó a las hijas preparándolas para una pregunta—. Tendremos que hacer un esfuerzo para que no pierda las ventas de Navidad. La tienda debe estar abierta cuando se inaugure el parque. Allí estará su ayudante, pero no podrá atenderlo todo. Alguien debe ocuparse de la caja y de vigilar y ordenar la tienda. Esa será nuestra parte y necesito de vosotras.

—Yo puedo ir por las mañanas —se apresuró Emilia.

—Es lo que pensaba —dijo Juan Reinier, y volvió la mirada hacia Livia, intentando que no le temblasen las rodillas—. Tú, Livia, tienes horario de clases por las mañanas. Podrías estar en la tienda por las tardes. Yo iré a última hora a buscarte y a cerrar.

Para sorpresa de su padre, Livia Reinier asintió sin una muestra de desagrado.

Desapareció el largo paredón de piedras frente al local, ensancharon la calle y las aceras y la tienda quedó frente a un espacio diáfano. El parque, construido con poco dinero y mucha cabeza, ocupaba unas siete hectáreas. Senderos de albero serpenteaban entre parterres delimitados por enormes piedras sin labrar, poblados de troncos sin ramas, muñones desnudos y cañizos de bambú, que le daban una apariencia de paisaje espectral. La cicatería para la inversión real, la del parque, se convirtió en dispendio para el acto de celebración. Atrajo a mucha gente y en la nueva tienda apenas dieron abasto por la afluencia del público.

Livia Reinier no tuvo oportunidad de intercambiar sino palabras sueltas con Elisario Calante. Al término de los festejos se había mantenido fiel a sí misma sin enviar una señal fuera de sitio y él tampoco se permitió ni un ligero desliz.

Cuando Elisario Calante llegaba a la tienda, se cambiaba de ropa y vestía un traje azul marino, que solía llevar sin la americana, salvo en ocasiones, aunque nunca se quitaba la corbata. Añadía elegancia a su natural elegante, pero también bohemia a la imagen que a ella la había fascinado en la playa. Al mediodía, después de un breve refrigerio, practicaba en la tienda con el piano o con su insustituible Clavelina. Livia Reinier fue llegando cada día un poco antes con la excusa de limpiar y recoger.

Ganaba en comprensión musical y le apetecía escuchar la música de Elisario Calante, pero no se engañaba, sólo quería estar cerca de él y gozar del ansia de la loba de sus entrañas. Al abrir al público él subía desde el semisótano donde se exponían los instrumentos de mayor tamaño y más caros, y entonces comenzaba un hermoso duelo, que los mantuvo a los dos en el embeleso durante unas semanas.

Elisario Calante pisaba un terreno que conocía bien. Estar junto a una mujer que lo trataba como a un mueble podía no significar nada, aunque también podía significarlo todo. No todo eran cautelas en Livia Reinier. Lo perseguía con la mirada si lo creía absorto en sus tareas. Él la observaba con menos disimulo, a veces con desparpajo. Le gustaba jugar a descubrir sus miradas a través de la infinidad de espejos, silenciosa y en apariencia ausente, pero buscándolo sin descanso. Durante varios días continuó la esgrima de miradas, el escrutinio sigiloso, el ansia por hallar la presencia del otro en cualquier rincón, el acercarse en el oportuno momento de encontrarse a medio camino, ella aparentando que no le importaba, pero como él sintiendo una pequeña dicha.

Uno de aquellos días, lluvioso y con viento caprichoso, él la vio llegar luchando con una ráfaga. Mantuvo la puerta abierta y cruzaron las miradas sin rehuirse.

—¿Sabes que hay algo entre nosotros? —preguntó Elisario Calante, que ya se había cansado de jugar al escondite.

—¿Algo como qué? —devolvió Livia Reinier la pregunta.

—Una inquietud que no podemos controlar.

—Sí, lo sé —respondió.

—¿Piensas que debemos hacer algo?

—Lo que yo puedo hacer ya lo hago.

—¿Qué es lo que haces, Livia?

—Esperar a que se me pase.

No lo dijo con desdén ni desprecio, sino con desconsuelo. Un cliente entró y la conversación quedó sin concluir.

Ella llegó antes de su hora el día siguiente, dejó sus cosas en la tienda y se fue al parque, donde él solía dar un paseo en la pausa del almuerzo. Lo vio a lo lejos, sentado en un pequeño muro que hacía de parapeto. Sin saludarlo, tomó asiento cerca de él, pero no a su lado. Él tampoco saludó, la miró con algo de sorpresa y esperó a que ella hablara.

—¿Qué piensas de mí? ¿Que soy como aquellas con las que te ibas de madrugada a la playa?

—No sé lo que pienso de ti, Livia. Me gusta sentirte cerca.

—Nunca me hablaste durante el verano.

—Ni tú a mí, Livia.

—Debías hacerlo tú. Eres mayor que yo. Además, eras el centro de todos. Y nunca te fijaste en mí.

—Son excusas, Livia. Pudiste haberme dicho algo intrascendente, abrir la conversación. Tenías otra razón. ¿Qué te detuvo?

Livia Reinier calló un segundo, pero no rehuyó la respuesta.

—Ese muro que te rodea.

—¿Qué muro ves que me rodea, Livia?

—¿No lo sabes?

—No. Dímelo tú.

—Es un muro muy grueso, Rafael. Tú estás al otro lado, solo. Da miedo llegar a ti.

Elisario Calante recibió de lleno el impacto de las palabras y miró a lo lejos, indefenso.

232

—Además —añadió Livia Reinier—, ¿por qué ibas a fijarte en mí, teniendo a tantas mujeres?

Lo dijo con crudeza y ya no calló lo que la estaba quemando.

—¿Cómo hacías cuando te ibas con dos? ¿Una primero y la otra después? ¿O era peor que eso?

—¿Me lo reprochas?

—Sí, te lo reprocho.

—¿Tenías celos, Livia?

—Sí, los tenía —dijo con algo de rabia—. Todavía los tengo.

Se había dejado el abrigo y hablaba cubriendo cada brazo con la mano contraria. Elisario Calante se puso en pie, la cogió de las manos y tiró con suavidad de ella, que quedó delante de él, rozando su cuerpo. Abrió el abrigo, la rodeó y cerró el abrazo, apretándola hacia él dentro del abrigo. Ella lo miraba con el rostro cruzado por una raya de miedo, palpitando de deseo. La besó en el cuello con delicadeza. Ella no se entregó. Volvió a besarla y arrastró los labios en una caricia hacia el lóbulo de la oreja. Ella se encogió estremecida y lo besó en la mejilla. La miró a los ojos, se acercó para besarla en la boca y ella no se retiró. Lo abrazaba con fuerza, para impedir que escapara.

En aquella hora, Katia Romano se acercaba al parque decidida a hablar lo que dejó pendiente semanas antes. Al ver a la pareja fundida en un abrazo, quedó paralizada hasta que estuvieron cerca de ella. Se sintió rendida y estúpida, tomó asiento en un banco y disimuló buscando un pañuelo.

Incapaces de ver algo distinto a su propia imagen en los ojos del otro, Elisario Calante y Livia Reinier pasaron de largo y se detuvieron a unos metros para besarse. Al final, el pañuelo le sirvió a Katia Romano para enjugar las lágrimas. Corrió a su casa, subió la escalera y se encerró a llorar.

16

Dentro del abrigo de Elisario Calante, con los brazos rodeando su cintura y sin parar de besarlo, Livia Reinier había olvidado todos los reproches. Caminaban despacio hacia la tienda, parando cada pocos pasos para hablarse y besarse.

—¡Me ha gustado mucho! —Livia Reinier al entrar.

—Quiero oírlo. ¡Dímelo! ¿Qué te ha gustado, Livia?

—Todo. Que me cubrieras con el abrigo. Que me besaras. ¡Cómo me besaste! —dijo, y se puso delante presionándolo con su cuerpo—. Hazlo otra vez.

La rodeó para meterla en el abrigo, la besó en el cuello en una larga caricia y la besó en la boca, con una repetición perfecta de la primera vez que les costó terminar.

—Estabas muy calentito —comentó ella—. No podré acostumbrarme a vivir como antes.

—Y te prohíbo que te acostumbres a vivir sin mí.

En los hermosos días que siguieron se encontraban en las pausas del almuerzo para arrullarse hasta que perdían el aliento, en el parque, tan reciente y limpio como su amor. No necesitaban confesar que deseaban más, pero no dieron oportunidad a que la prisa estropease lo que debía ser perfecto. Elisario Calante aguardaba a que ella lo pidiera, saboreando el deseo, pero consciente de que después de la primera vez algo los haría distintos.

Livia Reinier disolvía el miedo con cada beso, con los anhelos furtivos de las primeras tardes que dieron paso a la complicidad. Se divertían fingiendo formalidad ante los clientes y se mostraban severos y firmes cuando estaba presente el padre de Livia Reinier, como suponían que él esperaba que lo fueran. Pero iban dejando pequeñas muestras, miguitas de pan que a nadie decían nada, pero que a ellos les incendiaba el corazón.

La tarde del primer escarceo de amor, absorto frente a un piano, Elisario Calante recordaba lo que acababa de suceder y repetía unas notas. Livia Reinier lo abrazó y le preguntó al oído:

—¿De quién es esa música?

—Es tuya —respondió él.

—Me gusta. Es muy bonita.

Cada vez que demostraba un instrumento o practicaba, terminaba con una variación de aquellas notas, para que ella supiera que la tenía en el pensamiento.

La primera tarde ella le quitó una hoja de abedul que él tenía pegada en el jersey, la miró y la guardó en el pecho.

—¿Qué es? —preguntó él.

—Una intrusa —le dijo—. La tenías en el corazón.

—No es posible. Ahí sólo te tenía a ti.

Livia Reinier la conservó entre las páginas de un libro y una tarde dedicó varias horas a recortar con su forma paquetes de hojas adherentes de colores distintos. En cada hoja dibujó rayas que simulaban dos ojitos cerrados y una sonrisa de enamorado. Él había salido a afinar un piano y al regreso se encontró la tienda llena de hojitas enamoradas, que disimulaban su finalidad pegadas junto al precio de algunos artículos.

—¿Qué significan? —preguntó.

—He pegado una cada vez que me he acordado de ti.

En los días siguientes las fue encontrando en lugares inesperados: al sacar la Clavelina de la funda, al levantar la tapa de un teclado, en el interior de la taquilla, en cualquier objeto que necesitara utilizar o un sitio por donde debía pasar.

Un acontecimiento despertó el pánico en Livia Reinier. Una noche se presentó en la puerta un famoso roquero cuando ya habían cerrado. Con el pelo largo, la chaqueta de cuero, la guitarra eléctrica en la mano y acompañado por su representante, no le faltaba ni un detalle de la imagen que se tiene de los roqueros de éxito. Había ido a reparar la guitarra.

Debían celebrar un concierto cuyas entradas se habían vendido por cientos en la propia tienda. Elisario Calante reparó el clavijero, conectó la guitarra a un amplificador y tocó uno de los solos más populares del roquero. Al hombre le agradó y se valió de una cinta para explicar que en el ensayo había tenido problemas.

Elisario Calante escuchó la cinta, enchufó una guitarra acústica al amplificador y ejecutó nota por nota el acompañamiento. El del pelo largo miró a su acompañante sin ocultar una ligera expresión de asombro. Elisario Calante se detuvo, lo invitó a tocar con su guitarra y lo acompañó con una tonalidad distinta que provocó en el otro gestos de aprobación. Fue más didáctico frente al piano donde cambió de una tonalidad a la otra, hasta que el hombre captó lo que quería decir.

—¡No tiempo! —dijo.

Compró una guitarra española clásica y completó su agradecimiento ofreciéndoles entradas para el concierto. Entonces hizo una pregunta con una seña fácil de entender. «¿Ella y tú…?». Elisario Calante lo negó y el otro le dio dos entradas a él y otras dos a Livia Reinier. Enzarzados en otra clase de apremios, no acudieron al concierto y dos entradas fueron para las amigas de Livia Reinier y otras dos para su hermana Emilia.

El músico y su agente regresaron a la tienda dos veces más y ofrecieron a Elisario Calante la oportunidad de acompañarlos en la gira. Lo rechazó alegando compromisos de trabajo, pero durante aquella semana, temblaban las piernas de Livia Reinier cada vez que sonaba el teléfono y una voz con acento extranjero preguntaba desde el otro lado por Rafael.

—¿Me abandonarás para irte con ellos? —le preguntó cuando ya no pudo más con la incertidumbre.

—Tengo un compromiso con tu tío, no puedo abandonarlo. Además, ahora sólo me interesas tú, Livia.

El momento que ansiaban se presentó de tan buena manera que no faltó ni la sorpresa, a pesar de la pulcritud con que cada uno lo preparó por su lado. Ella llegó a mediodía del primer día del año y llamó con los nudillos en la puerta de la azotea. Elisario Calante, recién duchado, la recibió en un albornoz que un día de temporal llegó volando y se quedó en la azotea. La vio preciosa en la penumbra del rellano, con el pelo suelto y los labios pintados, sonriéndole como hacía cuando cometía una travesura.

—Me has pillado saliendo de la ducha —se disculpó él.

—Así es como quería pillarte —se rio ella.

Pasó y se sorprendió de la pequeñez de la habitación. Al fondo, tras una mampara, había un plato de ducha, un inodoro y un lavabo. Frente a la puerta una cama y, sobre ella, una larga repisa ocupaba la pared. Junto a la cama, por la parte de los pies, un pequeño ropero improvisado detrás de otra cortina; a continuación, en la otra pared, una mesa con una silla, bajo otra repisa.

—¡Pero dónde vives! ¡Si parece un palomar! —exclamó al quitarse la bufanda y el abrigo.

—De hecho, así es como lo llama tu tío, el palomar. Es lo que pudo ofrecerme —explicó mientras colgaba el abrigo en el ropero—. Pero estoy bien aquí, nadie me molesta. Le he comprado el apartamento, ya es casi mío. Pronto, cuando él salga del hospital, lo desocupará y yo podré trasladarme.

—¿Qué hiciste anoche?

—Estar solo, leer, tocar la guitarra. Pensar en ti.

—¡Me gusta tu forma de empezar el año! —dijo colgándose de su cuello.

Lo besó y se separó para mirarlo.

—¿No me invitas a meterme en tu albornoz?

Lo que por las palabras parecía una broma, por la seriedad al preguntarlo nada tenía de broma. Él también la miró muy serio cuando deshizo el lazo del cinto, abrió el albornoz y mostró su cuerpo desnudo. Ella lo miró un instante, se pegó a él besándolo durante el preámbulo que no deseaba que terminara nunca. Al cabo, liberó la cintura de su falda y la dejó escurrirse hasta el suelo. Él terminó de quitarle la blusa en una larga caricia, que continuó por la espalda hasta los corchetes del sujetador. Los desabrochó y ella dejó caer la prenda. Él bajó la caricia por la espalda hasta la cadera y los glúteos por dentro de la prenda, empujándola hacia abajo, hasta que ella terminó de soltarla y la dejó caer, apretándose en él, acariciándolo con el cuerpo.

La besó en el cuello, descendió hacia los pechos, los besó mientras descubría la cama, la levantó del suelo, la acostó y se tendió a su lado. Como la música, aquel juego exigía cada nota en el justo momento, con la intensidad medida y la duración precisa, porque se quedaría en ellos para siempre y, al mirar atrás, recordarían una hermosa melodía o no recordarían más que un ruido atroz. Imaginó que ella tendría miedo y la puso encima de él para darle oportunidad de conocer su cuerpo. Dirigió sus manos para que lo tocara y ella primero sintió pudor y después deseo. Lo miró con curiosidad, recorriéndolo con lentas caricias y besos sutiles. Se sentó sobre él para sentirlo, aunque no intentó lo que tanto miedo le daba.

Al fin, se tendió y lo reclamó sobre ella. La besó desde la boca hasta los pies, muy despacio, subió después y se detuvo donde ella deseaba que lo hiciera, mucho tiempo; y cuando el miedo se le transformó en apremio y pensó que se volvía loca y no lo soportó más, tiró de él, lo apresuró y al fin lo sintió en ella.

Retozaron durante la tarde y por noche dieron un paseo sin hablar y se despidieron en las cercanías de la casa de Livia Reinier. El domingo, días después, repitieron la primera tarde.

—Mi padre está raro —dijo Livia Reinier—. Me parece que sospecha algo.

—¿Cómo se lo tomará? —preguntó Elisario Calante.

—Lo tomará mal. Quiere casarnos con uno de buena familia, de buenos apellidos y con dinero, por supuesto.

—¿Y tú qué piensas de eso?

—Que te quiero a ti. Claro que no sé lo que tú pides a la vida. Tal vez no tienes planes serios o puede que yo no entre en ellos.

Elisario Calante tardó en responder.

—Vuelves a estar detrás de tu muro —le reprochó Livia Reinier.

—No quiero vivir solo —contestó al fin.

—Ya no vas a estar solo. Me tendrás a mí.

—Entonces tú eres lo que pido a la vida, Livia.

—¿Y por qué lo dices con tanta tristeza?

—Porque hasta ahora todo ha terminado pronto para mí. No sabía cuándo ni cómo, ni por qué, pero sí que terminaría. Estos son los temores que van conmigo, ese muro del que me hablas. En realidad es miedo de que me abandones.

—Nunca te abandonaré —dijo segura de que en su caso el temor era infundado, con un tono de solemnidad que le dio naturaleza de concluyente.

—Quiero creerte, Livia. Pero si un día decidieras dejarme, no me traiciones. Sólo dime adiós.

—No te abandonaré. ¿Quieres que me case contigo? Lo haré, aunque se oponga mi padre. Nos iremos a otra ciudad, haré lo que sea para estar contigo.

Tal vez Elisario Calante no estuviese seguro de hasta dónde llegaba el amor de Livia Reinier por él, pero estaba muy seguro del suyo por ella. La mañana siguiente se ausentó durante media hora y entregó su poco dinero a un abogado con el que habló de su inexistencia administrativa y su falta de documentos. El trámite, dijo el abogado, sería sencillo y barato.

El director de un importante hotel al que acudía con frecuencia para afinar dos pianos, le había propuesto varias veces que amenizara las sobremesas de la cena. No necesitó más que la visita, aquel mismo día, para cerrar el acuerdo. Aquel empleo adicional, que podría atender sin abandonar los compromisos con Álvaro Reinier, le permitiría mantener una casa donde Livia Reinier no echara en falta nada de lo esencial.

Pero Juan Reinier esperaba al acecho a que concluyeran las ventas de aquel periodo del año, para taponar la gotera que vislumbró el día en que llamaron a la puerta del negocio un roquero millonario y su representante. Observó la escena desde la escalera. Vio al músico que quedó impresionado con la habilidad del joven a quien consideraba un simple ayudante de su hermano. Lo vio reparar una guitarra, lo vio causar asombro cuando hizo sonar la guitarra, lo vio causar más asombro cuando se sentó frente al piano, lo vio enfrascado con la música que había hecho famoso y rico al tipo del pelo largo y la chaqueta de cuero y no le quedó duda de quién de los dos era un maestro y quién un aprendiz.

Pero lo que más y mejor vio fue la expresión de su hija, que contemplaba la escena con emoción, sin perder un detalle. Era una expresión de orgullo y no de un orgullo etéreo, genérico. El de ella era un orgullo íntimo, suyo, con nombre y apellidos. Al ver a su hija cobrar a los hombres la guitarra que habían comprado, se le hizo evidente el secreto del bosque de hojitas enamoradas en que había convertido la tienda y ya no tuvo duda de lo que sucedía en cuanto él se daba la vuelta.

Su pequeña Livia, su favorita, la niña que nació tan bonita que lo hizo llorar la primera vez que la sostuvo en brazos, la jovencita que por elegante y hermosa y de buenos modales deseaban tenerla cerca cuantos la conocían. Testaruda como su madre y difícil de llevar cuando algo se le metía en la cabeza, pero la que nunca le había dado un solo disgusto, ni tuvo una falta de educación ni un mal modo con nadie.

Deseaba para su hija que encontrara al hombre que merecía, un muchacho entre las buenas familias. Deseaba los nietos que ella le diera, a los que pudiera ver cada semana. Deseaba que estuviera cerca de él y de su madre toda la vida, a unos minutos de una llamada de teléfono.

Pero su niña estaba a punto de volar lejos de él, porque el joven con el que era evidente que algo tenía, no estaba destinado a permanecer como tendero, ni siquiera como socio de su hermano. Con su talento acabaría haciendo algo de verdad grande y se la llevaría con él fuera de Antiqua, a otra parte del mundo. No podrían verla sino de tarde en tarde.

Juan Reinier pensó que no tenía opción, que debía asegurarse de que las cosas ocuparan el sitio que debían o terminaría muriéndose de la pena de no haber hecho lo que debía hacer cuando estaba a tiempo.

Esperó a que concluyeran aquellas fechas amasando su miedo, fabricando la cólera que le permitiera dar un manotazo definitivo. El negocio de Juan Reinier, que le permitía dar a su familia una vida desahogada y que casi nadie conocía porque lo llevaba con la más absoluta reserva, consistía en el cobro de deudas difíciles. De manera que sabía cómo hacerse entender por las buenas. Era persuasivo, sabía cuándo le decían la verdad y cuándo le mentían y sabía coaccionar sin que lo pareciera. Si todo fallaba, también se hacía entender por las malas, intimidaba, amedrentaba y extorsionaba con maestría, en todos los grados posibles. Así que no tuvo rival la noche del sábado siguiente, cuando desató el infierno sobre su hija.

—¿Cuándo empezó lo que te traes con ese pájaro? —dijo por sorpresa a su hija Livia.

Ella tuvo temple. Encajó el certero golpe, que la dejó descolocada, pero cuando respondió lo hizo sin un titubeo.

—Pues no sé a quién te refieres.

—No juegues cuando tu padre te habla en serio, si no quieres otro juego que te gustará menos.

—El que sea tendrá un nombre. Si lo dices, te entenderé y tú quedarás mejor —replicó sin quebrarse.

—Pues mira, corre el rumor de que ni en eso dice la verdad. Porque se dice que Rafael no es su nombre.

—Rafael. ¿Ves qué fácil? ¿Y te refieres a cuando lo vi por primera vez, a cuando hablé con él o a cuando qué?

Juan Reinier comenzaba a perder la paciencia.

—Dime cuándo empezaste a tontear con él —casi gritó.

—Entonces te refieres a cuando me gustó. Eso fue la primera vez que lo vi. ¿No me mandaste a la casa del tío Álvaro cuando yo quería hacer un viaje? Pues allí lo vi y allí me gustó. No era un misterio ni lo veía en secreto. Como no había otra cosa que hacer, íbamos todas las noches a oírlo tocar. Nunca pensé que fuese un rufián, los que estaban allí no lo pensaban y los que hacían cola para verlo y escucharlo, tampoco. Y no había hablado con él más que hola y adiós, hasta que me mandaste a la tienda de mi tío. En realidad has sido tú quien me ha empujado a él. ¿Qué querías que hiciera?

—¿Y qué intenciones tienes con él?

—¡Casarme, si él quiere!

—Pero ¿te has vuelto loca?

—Soy mayor de edad. Puedo entrar, salir, cortarme el pelo o echarme novio sin dar explicaciones. Hasta casarme, si quiero. Por supuesto, tú podrías echarme de casa, pero te aseguro que nunca volverías a verme. Piénsalo bien. Si no había tenido novio es porque no encontré ninguno que me gustara. Pero no quiero ser ni monja ni solterona. Emilia tiene novio. ¿Por qué ella puede tenerlo y yo no?

—Nadie te dice que no lo tengas. Sólo te digo que te has ido a enredar con el que menos te conviene. Un vago al que echaron de la casa de Altaterra por ladrón y que tu tío acogió por pena, para que no estuviera tirado en la calle. Pregúntale a Eulalia de Altaterra. Tu amiga te lo contará.

—Pues tu condición es muy difícil de cumplir, no sé si puedes apreciarlo. Si éste no, ¿por qué otro sí? ¿Y cómo sabré si te complace? ¿Me darás una lista? ¿Los pruebo uno a uno hasta dar con el que nos guste a los dos?

—El que me gusta para ti es el hijo del abogado. Está terminando la carrera y será número uno de su promoción. No me negarás que es de buena familia. Ni que el chico está bien. Y sé que está colado por ti porque me lo ha dicho su padre. ¿Me has oído que yo te lo mencione? No lo haría porque bastará que diga algo en su favor para que tú lo aborrezcas. De niña tenía que dejar que te metieras en los charcos y terminaras empapada porque no había manera de hacerte entender que no era buena idea. Ahora es lo mismo, sólo que esto no es un charco, es tu porvenir.

—Pero ¿qué tiene de malo Rafael? Es absurdo llamar vago a un hombre que es carpintero, artesano de instrumentos, afinador de pianos y compositor. Es mejor músico que ninguno. No puede ser ladrón porque el dinero no le importa. No se le ven vicios, ni siquiera se toma una cerveza. Ningún amigo podría llevarlo por mal camino porque no tiene amigos. Vive para el trabajo y la música. El tío Álvaro lo admira. Los clientes también lo admiran. ¿Qué le ves de malo?

—Que no sabes quién es. No se llama como dice, no es ese tal Rafael de Altaterra que dice ser. No tiene ni documento de identidad. ¿Quién es? ¿Por qué no se sabe de dónde ha venido? ¿Qué oculta? ¿Cuál es su familia? ¿Por qué se esconde?

Tras el embate de Juan Reinier, llegó un asedio lento. Primero fue de la madre, que entró en la habitación para consolarla con las palabras que más desconsuelo le provocaban y más erosionaban su determinación. A continuación y más certera fue su hermana Emilia, que además disponía de información que había visto con sus propios ojos.

—¿Sabes que vive como un pordiosero, Livia?

—No me digas que te has atrevido a entrar en su habitación.

—Ayer acompañé a papá.

—Fuiste con papá a cometer un abuso, a hacer algo que es miserable, Emilia. Papá vive en la raya del delito, por eso no dice a qué se dedica, pero no puedo imaginar que te hayas prestado a hurgar en sus cosas personales.

—Es un pordiosero, Livia. Se viste con andrajos. Ni siquiera tiene ropa interior decente. El traje que guarda en la taquilla, se lo compró el tío Álvaro para estuviera decente en la tienda y le cedió la habitación para que no durmiera al raso. Por pena, Livia. No es nadie. No tiene una foto, ni suya ni de nadie. No hay una carta, ni una postal, ni un papel de nadie. No tiene un solo recuerdo de su vida.

—¿Encontraste algo robado?

—No creo que haya robado nunca. Pero es otra cosa la que debes pensar. ¿Sabes la sensación que me dio? Parece parte de un decorado. Todo lo que hay allí parece de alguien que no existe. Un cascarón vacío. Da pena, pero también da miedo. Cuando se te pase lo de estar enamoriscada verás las cosas que él nunca podrá darte. Nunca tendrá amigos y tú necesitas amigos, Livia. Será un ser ausente. No para ti, pero sí para papá y para mamá. También para mí. Y es posible que tú seas feliz uno o dos años, pero echarás de menos muchas cosas y terminarás siendo muy desgraciada. Es mejor el dolor de unos días o unas semanas ahora que el de una vida después.

La tortura se prolongó hasta la madrugada, en un círculo cerrado que dio varias vueltas y que nada tenía de inocente. Entraban uno tras otro, en apariencia a consolarla de los anteriores, pero en realidad para renovar su desesperación.

Apenas durmió esa noche y en la hora en que había quedado con él, estaba en la casa, cansada, con ojeras y sin poder derramar una lágrima más. La visitaron las amigas, Miriam y Gloria, a las que había llamado su hermana Emilia. Escucharon con atención el relato, tras el que Miriam dictó una sentencia inapelable:

—¿Sabes lo que ha pasado, aunque lo que cuentas parezca otra cosa? ¡Que te lo has tirado! Tan simple. Te lo has pasado por la piedra, pero lo adornaste con promesas de amor. Ahora prefieres tu vida tranquila, la protección de papaíto y de mamaíta, el manual de instrucciones. Es más cómodo que improvisar una vida con él. Ya lo has decidido, pero temes dar la cara. No volverás a ser la niña que lo perseguía con la mirada y escondía la rabia mirando a otra parte cuando una chica se le acercaba. ¿Crees que no nos dábamos cuenta?

Livia Reinier la miraba con los ojos muy abiertos, incapaz de ofrecer resistencia.

—Pues permíteme que te lo diga, niña —continuó Miriam, implacable—. Es más honroso ir, echarle un casquete o dos y decirle: «No puedo hacer planes contigo porque no tienes donde caerte muerto, pero un revolcón en secreto sí nos podemos dar de vez en cuando». Eso un hombre puede entenderlo, pero ilusionarlo con un futuro y arrebatárselo después hace mucho daño.

Gloria, la otra amiga, que no había intervenido, definió con precisión la panorámica que Elisario Calante tenía ante sí.

—Además, has conseguido que pierda el techo y el trabajo.

En aquel preciso momento Juan Reinier tocaba con los nudillos en la puerta de la azotea. Elisario Calante sabía que habían rebuscado en la habitación y sospechaba que Livia Reinier no llegaría a la hora acordada. Estaba seguro de que al abrir la puerta se encontraría a Juan Reinier y no se sorprendió al verlo. Lo saludó sin obtener respuesta.

—Es poco lo que tenemos que hablar usted y yo —dijo Juan Reinier—. He venido a decirle que tiene tres días para recoger sus cosas y abandonar esta habitación.

Las respuestas de Elisario Calante fueron preguntas.

—¿Sabe usted que tengo un acuerdo con su hermano por el apartamento? ¿Sabe que se lo tengo casi pagado con mi trabajo?

—No sé nada de ningún acuerdo. Ni creo que mi hermano le deba a usted nada. Más bien es usted quien debe estarle agradecido de que no lo haya echado a la calle. En todo caso ahí están los tribunales, puede denunciar. Dentro de dos años, si la cosa va rápido, seguro que descubrirá que un juez se ha pasado por el forro la reclamación. Porque los jueces están para que las personas buenas y decentes tengan con qué defenderse de gentuza como usted. Pero denuncie. Nunca se sabe.

Lo único que le importaba era lo que Livia Reinier tuviera que decirle. Llegó a la tienda a la hora de siempre donde encontró que habían cambiado la cerradura y había un cartel: CERRADO POR INVENTARIO. Esperó en el parque por Livia Reinier, que se apeó de un coche que paró delante de la tienda, con alguien en el interior que la esperó. Fue a su encuentro, ella lo aguardó en la esquina, tensa, ojerosa, y, de alguna manera perversa, parecía que liberada. No lo saludó.

—¿Qué ha sucedido, Livia?

—He venido a despedirme. Y a pedirte perdón, aunque sé que no podrás perdonarme.

Elisario Calante reaccionó mal. Dio un golpe a la pared con el puño cerrado, tan fuerte que ella pensó que se había fracturado la mano por varios sitios.

Para que él no tuviese ocasión de rebatir, Livia Reinier soltó el discurso que llevaba preparado. En palabras de terciopelo fue deshilachando, impávida y cruel, reparos que nadie merecía oír. A la sarta de mentiras de su padre y a los exagerados temores de su hermana, agregó sus propias razones.

Sujetándose la mano herida en el centro del pecho con la otra mano, Elisario Calante fue recibiendo uno tras otro todos los golpes sin apartar la mirada, inmóvil, contraído por el dolor de la mano y atravesado por el dolor del alma, hasta que ella lo dio por concluido. Él abandonó la lucha sin presentar batalla.

—Habría luchado contra tu padre y contra el mundo por ti, Livia. Puedo demostrar que todo lo que has dicho de mí es falso, pero en tu contra no lucharé. Vete tranquila. No volverás a saber de mí.

Al verse sin contrincante Livia Reinier tuvo conciencia del exceso de sus palabras. Quiso saber qué haría él, adónde iría, quiso que se dijeran adiós, quiso llevarse una frase que apaciguara la culpa de haber hecho lo único que él le pidió que no hiciera, pero Elisario Calante se guardó para sí mismo.

—¿Qué quieres, Livia? ¿Un reproche? Los reproches que tengo son para mí. Te pedí que no me traicionaras, que no llenaras de barro los recuerdos de nuestro amor, que me bastaba un adiós.

Livia Reinier, que había dejado caer el visillo del amor, no lo veía como lo recordaba en la playa, ni como lo había imaginado.

Pensó que lo veía como era en realidad. Comprendió que en la originalidad del pelo cortado a trasquilones, en la bohemia de las camisas de cuellos menguantes y los pantalones mil veces vueltos a zurcir no había más que pobreza; comprendió que en la apariencia de libertad de aquel carácter inmune a cualquier deseo no había sino tristeza; comprendió que el misterio de un ser sin pasado ni presente sólo albergaba sordidez; comprendió que los silencios de cuanto callaba no eran más que la evidencia de una dolorosa y cruel soledad. Pero también veía lo hermoso que era y supo que nunca olvidaría ni una sola de sus caricias; que quedarían para siempre en ella los recuerdos de sus ternuras y sus besos, de sus tardes de dicha y complicidad, de los instantes de acordes furtivos y hojitas de colorines con estúpidas sonrisas de enamorados.

La niña que fue durante aquellas semanas, todavía ingenua, desenfadada y capaz de entregarse, moría en aquel instante y cedía su puesto a una mujer con tinieblas en la memoria.

Alzó la mano. El coche que esperaba arrancó, avanzó muy despacio y se detuvo a unos metros. Ella subió a la parte trasera y mientras se alejaba lo vio caminar unos pasos y detenerse en medio de la calle. Su silueta fue disminuyendo en el centro de la luna trasera hasta confundirse con el fondo gris y desaparecer.

En aquella esquina donde Livia Reinier abandonó a Elisario Calante, en el preciso lugar donde lo recordaba, fue donde el destino quiso que lo encontrara, deshecho sobre el asfalto, cuando había pasado la vida que ella decidió vivir sin él. Se crea o no en él, el destino conoce ardides que a nadie se le ocurriría imaginar.

En un dispensario le vendaron la mano a Elisario Calante, le pusieron un cabestrillo y le dieron una pastilla para el dolor. En el palomar, su habitación, metió en una bolsa de tela sus pocos útiles de aseo, un par de aquellas camisas gastadas, los calcetines y sus cuatro prendas de la vergonzante ropa interior que le revolvieron el día anterior.

Delante de la Clavelina estuvo seguro de que todo lo que pudiera tocar en ella, desde aquel día, le parecería insoportable ruido. Porque creía que tendría la mano rota el resto de su vida y porque el paso de Livia Reinier le había dejado el alma en esquirlas, pensó que nunca podría sacar de ella un solo compás. Le dio un beso, le dio las gracias y cerró la funda.

Echó a caminar en línea recta y abandonó Antiqua, la ciudad que por amor consideraba la suya, por una carretera cualquiera, en una dirección cualquiera.

17

Faltaban unos meses para que Fernando de Altaterra cumpliera tres años de postración en el suelo de la celda, dormitando en la penumbra, náufrago de sí mismo, esperando la hora del paseo diario o del almuerzo. No anotaba los días por el rectángulo del sol en la pared y no sufría episodios de amnesia ni deliraba, pero su aspecto avejentado despertaba la compasión incluso en sus más encarnizados verdugos.

El cerrojo anunció la hora del paseo. Se incorporó y el corazón le dio una sacudida cuando vio a Conrado Coria en el umbral, al que sólo había visto media docena de veces durante el tiempo que él cursó estudios en la Academia Pontificia.

—¿Te has convertido en estatua? —preguntó Conrado Coria.

—Lo siento, Conrado —dijo Fernando de Altaterra, que reaccionó tarde y con torpeza—. El páter no permite abrazos.

—Cierto, el páter recela del afecto. ¡Que se joda el páter! ¡Abrázame!

—Enhorabuena por tu diplomatura —dijo Fernando de Altaterra al llegar al patio del paseo diario—. Lo lograste. Dime cómo eran las sombras de dentro y cómo la realidad de fuera.

—Nos harían falta mil paseos. Estoy contento, pero no sé si lo que he conseguido me sirve para ser mejor persona. ¿Y tu caverna?

—Me has visto en ella. La mía es real, no metafórica. Cada paso hacia un lado o el contrario me lleva a otra galería más tenebrosa. El que llegó aquí nunca saldrá de este infierno, porque saldrá otro distinto del que entró. Necesitaba ayuda, no castigo; ya tenía mi propio castigo. Quisiera olvidar, pero el olvido no llegará. Mi mente no se evadirá ni un instante. ¿Recuerdas que somos quimeras en un triste solar, almas errantes en el páramo de la nada?

—Sí que lo recuerdo, Fernando. Cada día, debo decir.

—Es una cruel paradoja en mi caso, pero ese es mi consuelo. Pensar que no somos sino polvo de una estrella muerta hace miles de millones de años me trae paz a este abismo en que vivo.

—¿Y Dios? —preguntó Conrado Coria.

—Dios no ha aparecido, Conrado. Ni mi fe, ni mi entrega, me salvaron. Dios no evitó que provocara un daño estéril, no me trajo alivio y me abandonó en mi propio infierno. Pedí su clemencia y la oración no me trajo sino desconsuelo. Mío fue el error, mío el pecado, y justo es que sea mía la condena. Para respirar me aferro a la idea de que inventamos la fe por miedo a pensar que no somos más que una casualidad de la física, una porción ínfima de la nada.

—¿Todavía te cuesta dormir? ¿Continúan las pesadillas?

—Las pesadillas ahora me asaltan incluso despierto. Ya no distingo entre sueño y vigilia.

—No debe faltar mucho para que esto termine.

—Ni yo esperaré más, Conrado. Abandonaré la fraternidad porque es preferible la cárcel a la mazmorra del páter. Ese mezquino ser me prohíbe los libros para acrecentar mi suplicio. Hallaré más clemencia en una cárcel civil. Cuando debas declarar, di la verdad, que es la que yo confesaré.

—Debemos intentar que regreses a la vida del convento. Será mejor que decidas tu futuro tras meditarlo libre de esta carga.

—Hazlo tú si puedes, pero no esperes la ayuda del páter.

Tras muchos años bajo la inclemencia de Lucrecio Estrada, Conrado Coria conocía su inflexibilidad en toda ocasión y su crueldad cuando tenía oportunidad. Sería inútil acudir a él con un ruego, por lo que debía jugar otras cartas.

La reciente diplomatura lo obligaba a una visita de cortesía al obispo y por cauce oficial, lo que quitaba a Lucrecio Estrada la capacidad de eludirla. Conrado Coria acudió a la audiencia en compañía del secretario, que tuvo que esperar fuera del despacho. El obispo lo recibió de pie, sonriente y satisfecho.

—Mis felicitaciones, diplomado Coria. ¿O diplomático?

—Apenas empiezo, ilustrísima. Diplomado siempre porque no se espera que sea llamado para un cargo diplomático.

—Dime, Conrado, ¿qué tal marchan los asuntos que nos preocupan? ¿Cómo hallaste a tu amigo Fernando?

—Ya puede suponerlo, ilustrísima, los asuntos conventuales no cambian mucho. Mi amigo es un ser envejecido. De la mente, parece haberse restablecido; pero su alma no encontrará descanso.

—¿Por qué mantiene el páter esta situación? ¿Qué gana?

—Alimentar su ego. Es necesario sacar a Fernando de Altaterra del cautiverio, reverendo padre, porque está a punto de quebrarse y abandonar la hermandad. Quiere entregarse a la autoridad civil antes de que el páter cumpla la amenaza de denunciarlo. El escándalo no beneficiaría a nadie.

—Intuyo que has pensado una posible solución.

—Una propuesta, ilustrísima. Podríamos pedir un gesto a don Diego, el padre de Fernando. Al páter le satisfacen títulos y honores, pero no existe para él ninguno mejor que el dinero.

* * *

Una carta escrita de puño y letra del obispo y confesor de Conrado Coria viajó en una valija al otro obispo, el de Antiqua, que era ya amigo íntimo y confidente de Diego de Altaterra Coronado. Muchos domingos y festivos, al término de la misa del alba, los dos hombres daban un paseo hasta la casa de Altaterra, se cubrían con dos largos sobretodos y se iban a la huerta a cuidar de unos canteros de hortalizas. Allí el obispo le dio el sobre.

—Creo que trae noticias de su hijo Fernando.

Diego de Altaterra Coronado extrajo la misiva y leyó.

—En efecto, su colega me informa sobre mi hijo. Ve una oportunidad de que ese villano que lo tiene preso afloje las cadenas. Estas líneas confirman que mi hijo no ha elegido la situación en la que se encuentra.

—¿Todavía lo mantiene en retiro?

—A mi parecer, no como llegó a tenerlo. Su colega opina que si hago llegar una módica cantidad de dinero a cambio de que mi hijo pueda ser visitado por alguien de confianza, podríamos ver el fin de su cautiverio. Es una proposición afortunada, aunque un tanto tardía.

Al término de un largo y complejo proceso, Diego de Altaterra Coronado lo tenía todo listo para dar destino a su casa, siguiendo los planes de su hijo Gabriel. Planes que su hijo no le confesó hasta quedar inmóvil en la cama, pero que su padre asumió sin una vacilación.

Para llevarlos a cabo debía apartar a su hijo Fernando, sobre el que maquinaban otros, y a su hija Eulalia, que no deseaba asumir responsabilidades y era permanente causa de incertidumbre hasta para sí misma. A ellos debía entregarles la parte que la ley les reconocía, un tercio de la totalidad, es decir, la novena parte para cada hijo. Tras un complejo inventario y tasación del patrimonio, tanto de los bienes en Antiqua como de las propiedades dispersas por varias provincias, los troceó en nueve partes y dispuso la entrega de una parte de las nueve a cada uno de los hijos. Destinó el tercio de mejora y de libre disposición a su hijo Gabriel, de modo que concentró en él siete de las nueve partes. En el mismo acto de la firma, Gabriel de Altaterra crearía la Fundación Casa de Altaterra, a la que transferiría la totalidad de los bienes y el personal adscrito a la casa de Altaterra.

Por ese procedimiento Diego de Altaterra Coronado despejaba el camino de obstáculos futuros. Los estatutos de la fundación entregaban voto de por vida a Diego de Altaterra Coronado, su hijo Gabriel, Amalia Norcron y un voto en representación de los trabajadores. De manera que los hijos Fernando y Eulalia quedaban con voz pero sin voto.

El abogado que años antes salió maltrecho de su primera y única entrevista con Diego de Altaterra Coronado, le llevó a Lucrecio Estrada la noticia de la suculenta cantidad que Fernando de Altaterra percibiría como herencia en unos meses. Pero había un requisito para la firma: un médico y un familiar cercano debían certificar que los perceptores estaban en perfecto uso de sus facultades mentales.

Por los conductos de derecho canónico, el perceptor final de la herencia de Fernando de Altaterra sería Lucrecio Estrada, en calidad de administrador de la comunidad. Pero el resultado podía truncarse en el caso de que Fernando de Altaterra abandonara la hermandad o se demostrara su incapacidad, de manera que el mango de la sartén había cambiado de mano.

Lucrecio Estrada mandó que le trajeran a Fernando de Altaterra, a quien no había visto de cerca desde el día en que le impuso el encierro. El hermano secretario llegó a la celda a una hora inesperada, abrió el cerrojo por última vez y condujo a Fernando de Altaterra a la zona de baños, donde le cortaron el pelo en lugar de rapárselo, lo afeitaron y pudo ducharse y vestir un hábito de uso común, limpio y planchado.

Lucrecio Estrada lo recibió en el centro del despacho, le tendió la mano para que se arrodillara y le besara el anillo y le señaló una silla mientras él tomaba asiento en su butaca. La mayor parte de su vida como capellán castrense Lucrecio Estrada estuvo destinado en una prisión militar, un antiguo castillo rehabilitado donde el aburrimiento de tropa y la oficialidad era absoluto.

Fue allí donde se complacía viendo con qué grado de eficacia la reclusión corregía a errados, insumisos o porfiados, y donde se acostumbró a ver y tratar a los presos que pasaron por aquella maquinaria de tortura. Cuando vio lo que se habían cobrado treinta y dos meses de reclusión en Fernando de Altaterra, supo que se había excedido.

No se apreciaba en él un signo de juventud de los treinta años que tenía en esos días. Parecía que sobrepasara los cuarenta, aniquilado, encorvado, flaco, avejentado y macilento, el cabello le nacía en la mitad del cráneo y tenía la coronilla despoblada y las sienes comenzaban a blanquear. La tirantez de los músculos del rostro le arrugaban la frente, resaltaban los pómulos y la mandíbula y endurecían sus facciones. Eran señal de que estaba inseguro y su inconsciente permanecía alerta. La expresión entre temerosa y malherida, y la mirada fría, dispuesta, eran las de un hombre sin esperanza, capaz de consumarse en un acto final que bien podría ser de violencia. Lucrecio Estrada, un hombre sin inclinación a la piedad, sintió picores en el estómago y frío en los huesos por algo más intenso y persuasivo que la compasión: el miedo.

—Se aprecia cuánto te ha beneficiado esta etapa viendo lo mucho que te ha madurado. Es hora ya de que regreses a la vida monástica con los hermanos.

—Lo es, reverendo padre —dijo Fernando de Altaterra, en un tono que Lucrecio Estrada no supo precisar si era de desconcierto o de evasión.

—Vuelve a llamarme páter. Ya sabes que la humildad me precede.

—Sí, páter, su humildad siempre nos ha dado ejemplo.

—Aunque todavía no puedas sentirlo, esta experiencia te ha hecho más fuerte y te ha acercado al Señor.

—Sin duda, páter. Ahora lo veo con claridad —dijo, eludiendo entrar en conversación.

—Pero ya ha terminado.

En el comedor, delante de la comunidad, Lucrecio Estrada terminó de echar sobre Fernando de Altaterra las flores de ofrenda. Dijo que era un valiente, que había pagado con oración y humildad la deshonra que hizo a la comunidad. Empleó tantos elogios y fue tan conciliador y dadivoso que llegó a parecer una buena persona. Los frailes lo acogieron entre la alegría y la indiferencia, aunque todos con respeto. Al meterse en la cama, él sólo se preguntaba qué había obligado a Lucrecio Estrada a concluir el cautiverio.

Inquieto por el aspecto físico de Fernando de Altaterra, Lucrecio Estrada no tuvo en cuenta la opinión del matasanos que aseguraba no apreciar signos de alarma. Convencido de que a Dios le complace el sufrimiento de sus hijos, el hombre resolvía casi todos los problemas de salud recetando mucho rezo y disciplina, doble ración de caldo y dosis enormes de antibiótico o analgésico cuando la afección se insinuaba arisca.

Al frente de una salida vacacional Conrado Coria condujo a Fernando de Altaterra y uno de aquellos frailes herméticos de la ciega confianza del páter por un largo viaje en tren, que los llevó a un convento situado en un lugar idílico, al pie de unas montañas, en la linde de la costa. Con el bosque a un lado, la playa al otro y un excelente balneario en el interior del convento, el descanso allí restablecía el ánimo hasta de los más decaídos.

Los baños en el mar y las piscinas, el ejercicio físico, la amabilidad de los monjes que regentaban la instalación, la comida y el reposo, obraron el milagro de mitigar la apariencia de Fernando de Altaterra, que accedió a oficiar la misa la víspera del regreso a petición de los religiosos anfitriones.

Al cabo de las dos semanas de dispensa, los tres afortunados de aquella aventura se presentaron ante Lucrecio Estrada con el aspecto de turistas recién sacados del horno. Casi restablecido su aspecto físico, Fernando de Altaterra no recobró la locuacidad ni la chispa que antes lo convertían en centro de cualquier corrillo.

* * *

Informado por los mensajes que intercambiaba con su hermana Eulalia, Fernando de Altaterra conocía las disposiciones sobre la herencia hechas por su padre y entonces comprendió la lógica de su repentina liberación. En la táctica para mantenerlo bajo su vigilancia directa, Lucrecio Estrada lo destinó a una tarea que juzgó fácil y estimulante. En una pared lateral del recinto sagrado de su despacho abrió una puerta con doble cerradura que guardaba el acceso al archivo de la comunidad.

—Para no perderse es necesario saber de dónde se viene. Lee esos papeles y cuando tengas una visión hablaremos. Quiero que escribas nuestra historia.

Cerros de legajos, carpetas, archivadores, dietarios y cuadernos, conservados con esmero, contenían el siglo de historia de la hermandad. En la disposición del archivo y las formas se dejaba ver la mano metódica del excelente burócrata que era Lucrecio Estrada.

Contra lo esperado, los títulos de propiedad del convento estaban a nombre de la comunidad, no de la Iglesia. Figuraban entre los legajos más antiguos las hojas de servicio militar de los fundadores y, con el mismo estilo de redacción austera, las hojas del servicio a la comunidad con detalles familiares y personales. Sin embargo, no encontró los legajos del páter, de su secretario, de Conrado Coria y el suyo propio. Al preguntar sobre ellos Lucrecio Estrada le respondió sin reserva:

—Aún no tienes grado suficiente para conocer su contenido, pero pronto lo tendrás.

Lejos de la épica que Lucrecio Estrada contaba, la comunidad tuvo origen en el acuerdo de media docena de capellanes castrenses que decidieron poner sus bienes en común para compartir un retiro espiritual. Aportaron pensiones, heredades y alguna donación que les dio independencia económica y no cerraron la puerta a incorporaciones de jóvenes que acompañaran la vejez de los mayores.

Los fundadores declinaban cuando se incorporó Lucrecio Estrada cargado de energía y nuevas ideas. También era capellán castrense y había alcanzado el grado de comandante siendo todavía joven, cuando una ley le dio la jubilación anticipada del ejército. Incansable y astuto, resolvió el sostén económico de la comunidad, atrajo a jubilados recientes como él, incorporó a otros de vocaciones tardías, incluso viudos y con hijos a los que ayudó a obtener el sacerdocio. Y la mejor de sus obras, con la que ganó el respeto de los suyos y que infundió admiración en Fernando de Altaterra, fue que dio asistencia y cobijo a religiosos condenados por delitos comunes. A los presbíteros se les acogía como miembros; a los que no lo eran, los apadrinaba en una actividad exterior en la que desarrollaban actividades profesionales sin renunciar a un cierto grado de compromiso religioso.

Hasta allí las luces, porque Lucrecio Estrada estaba envuelto en sombras que nadie conocía y que eran causa de habladurías. De la empresa que aportaba sus ganancias a la comunidad se decía que sus actividades no deberían ser toleradas por un religioso. Sin embargo, esa empresa era el único territorio del reino de Lucrecio Estrada libre de cualquier tacha porque con ella daba trabajo a seglares y profanos. Aunque menos afines a lo religioso que a la comunidad, actuaban dentro del estricto cumplimiento de las leyes, dirigida por presbíteros fuera de ejercicio, algunos casados y con hijos. No formaban parte del núcleo central, pero entraban y salían del convento y podían pasar semanas integrados en la comunidad, sin distinguirse de sus miembros.

—Debo pedirte otra prueba —dijo Lucrecio Estrada durante un paseo.

Fernando de Altaterra se puso tenso y desconcertado porque fue una prueba de lealtad la que comenzó a malograr su vida.

—No temas, no será como la primera vez —lo tranquilizó Lucrecio Estrada—. Veo que todavía te altera.

—Me pesa aquella noche.

—Todos tuvimos que hacer una renuncia semejante a esa. Cierto es que yo te la pedí, pero fuiste tú quien permitió el exceso que yo no pedí. Como sabes, castigué a los que te acompañaron. Algún día, cuando hayas asumido otra responsabilidad, comprenderás su razón de ser. Recuerda que te aconsejé romper con la muchacha en lugar de con tu amigo; si hubieses roto con ella, nos habríamos evitado el desastre que vino después. Esta vez necesito que me digas cómo está el hermano Conrado. Se ha marchado al sepelio de una hermana suya, que en la paz del Señor descanse, y regresará esta tarde. Hará un alto en la iglesia de San José, como le gusta.

Lo dijo observando la expresión de Fernando que intentó ocultar la sorpresa.

—Sí, lo sé —dijo Lucrecio Estrada—. Sé que os gusta esa iglesia. Ve allí, espera por él y cuéntame lo que hayáis hablado.

—Así lo haré, páter.

Llevaba casi una hora de espera cuando vio que Conrado Coria se acercaba a él, sin sorpresa de encontrarlo allí. Se apartó para cederle el sitio junto al pasillo y Conrado Coria apoyó su pequeño equipaje en el reclinatorio.

—Siento mucho tu pérdida —le dijo Fernando de Altaterra, anticipándose con sincero pesar.

Conrado Coria asintió y se llevó las manos a la cara. Tomó aire y lloró.

—María de los Dolores era la mayor —dijo cuando recobró el aliento—. Lola la llamábamos en casa. Nos la arrebató el sida. Dios la tendrá a su lado, porque era una santa.

Calló para rezar una breve oración entre lágrimas. Guardó silencio y continuó cuando pudo hablar de nuevo.

—Mis padres la repudiaban. Aceptaban su dinero pero se negaban a tener trato con ella. Incluso se molestaban cuando se retrasaba el envío de dinero. Desde niña era muy guapa, pero muy delgada y pálida. No podía ser de otra forma, porque lo poco que tocaba para ella se lo quitaba de la boca y lo guardaba para los más pequeños. Cuando se marchó de casa y pudo alimentarse y cuidarse, se hizo una mujer muy hermosa. Era prostituta.

—¿Cuándo cayó en esa vida?

—Cuando la empujaron malas personas —dijo Conrado Coria con el tono de quien comenzaba un relato, pero necesitó hacer una pausa antes de continuar—. Vivíamos cerca de un cuartel. Un oficial empezó a rondarla cuando ella iba por los dieciséis. Le regaló un vestido, unos zapatos y un bolso para que los estrenara en una fiesta en la que conocería a otras chicas. Ella nunca había tenido una amiga. Tampoco zapatos ni un vestido bonito. Las chicas que le presentaron eran mujeres experimentadas y la fiesta un encuentro con oficiales.

—Ahora comprendo tus viejos dolores. Y creo que sé quién era ese oficial que la rondaba. ¿Fue Lucrecio Estrada?

—Nuestro amado páter, un vulgar proxeneta —afirmó con rabia Conrado Coria.

—Por eso te ha tenido cerca, para lavar su culpa.

—No siente culpa, le basta con que nadie lo sepa. Aunque son pecados que la Iglesia condena, él los considera deslices menores que evitan pecados mayores. Para él esas mujeres no son personas en el sentido completo. Piensa que a ellas les gusta el arreglo: los regalos, las fiestas, el dinero. Cree que es algo inocente. Los otros pasan un buen rato, alivian malos deseos y cree que las mujeres también se divierten. Que a veces consiguen que alguno se case con ellas y las saque de ese mundo.

—¿Me arriesgo al suponer que te obligó a romper con Lola?

—Por supuesto, según su costumbre. Pero mi hermana y yo estábamos preparados. Pusimos mucho cuidado al hacer nuestro teatro. Nunca se lo he perdonado al señor Estrada, nuestro páter predilecto.

—Dime una cosa, Conrado, ¿todavía sigue el páter medrando con viejos conocidos a cambio de este tipo de favores?

—Por todo lo alto, Fernando. A eso destina el tiempo de sus misteriosas ausencias. Y las riquezas que consigue, no las comparte con la fraternidad.

Los más cercanos a Lucrecio Estrada, el asistente y el secretario, de una fidelidad a él sin vueltas, apenas se separaban de su lado en el transcurso del día. Lucrecio Estrada debía inyectarse insulina y tener a mano unos caramelos que le ayudaban a equilibrar la glucosa, lo que no siempre conseguía y le hacía pasar momentos de dificultad.

El hermano asistente, con alguna experiencia como sanitario, dormía muy cerca de él, en la antecámara de su habitación. Cada noche, tras asegurarse de que Lucrecio Estrada estuviese estabilizado, le tomaba la tensión, que anotaba con la fecha y la hora en un cuaderno rayado, y le daba un fuerte somnífero. También él tomaba ese somnífero y media hora después ambos yacían en sus camas como dos leños caídos.

Fernando de Altaterra lo sabía y aprovechaba las noches en que las pesadillas eran más inclementes para abandonar la cama y husmear en el despacho de Lucrecio Estrada. Antes debía robar las llaves que quedaban sobre la mesilla de noche. En el despacho, había dado con las carpetas que faltaban. Con ellas halló los diarios personales de Lucrecio Estrada y unas carpetas sujetas por cintas, de un color morado tan adecuado a los contenidos que se antojaba elegido con intención.

El control médico que era requisito para recibir la herencia de Fernando de Altaterra, pasó sin reparo, para alivio de Lucrecio Estrada.

—Nunca he perdido las esperanzas que deposité en ti —le dijo a Fernando de Altaterra, de improviso durante el paseo—. Deberás continuar con el doctorado para que puedas ingresar en la Academia Pontificia.

Fernando de Altaterra permaneció atento a las palabras del páter, pero inmutable, sin mostrar agrado ni contrariedad. No era capaz de saber si Lucrecio Estrada era sincero o se aseguraba de que la suculenta dote que pronto recibiría le llegara sin inconvenientes.

—Confío en ti y en el hermano Conrado —continuó—. Uno debe ser rector cuando yo falte. Tendrá que ser elegido, pero yo deseo que sea uno de vosotros y estoy seguro de que los hermanos aceptarán mi propuesta cuando llegue el momento. El segundo hará de complemento del primero. Uno se dedicará a la labor externa, el otro a la interna; uno será la cara, el otro el corazón. No debes olvidar que los mejores generales surgieron del barro. Tú has vencido una dura prueba, la hermandad lo sabe y te respeta. Apenas te falta un último esfuerzo. Termina los estudios y gana estar a mi lado hasta que yo falte, junto al hermano Conrado.

Esa noche entró en la habitación de Lucrecio Estrada, a hurtadillas, sin otro propósito que el de robar las llaves del despacho. Se detuvo ante él para observar su sueño y recordó la tarde en que lo vio la primera vez, en la última fila de asientos del aula donde predicaba sus charlas a los reclutas, cuando oyó la voz interior que le habló por segunda vez al ver a un desconocido.

Lucrecio Estrada, aquel hombre mezquino y pequeño, que sentía ser menor como militar porque era religioso, y que sentía ser menor como religioso porque era militar, vivía atento a que nadie le escamoteara el reconocimiento de ninguna de las dos facetas. Un hombre convencido de que se llegaba a santo varón por los trienios de antigüedad, incapaz de un guiño de clemencia ni con el más desvalido. Un miserable que había prosperado llevando a la perdición a mujeres jóvenes, por el beneplácito de un superior, por un permiso, por un ascenso, o sólo por beneficiársela. Un clérigo convencido de que tenía los pecados perdonados de antemano como potestad del cargo.

Pese a todo, aquel ser carente de alma, que confundía la gloria de Dios con la suya propia, lo había derrotado. Lucrecio Estrada fue capaz de enredarlo a él, a Fernando de Altaterra, el encantador de almas; fue capaz de embullarlo con falsas promesas, de sacarlo de una vida destinada a lo más grande, de separarlo de su familia y convertirlo en un simple lacayo. Y cuando dio un traspiés, lo encarceló y lo puso a vomitar bilis durante tres años de desesperación. Para más inri, Lucrecio Estrada iba a ser el dueño de una fortuna que sólo correspondía a un hijo de Diego de Altaterra Coronado.

Sucedió de nuevo lo que no tenía pensado. Fue al neceser de la insulina y siguiendo el ritual que muchas veces vio seguir al asistente, preparó una jeringa y se la inyectó a Lucrecio Estrada donde el otro solía inyectarlo. Limpió las posibles huellas, puso orden en los utensilios y observó el desenlace.

No esperaba ni deseaba ver la conclusión, pero tuvo suerte. Lucrecio Estrada se agitó unos segundos y expiró con un leve quejido sin llegar a despertar. Fernando de Altaterra le dio unas palmadas en la mejilla y le buscó el pulso en el cuello y en la muñeca sin resultado. Entonces levantó la mano con los dedos índice y corazón abiertos para hacer la señal de la cruz y darle la absolución, pero cambió de criterio y dejó la mano en alto para el propósito contrario.

—Márchate, Lucrecio —susurró—. Llévate mi maldición. Que tu alma nunca alcance paz, que penes durante la eternidad el daño que dejas a los que tuvimos la desgracia de conocerte.

Se fue a su celda, se metió en la cama sin un rastro de pesar y durmió sin que lo persiguiera ninguna pesadilla.

El asistente encontró el cadáver en pleno *rigor mortis* antes de la oración de maitines. Conocía la frágil salud de Lucrecio Estrada y no tuvo ni la más ligera sospecha. Teniendo en cuenta los antecedentes, la conjetura verosímil fue muerte accidental a causa de la enfermedad y así lo confirmó la autopsia.

* * *

En una comunidad religiosa con todo previsto, medido y pautado por el rito, la conmoción fue contenida y el sepelio ordenado y sentido. Como un acto más del ceremonial, se leyó el testamento de Lucrecio Estrada. Pedía al sucesor que condujera a la pequeña comunidad a ser la orden que todos habían soñado. Una orden que un día ejerciera influencia en la vida seglar, que situara a sus seguidores y afines en cargos políticos y de poder en los que pudieran influir en favor de la Iglesia.

Tras la lectura, procedieron a la convocatoria para la elección de un nuevo maestre, como preferían llamar al principal. El acto estuvo a cargo del miembro de más edad, al que asistieron el secretario y otro de los monjes. Las votaciones se hicieron por el método de la insaculación. Se escribía el nombre de preferencia en un papel y se introducía en un saco de tela.

Las preferencias del páter eran conocidas y fueron tenidas en cuenta en el primer recuento en el que aparecieron varios nombres, pero estuvieron en cabeza Conrado Coria y Fernando de Altaterra. La siguiente votación se haría pasado un día, después de escuchar a los tres miembros con más votos.

Fernando de Altaterra volvió a ser el que fue y resplandeció al dirigirse a la comunidad y explicó el rumbo que a su juicio debía seguir la comunidad. Sacó lo peor de Lucrecio Estrada y lo multiplicó: más rigor castrense, más secreto, más rito, más severidad, más tinieblas, más encierro y oscuridad.

En comparación, el turno de Conrado Coria fue brisa fresca. Puso énfasis en que debían corregir el punto de egoísmo que había en la vida conventual del retiro, que de nada servía sin entregar algo a los demás. Pensaba que sería bueno para los miembros que lo desearan, colaborar con el obispado, que siempre estaba a falta de sacerdotes con capacidad para oficiar. Aliviar a los párrocos cercanos no les haría perder independencia y ganarían afectos.

Ganó con claridad, pero a Fernando de Altaterra se acercaron la media docena de los más duros, por si tenía planes que nadie conociera.

* * *

El día en que Diego de Altaterra Coronado debía acudir a firmar los documentos que darían destino a la casa de Altaterra, le pidió a Amalia Norcron que estuviese dispuesta con antelación, porque tenía algo de primordial importancia que tratar con ella.

—Acompáñame, hija —le dijo en la biblioteca—. Hoy debo poner en otras manos la casa de obras y quiero echar un último vistazo antes de firmar los documentos.

—No me había dicho nada sobre ella, don Diego. Pensé que la había excluido de sus planes.

—Lo he reservado por la importancia personal que tiene para mí. Entre sus muros jugué con mis hermanas y aprendí a usar las manos con el barro, la madera y las pinturas. En la parte posterior estaban las cuadras en las que vi nacer a terneros y potrillos. Allí aprendí que la muerte es irreversible y que la vida es un prodigio de enorme fragilidad. He querido asegurarme de que esas queridas estancias vayan a las mejores manos.

Tras el breve paseo entraron en la casa por el zaguán, el que en otros tiempos Amalia Norcron atravesaba para amar a Elisario Calante. En el centro del patio donde estuvo el taller, Diego de Altaterra Coronado miró arriba, a la enorme vidriera que cubría el patio y que había soportado su propio peso durante ochenta años.

—Servando Meno construyó esa vidriera. Era buen artesano. No sorprende que siga entera después de una vida de heladas, lluvias, ventiscas y calores. A mi hijo Gabriel le preocupa. Quiere sustituirla por una estructura más ligera y con acristalamiento más seguro. La nueva propietaria debe recibir la casa con esta obra terminada. Ocúpate a tu gusto y de acuerdo con Gabriel.

Echaban la llave a la puerta cuando le dio la noticia que Amalia Norcron ni siquiera sospechaba.

—Espero que la disfrutes con tu familia. Hoy, cuando haya firmado esos papeles, serás la nueva propietaria.

Aunque no le sorprendió, Amalia Norcron no esperaba que Diego de Altaterra Coronado la tuviera en cuenta en el reparto de su herencia.

—Muchísimas gracias, don Diego —dijo Amalia Norcron conmovida—. Sería falta de respeto mostrar sorpresa por su generosidad, pero no esperaba algo así.

—Es un acto debido, querida Amalia. Cuidaste de mis hermanas hasta el minuto de su muerte y eres el soporte de mi hijo Gabriel en su desgracia. No he tenido que explicarte algo dos veces seguidas y nunca has dejado de preocuparte, como lo hago yo, de los que trabajan con nosotros. Eres mi ahijada, como lo fuiste de mis hermanas, parte de mi familia. Dios no ha querido que mi hija Eulalia se interesara por el porvenir de la casa, pero te envió a ti, que has sabido hacerte tu propio sitio y ganarte mi total confianza. Hoy debe ser un día de felicidad porque al fin podré ver a mi hijo Fernando, pero al sancionar esos documentos con mi firma aceptaré el final de lo que fuimos, será la entrada a otro mundo que nunca entenderé y no me quedará tiempo para verlo.

—Viviré en la casa con mi familia, don Diego. No consentiré que la troceen mis hijos o caiga en manos ajenas.

Diego de Altaterra Coronado llegó al despacho del decano de los notarios, acompañado por su hija Eulalia y Amalia Norcron, para firmar los documentos que ponían fin a muchos siglos de linaje. Ellas entraron delante de él en la sala de firmas más grande de la notaría, en la que los esperaba su hijo Fernando, vistiendo un traje oscuro con corbata, y acompañado por una abogada.

Fernando de Altaterra se puso en pie para acoger a su hermana Eulalia que se precipitó hacia él. Su padre llegó detrás haciendo un esfuerzo para que la emoción no lo traicionara, pero al abrazarlo no pudo evitar las lágrimas que le resbalaron por las mejillas y no fue capaz de pronunciar una frase.

—Me alegra ver que te representa una mujer —dijo cuando pudo hablar—. Estoy seguro de que la secta no habría consentido algo así. Me sugiere que, al fin, te has liberado de ellos.

—Sé que quieres asegurarte de que estoy cuerdo, papá. Como ves, estoy bien. He tenido que superar una mala experiencia, pero es tiempo pasado. Mi herencia no irá a manos ajenas.

—Saber que has recobrado la cordura es la mayor alegría, hijo. Sin lazos con esa hermandad, estamos a tiempo de incorporarte a la Fundación Casa de Altaterra. Tu parte haría fondo común con las otras, pero tendrías voz y voto. Se lo propuse a tu hermana, pero ella prefiere disponer de su parte.

—Yo tampoco deseo interferir en tus planes, papá.

Diego de Altaterra Coronado asintió.

—Si esa es tu decisión, bien está para mí. Nos quedan unas horas de tedio en lecturas y menudencias legales.

Tras la formalidad de las firmas, Fernando y Eulalia de Altaterra dispusieron de su herencia y por fin la Fundación Casa de Altaterra comenzó a funcionar.

—Vuelve a casa, hijo. Deja que sea Dios quien juzgue tus pecados. Tu hermano es un alma libre. Él no tiene reproches para nadie. Siempre te quiso, te sigue queriendo y nunca te ha mencionado en relación con la tragedia que cambió su vida. Ni siquiera a mí para confirmar o desmentir mis sospechas.

—Sí que he abandonado la fraternidad, padre, pero no los hábitos. Quiero continuar fuera de la vida profana y dedicarme a la fe de otra manera distinta.

—¿Y tu doctorado en Filosofía? ¿Y tu vieja ilusión de ingresar en la Academia Pontificia?

—Tuve tiempo y condiciones para pensarlo, papá. Es pasado.

—Al menos dime que podré verte con frecuencia, hijo.

—Podremos hablar, papá, y vernos de vez en cuando, pero tengo que superar mis pesares y me llevará tiempo.

* * *

—No me engañaste, Fernando. Después de tu discurso sólo los locos te hubieran dado el voto.

—Ya tienes el camino despejado, Conrado. Mañana me acompañarán los seis más difíciles, la guardia pretoriana del páter. Pero aún te quedan tres o cuatro fundamentalistas. Vigílalos.

—Me has jodido bien, Fernando. Quería abandonar la sotana y buscar ocupación en la vida civil al término de los estudios. Ahora tengo que representar este papel. Bien sabes que la fe no me asiste, pero no puedo dejarlos solos. Quedaría vacante el sitio para un nuevo Lucrecio Estrada. Da pánico pensarlo.

—Tu miedo es prueba de que están en buenas manos. Que te eligieran es señal de que desean lo que propusiste. La rigidez le servía al páter para impedirles ser como de verdad son.

—¿Volveremos a vernos, Fernando?

—Tal vez, algún día. No soy el que conociste una tarde en esta iglesia. Tampoco soy aquel que nunca tuvo una duda sobre Dios, el que quería ser seminarista antes de tener la edad. Ahora soy un mal hombre. Peor que Lucrecio Estrada, porque yo sé que lo soy. Aún peor, he elegido serlo.

La mañana siguiente Fernando de Altaterra se reunió en la estación con los que abandonaron el convento para ir con él.

TERCERA PARTE

18

El aviso de que finalizaba el horario de visitas devolvió a Livia Reinier al presente. Delante del cuerpo maltrecho de Elisario Calante, acostado en la cama con los brazos sujetos por correas, los recuerdos fueron tan nítidos que le parecieron de la tarde anterior y no de treinta años atrás. Al enjugarse las lágrimas dejó de ver en el cuerpo sobre la cama al solitario sin techo, el ser imaginario sin un vestigio de dignidad que deambulaba por el parque en los preámbulos de las noches y sólo pudo verlo con la ternura con que guardaba en lo más profundo al único hombre del que de verdad había estado enamorada.

En el lavabo se refrescó la cara y lamentó no haber llevado unas gafas oscuras que le ocultaran los ojos enrojecidos. Más vieja, más señora y con la vida hecha, era todavía la niña temerosa que nunca dejó de ser. Se detuvo al pie de la cama durante unos minutos para observar a Elisario Calante. Se alejó hacia la puerta deseando tener la capacidad para correr en la mente una gruesa cortina que lo dejara a él en una estancia de la realidad distinta de la suya.

—¿Puedo pedirle el favor de que el paciente no sepa que he estado aquí? —preguntó a la enfermera.

—Descuide, me habré olvidado de usted en un minuto.

—¿Por qué le han puesto correas?

—Por su propio bien. Quiso saltar por una ventana —respondió la enfermera, con evidente condolencia.

Livia Reinier asintió, dio las gracias y se alejó tomando aire.

El remolino interior entre ingratitud y remordimiento daba una nueva vuelta al círculo de sus temores. Maldecía contra el destino, que reparte siempre sus cartas marcadas para no perder una partida.

Cuando adquirió la casa donde ahora vivía, lo hizo sin clara conciencia de que el solar donde se construyó el edificio ocupaba el de la tienda de instrumentos musicales en la que un día se fraguó el desastre de amor de su juventud. El parque que observaba desde su ventana era distinto del que fue telón de fondo del amor primero, y tal vez único de su vida. El parque de su recuerdo parecía un cementerio en el que deambulaban como espectros atormentados los esqueletos de los grandiosos ejemplares que ahora formaban la bella arboleda.

¿Qué hacía él en aquel lugar frente a su casa? ¿Por qué no lo reconoció las muchas veces que lo vio merodear allí? ¿Tanto lo ocultaban la barba y el pelo gris o era que su inconsciente miraba a otra parte para ponerla a salvo?

Capaces de expresar la realidad mejor que la realidad misma, los sueños y la imaginación la devolvían a un círculo interminable. Ella enumeraba una y otra vez las razones que tuvo para abandonarlo, él la escuchaba impasible; después ella se alejaba y lo veía hacerse incorpóreo y disolverse en el aire, pero de súbito tomaba cuerpo en el mismo lugar y un coche le pasaba por encima.

Al regresar a la realidad le quemaba que él no tendría modo de regresar a la vida anterior al accidente, que por estéril y menesterosa que ella la imaginara, era vida al fin y al cabo.

Nunca dudó de la veracidad de lo que le dijo la tarde del adiós, pero muy pronto descubrió que además de ser crueles las palabras fueron falsas las razones. Su tío, Álvaro Reinier, no sobrevivió más que unas horas tras la salida del hospital. Terminarían matándolo los sucesivos aneurismas que lo habían tenido durante meses bajo vigilancia médica, pero la puñalada mortal la asestó su hermano, Juan Reinier, el padre de Livia.

El mismo día del alta, Juan Reinier llevó a su hermano a la tienda, cuya reforma no había tenido ocasión de ver, y le contó las buenas ventas que habían hecho al final del año. Álvaro Reinier lo tomó con recelo porque le faltaba oír lo que más quería saber: dónde estaba Rafael y qué hacía su guitarra en venta. Juan Reinier intentó tranquilizarlo diciéndole que ya había publicado un anuncio en el *Diario de Antiqua* pidiendo un sustituto. Álvaro Reinier le explicó que si existiera alguien capaz de afinar y reparar pianos, tocar varios instrumentos y no parecer un zoquete delante de un cliente profesional de la música, no podría pagarlo.

La suerte de Álvaro Reinier estaba echada. Esa misma noche ya no respondió al teléfono. Livia Reinier y su padre corrieron a la casa y lo encontraron muerto.

Mientras su padre atendía los trámites legales y apaciguaba a un director de banco, Livia Reinier se hizo cargo de los asuntos menores y fue quien vació la habitación de la azotea y tiró a la basura las pertenencias que Elisario Calante abandonó allí, pero conservó una gruesa carpeta con anotaciones de música, escritas a lápiz sobre papel pautado.

La Clavelina, de la que se apoderó su padre tras allanar la habitación, estaba en la tienda. Livia Reinier la guardó en el almacén en cuanto la vio, pero tuvo que devolverla al escaparate en los días de la liquidación final, donde apenas permaneció unas horas antes de que alguien la comprara.

Por el contable que supervisó los libros supo que no fue Álvaro Reinier quien salvó a Elisario Calante, sino justo lo contrario. Y supo que Juan Reinier, su padre, le robó a Elisario Calante los años de trabajo que había entregado al negocio de su hermano.

Así que, además de las deudas que ella sentía en el centro de su alma por méritos propios, Livia Reinier creía tener contraídas con Elisario Calante las deudas materiales que le llegaron a través de la herencia, porque fue ella quien se quedó con el local de instrumentos musicales, que nunca recobró la senda de la rentabilidad y tuvo que malvender pasados unos años. Su hermana Emilia recibió el apartamento y su padre la casa de la playa, a la que Livia Reinier nunca regresó.

Los planes de Juan Reinier sobre el futuro de sus hijas acabaron en fracaso. Emilia, la mayor, se casó con el que era su novio, a quien no pusieron impedimento ni Juan Reinier ni su mujer. Cuando se quitó la máscara resultó ser una pesadilla que no dio ni un día de tregua a la familia.

Livia Reinier se casó con Aurelio Codino, el joven que Juan Reinier consideraba el mejor de los partidos, con quien ella podría tener una vida tradicional según los modos de Antiqua, alrededor de la familia, en comunicación permanente con sus padres. Pero Aurelio Codino tenía otras ideas. Impidió el contacto con sus suegros y su cuñada mediante una tupida red de argucias, compromisos ineludibles, averías inexplicables, visitas inesperadas y pintorescas complicaciones de la vida cotidiana. Salvo los encuentros imprescindibles dos o tres veces al año, los padres de Livia fueron en la práctica unos desconocidos para sus nietos.

En cierto modo Livia Reinier se sentía afortunada de que la vida le brindara la oportunidad de liquidar las deudas pendientes con Elisario Calante. Las noticias que cada tarde traía su hija Valeria del hospital profundizaban la herida. A Elisario Calante debían darle el alta, pero necesitaría tiempo para recuperar las funciones motrices, sobre todo la capacidad de andar. Sin domicilio, sin recursos ni familia que pudiese acogerlo, temían que volviera a intentar quitarse la vida.

Máximo Devero, ya en compromiso formal con Valeria Codino, hacía preparativos para acogerlo en su casa, aunque con sospechas de que tampoco sería una buena solución. Sus imprevisibles jornadas de trabajo y sus largas ausencias lo obligarían a dejarlo solo durante horas y días, a menos de cincuenta metros de un precipicio sobre el mar. Sin duda, no era un buen lugar para alguien que estuvo a punto de arrojarse por una ventana. De manera que Livia Reinier no halló mejor forma de huir que la de ser valiente.

La primera vez que Elisario Calante vio llegar a Máximo Devero acompañado de Valeria Codino, también pensó en el destino. Era tan parecida a su madre que creyó que el tiempo se había retrasado treinta años. Como Livia Reinier a su edad, era delgada, elegante, de cuello largo y movimientos delicados y, como ella, tenía buenos modales y trato afable.

Valeria Codino fue a visitarlo casi todos los días, acompañada con frecuencia por Máximo Devero. Elisario Calante no tenía mejor modo de estar con la gente que escucharla, que era lo que la gente más necesitaba. Las veces que Valeria Codino acudió sin la compañía de Máximo Devero sirvieron para estrechar la amistad, con Lobo como centro de la conversación. Vivía en un patio cerrado con una pareja de gatos, macho y hembra, con los que mantenía buena relación. Lo sacaba a pasear a diario y los fines de semana se lo llevaba a la casa de Máximo Devero, donde lo dejaban correr en libertad.

Elisario Calante no estaba preparado cuando Livia Reinier entró una tarde de improviso, con el aspecto y el ademán de una señora segura de cuál era su sitio. Se miraron a los ojos sin emoción, con cortesía pero sin un gesto que los delatara cuando Valeria Codino los presentó y los dejó a solas. Livia Reinier no descendió el siguiente peldaño, le habló como a un desconocido y se dirigió a él imponiendo el tratamiento sin tuteo y llamándolo por el apodo de Doctor.

—He venido a darle las gracias, Doctor, por ayudarnos aquella tarde. A decirle que lamento mucho su terrible accidente. También he venido a pedirle un favor. Seguro que usted comprende que yo sienta la obligación moral de pedírselo.

Habló con entereza, de pie junto a la cama, expresando con claridad lo que había preparado durante días.

—Tenemos una casa muy grande. En realidad es una casa con dos apartamentos independientes para mis hijos, que ellos no se animan a ocupar. Quiero que se instale allí los meses que necesite para su rehabilitación. He hablado con una persona que lo atenderá y le doy mi palabra de que no nos verá ni a mis hijos ni a mí salvo que usted requiera algo de nosotros. Creo que es lo menos que puedo ofrecerle y le ruego que lo acepte.

Elisario Calante también respondió como lo hubiera hecho a una desconocida.

—Se lo agradezco mucho, señora. Le prometo pensarlo. Le daré la respuesta a través de su hija Valeria.

—Le doy las gracias de nuevo, Doctor. Si aquella tarde no me salvó usted la vida, seguro que me evitó algún percance grave. Déjeme ayudarlo a superar este difícil momento.

Pese a que lo aterrorizaba su horizonte más cercano, verse atendido pero indefenso en un centro de caridad, pensó declinar la oferta de Livia Reinier, pero Valeria Codino le asestó un certero golpe en su siguiente visita.

—Tienes que ayudarme, Doctor —le suplicó—. Mi madre está muy afectada por tu accidente. Ha preparado una parte de la casa y ha hablado con una prima suya que te atenderá. Allí estarás cómodo. Máximo y yo queremos estar cerca para ver cómo te recuperas y Lobo está dos pisos más abajo y te echa de menos. Podrás verlo y pasear con él cuando mejores.

* * *

En la casa de Marcelo Cato, el alcalde, acontecía una situación inimaginable. Tulia Petro, la criada a la que consideraban un miembro de la familia y cuyo descaro era tomado por el matrimonio más como prueba de lealtad que como desaire, preparaba una pequeña valija. Con pulcritud, depositó sus efectos personales en la maleta abierta sobre la cama. Fue a la cocina y preparó una tortilla española, suficiente para dos personas, que dejó en el horno. Regresó a su habitación, se cambió de ropa, introdujo la que acababa de quitarse en una bolsa, que a su vez metió en la maleta.

Esperó en el salón la llegada de Paula Calella, la señora, que regresó a la hora de todas las tardes de la sociedad de postín en la que se reunía con unas amigas, con las que había creado un

278

grupo coral sólo de mujeres. Al entrar se detuvo perpleja al ver a Tulia vestida con ropa de calle junto a una maleta.

—¿Ocurre algo, Tulia? ¿Se ha puesto alguien enfermo?

—No, doña Paula. Es la ventaja de no tener a nadie; que ninguno se me pone enfermo. Lo que pasa es que me voy.

—¿Que te vas? ¿Adónde vas? ¿Cuándo vuelves?

—Que no, señora. Que es que me voy. Que no vuelvo.

—¡Anda, Tulia! Qué cosas tienes. Dime qué es lo que te pasa. Dime qué quieres.

—Lo que le he dicho, señora. Que me voy a atender mis asuntos. Que usted me haga el favor de decirle a su señor esposo, y también vale para usted, que muchas gracias por tantos años de darme techo. Sólo eso, que muchas gracias.

—Pero ¿te has vuelto loca, Tulia? ¿Cómo te vas a ir?

—Eso lo puedo responder: me voy como vine. ¿Ve? Una cajita como la que traje. —Se detuvo unos segundos y rectificó—: Miento. Que en los años que llevo con usted y su marido he prosperado mucho. Se nota en esta cajita. También la rescaté de la basura, pero tiene ruedas y un asa para tirar de ella.

—Bueno, Tulia. ¡Ya está bien! Si es una de tus bromas, es muy pesada.

—A usted y a su señor esposo, el alcalde, siempre le han parecido bromas la mayor parte de las cosas que digo. Esta noche, cuando nadie sirva la cena, verán que no era broma. Para que tengan un tentempié he dejado una tortilla en el horno. Mi habitación está recogida y limpia y la cama oreada, con las sábanas y las fundas de almohada limpias. Me llevo lo que cupo en la maleta, lo demás lo tiré a la basura. Como usted sabe, no era gran cosa.

Paula Calella comprendió que iba en serio y no daba crédito.

—Pero, Tulia, ¿cómo puedes dejarnos, si eres parte de la familia? ¿Tú sabes el disgusto que nos das?

—Parte de la familia he sido. Una parte acomodada porque su marido y usted siempre se han preocupado de mi bienestar. Usted ha sido como una hermana mayor. No se me olvidan sus buenos consejos: «No tengas novio, Tulia, que los hombres nada bueno nos traen; sólo nos quieren para su goce y si te vi, no me acuerdo». Eso me lo dejaba usted caer en la conciencia como una gotita que nunca paraba. Por si acaso, me lo remachaba: «Además, que nos obligaría a cambiar las cosas y dónde ibas a estar tú mejor que con nosotros». Me lo decía usted para que yo supiera que una de dos: o novio o sitio donde dormir.

—Has tenido de todo, Tulia. Tu dentista, tu médico, tus gafas, tu ropa, tus zapatos. No te hemos dejado atrás ni en vacaciones, que siempre que hemos ido a descansar te hemos llevado con nosotros.

—A descansar usted y el alcalde, señora, porque yo iba a seguir trabajando. Las vacaciones eran para ustedes. Es lo que mejor saben hacer, descansar, aunque yo nunca haya sabido de qué se cansaban; y yo hacía lo de siempre, trabajar como una burra, pero mucho peor porque no tenía las cosas a mano. Y el médico y el dentista vienen a ser como el mecánico del coche, que hay que gastar en él si uno quiere tener coche.

—Estás exagerando, Tulia. Las cosas nunca fueron así.

—Usted no lo entiende y a su señor marido le dará igual, pero piense en otro. Imagine a ese muchacho, Darío, el que ustedes tanto quieren, que los visita de vez en cuando y que me da el mismo trato que a un mueble. Imagine que alguien le ofrece trabajar desde el amanecer hasta la noche, todos los días del año. No tendrá que preocuparse de tener casa, ni coche, ni pagar agua, ni luz, ni zapatos, ni ropa. Claro que nada de echarse novia ni decidir sus cosas. ¿Visto en él, le parecería buen negocio? ¿Le aconsejaría que aceptara?

—Parece que digas que te hemos tenido de esclava —se defendió Paula Calella, aturdida, casi ofendida.

—No, señora, no se me ocurriría decirlo —concluyó Tulia poniéndose en pie, fiel a su forma de expresar con un gesto lo contrario de lo que decía con las palabras—. Explique las diferencias a su santo de más agrado. Ese pobre tendrá un difícil quehacer cuando se las aclare al que dicen que hace las preguntas.

Caminó hasta la puerta tirando de la maleta, atravesó el vestíbulo y llegó a la puerta principal, seguida por Paula Calella. Abrió, salió y comenzó a andar por la acera sin despedirse.

—¿Tienes dinero, Tulia? —preguntó Paula Calella impotente ante el desastre que veían sus ojos.

—¿Dinero, señora? ¿De dónde iba yo a sacarlo? Toda la vida sin un céntimo. Lo que sobró de la compra está donde siempre lo pongo, en el aparador.

—¡Espera! ¡Llévate aunque sea para el taxi! —le gritó ya con lágrimas en los ojos.

—No se preocupe, señora. —Detuvo el paso y miró a Paula Calella sin una sombra de rencor—. Así podré decir que me voy con las manos vacías y limpias, como las traje. Lo hago por egoísmo, ¿sabe usted?, porque soy muy egoísta. Es que tengo que pensar en mi porvenir y acostumbrarme desde ahora a mi pensión de vejez. No la voy a tener porque nadie pensó que algún día me haría falta. Mejor aprendo desde hoy a vivir del aire.

Paula Calella la vio alejarse por la acera y recordó el día en que Tulia Petro llegó hasta ellos, a otra casa, por otra acera, con un vestido con el bajo descosido y una caja de cartón atada con cuerdas en la mano. Abrió los ojos y se le rompió el alma. Creía que la quisieron como a una hermana y después como a una auténtica amiga, pero nada hicieron por ella, nunca supieron lo que sentía, nunca le preguntaron si tenía una amiga, nunca le impidieron que cenara sola, aunque sólo hubiesen sido los días de su onomástica.

Tulia Petro llegó a la casa de Livia Reinier dando un paseo. Una semana antes leyó, con gran dificultad, un anuncio en el que se solicitaba a una señora para atender a un paciente que no podía valerse y hacer compañía a otra señora. La anunciante se apellidaba Reinier en tanto que los apellidos de Tulia eran Petro Reinier, de modo que pensó que debía ser una prima suya, de la que sabía de su existencia pero que no conocía. Llamó por teléfono y visitó a Livia Reinier. Congeniaron de inmediato recordando a los abuelos comunes.

Livia Reinier le ofreció un salario, manutención y alojamiento. Se instalaría en uno de los dos apartamentos del otro lado de la escalera, con un dormitorio, baño y su propia cocina, aunque esperaban que comiera en la casa. Tendría libres las tardes y los domingos. El carácter desenvuelto de Tulia Petro, imprevisible a la vez que grato, hacía que fuera fácil quererla. Tanto Valeria Codino como su hermano Aurelio la acogieron como a la tía que por la sangre era. Se acomodó pronto a la rutina y por su don de estar en el sitio y la hora oportunos, la echaban de menos en cuanto faltaba.

* * *

A ese ambiente llegó una mañana Elisario Calante, con el cuerpo maltrecho, atontado por los medicamentos, sin fuerza para impedirlo y sin otro ánimo que dejarse arrastrar por la vida. Valeria Codino empujó la silla de ruedas al interior del ascensor y Tulia Petro lo esperaba en el rellano con la puerta abierta y una de sus bromas preparada.

—En dos meses lo pondré tan joven que usted mismo no se conocerá, Doctor —le dijo mientras lo ayudaba a acomodarse en la silla—. Se me da bien arreglar a gente averiada. Para los huesos tardo más, pero los desconchones del ánimo ya verá que los arreglo el mismo día.

—Me vendrán bien las dos cosas, Tulia, aunque tendrá que ser paciente conmigo. ¿Dónde consiguió esa experiencia?

—Trabajé toda la vida para una mujer que cada tanto le entraba la calentura de practicar un deporte. Lo intentó con el tenis, se fracturó una muñeca; lo intentó con el golf, se fracturó un brazo. Cuando me dijo que se iba a esquiar, ya supe que vendría con una pierna fracturada. No fallé sino porque fueron las dos piernas y un brazo de propina. La llenaron de clavos. Me costó seis meses que aprendiera a caminar otra vez. Me dieron clases para moverla y ayudarla con los ejercicios.

La interrumpió Lobo. Elisario Calante tuvo que luchar unos minutos hasta que consiguió sosegarle el contento y se echó a sus pies. Estaba precioso, con el pelo limpio y bien cepillado y el aspecto de buena salud que Valeria Codino le procuraba.

El morral en el que Elisario Calante guardaba las pocas pertenencias, que Valeria Codino rescató el día del accidente, estaba en el ropero, lavado y cosido. Máximo Devero le llevó zapatos y ropa, con varias mudas, dos pijamas, dos camisas y dos pantalones vaqueros.

Livia Reinier permaneció alejada, pero atenta, informada por su prima Tulia y por su hija. Preparaba magníficas bandejas para el desayuno y la comida porque le pesaba la imagen del cuerpo famélico que vio en el hospital. Recordaba que en el parque solía verlo con un periódico, una revista o un libro. A media mañana le hacía llegar un periódico local y otro nacional, que él devolvía sin abrir. Una tarde Livia Reinier se levantó del sofá de un brinco que sobresaltó a su hija Valeria.

—¿Qué pasa, mamá?

—Que soy una mujer sin cabeza —dijo antes de salir.

—Él no tiene gafas, ¿verdad? —preguntó a Tulia Petro.

—Tiene unas rotas en su bolsa.

—Pues hazme el favor de traerlas sin que te vea. Quizá en la óptica puedan hacer algo.

En la bandeja de la merienda Elisario Calante encontró una caja que guardaba un estuche con unas gafas nuevas. Se las probó, las devolvió al estuche, que apartó a un lado y extravió la mirada en el pensamiento. Tulia Petro, atenta y perspicaz, lo sacó del sopor.

—¿Duele la vida, Doctor?…

—Hay momentos en que duele mucho, Tulia.

—¿Y cómo es que un hombre como tú, sin vicios y con la cabeza en el sitio, prefería vivir en la calle? —preguntó Tulia Petro, tuteándolo por primera vez.

—No lo prefería. Es que no tenía donde ir.

Tulia Petro asintió y lo dejó con sus pensamientos, pero lo interrumpió después de unos minutos.

—Si te sirve de consuelo, Doctor, eso nos ha pasado a muchos. Al menos tenías la libertad de hacer lo que te viniera en gana.

—No sé si esa es una apreciación correcta. Sólo era libre de escoger cada día entre malas opciones. Eso sí, no tenía que rendir cuentas a nadie.

—Pues a mí me pasaba lo contrario, tenía techo, la comida y la ropa aseguradas y la libertad me llegaba a chorros. Pero no te llames a confusión, Doctor. La mucha libertad es como la mucha brisa o el mucho calor, un problema. Yo disfrutaba de tanta porque todas las tardes me autorizaban a hacer lo que yo quisiera; todas las tardes, sin faltar una. Se me amontonaba la libertad y no sabía qué hacer con ella. Era un desperdicio.

Elisario Calante estuvo a punto de reír a carcajadas.

Las chanzas y las bromas, la manera en que Tulia Petro expresaba la rebeldía, facilitaron la convalecencia. Con su ayuda y la disciplina de los ejercicios, pasó de la silla a las muletas y de las muletas al bastón, que esperaba abandonar en unas semanas. Para la siesta del mediodía, Tulia Petro subía a Lobo que pasaba la tarde echado en el suelo, cerca de él. Con las nuevas gafas podía leer y leía mucho mientras escuchaba música en una radio.

Tulia Petro prefería emplear sus tardes libres compartiendo la lectura junto a él. En su caso tenía la peculiaridad de que leía libros para niños.

—No te extrañes, Doctor —le explicó un día—. Soy una lectora novata. Aprendí a leer a escondidas, mientras estaba en casa del alcalde. No es que ellos me lo prohibieran, pero tampoco se interesaron. Les daba igual. Así que me lo callé. La maestra que me enseñó me aconsejó que empezara con libros fáciles.

La convalecencia transcurrió con placidez hasta que tuvo lugar un hecho fortuito. La vieja carpeta con los apuntes de música, que Livia Reinier se llevó con ella, apareció de su mano sobre la cama de Elisario Calante. Pasados unos días repasaba el contenido cuando Valeria Codino y Lobo lo sorprendieron y al poner la carpeta sobre la mesa, cayó al suelo. Cuando Valeria Codino recogió los papeles todo se le hizo evidente. Vio las decenas de folios pautados con signos musicales escritos a lápiz, vio en uno de ellos las iniciales «L. R.» que se correspondían con el nombre y el primer apellido de su madre. Pegada junto a esas iniciales, una hojita de papel con la forma de una hoja de abedul, con la rayita de una sonrisa y dos ojitos enamorados.

Y recordó.

Recordó el rumor de fondo de sus juegos de niña, cuando no prestaba atención a nada que no proviniese de su imaginación, pero se empapaba hasta de la más inocente de las palabras de los adultos. Recordó que en las conversaciones de su madre ella mencionaba una tienda de música. Recordó una foto, para ella antigua, en la que aparecía su madre muy joven frente a una estantería con hojitas como aquella pegadas junto al precio de los artículos. Recordó alguna mención de su madre a una especie de novio del que había oído decir que era un excelente músico. Recordó todo lo que una niña jamás olvida y reconoció lo que era evidente.

—¿Sabes de música, Doctor? —preguntó devolviendo la carpeta a su lugar sobre la mesa.

—En un tiempo supe lo justo.

Valeria Codino sintió ternura por lo que la casualidad le había revelado. Que su madre tuvo algo con el hombre que corrió a protegerlas, que huyó sin motivo aparente y terminó en una cama del hospital. Incluso que su madre callara al saber que era uno de aquellos indigentes cuya presencia tanto la mortificaba.

—¡Dímelo, mamá! ¿El Doctor es aquel novio que tuviste?

—¡Mi vida personal no es asunto tuyo! —se defendió Livia Reinier, sin advertir que respondía a la pregunta.

—Te has puesto a la defensiva, mamá. Sólo tengo curiosidad. Quedará entre nosotras, nadie más sabrá.

—Lo conocí durante dos semanas. Trabajaba en la tienda de mi tío, nada más que eso —respondió Livia Reinier—. Y, desde luego, en aquella época no vivía tirado en la calle, no robaba, no se emborrachaba, no pedía limosnas y no comía de los contenedores de la basura. Me gustaba cómo tocaba la guitarra y el piano, sólo eso. Y no fue novio formal.

—¿Y por qué acabó?

—Porque me sacaron de mi error. Era un hombre sin porvenir, ya ves cómo ha terminado.

La ventana del baño que daba al patio de luces le permitió a Elisario Calante oír la conversación. Lo que un indigente da por perdido de antemano es el orgullo, pero las palabras que empleó Livia Reinier para referirse a él le hicieron daño. Sin otra intención que la de no oír más, salió a la calle por primera vez en los meses de convalecencia.

En el portal habló por el telefonillo con la vivienda donde acogían a Lobo y eso le salvó la vida. El Loco estaba allí. Nadie hubiera reconocido a Elisario Calante, con el pelo corto, sin barba ni su habitual sombrero, con ropa nueva y apoyado en un bastón, excepto el Loco. Él no dudó. Cruzó la calle, se acercó y le clavó la navaja en la espalda. No pudo volver a clavársela porque Lobo lo impidió. Llegó corriendo, derribó al Loco de un salto y lo inmovilizó en el suelo, cerrando los colmillos en la tráquea. El Loco intentó acercar la mano al cuchillo, caído a unos pasos. Lobo se revolvió, cerró con mayor fuerza el bocado, tiró dos veces y el Loco desistió.

Livia Reinier y su hija Valeria, que oyeron el griterío, corrieron por la escalera y llegaron a tiempo de presenciar el bullicio alrededor de Elisario Calante y Lobo, ambos inmóviles y sangrando sobre la acera. Cuando levantaban la camilla, Elisario Calante vio que Lobo perdía un fino hilo de sangre.

Durmió bajo los efectos de la anestesia y los tranquilizantes. Cuando despertó a media noche no temía por su vida, pero sí por la del animal. Volvió a despertarse de madrugada. Livia Reinier cogía sus manos y sollozaba y la dejó hasta que ella levantó la vista y lo descubrió observándola.

—¡Pobre Rafael! Cuánto sufrimiento te he causado. Otra vez casi te matan. Por mi culpa.

Lo tuteó y utilizó el nombre que conocía de él, dejando a un lado la farsa.

—Ya son tres las veces que te he quitado todo lo que tenías. Déjame decirte que lo siento. Que lo siento mucho. Que no quise hacerte daño. Fue por mi torpeza y mi mala suerte.

Pronunció las palabras aferrada a las manos de él. Las besó y lloró entre ellas sin que él la interrumpiera. Tardó unos minutos en poder hablar de nuevo.

—¿Cómo está Lobo? —preguntó él.

—¡Se muere, Rafael! ¡Se está muriendo! —le dijo con la voz desgarrada—. Ese hombre le clavó el cuchillo y el pobre animal se muere. Valeria no se separa de él. Lo están operando. Hacen cuanto pueden para salvarlo.

19

En aquellos meses Darío Vicaria había avanzado hacia la emboscada de sombras que lo aguardaba. Inmune a lo que él creía temores de viejas, invulnerable a supersticiones y leyendas que llegaban hasta él desde lo que consideraba un pasado vencido por el rigor de la ciencia, no se detuvo ante nada. No hubo fronteras éticas, burocráticas o legales que lo frenaran. Gastó todo su dinero, se endeudó con bancos, hizo extraños arreglos en documentos oficiales y desvió fondos del ayuntamiento para acometer las obras en La Bella, una propiedad de la que sólo disponía de un contrato de alquiler, con una vaga, y seguro que ilícita, intermediación del ayuntamiento. Marcelo Cato, el alcalde, contento de tener de vecino a su protegido, aunque inquieto por la fama que pesaba sobre la casa, le hizo un préstamo personal.

Además del traslado de algunos aparatos y electrodomésticos, unos pocos muebles y el voluminoso armario ropero que realizó un pequeño camión de mudanzas, Darío Vicaria dedicó un día entero a llevar la ropa más delicada, los objetos más valiosos y su colección de productos de aseo y cosmética, en el maletero de su Mercedes descapotable. Mientras terminaban las obras en la parte baja, se atrincheró en el dormitorio principal de la parte alta, más espacioso que el apartamento que acababa de desocupar. Disponía de un hermoso cuarto de baño, con superficies de mármol y azulejos de porcelana que daban un aspecto de modernidad incluso un siglo después de la construcción original. Tenía un vestidor enorme que apenas llenó hasta la mitad con su colección de trajes y zapatos.

La cama, en el centro de la pared interior, tenía un discreto dosel desde el que había hecho colgar una mosquitera de triple visillo, que caía blanca y vaporosa por el perímetro. A un lado había dispuesto una cómoda con espejo, al otro un pequeño escritorio y en el centro colocó un sofá y dos butacas frente al televisor.

Para contrarrestar la vieja leyenda, Darío Vicaria soñaba con una fiesta en La Bella que actuara de sortilegio, con música, con los jardines y la fachada bien iluminados, con muchas personalidades de la ciudad paseando por patios y pasillos, admirando la sobria arquitectura de la casa. Desistió en cuanto exploró a los posibles invitados porque hasta los más cercanos declinaron asistir. Se sintió decepcionado, pero no derrotado. Cuando llevase tres meses ocupando la casa, habría demostrado que todo lo que se decía de La Bella se debía a una injusta fama.

La mañana de un sábado dio muchas vueltas en la cama antes de levantarse. Como adjunto en la organización de las actividades culturales del ayuntamiento, debía acompañar a Marcelo Cato y a su esposa en un recorrido por Antiqua con un popular personaje del cine. Puso todo el cuidado en su esmerado ritual de aseo y en la elección del atuendo. Cinco minutos antes de la hora acordada, salió, cruzó la calle, torció en la primera esquina, la de la casa Abralde, frente a La Bella, y llegó hasta la vivienda del alcalde. A la hora exacta en que debía hacerlo, le abrió una mujer, que hacía la tercera en la lista de sustitutas de Tulia Petro, y lo condujo hasta a Marcelo Cato y su esposa. Leían los periódicos en bata y zapatillas, sentados en torno a una mesita en la terraza. Darío Vicaria dio un beso a Paula Calella, saludó a Marcelo Cato, que alzó la vista del periódico para devolverle el saludo.

—¿Hay cambio de planes? —preguntó Darío Vicaria mientras tomaba asiento.

Marcelo Cato, que lo miraba muy serio, por encima de las gafas de lectura, puso el periódico sobre la mesita, se quitó las gafas y preguntó:

—¿Qué día es hoy, Darío?

—Sábado. Quedamos a las once. Son las once en punto.

Marcelo Cato volvió a ponerse las gafas, cogió el periódico, le mostró la portada.

—¿Ves lo que pone aquí? —preguntó señalando con el índice la fecha del periódico—. Es domingo, Darío. Hoy es domingo. El sábado fue ayer. Después del sábado viene el domingo. Hoy es domingo. Enciende el teléfono, que seguro que lo tienes apagado.

En efecto, lo apagó el viernes por la noche. Confuso, oyó los avisos de las llamadas sin contestar. Más de veinte, la mayoría de Marcelo Cato.

En la sociedad a la que acudía a diario a jugar al tenis habían comenzado a notar que no era el Darío Vicaria de siempre. Algunos cambios fueron para bien, porque al de antes costaba oírle un saludo inteligible; dar las gracias le suponía un esfuerzo sobrehumano que a veces resolvía con un resoplido y un gesto magnificente. Desde la displicencia habitual y la soberbia ocasional, se había ido dulcificando y ahora se mostraba más locuaz, incluso efusivo, pero comenzaba a resbalar. Sucedió lo que era impensable: que olvidase reservar la cancha de tenis y lo que fue peor: que habiéndola reservado descubriera al llegar que carecía de contrincante.

La mañana de un día laborable cualquiera no acudió a la oficina. Se olvidó de cargar la batería del teléfono y no pudieron localizarlo. Salió con el coche muy temprano y fue a caminar por un sendero de tierra entre el bosque y los campos. A su regreso, en lugar de cambiarse y preparar la bolsa, decidió vestirse en la casa con el equipaje que llevaba a sus prácticas de tenis, pero se calzó con las botas de montaña. De aquella guisa, sin pista reservada ni compañero de juego, no lo dejaron acceder a las canchas. No se molestó. Dio las gracias y se marchó. Al pasar con el coche por uno de los barrios de peor fama, descubrió un frontón de pelota. Detener en aquel lugar un coche como el suyo era temerario, pero tomó un desvío, dio la vuelta y estacionó. Pasó media hora tirando la pelota al frontón y devolviéndola con la raqueta, hasta que las botas comenzaron a molestarle.

Apareció pasadas las dos de la tarde en un lujoso hotel de la costa, a pocos kilómetros de la ciudad. Entró en uno de los comedores y pasó entre los comensales, sudado, equipado para jugar al tenis, pero calzando botas de montaña. Un metre que lo conocía corrió tras él para evitar una escena desagradable.

—¿Me da la carta de desayunos? —preguntó Darío Vicaria.

—Las sustituimos a las once de la mañana, don Darío. Hay clientes a los que les gusta almorzar temprano, ya sabe. Pero en la cafetería puede pedir lo que le apetezca para desayunar. Allí lo atenderán como usted merece.

Dio las gracias, salió al jardín, cruzó por la zona de piscinas, entró en el patio cubierto y llegó a la cafetería. Allí le sirvieron todo lo que le apeteció para un desayuno, pagó la cuenta y pidió una servilleta de las que utilizaban los camareros. Se colgó la servilleta del antebrazo y sostuvo la raqueta en horizontal con la mano izquierda, y encima dispuso los vasos y los platos. Con la raqueta a modo de bandeja, con la soltura de un camarero profesional y la solemnidad de un mayordomo, entró en el patio cubierto, cruzó por la zona de piscinas, salió al jardín, llegó al comedor y pasó entre los comensales, que lo observaban estupefactos.

Viendo que aquello no podía acabar bien, el metre corrió de nuevo tras él, ordenó que pusieran un biombo delante de la mesa, hizo señas para que lo atendieran sin contrariarlo y llamó a la dirección del hotel. Lo que el director del hotel no podía hacer lo ordenó Marcelo Cato. Dos policías locales se presentaron allí, escoltando a una funcionaria de los servicios sociales que sabía hacer su trabajo.

—Vengo de parte del alcalde —le susurró al oído—. Don Marcelo necesita que vaya usted a ayudarlo.

Fue efectivo. Sin alboroto, con celeridad, lo sacaron por una puerta trasera y lo trasladaron en el coche patrulla hasta el servicio psiquiátrico de un hospital.

No supieron diagnosticar su dolencia. No tenía rastro de alcohol o de drogas en la sangre, ni de ninguna sustancia que explicara aquel estado de desatino. Era una situación controlable, de pacífica incoherencia, de modo que anotaron en el informe médico que sufría un episodio de agotamiento mental. Lo medicaron para que pudiera descansar, y durmió varios días tras los que recobró todas sus capacidades.

Marcelo Cato lo mandó a un viaje por varias capitales importantes en representación del ayuntamiento, pero le prohibió volver a La Bella. Darío Vicaria regresó reconfortado, con sus maneras de siempre, displicente, un poco altanero, vestido como un maniquí y parapetado tras sus gafas de sol. En la portería de su antiguo edificio supo que aún se alquilaba el apartamento que había ocupado. De inmediato depositó la fianza y firmó el nuevo contrato.

Con toda una semana para hacer una mudanza que no le llevaría más de un día, acudió a La Bella para recoger sus pertenencias. En unas horas lo tenía todo dispuesto en maletas y cajas, que esperaban en el vestíbulo y dentro de la habitación. Antes de llamar al camión de mudanzas recorrió las estancias y se despidió como se hubiera despedido de una mujer traicionera.

—Te echaré de menos, Bella. Has sido cruel conmigo. Me has dejado en la ruina y la vergüenza me perseguirá el resto de mi vida.

Cerró las ventanas, cogió las llaves y el teléfono, que había dejado sobre un mueble, echó un último vistazo y pensó cuánto iba a echar de menos dormir en aquella cama. Se tendió sobre ella con intención de que fuese un minuto, pero se despertó de noche.

Fue un sueño profundo, en el que sintió que caía ingrávido, muy despacio, desde una gran altura. Al abrir los ojos vio que la cama iba a la deriva sobre un lago de aguas transparentes cuyas orillas terminaban en el perímetro de la habitación. Rozó la superficie con las manos y el agua huyó con un sollozo. Se despertó empapado en sudor. Tenía sed. Se levantó y bajó a la cocina a beber agua, porque no recordó que tenía un pequeño frigorífico en la habitación. Al regresar vio en un espejo del fondo el reflejo de su imagen caminando hacia él. Cuando llegó a su altura, él dijo: «Buenas noches», y el reflejo le devolvió el saludo: «Buenas noches, señor presidente».

Ya no recordaba que había ido a empaquetar sus cosas y debía abandonar la casa en el menor tiempo posible, así que se acostó deseando continuar el sueño donde lo había dejado. Soñó con la cama a la deriva en aquel lago de aguas transparentes, que ahora proyectaban reflejos de color esmeralda y emanaban una neblina sutil. Al introducir las manos bajo la superficie, el agua no se retiró con un sollozo, sino que se apretó contra su piel con risas y caricias.

Todo se alejaba de él. Cada cosa del otro lado, cada pared, cada ventana, cada mueble, se situaba a cientos de metros, se alejaba más y más pero al mismo tiempo crecía su tamaño. Lo que ocurría era que la cama y él disminuían. Las puertas abiertas y los espacios entre los muebles se convertían en estuarios; los muebles mismos y los bultos eran enormes acantilados en los que rompía el agua en una línea de espuma blanca. Remaba con las manos apartando la neblina y con cada brazada el escenario se ensanchaba, las orillas se retiraban y las líneas de perspectiva se hundían en el infinito. Bajo el cielo, oscuro, limpio, repleto de estrellas, atravesado de lado a lado por la Vía Láctea, la cama entró por la puerta entreabierta del vestidor, llegó al fondo, chocó con un rodapié y giró en la dirección contraria; cruzó la habitación, chocó con la pata de un mueble y dio la vuelta. Pudo ver entonces a otros que caminaban sobre el agua. Niños, jóvenes, adultos y viejos, de ambos sexos, de todas las razas, gordos y flacos, altos y bajos, y todos eran él repetido cientos de veces. Los hombres vestían frac o esmoquin, y las mujeres, vestido de fiesta. Sus pies no eran humanos sino cascos de caballo, pezuñas de cabra, de camello o de elefante, garras de águila, patas de perro o de gato, palmas de oso, patas de gallináceas o de insectos. Y en los que iban calzados, los zapatos tenían forma de pie humano desnudo. Algunos iban en patines con absurdas ruedas cuadradas o triangulares; otros tenían patas de hierro y llevaban muletas cuyas calzas eran pies humanos. Él los saludaba: «Buenas noches», y todos respondían: «Buenas noches, señor presidente». Navegó sobre el agua translúcida hacia la puerta abierta, cuyas jambas eran dos columnas ciclópeas, y cayó por la cascada de la escalera a la negra oscuridad de un profundo abismo.

En día que debía incorporarse al trabajo, entró de los primeros en las oficinas del ayuntamiento con un maletín en la mano, recién duchado y afeitado, a salvo de toda adversidad gracias a la protección de sus cremas y afeites. Por toda indumentaria llevaba una corbata y dos calcetines desparejados. Caminó desnudo, como vino al mundo, ante el asombro y la conmiseración de cuantos lo vieron. Llegó al despacho de Marcelo Cato y le dio un susto a su secretaria.

—¿Cómo se llama usted?

—Carmen —dijo la atribulada mujer.

—Me complace conocerla, Carmen. Tome nota: a partir de ahora, en todos los documentos tiene que aparecer «El excelentísimo señor presidente» antes de mi nombre.

Apenas unos minutos después, Marcelo Cato asomó por la puerta y se quedó desolado, sin deseo de ver lo que estaba sucediendo, incapaz de entrar en el despacho.

—¡Hola, Marcelo! —lo saludó Darío Vicaria—. ¡Qué bien que hayas venido pronto! Tenemos que derogar la Constitución. Carmen ya me está ayudando.

—Por supuesto, Darío. Como desees. Derogar la Constitución es una buena idea para empezar la jornada.

20

Valeria Codino convenció al veterinario de que si Lobo tenía que morir, tan compasiva como la eutanasia sería una operación que tal vez podría salvarle la vida. Lobo pasó días entre la vida y la muerte, sedado para evitar que se moviera, sobre una mesa camilla, con una cánula en la nariz, hidratado mediante un gotero y con el trasero envuelto en un grueso pañal.

Así lo encontró Elisario Calante cuando llegó al apartamento, también recosido de una herida a la que le faltó un centímetro para ser mortal. Livia Reinier fue a recogerlo al hospital para asegurarse de que regresaba a la casa, persuadida de que sólo aceptaría volver para estar junto al animal. No se equivocaba. Elisario Calante no tenía más opción que permanecer al lado de Lobo el tiempo que estuviera en el atolladero de la muerte, para ayudarlo a salir adelante o para impedir que muriese solo. Con la ayuda de Tulia Petro, acercó la mesa a la cama, se tendió lo más cerca que pudo y no se separó de su amigo más que para comer o asearse. Una tarde el veterinario le retiró los somníferos y poco después Lobo despertó a Elisario Calante, que dormitaba a su lado.

Aunque Livia Reinier era de una testarudez inquebrantable, sabía perder con inteligencia. No volvió a llamarlo por el apodo de Doctor y cruzaba el rellano varias veces al día para interesarse por su estado y, con preocupación sincera, por la evolución del animal. Había terminado aceptando de buen grado la presencia de Lobo, no sólo los días que pasó entre la vida y la muerte sino cuando vio que se había recuperado.

Los domingos, Tulia Petro se ausentaba para disfrutar su día libre y los hijos, Aurelio y Valeria, pasaban el día fuera. Eso facilitó la conversación que Livia Reinier y Elisario Calante tenían pendiente. La que quedó sin resolver cuando lo apuñalaron, que era una prolongación de la que quedó sin resolver cuando la vida volvió a juntarlos, que a su vez fue la que quedó sin resolver en el adiós de tres décadas antes.

—Tulia y los chicos no regresarán hasta la noche. ¿Te parece bien almorzar conmigo en mi casa?

—Por supuesto, Livia. Será más fácil.

El complicado ir y venir con las bandejas de la comida, ocioso desde que él recuperó la movilidad, dio impulso al encuentro. A la hora acordada, Elisario Calante pulsó el timbre y Livia Reinier apareció con el delantal y las manoplas en una mano. Había cuidado el peinado y el maquillaje y vestía de manera informal: pantalón vaquero, una blusa sencilla y un jersey. A él le agradó la atmósfera de la casa, dispuesta por Livia Reinier a su gusto: paredes blancas de enyesado perfecto y suelos relucientes de porcelana de color marfil. Los muebles de uso habitual, modernos y discretos; los decorativos, antiguas y nobles piezas de fina carpintería. De igual modo, las luminarias cenitales, modernas y casi inapreciables, daban calidez al ambiente, en tanto que los hermosos apliques eran de adorno. Destacaba en el conjunto un acogedor rincón de lectura compuesto por una mesa baja flanqueada por dos butacas, sobre la que se situaba una lámpara con una tulipa. Siguiendo ese patrón, de fondo moderno y limpio como medio para destacar las piezas antiguas, los visillos, espesos y blancos, armonizaban con las gruesas cortinas de bellos estambres que se recogían a los lados.

Nada de aquello podía apreciarlo en su justa medida quien nunca tuvo un techo propio bajo el que guarecerse y había dormido la mayor parte de su vida donde la providencia hubiera improvisado. Pero sí le sirvió para saber que Livia Reinier había tenido la vida ordenada y buena que un día le dijo que deseaba tener y que no podría alcanzar a su lado. Elisario Calante se alegró de ello.

Atenta siempre a las formas, Livia Reinier las mantuvo durante el almuerzo; habló de sus hijos y de Tulia Petro, pero no de su marido. Fue un encuentro útil para los dos, que disolvió en Livia Reinier su obsesión de culpa y apaciguó la pesadumbre de Elisario Calante, que sentía que cuanto hacían por él tenía el significado de una limosna. Sin embargo, ninguno de los dos tuvo el valor de abordar lo que ambos sabían ineludible.

Al salir, Elisario Calante observó el retrato de Aurelio Codino y se preguntó qué habría visto una mujer como Livia Reinier en aquel hombre, calvo, de formas redondas y aspecto corriente, inflexible, con mirada taimada y sin una luz de clemencia. Se detuvo en la puerta, se tomó unos segundos y se giró hacia ella para anunciarle algo que no podía posponer.

—Lobo y yo nos marcharemos pronto.

Livia Reinier lo miró con tristeza y tardó en responder.

—Aquí no molestas —dijo al fin—. Puedes quedarte todo el tiempo que quieras.

—Te agradezco que me acogieras, Livia. No debo abusar de tu generosidad. Es hora de regresar.

—¿De regresar a la calle?

—A mi vida. Será fuera de Antiqua.

Un aire de melancolía se apoderó de la casa cuando se acercaba la partida de Elisario Calante, de Lobo y de Tulia Petro, que también hacía planes para decir adiós. Escurridizo, ausente y siempre amable, el hijo de Livia Reinier, Aurelio Codino, insistió a Elisario Calante en que se quedara y le permitiera arreglar sus papeles. Fue él quien avisó de que Tulia Petro cumplía años un día de aquella semana, lo que sabía por los datos de su contrato de trabajo.

Livia Reinier y su hija Valeria se pusieron en marcha para prepararle una cena familiar, que era también de despedida a Elisario Calante, aunque no se dijera.

Tulia Petro, que no esperaba que alguien levantara la copa para brindar por su aniversario, se emocionó. El regalo de los hijos de Livia Reinier fue hermoso. Le dijeron que no dejarían que abandonara la casa, que la consideraban de la familia, que querían llamarla tía y cuidar de ella, y Tulia Petro terminó sollozando de pie, con todos esperando turno para abrazarla.

—Tulia y mis hijos conspiran contra nosotros —dijo Livia Reinier el viernes—. Nos abandonan hasta el domingo por la noche.

Por el día eludieron adentrarse en terrenos escabrosos de los que tal vez no podrían salir. Hablaron de la noche anterior, del ofrecimiento que los hijos le habían hecho a Tulia Petro, del que Livia Reinier confesó no saber nada. Y por la noche se despidieron tras una breve sobremesa, pero Livia Reinier lo interceptó en el rellano cuando él se disponía a salir con Lobo.

—Os acompañaré al paseo —dijo Livia Reinier.

—¡No, Lobo, ven! —lo llamó cuando el animal se acercó para olerla.

—¡Déjalo! —le pidió Livia Reinier, rascando a Lobo en el cuello—. Que este animal se me acerque tiene más mérito que una invitación de la casa real.

—¿Y tu alergia?

—Mi alergia es un pretexto para no dar mi brazo a torcer. Sólo me produce estornudos en la sensatez —se sinceró.

Llegaron a la calle y Livia Reinier continuó el hilo de la charla.

—Desearía que alguien me quisiera como este animal te quiere a ti. Cuando te atropellaron gemía mientras te arrastraba por el asfalto. Es muy fuerte. Algunas noches soñé con él y con sus gemidos. Y ahora acaba de salvarte la vida.

—Ya me la había salvado una vez.

—Entonces se ha ganado tumbarse donde le apetezca en mi casa.

Elisario Calante lo agradeció con un gesto de asentimiento.

—¿Por qué huiste al verme? —se arriesgó Livia Reinier.

—Porque no te esperaba. Para que no vieras cómo estaba.

—No te reconocí con el pelo largo y la barba. La melena gris te sienta muy bien. Me di cuenta de quién eras en el hospital. Tenías correas y te habían dormido.

Pasearon en silencio y de nuevo fue Livia Reinier quien habló.

—No soporto pensar que en unos días no estarás.

—Te acostumbrarás enseguida.

—No quiero acostumbrarme. Me has complicado la vida, pero para bien. Me has llenado la casa de ajetreo, de obligaciones, de personas y de calor. Valeria encontró a Máximo. Está feliz con él. Están haciendo planes para casarse. Noto a Aurelio más tranquilo, menos sobrecargado. También quiere casarse. Llegó Tulia, que se ha ganado nuestro cariño y no dejaremos que se marche. Este animal está siempre cuidando de ti y nos ha encandilado a todos. Todo lo has traído tú, y temo que desaparecerá contigo. Me produce tristeza.

—Tienes a tus hijos. Por lo que dices, están deseando darte nietos. Pronto te habrás olvidado.

Siguiendo los pasos de Lobo terminaron en un punto del parque que los dos recordaban bien, aunque no se parecía en nada al que tenían en la memoria.

—Fue aquí donde te estropeé la vida —dijo Livia Reinier.

—Aquí me la arreglaste durante unos días. Fue en la esquina donde me apartaste de ella. Aquí fui tan responsable como tú; lo de allí fue cosa tuya. Después, ni yo fui responsable de tu vida ni tú de la mía.

—¿Me odiaste? —preguntó Livia Reinier.

—No te odié. Deseaba olvidarte.

—¿Me recordabas?

—Todos los días, para mi desgracia.

Esperó a que él le devolviera la pregunta, pero no lo hizo.

—¿Quieres saber si yo te recordaba? —preguntó al fin.

—¿Lo hacías?

—Todas las tardes —respondió Livia Reinier, y añadió ruborizada—: No quieras saber más.

Terminaron el paseo y regresaron a la casa. Livia Reinier no quiso retirarse, entró con él y tomó asiento.

—¿Me perdonarás lo que dije de ti? No lo pensaba. Lo dije para no contarle a Valeria cosas que no son fáciles de explicar.

—A mí no me queda orgullo, Livia. En realidad nunca tuve sitio para el orgullo. Me dolieron tus palabras, pero no te culpo. Cada cual es visto según la apariencia que da, y la mía no es la mejor. Es verdad que rebusco a veces en los contenedores de basura, pero sólo en los de papel para reciclar. Periódicos para el frío, libros y revistas para leer. Y es verdad que he estado días sin comer y he pasado hambre. En ocasiones, mucha hambre. Pero no robo, no bebo, no como desperdicios y no acepto limosna, ni siquiera de los servicios sociales. Trabajo si me dan un trabajo. Compro comida si puedo; si no puedo, ayuno. Si me alcanza para ducharme, me ducho; si no me alcanza, voy al mar. Cuando me es posible, lavo la ropa. En lo demás, lo que le dijiste a tu hija es la verdad. Camino sin rumbo, vivo sin propósito esperando que llegue mi hora.

Livia Reinier se resistía a que todo hubiera terminado.

—¿Dónde irás?

—No lo sé. Nadie me espera, pero me iré lejos de aquí. Regresé hace tres años porque quería morir en Antiqua. Tal vez consiga trabajo como afinador de pianos o como carpintero. Lo justo para pasar los pocos años que me queden de vida.

—¿La música no?

—La música se quedó aquí, Livia. No he vuelto a tocar. No sé si la mano derecha me permitiría interpretar algo digno en el piano o en la guitarra. La razón es otra. La música se interpreta con el alma y yo extravié la mía en el camino.

Ella lo miraba como en los días de su pasión, con los ojos muy abiertos y quietos, y él pudo ver las dos lágrimas que surcaron sus mejillas. Luchaba por vencerlas, pero no hizo nada para ocultarlas. Volvió a verlo en medio de la calle, sujetándose una mano con la otra, mirando el coche en el que ella se alejaba. No lo soportó más. Fue hasta él, se sentó a su lado, le puso los brazos sobre los hombros y no quiso contenerse.

—¡No quiero que te vayas! ¡No quiero perderte otra vez!

Elisario Calante la dejó llorar sobre su hombro y acarició su pelo y su cara, y no pudo ni supo defenderse cuando ella lo besó, y no pudo ni supo defenderse cuando lo besó una y otra vez, y no pudo ni supo defenderse cuando tiró de él para llevarlo a la cama, ni cuando le quitó la ropa sin dejar de besarlo. Y esperó aturdido, incapaz de reaccionar, cuando ella se desnudó, y cuando terminó lo encontró quieto, desamparado.

Al besarlo, sintió que tiritaba de frío o de miedo. Lo recorrió con las manos en una larga caricia por los hombros y el pecho, se tumbó junto a él y bajó la mano para buscarlo. Nunca habría imaginado que la mujer con la que estuvo por última vez hubiera sido ella misma, la tarde que le prometió que nunca lo abandonaría. Lo esperaba tal como era aquella tarde, con la misma juventud y el mismo vigor con que tantas veces lo evocó en sus pasiones secretas, y tras la caricia la mano esperaba hallar una fiera altiva, pero sólo encontró el cuerpo exánime de un gatito muerto desde hacía treinta años.

No abandonó, continuó besándolo, continuó buscándolo, continuó amándolo, con la mano y con la boca, pero no consiguió devolverlo a la vida. Lo cubrió con las sábanas, recostó la cabeza sobre su pecho y se dejó dormir sobre él.

Se despertó de madrugada a su lado. Él le daba la espalda. Sollozaba en silencio, pero el leve temblor de la cama lo delataba. Livia Reinier percibió la brutalidad del momento y no se hizo notar, pero se prometió que no se daría por vencida, que lo retendría aunque tuviera que chantajearlo, que lo intentaría cada vez que la dejara hacerlo, que ella tendría amor bastante para encontrar cualquier gota de deseo en él, y y si no la encontraba, sería feliz sólo con tenerlo cerca, sólo con que le permitiera cogerlo de la mano.

El sábado y el domingo volvieron a ser los que fueron, los que nunca hubieran dejado de ser si no hubieran separados sus caminos. Elisario Calante se obstinó en ayudar en la cocina, para él un territorio salvaje donde no sabía ni cómo moverse. La noche del sábado volvieron a pasear por el parque y cuando dudaban si despedirse o continuar juntos, Livia Reinier lo resolvió a su modo.

—¿Me invitas a tu cama? —preguntó recordando su vieja broma—. Mañana no podremos, estarán todos aquí.

—Te invito —dijo él, y quiso añadir algo pero no encontró la manera.

—No digas nada —se anticipó ella, besándolo—. Ya no tienes veintisiete años. Y yo tampoco los tengo.

Paseando por el parque junto a Lobo, Elisario Calante intentaba poner orden en su mente tras lo sucedido la noche anterior. Todavía apoyaba los pasos de la pierna izquierda en el bastón, pero su plan de abandonar la comodidad de la casa de Livia Reinier seguía adelante. Daba por hecho que no podría regresar a su vida anterior al accidente y no deseaba vivir lo poco que le quedara improvisando los días. En pliegos de papel pautado tenía casi terminadas varias melodías, todas de comienzos sentidos y estribillos pegadizos, para las que esperaba encontrar un productor de éxito, que Valeria Codino le aseguraba podría conseguir.

La súplica de Livia Reinier de que permaneciera a su lado no lo haría cambiar de idea. Había en ella algo de apremio sexual y la necesidad de una clase de amor que los hijos nunca podrían darle, pero jamás podría recobrar el pasado en el mismo punto donde ella lo abandonó porque era un pasado que él tenía enterrado.

Entre el amor con Amalia Norcron, concluido por acuerdo, y el amor con Livia Reinier, acabado de un hachazo, siempre estuvo el amor que Katia Romano no dejó florecer. Desde que recobró la consciencia, tras su accidente, la recordaba a diario, preguntándose qué habría sido de ella. Así que creyó que era una ilusión momentánea cuando vio su figura a lo lejos, por uno de los senderos del parque. Se dirigía a su encuentro y con cada paso dejaba de ser un espejismo y se convertía en realidad. A sus cincuenta años, Katia Romano estaba en su plenitud.

Con la belleza reposada, era una mujer distinguida y segura de sí misma.

—¡Katia! Te veía acercarte y pensé que eras una travesura de la mente, una aparición —dijo sonriendo, fascinado.

Ella le devolvió la sonrisa y se detuvo a unos metros.

—Pareces muy recuperado.

—Me queda un tiempo de bastón, pero ya estoy casi bien —dijo sorprendido porque parecía referirse a su estado anterior—. ¿Venías a buscarme, Katia? Me ha dado esa impresión al verte llegar.

—Mi hermano Nicolás. Quiere saludarte, pero no puede salir de casa. Está muy cerca. ¿Me acompañarías?

—Por supuesto que sí, Katia.

Caminaron un tanto separados porque Katia Romano mantenía la distancia personal.

—Notarás raro a Nicolás —dijo Katia para ponerlo en antecedentes—. Tiene agorafobia. No sale de casa y no está cómodo cuando recibe visitas. Contigo hará una excepción porque quiere proponerte algo muy importante.

—¿A qué te dedicas, Katia?

—A pintar, como Nicolás. Él sus cosas y yo las mías.

—¿Eres tú la pintora Ekaterina Romanova?

—Lo soy. ¿Cómo lo sabes?

—Los periódicos hablan muy bien de ti. Enhorabuena, Katia.

Se adentraron unas manzanas en La Umbría y llegaron a una casa con un pequeño jardín lateral. Tenía una peculiar entrada detrás de la puerta principal, con puertas a ambos lados del recibidor. Los hermanos vivían juntos pero en espacios independientes. Katia Romano cogió la correa de Lobo y lo llevó a su parte de la casa cuando Nicolás Romano apareció en la puerta, alegre pero tenso.

—¡Qué contento estoy de verte, Rafael! —dijo invitándolo a entrar—. Un día Katia entró por esa puerta y me dijo: «Rafael de Altaterra está en la ciudad», y no sabes la alegría que me dio. Desapareciste y nunca más supimos de ti. ¿Qué has hecho?

—Vivir al raso. —Tardó en responder, pero dijo la verdad.

—Entonces como todos. Vivir al raso es lo que hacemos. ¿Qué, si no? ¿Dónde parabas?

—Daba tumbos por ahí, de ciudad en ciudad. Hace tres años que regresé. ¿Y tú, Nicolás?

—Igual que siempre, inventando ocurrencias y pintando cosas. Envejeciendo, perdiendo pelo y un poco enfermo.

—¿Es grave?

—Mis males joden mucho, pero no matan.

Durante unas horas, Elisario Calante descubrió el universo que Nicolás Romano había construido con su fascinante repertorio de talentos.

El apellido Romano provenía de la madre, que era Romanova, la forma femenina de Romanov. Tras la Revolución rusa de 1917, el abuelo materno huyó de San Petersburgo con su única hija, a través de Bielorrusia y Polonia, para escapar de los disturbios. Con las muertes del zar Nicolás II y su familia, se frustraron las posibilidades de regresar a Rusia. Para un coronel retirado, pariente lejano del zar y con su mismo apellido, la vuelta habría sido un suicidio, de modo que se quedó hasta el final de sus días cuidando de su hija Olga, la que sería madre de Nicolás y de Catalina.

En el uso del apellido se intuían los signos de la tragedia. Los hermanos adoptaban el de la madre. Firmaban sus obras como Nicolás Romano y E. Romanova, por Ekaterina.

Nicolás Romano no se remontó al comienzo de su vida personal, que Elisario Calante hubiera deseado escuchar en primer lugar, sino al de su actividad artística. Tras finalizar la carrera de Física, empezó a ganarse la vida dibujando y pintando ilustraciones para una revista científica. Una actividad que desarrolló siempre desde su casa y que le permitía cuidar mejor de su hermana Katia.

El estilo de vida aislado, que convenía a la ocupación profesional, tuvo una posterior e inesperada deriva. En un proceso largo y paulatino, perdió la costumbre de salir de la casa, luego se sentía incómodo cuando tenía que resolver cualquier asunto fuera de ella, y por último llegó la incapacidad de abandonarla: la agorafobia.

Pero la agorafobia era síntoma de otra dolencia más terrible que Elisario Calante adivinó al ver la abundante colección de dibujos, pinturas y esculturas de Nicolás Romano, que podían dividirse en dos grupos.

El primer grupo lo formaban las imágenes de paisajes de planetas y de lunas del sistema solar y decenas de temas de física, desde amaneceres en Mercurio y Marte a paisajes de planetas imaginarios con atmósferas de metano, sulfuro o dióxido de carbono. El segundo grupo lo componían las obras más lúdicas y personales, que mostraban mejor el mundo interior de Nicolás Romano. En él tenía decenas de versiones de cintas de Moebius, paisajes y motivos geométricos como los de Escher y espirales logarítmicas.

En los paisajes planetarios el rasgo común es la ausencia de vida, y en las colecciones de motivos matemáticos tampoco aparecía ningún ser vivo. Los ejemplos más hermosos de espirales logarítmicas se producen en insectos, caracolas y plantas, de los cuales no había rastro en la obra de Nicolás Romano. En los lazos de Moebius no suelen representarse animales o personas, al contrario que en los dibujos de Escher, donde sí se ven personas. En sus obras, Nicolás Romano sustituía la vida por objetos mecánicos o dejaba apreciar entes invisibles que proyectaban sombras y reflejos, alteraban la superficie de suelos y paredes o variaban la luz de los objetos.

En aquellos mundos no existía un solo ser vivo; es decir, en ninguno de sus espacios tenía cabida la muerte.

Aunque Katia Romano no estaba presente, en la escena participaban tres personas con una tenacidad tan invencible como la que nace del instinto contra el dolor. Katia Romano con una patología, Nicolás Romano con dos y Elisario Calante intentando no hacer una amistad ni entablar una relación como aséptico medio de evitar el trance de otro fracaso. Él sabía que no estaba allí sólo porque Nicolás Romano tuviera interés en saludarlo.

—Me ha dicho Katia que estás sin empleo, Rafael. Si es cierto, tengo algo que ofrecerte.

—Más o menos, esa siempre ha sido mi situación.

—Lo que quiero proponerte es una ocupación muy sencilla. No te quitará tiempo, pero debes estar cerca. Mi hermana y yo necesitamos a alguien de confianza y tú eres el más indicado. No tenemos familiares. Te daré salario y una habitación, ya ves lo grande que es esta casa. El trabajo es simple: debes conocer nuestras obras, mantenerlas en orden y bien conservadas, tener al día los documentos y atender las gestiones que yo no pueda hacer en la calle por mi enfermedad.

—¿Y Katia?

—También por Katia. Ya entramos en una edad en la que podría pasarnos lo peor. Soy hombre y soy mayor que ella, y es de esperar que el destino me llame antes. Quiero que estés cerca y cuides de ella, y que mis obras no se pierdan y tengan el destino que merecen tener.

Elisario Calante le prometió pensarlo y regresar en unos días con la respuesta, pero ya lo había aceptado, no por Nicolás Romano ni por el salario ni porque fuese la mejor salida personal, sino por Katia Romano.

—Es impresionante la obra de tu hermano —le dijo cuando ella le entregó la correa de Lobo.

—¿Has llegado a un acuerdo con él?

—No sin hablarlo contigo, Katia. ¿Me acompañas?

Caminaron juntos sin hablar durante un largo trecho, hasta que Elisario Calante rompió el silencio.

—¿Te casaste, Katia?

—¿Qué pregunta es esa? Ya sabes que no.

—Lo suponía, pero estoy obligado a preguntarlo.

—Un día, hace treinta años, el hombre que me interesaba desapareció sin decir adiós. Durante veintisiete años me he preguntado dónde estaría.

—¿Veintisiete? ¿No treinta?

—Hace tres años te vi en el parque. Te escondías de la gente.

—Tuve mala suerte contigo, Katia. Huiste de mí cuando quise acercarme. En realidad fuiste tú la que desapareció.

—Es cierto que hui, pero volví a buscarte. Tardé mucho. Fue un error que he pagado muy caro. Cuando fui ya habías encontrado a otra.

—Aquello también fue un error. Mi error, y también lo he pagado muy caro.

21

Días antes, sentada frente al ventanal de la terraza, con una camiseta de Máximo Devero por toda vestimenta, Valeria Codino observaba la ciudad de Antiqua y repasaba abstraída los pocos meses que habían transcurrido desde la tarde en que se conocieron, en los que ella no había tenido ni un solo instante de incertidumbre sobre su amor por él. Máximo Devero la colmaba en todas las facetas que ella necesitaba para sentirse feliz. No discrepaban en nada de lo importante, y ni siquiera en lo más prosaico de sus conversaciones habían atravesado un momento de apatía. Con sus modos tranquilos y su buena disposición, Máximo Devero tenía la firmeza de carácter de quien ha luchado sus propias batallas desde niño.

—¿Te aburres? —preguntó Máximo Devero cuando regresó a su lado y se tumbó con la cabeza sobre su regazo.

—¿Aburrirme en esta casa? Imposible. Después de violarte me gusta sentarme aquí a imaginar la siguiente travesura que voy a hacerte. Cuando no se me ocurre nada, puedo salir y tumbarme sobre la hierba.

—¿Y hoy se te ha ocurrido alguna?

—Hoy se me han ocurrido dos. Una gorda y una chiquita.

—Empieza por la chiquita.

—Prefiero empezar por la gorda —dijo acariciándole el pelo y besándolo.

—Pues empieza por la gorda.

—¿Te parece que es pronto para que hablemos de casarnos?

—No puede parecerme pronto lo que espero con ansia. Lo hablaremos cuando quieras, pero antes que nada está la conclusión de tu tesis doctoral.

—Estoy de acuerdo. Ya sólo me queda la redacción y la lectura, pero eso puede entrar en el paquete de lo que hablemos.

—¿Y la travesura chiquita?

—Esa no es para contarla. ¿Vamos?

Máximo Devero tendría libre aquel fin de semana y planearon amarse hasta el agotamiento y, entre una vez y la siguiente, concretar las fechas y los detalles de la boda, que deseaban que fuera en la mayor intimidad posible. Él la recogió en su casa la tarde del viernes y ella comenzó a sentirse desconcertada y ausente mientras hacían una pequeña compra en un supermercado.

Por la noche empeoró sin que pudiera explicar qué le sucedía, porque no era un malestar físico sino emocional. De pronto no soportaba el contacto con Máximo Devero, que intentaba convencerla de que acudieran a un médico. Estaba tensa y abatida, y no quiso hablar de ninguno de los asuntos que debían tratar. Al día siguiente no mejoró y antes de que llegara la noche quiso irse a su casa, pero Máximo Devero le recordó que fue idea de ella dar a su madre tiempo para que hablara con Elisario Calante.

Aceptó quedarse la noche del sábado pero durmió mal, y la mañana del domingo, durante el desayuno, abatida, confusa, sin un motivo ni una explicación, rompió la relación. Confuso, aunque más sólido cuanto más roto se sentía, Máximo Devero la dejó en su casa a primera hora de la tarde. Ella apenas saludó, se encerró en su habitación y no salió ni para cenar.

Contestó con evasivas a las preguntas de su madre y el lunes por la mañana salió con una maleta en la que llevaba algunas pertenencias que quería devolverle a Máximo Devero.

Llegó a la comisaría cuando él comenzaba su turno. Evelina Comín, la mujer que no perdía ocasión de complicarle la vida a Máximo Devero, se interpuso a su paso increpándola, intentando provocar una respuesta violenta que no hubiera conseguido de Valeria Codino ni en su peor día. Un inspector llegó a la carrera a tiempo de impedir que Evelina Comín empeorase su situación, que ya era bastante difícil.

De camino al aparcamiento, Máximo Devero imploró a Valeria Codino que buscaran ayuda médica.

—Dime qué ha pasado, Valeria.

—Ya te lo he dicho. No lo sé. No tiene nada que ver contigo, de pronto me he dado cuenta de que no quiero estar con nadie. No ha pasado nada, Máximo. Quiero estar sola, necesito pensar.

Cerró la puerta del coche sin despedirse, arrancó y se marchó. Fue la última vez que la vio alguien cercano a ella. No regresó a su casa al mediodía, no regresó por la tarde y su teléfono estaba fuera de servicio. Al terminar su turno, Máximo Devero se enteró por una llamada de Aurelio Codino y corrió a reunirse con la familia.

Agotados los teléfonos de los conocidos donde les fue posible preguntar y las urgencias de hospitales y centros de salud, Máximo Devero pidió a los compañeros que estaban de servicio aquella noche que estuviesen atentos por si veían el coche que ella conducía. Se repartió la ciudad con Aurelio Codino y, en una minuciosa búsqueda, recorrieron hasta las calles más difíciles de la ciudadela, la ciudad nueva y el litoral.

* * *

La noche del sábado anterior, mientras Máximo Devero y Valeria Codino vivían sus peores horas, se celebraba un concierto de un grupo musical que congregó a miles de seguidores. Al vaciarse el descampado del extrarradio que sirvió de estacionamiento, quedó un único vehículo en el centro que no llamó la atención hasta el mediodía del domingo, cuando una patrulla pasó cerca de allí y los agentes decidieron echar un vistazo.

Abatido sobre el volante, encontraron el cuerpo sin vida de una mujer joven. En la blusa, por debajo del pecho izquierdo, y sobre el pantalón, manchas de sangre. En su bolso, intacto, la billetera con una pequeña cantidad de dinero y su documentación, que permitió identificarla de inmediato. En su mano, un revólver Astra 250, sin número de serie visible y con la munición inalterada. Alguien había limpiado con escrupuloso cuidado el salpicadero, las manecillas de la puerta, los cristales y los lugares donde hubiera podido quedar una huella.

En pocas horas, al comisario Claudio Prego le confirmaron que la chica hallada muerta en el coche guardaba una relación muy estrecha con la que apareció en las inmediaciones de La Bella.

* * *

Con Valeria Codino desaparecida, la noticia en el *Diario de Antiqua* la mañana del lunes llevó la desesperación a Livia Reinier y la inquietud a su hijo Aurelio. Las iniciales de la segunda mujer hicieron saltar todas las alarmas cuando la asociaron con la que encontraron el pasado agosto, y la familia había tenido relación con ellas veinte años atrás.

A una distancia prudente y sin pronunciar palabra, escucharon la conversación Tulia Petro y Elisario Calante, que apartó a Aurelio Codino para hablarle.

—Explícame por qué sale el nombre de Eulalia de Altaterra en este embrollo. ¿Cuál era la relación que Valeria y tú teníais con las chicas muertas y con esa mujer?

Aurelio Codino meditó antes de responder.

—Es mejor que lo hablemos en mi despacho y que Máximo esté presente.

Con Elisario Calante, involucrado por las fuerzas del orden público en el caso de la primera muerte, y Máximo Devero, prometido de su hermana Valeria y con información interna de la policía, Aurelio Codino habló sin recelos. Se derramó en una larga confesión sobre los pecados de su padre.

Dijo que el primer Aurelio Codino fue mejor abogado de sus propios intereses que de los de sus clientes. Defendía bien a las empresas y las corporaciones que le aportaban más trabajo, pero los clientes ocasionales solían lamentar haberlo conocido. Cuando concluía los casos, sus clientes se llevaban la sorpresa de que había quedado poco para ellos y, además, se lo debían a él.

Su hijo no lo ocultó cuando trazó el relato que unía a su familia con las mujeres muertas. Fue durante un verano en que la familia frecuentó la casa Abralde, el domicilio de los Hallberg. Los tres niños, Aurelio, Valeria y Carelia, coincidieron con las mujeres muertas, también niñas pero mayores que ellos. Eulalia de Altaterra era la reciente esposa de Jorgen Hallberg y madre adoptiva de su hija Carelia.

—La cuestión es si esta información conviene ponerla en conocimiento de la policía —dijo Aurelio Codino.

—Aconsejo no ir de frente, de ninguna manera —se opuso Elisario Calante.

—No antes de que yo haya averiguado algo —afirmó Máximo Devero—. ¿Qué dice Carelia Hallberg?

—Está muy afectada por la desaparición de Valeria, pero elude hablar del caso y no admite que ella también puede estar en peligro —dijo Aurelio Codino con preocupación.

Comieron con desgana en compañía de Livia Reinier y Tulia Petro. Ellas despidieron a Elisario Calante con una grave expresión y una leve esperanza, porque su actitud parecía la de alguien dispuesto a dar con Valeria Codino aquella misma tarde.

—No, amigo. Debes quedarte —dijo Elisario Calante a Lobo, rascándolo bajo una oreja cuando quiso salir con él—. Tienes que cuidar de ellas.

Lobo gimió, pero había comprendido y se tumbó delante de las dos afligidas mujeres cuando tomaron asiento.

Aurelio Codino dejó a Elisario Calante en la ciudadela con un billete de veinte euros para el tranvía de regreso y un teléfono sin contrato, en el que tenía grabados los números de la familia y de Máximo Devero.

* * *

Vestido de uniforme, a la mañana siguiente Máximo Devero esperaba a que lo recibiera el comisario Claudio Prego mientras repasaba mensajes y archivos de los últimos meses y recordaba su participación en el caso de la primera muerte. El día que recibieron la noticia del cadáver aparecido en La Umbría, en las inmediaciones de La Bella, hacía un calor insoportable. Él estaba de servicio en la comisaría, redactando informes y notas de prensa y ejerciendo de enlace con los medios de comunicación. El comisario se puso al frente de la operación y le ordenó que acompañara a la comitiva.

Pudo presenciar el análisis del escenario, la toma de muestras y el levantamiento del cadáver, y fue con un inspector a recabar información de los vecinos por las casas cercanas. Al final de la tarde, el comisario ordenó detener a los indigentes de la ciudad nueva, en la que se ubicaba la propia comisaría. El Doctor era el único que transitaba las calles cercanas a La Bella, y se lo encontró molido a palos en el interrogatorio que le hizo la mañana del martes siguiente. Después el comisario le dio la orden directa de seguir la pista del Doctor. Tras el accidente le encargó averiguar la situación legal de La Bella.

Por su rango de policía raso, Máximo Devero era un soldado de retaguardia a quien el comisario mantenía cerca porque tenía buen olfato policial y sus puntos de vista solían tener fundamento. Además, carecía de interés por el escalafón, no era adversario de ningún compañero.

Aunque no estaba muy al tanto de las investigaciones, Máximo Devero sí conocía bien el ambiente que se respiraba en la comisaría, justo la que parecía ser la nota disonante en el caso del primer cadáver, y estaba seguro de que también lo sería en el caso de aquella segunda muerte. No llamaba la atención lo que estaba presente sino lo que no estaba. Faltaban el corretear por los despachos, el cuchicheo en los pasillos, la desolación por peticiones que el juez instructor no autorizaba o recortaba tanto que ya no merecían la pena. Faltaban el examen de soslayo de algunos policías al trabajo de otros, el sigilo con que unos ocultaban a otros el resultado de pesquisas importantes. Faltaban las jornadas excedidas de horario y el apremio del comisario.

—Tome asiento —dijo Claudio Prego mientras pulverizaba agua en las hojas de un *Spathiphyllum bellini* muy mimado, que tenía cerca de la ventana aunque protegido de la luz directa—. ¿Viene de uniforme para dar oficialidad a lo que hablemos, Devero? Sin noticias de su prometida, tal vez quiera solicitar unas semanas de permiso.

—Acierta usted, comisario. Estoy muy afectado y tengo la sensación de que aquí estorbo más que ayudo. Además, estoy sin ánimo para las patrullas y la moto.

—Estaba a punto de proponérselo yo, Devero. Márchese de la ciudad unos días, mejor si fueran unas semanas. Descanse.

El comisario abrió la puerta de un cuarto de aseo situado en la pared del fondo y le habló mientras se lavaba las manos.

—Antes que nada está lo personal, Devero. Siento mucho lo de su prometida. ¿Se ha sabido algo que no esté en la denuncia?

—Ayer estuvo en el Archivo Provincial. Llegó y se marchó en su horario habitual. El teléfono sigue desconectado y el coche no aparece.

—Hablemos con sinceridad, ¿cabe pensar que Evelina Comín esté metida en esto? —preguntó al tomar asiento.

—Ayer intentó provocarla, pero no pasó de ser un incidente. No salí de comisaría y creo que Evelina Comín tampoco faltó durante su turno.

—Entonces nos queda la hipótesis más simple, la habitual en estos casos: que su prometida decidiera marcharse.

—Conduce el coche de su madre, comisario. Valeria es muy respetuosa. No dejaría a su madre sin el vehículo ni le daría un disgusto como ese.

—Esperemos a ver qué sucede en las próximas horas —lo tranquilizó el comisario, y cambió de tema—. Hoy diremos algo más sobre el cadáver que nos dejaron el sábado. Por ahora es preferible callar que guarda relación con la otra muerte.

—¿Cambian las órdenes que me dio sobre el Doctor?

—De momento no conviene cerrar puertas, Devero. ¿El Doctor se ha recuperado de la puñalada?

—Sí, comisario. De eso está recuperado. De lo anterior, no del todo. Camina con un bastón, aunque planea abandonar la casa.

—Cuidado con esa posibilidad, Devero. Que el Doctor no se marche de la ciudad o tendré que pedir su detención. ¿Aún no ha dicho qué vio aquella noche en La Bella?

—Estoy seguro de que no vio nada, comisario. Me lo habría dicho, no por mí y no por ayudarnos, sino por la mujer muerta.

—Por cierto, Devero, ¿sabría usted decirme qué hizo él la noche del viernes?

—No lo sé con certeza. Pero seguro que no fue a matar a una mujer en medio de un bullicio de miles de personas.

—Yo también lo creo, Devero. Y creo que el Doctor dice la verdad y que no vio nada aquella noche. Pero tenía mis razones para ponerlo a usted sobre sus pasos, porque él tampoco fue sincero —dijo poniendo una gruesa carpeta frente a Máximo Devero—. Aunque yo no haya contado todo lo que sé, mi silencio, ya sabe usted, es obligado. Vea el contenido de esa carpeta.

Había un informe policial, informes de inspección forense, análisis forenses y decenas de fotos de un pequeño recinto de altas paredes de piedra. Una hamaca colgaba de dos gruesos hierros en dos paredes que formaban un rincón.

—Poco puede hacer aquí en su estado, Devero. Firme la notificación de permiso y váyase a descansar. Le prometo que atenderé en persona cualquier noticia sobre su prometida.

—¿Algo más, comisario?

—Envíeme un mensaje para saber cómo anda, Devero. No se acerque a La Bella, y no entre en contacto con nadie relacionado con esas muertes.

—Así lo haré, comisario.

Había llegado a la puerta cuando el comisario le hizo una última advertencia.

—Sobre todo en este caso, Devero, no debe publicar en el periódico algo que pueda interferir en la investigación.

—Por supuesto, comisario. De todas formas, tampoco tengo ánimo para escribir sobre ningún asunto.

* * *

Detrás de La Bella, por el sendero en la ladera del barranco, encontró una puerta de hierro oculta por unos arbustos y con varias señales de precaución. Una calavera sobre dos tibias cruzadas entre dos rayos, como advertencia de peligro de electrocución, y la leyenda PELIGRO DE MUERTE. Le bastó empujar para acceder al interior.

El cubículo, utilizado décadas antes para albergar un transformador de baja tensión, estaba desocupado. Cabos de vela de diferentes tamaños en los huecos de las paredes, un par de bolsas con ropa, otras bolsas con libros, revistas y periódicos. Dos mantas y la hamaca en la que había dormido desde que regresó a la ciudad hasta que fue detenido y tuvo que abandonar el precario aposento.

22

Por respeto a una vieja promesa, Elisario Calante no había regresado a las viejas y queridas calles de la ciudadela en las que descubrió su amor por la noche. Sin un propósito claro dio un rodeo que lo llevó a la callejuela en la que se despidió de Amalia Norcron, a la esquina en que sellaron sus dos años de amor con una hermosa despedida, y allí se produjo un pequeño milagro de la memoria.

De tanto desear ver la calle como era entonces, de tanto recordar y revivir el momento, había perdido la capacidad de ver con los ojos reales y la vio con los ojos del alma, que la interpretaban a través de la nostalgia, superpuesta sobre la realidad como un espejismo. La sentía como fue aquella lejana noche, iluminada por la primera luz, y le pareció que no eran las tres de la tarde sino que amanecía y la luna centelleaba en el rocío sobre el empedrado. Podía oír los pasos de Amalia Norcron corriendo hacia él; podía ver su rostro y sus lágrimas, y la oía decirle: «Yo también te quiero».

La casa de Altaterra había perdido la semblanza bucólica de aquellos días y ganado en la opulencia propia de los recintos de lujo. Los enormes portalones de la entrada principal engalanaban el vestíbulo como un noble testimonio del pasado, pero habían cedido su espacio a la imponente vidriera con puertas giratorias. Una placa reluciente con el símbolo de los hoteles y las cinco estrellas sobre el nombre CASA DE ALTATERRA anunciaba el destino final de la edificación. Otra placa aclaraba la situación legal: PROPIETARIA: FUNDACIÓN CASA DE ALTATERRA. En el centro del enorme vestíbulo, en lo que un día fue entrada y salida de carruajes y caballería, se había ubicado el mostrador de recepción, frente al salón donde en tiempos de Eulalia Torremocha se celebraban los encuentros sociales y donde Elisario Calante había tocado el piano en público, por primera y última vez en su vida.

—Soy un viejo conocido de la familia De Altaterra —se presentó al recepcionista, de poco más de treinta años, al que oyó hablar en tres idiomas distintos en el breve tiempo que tardó en atenderlo—. ¿Podría decirme qué ha sido de ellos?

—No queda nadie. El hotel pertenece a una fundación.

—¿Quién lo dirige? —preguntó esperando oír un nombre desconocido, pero oyó el más sensato de los posibles.

—La señora Norcron. También preside la Fundación Casa de Altaterra.

—Necesito hablar con ella por un caso de extrema gravedad. ¿Sería posible?

—No atiende, salvo excepciones. ¿Quién le digo que pregunta por ella?

—Dígale que soy Rafael de Altaterra.

—¿Pertenece usted a la familia? —se apresuró a preguntar el recepcionista.

—Apenas nada. Un pariente muy lejano.

El hombre se dirigió a un recinto acristalado que había detrás del mostrador y la llamó desde allí. Concluyó enseguida.

—Ha dicho que puede esperar aquí o pasear por el claustro si lo prefiere.

Prefirió el paseo y se adentró por las estancias, ahora destinadas a los huéspedes aunque preservaban lo esencial. Por el primer pasillo del claustro ajardinado, junto a la capilla, un salón exponía piezas escogidas de la colección de la casa de Altaterra, en una sala que aseguraba su resguardo.

Entre las viejas pinturas protegidas por un cristal se hallaba el retrato de Rodrigo Coronado que tanto interés le despertó al llegar a la casa. Los espacios que se sucedían en la parte baja del claustro se habían adaptado al uso del hotel y eran comedores, biblioteca y zonas de descanso.

Las huertas de la parte trasera, en las que entretenía algunas horas Diego de Altaterra Coronado cultivando hortalizas, albergaban una construcción de varias plantas, moderna, con piscinas, balneario, canchas y gimnasios en la planta baja y habitaciones en las superiores.

Paseó despacio por el claustro y su mente voló al tiempo feliz en el que Amalia Norcron irrumpió en su vida. En la espera quiso presentir que llegaría Lucila de Miranda y detrás de ella aparecería Gabriel de Altaterra, y que los tres se sentarían en cualquier rincón, enzarzados en una calurosa conversación sin decirse una palabra.

A lo lejos se acercaba la figura de Amalia Norcron, tan diligente como en su juventud. La edad la había llenado de serenidad y firmeza. Lucía el pelo corto con el flequillo a un lado de la cara, llevaba gafas, vestía pantalón y chaqueta en el estilo sobrio y formal que se esperaría de la directora del hotel más prestigioso de la ciudad. Seguía siendo la mujer que él admiró y amó en su juventud. Le pareció que la visita le causaba alegría.

Se detuvo ante él y lo miró en uno de aquellos silencios suyos capaces de congelar las piedras. Él le sostuvo la mirada y los dos hallaron en el otro el rescoldo de melancolía que se les petrificó en el corazón cuando se dijeron adiós. Esperó a que ella hablara, sin sobrepasar la frontera que un día le prometió respetar.

—¡Estás estupendo! —dijo ella antes de caminar unos pasos para besarlo en la mejilla y abrazarlo.

—No te alcanzo ni de lejos, Amalia. Tú estás mucho mejor.

—No esperaba volver a verte. Me alegro de que hayas venido.

—Siempre supe que si la casa de Altaterra tenía alguna esperanza de sobrevivir sólo sería gracias a ti.

—No lo deseaba. Las cosas se presentaron así y no tuve más remedio que tirar para delante.

—Por lo que veo, lo has hecho muy bien.

—Y tú, ¿qué has hecho durante estos años?

—Sobrellevar la vida, Amalia. De ciudad en ciudad, sin un lugar fijo. Regresé hace tres años. No vine aquí por respeto a nuestro acuerdo, y no lo hubiera hecho de no tratarse de un caso de vida o muerte.

—¿Y el bastón?

—Un accidente. Un coche me pasó por encima.

Salieron y caminaron por la acera en dirección a la que algunos todavía llamaban la «casa de obras». Restaurada y renovada, aunque grande, recobró el sentido de vivienda familiar que tuvo en su origen.

—Quiero enseñarte lo que hice en el taller de Servando Meno —dijo Amalia Norcron mostrándole el luminoso patio interior.

Volvía a ser un lugar de paso entre las distintas áreas de la casa. Lo adornaban plantas de diversas especies en macetones enormes, dispuestos sin que estorbaran o reunidos en el centro. En un rincón, tres largos sofás alrededor de una mesa de centro creaban un espacio propicio para la charla frente a una taza de café. Amalia Norcron abrió la puerta de la habitación en la que vivió Elisario Calante, donde compartieron amor y secretos. Ella la utilizaba ahora no tanto como despacho donde recibir una visita ocasional, sino como refugio personal. Le pidió que ocupara una silla ante el pequeño escritorio y ella se sentó frente a él, delante de la mesa.

—Ya ves, tu habitación la reservé para mí.

Como en su juventud, en una sola frase en la que parecía no decir nada lo confesaba todo.

Elisario Calante le hizo un repaso somero de sus aventuras. Sin esconder que fue indigente la mayor parte del tiempo, evitó adentrarse en los pormenores. Cuando llegó al atropello que lo llevó al hospital, le contó que Livia Reinier lo había acogido en su casa, sin mencionar el fracaso de amor del pasado.

—Su hija desapareció hace dos días. No se sabe nada de ella. Tengo razones para creer que su desaparición guarda relación con alguno de los Altaterra. Necesito saber qué fue de ellos.

Amalia Norcron tuvo que remontarse a la noche en que sacaron a Elisario Calante de la habitación donde ahora hablaban y le contó el mal camino de Fernando de Altaterra, los pesares del padre, el noviazgo de Lucila de Miranda con Gabriel de Altaterra y la tragedia de la boda.

Diego de Altaterra Coronado vivió lo suficiente para ver el destino de la casa de Altaterra, que transitó hacia el mundo de los negocios con timidez en los comienzos, cuando aprendieron el oficio, y con seguridad y dominio al final. Reconocido como el más solvente de la ciudad, el hotel convirtió a Diego de Altaterra Coronado en el hospedero con el que tanto le aterrorizaba que lo confundieran, aunque no ocultó su satisfacción.

—Se fue un día en un suspiro —dijo Amalia Norcron—. Dio un par de vueltas por el claustro, pasó por la cocina, la cafetería y la recepción, saludando por su nombre a los que se iba encontrando. Se sentó en su reservado con un libro y allí se lo llevó aquel infarto que parecía que nunca había tenido. Lo vi de lejos, quieto, y me imaginé lo peor. Estaba con los ojos cerrados y sonreía, como en éxtasis. Parecía que se hubiera presentado a buscarlo su querida mujer, Eulalia Torremocha.

Cuando terminó de contarle lo referente a los hermanos De Altaterra, salieron y caminaron por la acera hasta la puerta que daba acceso a las estancias privadas reservadas a la familia. Amalia entró un momento en una de las habitaciones y al salir se despidió con una pregunta.

—¿Me recordaste?

—Siempre, Amalia. Cada vez que miro dentro de mí, apareces tú. Tenías razón, no somos más que nuestros recuerdos. Lo que fuimos es lo mejor que me ha sucedido.

—También para mí —dijo ella, expresando más con su mirada que con las palabras—. ¿No fui alguien de paso?

—No, Amalia. Diste sentido a mi vida. Mi sentimiento más hondo siempre ha sido la nostalgia, pero antes de ti era hueca. Después de ti me acompañó donde fui, pero era distinta. Tú llenaste de sentido mi antigua y amada nostalgia, porque después de conocerte siempre fue nostalgia de ti.

Amalia Norcron hizo el más largo de todos sus silencios.

—Es lo más hermoso que me han dicho nunca —dijo conmovida, y le dio un beso y un abrazo que retuvo para susurrarle al oído—: Cumplí mi propósito, nunca hubo otro.

Tomó aire y se alejó con las gafas en la mano, limpiándose los párpados. Se puso las gafas, detuvo sus pasos y se giró.

—Ven cuando quieras. Si necesitas trabajo —dijo con un reflejo de emoción—. O una amiga.

Desde el umbral, Elisario Calante contempló a Gabriel de Altaterra, inmóvil sobre dos enormes almohadones, que lo recibía con una sonrisa cargada de añoranza. El pelo se le había vuelto blanco, pero reconoció en él al hombre que fue con treinta años.

—Te sientan bien los años, Rafael —dijo Gabriel de Altaterra a modo de bienvenida.

—A ti sí que te sientan bien, Gabriel. El pelo blanco te favorece.

—¿Dónde has estado? ¿Qué ha sido de ti?

—He dado muchos tumbos, de un lado para otro, sin nada importante que hacer.

—Al menos tú has dado tumbos de un lado para otro. Yo he dado todos los míos sin salir de esta cama.

Hizo una pausa para dejar pasar una sombra de amargura, que no quitó alegría al inesperado encuentro—. Cuéntame cómo éramos, Rafael. Háblame de Lucila.

—Me alegré de que te casaras con ella. A veces, cuando nos juntábamos los tres, tenía la sensación de ser una carabina.

—Fuiste nuestra excusa. De no ser por ti, no la habría conocido como la conocí. Porque sin ti Lucila no se habría atrevido y yo ni siquiera me hubiera acercado.

Gabriel de Altaterra le narró el largo periplo de la casa de Altaterra hasta ser lo que era sin referirse en ningún momento a su tragedia, pero cuando Elisario Calante se despedía, le dijo adiós con un grito de socorro.

—¿Harías algo por mí?

—Todo lo que esté en mi mano, Gabriel.

—¡Libérame! ¡Ayúdame a morir!

Elisario Calante asintió.

—Vendré a darte conversación, amigo Gabriel —dijo desde la puerta—. No desesperes.

Atardecía cuando Elisario Calante llegó a La Bella. En un hueco escondido en el cuarto donde continuaba la hamaca que usaba para descansar, tenía una linterna, pequeña pero potente, que no se llevaron los que hicieron el registro. Por el mismo sendero, unos metros más abajo existía un acceso a los subterráneos que nadie más conocía.

Un mecanismo, fácil de identificar por la forma de una piedra, del tamaño de un puño, permitía el acceso. Al girarla un cuarto de vuelta, la piedra podía encajarse en el interior del muro y liberar el cierre. Luego bastaba con empujar la pared, preparada con un ingenioso artificio en el que la mitad de la puerta actuaba de contrapeso de la otra mitad. Al otro lado la operación inversa cerraba el acceso: se empujaba la pared, se empujaba el cierre y se giraba un cuarto de vuelta para asegurarlo.

La Bella estaba construida sobre las galerías de un antiguo polvorín. Un pasillo llegaba hasta el subterráneo de la vivienda vecina, por debajo de la calle lateral. Allí había un cierre idéntico al que había permitido el acceso. Más fácil de identificar por la parte interior, lo encontró de inmediato. Desde dentro el procedimiento era más sencillo. Tiró del mecanismo para liberarlo y empujó hacia el interior de la pared, que chirrió en la viga que soportaba el peso del bloque de piedra. Aunque en este caso no era necesario, cerró desde el otro lado del muro.

Encontró un pasillo en el que llamaban la atención la pulcritud del suelo y las pequeñas luminarias dispuestas a intervalos regulares, señal de que aquel espacio se utilizaba para el servicio de la casa. Vio dos recintos en una de las paredes del pasillo detrás de gruesas puertas de hierro, uno de ellos vacío y el otro con cajas y enseres.

Al fondo, una escalera de seis tramos subía hasta un sótano que servía de cochera, con el suelo recién pintado. Cuatro vehículos guardaban un orden perfecto, bien alineados y separados entre sí. Entre un turismo de gama alta y dos furgonetas se hallaba el coche de Livia Reinier que Valeria llevaba cuando desapareció.

Una puerta de hierro, recién pintada con la misma pintura del suelo, que confundió con un acceso a la vivienda, daba a una galería bajo la calle por la que pasaban los gruesos tubos de evacuación de aguas negras y pluviales. Allí descubrió varias bombonas vacías, que desvelaban el misterio de la pestilencia que meses atrás tuvo en jaque al vecindario. Todavía se percibía el olor de los residuos en las válvulas.

En aquel punto le pareció aún más insensato abandonar el lugar y acudir a la policía a contar el hallazgo del vehículo que utilizaba Valeria Codino. Había llegado hasta allí con relativa facilidad y pensó que podía arriesgarse un poco más, acercarse lo justo para intentar escuchar en el interior de la vivienda, incluso echar un vistazo. Al subir por la escalera alguien que lo esperaba detrás de un recodo lo derribó de un golpe. Aturdido aunque consciente, sintió que lo arrastraban por los seis tramos de la escalera y el pasillo hasta el cubículo libre de la planta baja, donde lo dejaron tirado en el suelo, encerrado y en absoluta oscuridad.

La estancia no era fría ni húmeda y calculó que podría estar a quince metros por debajo del nivel de la calle. De pie, exploró con las manos la superficie de las paredes. Eran de la misma roca caliza que las galerías, sin cortes, labrados y sin pulir. Aberturas de un metro de largo por las que cabía con holgura un brazo, en el suelo y el techo, mantenían un flujo constante de aire. Golpeó repetidas veces la pesada puerta de hierro.

—¿Alguien me oye? ¿Me oyes, Valeria? —gritó más fuerte—. ¡Fernando de Altaterra, soy Rafael! ¡Habla conmigo!

No obtuvo respuesta. Al cabo de muchas horas lo venció el cansancio. Se despertó tras un largo sueño, con sed y con hambre pero sin frío.

No supo si estaba traspuesto o dormido cuando oyó un ruido muy leve, como de pasos, y un rayo de luz que entró desde el exterior por los respiraderos le permitió ver la estancia. Era de unos cinco o seis metros por cuatro, excavada en la roca, de piedra arenisca de ocre pálido, con el suelo y las paredes limpias. Tenía en el centro un bloque de piedra a modo de mesa, bajo una gruesa viga de hierro que con seguridad había servido de soporte para las viejas poleas que trasladaban cargas pesadas.

La puerta se abrió y una mano introdujo una botella de agua.

—Evacue en ella cuando haya terminado el contenido, y ciérrela bien si no quiere acabar en una pocilga —avisó el hombre.

—Dígale a Fernando de Altaterra que hable conmigo. Dígale que soy Rafael.

El hombre cerró la puerta y se alejó sin responder. No mucho después se volvió a abrir y entró un hombre que lo obligó a sentarse en el suelo y se puso a un lado. Entró un segundo hombre y un tercero se quedó fuera.

—Debí suponer que el mendigo sin nombre eras tú —dijo Fernando de Altaterra—. Te daba por muerto.

Desde el suelo no podía ver más que la silueta recortada al leve contraluz de la puerta.

—Mendigo nunca he sido. Puede parecerlo porque prefiero vivir solo y con poca cosa que en mala compañía. La mayoría de las veces la gente es mala compañía.

—¿Qué haces aquí? ¿Cómo has entrado y qué quieres?

—Entré por el alcantarillado. He venido a buscar a la chica desaparecida. Sé que esto es cosa tuya o de tu hermana Eulalia.

—¿Cómo sabías que yo estaba aquí?

—Por el piano de tu madre. Sueles tocar mi versión del *Nocturno* que ella compuso. Has mejorado, pero sigues arrastrando la segunda parte del compás.

—¿Y por qué piensas en mi hermana?

—Porque ella tuvo relación con las chicas que han muerto y con Aurelio y Valeria Codino. Porque esto tiene su sello. Para cualquiera que la conozca, si algo es dañino, carece de lógica y ella está cerca, no es necesario seguir buscando. Además, he sabido que prometió vengarse.

Con la vista adaptada a la penumbra, pudo distinguir el precio que los años habían cobrado en Fernando de Altaterra. Apenas le quedaba nada de su juventud. Los hombros vencidos, la espalda un tanto arqueada y el abdomen abultado donde hubo una cintura de atleta. Una franja gris cortada al uno sobre la nuca, una calvicie clásica que llevaba con resignación y que no le sentaba mal del todo. Vestía la fina sastrería de paño gris oscuro que eligió a modo de hábito cuando abandonó la fraternidad. A diferencia de los otros, que vestían pantalón gris y camisa blanca, él usaba traje y bajo la chaqueta llevaba una camisa gris casi negro, de cuello mao cerrado con corchete que recordaba el cuello clerical. Unas gafas redondas de montura dorada soltaban algún destello. Del flamante muchacho que Elisario Calante conoció no quedaba sino oscuridad.

—No debiste venir, Rafael.

—¿Está viva la chica, Fernando?

—De momento sí, pero no hay solución para ella.

—Déjala marchar. Yo vi el cadáver que apareció cerca de aquí. Ya he demostrado que no me incumbe. Nada he dicho y nada diré, pero ahora me tienes a mí. Si estás involucrado en aquella muerte, yo soy la solución.

—Es cierto, ahora te tengo a ti. Eso está bien porque tú nunca creíste en el destino; sin embargo, esa fuerza que nos ronda desde que nacemos siempre se las arregla para llegar a nosotros —dijo antes de salir de la estancia.

Uno o dos días después, por una de las aberturas del suelo pusieron al alcance de su mano una botella de agua, un bocadillo en un recipiente de plástico y dos servilletas de papel. Y al cabo de unas horas Fernando de Altaterra se presentó con dos de sus matones, que colgaron una cuerda de montañero de la viga central del techo.

—Toda prisión es nuestra propia mente —le dijo Fernando de Altaterra desde la puerta—. Aunque no lo creas, esa cuerda es un acto de misericordia. Pronto no desearás otra cosa que morir. Sólo tienes que pasártela por el cuello, subirte a ese bloque y dejarte caer.

—De acuerdo, Fernando. ¿Qué es lo que quieres, vencerme en esa lucha absurda que emprendiste contra mí? Terminemos ya. Libera a la chica y me colgaré ahora.

—No te robaré más tiempo, Doctor, Rafael o como sea que te llames. Aquí, en la soledad y el silencio, podrás disfrutar de tu propia mente. Pronto aborrecerás estar vivo. Te asaltarán todos tus demonios, rogarás a Dios que envíe a la muerte a por ti.

Fernando de Altaterra ordenó que se mantuviese encendida la luz del pasillo, que entraba como un leve resplandor por las rendijas del suelo y del techo. Prohibió que se hablara con él y que se depositara la botella de agua, las servilletas de papel, una pequeña palangana de plástico con una toalla humedecida y el exiguo bocadillo donde le fuera posible alcanzarlo con la mano. Lo preparaba alguien que cocinaba bien y que demostraba ser buena persona, porque dos de cada tres veces le ponía un limón cortado en cuatro cuñas. Rellenaba el pan con un filete de carne o pescado o un trozo de tortilla española, siempre entre hojas de lechuga, que mejoraba con pepinillos, aros de cebolla, con frecuencia rodajas de tomate y en ocasiones rodajas de pepino.

Su antiguo amigo parecía querer matarlo despacio, de pena y soledad, no de hambre o por deshidratación. De ahí que le entregasen la comida una vez al día a horas dispares, unas veces por la mañana, otras por la tarde y otras de madrugada, de manera que no pudiera hallar un patrón ni un intervalo preciso que le sirviera para orientarse.

A quince metros bajo tierra, en una celda horadada en la roca con paredes de un metro y medio de grosor y una puerta impenetrable de hierro, el aislamiento sonoro era absoluto. Fernando de Altaterra imaginaba que, en comparación, el aislamiento que él padeció muchos años antes podía considerarse placentero. Esperaba que, en cuestión de semanas, el que fue su amigo hubiera perdido la cordura, se hubiera colgado o las dos cosas a la vez.

Sin embargo, Elisario Calante pensaba que utilizar la soledad y la escasez contra alguien que no conocía otra cosa que soledad y escasez aseguraba que el proceso sería largo. Aunque no era inmune a la tortura y desde los primeros días su organismo se rebeló contra el cautiverio con violencia. Le sobrevenían ataques de claustrofobia que le provocaban taquicardias. A veces notaba en las sienes que la presión arterial se le había disparado y sufría fuertes dolores de cabeza. Relajaba los músculos, regulaba la respiración, intentaba poner la mente en blanco y dejaba que amainara la tormenta.

Muy pronto entendió que necesitaba ocupación y rutina. Entre los periodos de sueño, hubiesen sido largos o cortos, practicaba los ejercicios de rehabilitación que podía y recordaba, a los que sumó otros que conocía y algunos que fue desarrollando.

Con el mismo rigor y la misma severidad, su mente acudía a la memoria y repasaba las etapas de su vida, en orden cronológico a veces, siguiendo la línea por las personas, o por las ciudades y los lugares en que deambuló en su etapa de errante. Rememoraba los días de postración en el hospital; rememoraba a la mujer que cada día sostenía su mano; rememoraba las vivencias con Lobo, las más amables; rememoraba a Amalia Norcron en todo cuanto le era posible recordar de ella, no con la edad que ahora tenía sino como la había recordado toda la vida; rememoraba la música, la Clavelina, el verano, la playa, sus improvisaciones; y rememoraba a Katia Romano sobre el fondo de la música que le dedicó cada noche. También rememoraba a Livia Reinier sin el deseo de olvidarla, pero ya incapaz de amarla como ella quería ser amada.

23

Pasaban cinco días desde que Valeria Codino comenzó a sentirse mal, tres días desde que rompió con él y dos días sin que se supiera nada de su paradero, y Máximo Devero no conseguía estar a solas sin que se le escapara una lágrima. Supo por Aurelio Codino que Elisario Calante no había regresado a la casa la tarde anterior.

Estaba libre de servicio, con un permiso de dos semanas que más parecía una orden del comisario que un premio por sus servicios. Unos minutos bajo el chorro de agua caliente y una cena ligera le allanaron el camino a la cama, pero descorrió la cortina y se sentó a contemplar la noche sobre la ciudad de Antiqua.

En la lejanía, las farolas del litoral y las vías principales y la iluminación de las fachadas de la ciudadela evocaban una atmósfera de irrealidad apocalíptica bajo el cielo encapotado. Como tantas otras noches volvió a preguntarse qué somos, y como siempre que se hizo esa pregunta la memoria lo devolvió al pasado.

Tenía diez años. Sucedió entre los picos que coronan el paisaje al fondo de la ciudad, en un lugar llamado El Portezuelo. Un edil quiso añadir al nombre del caserío un adorno tomado del santoral, para distinguirlo de otros Portezuelos, pero los vecinos se negaron. Les gustaba su aldea como era, solidaria y acogedora con quien se aventuraba a llegar allí, pero satisfecha de que pocos lo intentaran. Era fría, recogida y nebulosa en invierno, y fresca y de enorme hermosura en verano. Allí nació la madre de Máximo Devero y allí lo llevó a pasar los veranos de su infancia.

Máximo Devero era el hijo sin padre conocido de Edelmira Devero, una mujer notable, enfermera diplomada. Por su trabajo, en contacto frecuente con la enfermedad y la muerte, no le ocultó a su hijo, ni siquiera de niño, que el final llega como lógica conclusión de la existencia y lo educó en la idea de que somos el resultado de nuestras propias elecciones, y sobre esos pilares se construyó el carácter de Máximo Devero.

De las dos docenas de casas de El Portezuelo, la mitad se encontraban vacías y tampoco había niños que pudiesen ser compañeros de juegos, lo que nunca fue impedimento para que Máximo Devero deseara la llegada de los veranos. Allí lo esperaba Angélica Doncel. Con trece años más, fue para él como una hermana mayor o una madre sustituta, además de la única confidente de su infancia.

Desde El Portezuelo era posible divisar los vehículos que se acercaban por la carretera y Angélica Doncel siempre estaba atenta al coche de Edelmira Devero y los esperaba a la entrada para darles la bienvenida. Cogía a Máximo Devero de la mano y ya no se separaba de él durante el verano. Cada día llegaba puntual a la casa para recogerlo cuando su madre se marchaba al trabajo y lo devolvía cuando ella regresaba. No había un día en que no hubiera ideado cómo mantenerlo entretenido.

Hacía dos años que Angélica Doncel se había casado con Tobías Cacho, un muchacho de fuera de la aldea pero muy querido entre los vecinos porque era mañoso y trabajador y siempre estaba dispuesto a prestar ayuda. Era de aspecto saludable, un poco orondo, de tez blanca y pómulos sonrosados. Los padres de Angélica Doncel les cedieron una casita para que se casaran, en la parte baja de la aldea, un tanto escondida junto a un recodo en el que se remansaba el arroyo, que en la parte alta proveía de la mejor agua de la provincia a las viviendas de El Portezuelo.

Para Máximo Devero, el único cambio que supuso el matrimonio de Angélica Doncel en los dos veranos siguientes fue que Tobías Cacho también le buscaba tareas para enseñarle y tenía para él nuevos entretenimientos.

Un accidente de Tobías Cacho desató la tragedia de El Portezuelo. Lo llamaron del ayuntamiento y le encargaron que talara un árbol enfermo que amenazaba junto a la carretera. Para aserrar las ramas escaló por el tronco con el arnés de seguridad y los ganchos de trepa bien sujetos en los tobillos. Pero la madera podrida actuó como trampa fatal. Perdió el apoyo de un pie justo cuando cambiaba la posición del arnés. De manera incomprensible, se escurrió entre el arnés y el tronco y terminó cayendo desde lo alto sobre el asfalto. Estuvo inconsciente tres semanas, durante las cuales los médicos no se atrevieron a decir si saldría con vida.

Ese verano, cuando Máximo Devero llegó a El Portezuelo, Angélica Doncel no podía pasar tiempo con él y tampoco quería dejarlo a solas con Tobías Cacho, aún convaleciente.

—Si vienes y no estoy, no te quedes aquí; ve con mis padres.

Acompañó esas palabras con un asentimiento que despertó su intriga.

—El hombre que vino del hospital no es el Tobías de antes.

En las semanas siguientes tuvo pocas ocasiones de hablar con Tobías Cacho, y siempre con Angélica Doncel presente. Tal como ella le había dicho, aquel hombre en nada se parecía al Tobías Cacho anterior al accidente.

Un día que fue a buscar a Angélica Doncel, ella no estaba en la casa.

—¡Se fue a la capital! —gritó Tobías Cacho desde el otro lado del arroyo—. Se llevó el coche. No vendrá hasta la noche.

Al día siguiente Angélica Doncel no había regresado, pero el coche estaba donde solían dejarlo. En unas horas, los vecinos organizaron la búsqueda. No dio resultado. A los vecinos y la policía, se sumaron los lugareños de los alrededores y un grupo militar de montaña. Tras dos semanas de búsqueda infructuosa, se abandonaron las tareas.

Cada día Máximo Devero rondaba la casa esperando encontrar a su amiga y fue el primero en saber lo que había pasado. Una tormenta al final del verano trajo un chaparrón de varias horas que convirtió el arroyo en una barranquera. Días después, el agua había regresado a su cauce y en el remanso junto a la casa quedó una charca de agua cristalina que rebosaba y formaba una pequeña cascada. En el centro de esa charca flotaban dos sábanas entrelazadas, como las aspas de una cruz de san Andrés. Máximo Devero corrió a dar aviso a los padres de Angélica Doncel y en poco tiempo llegaron varios coches de policía.

Cercaron la aldea, cortaron los accesos a la casa y no tuvieron que emplear herramientas para descubrir que bajo las sábanas se hallaba el cadáver de Angélica Doncel. Otra evidencia hizo el suceso aún más doloroso y macabro: faltaba la cabeza.

Cuando llegó Tobías Cacho, la policía esperaba por él. Parecía decaído y apagado y no opuso resistencia a su detención, pero no era el hombre tímido, respetuoso y de trato amable que todos conocían.

—¡Me estaba volviendo loco! —confesó sin un signo de arrepentimiento—. No es que yo quisiera matarla que, de verdad, no quería. Sólo le quité la cabeza para que se callara. Si estábamos juntos no, pero si me iba un poco lejos no paraba de hablarme.

Señaló el lugar donde había sepultado la cabeza y dijo algo espeluznante.

—Por la noche tuve que llevar la cabeza más lejos. Ni muerta paraba de hablarme. No había manera de dormir.

Máximo Devero ya nunca regresó a El Portezuelo. Su madre no quiso llevarlo ni él hubiera querido volver. El lugar se hizo inhóspito incluso para los propios vecinos, que en unos años lo despoblaron. Las inclemencias del tiempo contribuyeron a erradicar el espantoso recuerdo, pues las nieves abatieron tejados y techumbres; el viento, las heladas, las lluvias y la humedad derribaron puertas y paredes, y el lodo sirvió de sustrato para el bosque que recuperó sus dominios entre los escombros.

Las autoridades cambiaron el curso de la carretera y los viajeros no ven de El Portezuelo más que algunos vestigios desde lejos y el nombre en una señal informativa.

Fue aquella experiencia la que condenó a Máximo Devero a buscar una respuesta razonada para la naturaleza humana. Pese a que fue bautizado y criado en la tradición del catolicismo, su madre le procuró una educación laica y nunca lo acercó al culto religioso, pero en la adolescencia se sintió atraído por la fe y hasta habló con su madre de ir al seminario. Aunque transmitió a su hijo el respeto a las creencias de los demás, ella lo había educado para que desconfiara de lo que no estuviera dentro de la estricta racionalidad y no tardó en disuadirlo.

Fiel a sus principios, Edelmira Devero falleció tras una corta enfermedad en el mismo hospital en el que trabajó la mayor parte de su vida. Le confesó a su hijo que la enfermedad que padecía era incurable y que no estaba dispuesta a librar una batalla que sabía perdida de antemano. Los médicos dijeron que la causa de la muerte fue natural, pero él estaba seguro de que, con ayuda o sin ella, su madre había terminado sus días de acuerdo consigo misma.

De manera que a las preguntas que todos nos hacemos, quiénes somos, de dónde venimos, adónde vamos y por qué, que son en realidad una sola pregunta, Máximo Devero añadía otras y hacía más conjeturas. Si somos seres reales o nada más que una entelequia de nuestra imaginación, si somos algo más que biología o si la biología dispone de un artificio para albergar una sutil energía a la que llamamos alma. De ser así, ¿qué le sucede al alma cuando el cuerpo y la mente enferman?, ¿qué le sucede cuando se cae en la desesperación y la locura?, ¿qué le sucede en la muerte?

Cursó dos años de Filosofía, que le abrieron la mente sin darle respuesta firme; dos de Psicología, que lo llevaron a mayor confusión; dos de Antropología, que le permitieron ganar perspectiva, observar al ser humano sin emoción, como una muestra en el portaobjetos del microscopio; por último, dos de Criminología, que le brindaron la oportunidad de observarlo en la práctica, en la experiencia vital de otros.

Con su formación, un físico formidable y el gusto por el ejercicio diario para mantenerlo, ganó la plaza de policía tras realizar un breve curso y superar los exámenes, para lo que no necesitó abandonar su medio de vida como ayudante de redacción en el *Diario de Antiqua*.

Tras incorporarse como policía, continuó enviando artículos sobre sucesos y hechos de los mundos marginales de la ciudad, que el periódico publicaba sin cambiar una coma, lo que dio el impulso definitivo al comisario Claudio Prego para incluirlo en su círculo más cercano.

Tobías Cacho, aquel muchacho de buenos modales que se casó con Angélica Doncel, autor de la tragedia de El Portezuelo, iba y venía por las calles de Antiqua y todos lo conocían por su apodo, «el Loco», pero para Máximo Devero era otro ser distinto. El Tobías Cacho que recordaba, antes sosegado y amable, de cuerpo más bien orondo y sonrosado, ahora era nervioso, de cambios repentinos, rápido de reflejos, de cuerpo enjuto, músculos fibrosos y piel cetrina. Por alguna incomprensible razón, incluso parecía más inteligente y, sin duda, tenía más cultura.

* * *

Según Aurelio Codino, era imprescindible que Máximo Devero viajara para conocer a Carelia Hallberg y convencerla del peligro que corría. Por su parte, Máximo Devero guardaba la esperanza de que Valeria Codino le hubiera hecho confidencias a su amiga en las que hallar una pista sobre su paradero.

Desconfiado por instinto, para que nadie pudiera seguir sus pasos hizo un trayecto en tren agotador, con varias escalas de despiste, parando en algunas ciudades para saltar de una estación a otra, en un itinerario disparatado. En una estación de autobuses lo esperaba una joven, compañera de facultad de

Carelia Hallberg. Por una carretera que discurría entre valles de huertas limpias y ordenadas llegaron a un camino particular. Al final de ese camino estaba la casa de campo donde Carelia Hallberg lo recibió sonriente pero con evidente preocupación.

—Ahora entiendo a Valeria cuando me contaba lo vuestro. ¿No tendrás un hermano como tú? —bromeó para darle la bienvenida—. ¿Has sabido algo de ella?

—Nada. Desapareció sin dejar rastro. Una de las razones para venir es que te dijera algo que nos dé alguna pista.

Carelia Hallberg era delgada, no muy alta sin ser menuda, y un tanto desgarbada. Además de la edad, tenía en común con Valeria Codino la madurez de ideas y de comportamiento. No era fea aunque tampoco guapa, rápida de reflejos, alegre y diligente. Estudiaba Medicina por vocación, y estaba a punto de comenzar los cursos de la especialidad.

—¿Sabes si había conocido a alguien, te confió alguna inquietud? —preguntó Máximo Devero.

—La última vez que hablamos me contó su prisa por casarse contigo —respondió Carelia Hallberg, algo sorprendida—. ¿Pasó algo entre vosotros?

—El viernes se sentía rara. Debíamos concretar nuestros planes de boda, y en lugar de eso rompió conmigo el sábado sin darme una razón. El lunes pasó a devolverme algunas cosas y hablamos unos minutos. Desde allí fue al Archivo Provincial. Salió a su hora de costumbre, desconectó el teléfono y ya no hemos vuelto a saber de ella.

—Su hermano Aurelio está muy preocupado. Me pidió que te recibiera, pero insistió en que fuese lejos de mi casa. ¿Por qué tantas precauciones?

—Porque yo se lo pedí. Dos chicas han sido asesinadas. Aurelio, Valeria y tú tuvisteis relación con ellas, y Valeria ha desaparecido. He venido a ponerte sobre aviso para que tengas cuidado y para que me digas cualquier cosa que recuerdes sobre algo que ocurrió en vuestra infancia.

Carelia Hallberg no eludió la cuestión, pero se quedó en lo superficial. Sus recuerdos la atenazaban.

Máximo Devero pasó allí esa noche y las dos siguientes, y en esos días el tema de conversación fue Valeria Codino. Por las mañanas salían a caminar por senderos entre paisajes de exaltada belleza. El tiempo, caprichoso en la zona, tan pronto trasformaba el día lluvioso en diáfano como volvía a las sombras de tormenta.

En el momento de la despedida, ambos habían ganado en simpatía mutua, pero los objetivos que habían llevado allí a Máximo Devero seguían en el mismo punto. Ni Carelia Hallberg tenía información sobre Valeria Codino ni parecía dispuesta a cambiar sus hábitos para protegerse del peligro.

Máximo Devero se había resignado a marcharse sin conseguir lo que había ido a buscar cuando ella se sinceró.

—Hay cosas que callo para no agitar el dolor, pero no me gusta mentir. No quiero que te marches con más preguntas que las que trajiste. Sé que amas a Valeria y que no le harás daño ni a ella ni a su madre.

Hizo una pausa, observó la expresión de Máximo Devero con sus ojos azules detenidos en él y se tragó un nudo de rabia.

—No siento la muerte de esas dos puercas —soltó Carelia Hallberg con una llama de odio en la mirada—. También eran niñas, pero no tenían nada de inocentes. Eran dos embusteras que destruyeron a mi padre.

—¿Has tenido contacto con ellas?

—Una o dos veces, pero nadie lo sabe ni debe saberlo.

—Por mí nadie más lo sabrá, Carelia, tienes mi palabra. Y tampoco sabrá nadie lo que me digas sobre ese pesar que he visto en la cara de Aurelio al hablarme de ti.

—Quiero mucho a Valeria, a Aurelio y a su madre. Son lo más parecido que tengo a una familia. Y no deben pagar por pecados que no cometieron. Aurelio Codino, su padre, fue mi albacea y debía velar por mí, pero se quedó con todo. Cuando cumplí la mayoría de edad no quedaba nada. Una casa que nadie quiere y otra casa que no quiero yo. Me hubiera quedado en la calle de no ser porque mi padre puso todo lo que pudo fuera de su alcance. Su hijo no acepta que le pague por su trabajo, pero agradece mi silencio porque teme que su madre se entere de los manejos del padre. Ese es mi resumen de las cosas.

* * *

A su regreso, Máximo Devero no fue a su casa. De acuerdo con Aurelio Codino ocupó el apartamento que había utilizado Elisario Calante hasta el día que ya no volvió. Por orden expresa del comisario, Máximo Devero no podía investigar por su cuenta. Estaba obligado a ocultar sus pasos y no emplear medios de la policía, pero tenía a su disposición la hemeroteca y los archivos del *Diario de Antiqua*, además de la valiosa complicidad de los periodistas, que sabían cuándo hablar de un asunto y, sobre todo, cuándo callar.

El verano anterior, cuando se encontró el primer cadáver, casi todos se encontraban de vacaciones. La actualidad política estaba alterada por el enfrentamiento del alcalde Marcelo Cato con gente de su partido. De todos los defectos del alcalde, el que no tenía era lo que trastornaba las relaciones con sus propios camaradas, porque Marcelo Cato no soltaba un céntimo de las arcas de Antiqua cuyo fin no estuviese justificado por una necesidad real, que él verificaba antes de autorizar un pago.

Dos líneas en la sección de sucesos llamaron la atención de Máximo Devero. La del bombero que descubrió el cadáver y la de un forense que vivía por la zona de La Umbría. El bombero accedió a encontrarse con él en las oficinas del *Diario de Antiqua*, donde Máximo Devero llegó antes del amanecer envuelto en precauciones.

—¿Por qué costó tanto dar con el origen del mal olor? —preguntó al bombero.

—Jugaban con nosotros. Alguien quería molestar al alcalde. Primero olía mal en una de las calles, después cambiaba a otra.

Máximo Devero había comprobado la información meteorológica y sabía que el viernes anterior soplaba el viento, pero desde el sábado no se movía una rama.

—¿El olor no procedía del cadáver?

—Hacía mucho calor. El cadáver olía mal, pero el olor más penetrante provenía del alcantarillado.

—Estaban los servicios del ayuntamiento. ¿Qué hicieron?

—Teatro. Levantaban las tapas, echaban un vistazo y volvían a cerrar. En aquella zona el colector general de aguas negras baja por el margen del barranco, pero las aguas pluviales vierten al barranco. Las alcantarillas permiten a un operario limpiar atascos, pero no hay pasillos, sólo tubos por donde no cabe una persona. El mal olor salía de los colectores de agua de lluvia a la calle.

—¿Y cómo dio con el cadáver?

—Porque estaba harto de que nos tomaran el pelo. El candado era nuevo. Estaba reluciente.

—Reventar ese candado le costó a usted una sanción.

—Un mes sin empleo y sueldo. Está en manos del juez, que se pronunciará en mi favor, porque nadie sabe decir qué falta fue la que cometí ese día.

La entrevista con el forense consistió en unas pocas frases en la puerta de su vivienda, pero el resultado fue clarificador.

—Que se halló un cadáver es cierto —dijo el hombre—. Que fue la causa del hedor aquel día tan caluroso, también es cierto. Pero había otro olor, tal vez para ocultar el del cadáver.

Ante la reticencia del hombre, Máximo Devero no quiso profundizar en ese dato, ya tenía la opinión del bombero, y se arriesgó a hacer una pregunta para la que no esperaba respuesta.

—¿Tuvo usted acceso a la autopsia?

—Por supuesto, aunque no la practiqué yo. La muerte la causó una incisión en el músculo cardiaco.

—¿Una incisión?

—Con un objeto punzante muy fino y largo. Tal vez un destornillador.

—¿Pudo ser muerte accidental?

—Esa hipótesis está descartada. La segunda chica murió del mismo modo.

A la mañana siguiente, Aurelio Codino le entregó unas llaves de La Bella con una súplica.

—Prométeme que será entrar y salir. El último ocupante está en un psiquiátrico y no dice una frase con sentido.

Máximo Devero se lo prometió pero incumplió su palabra. Pasó horas en el interior de la casa, sin hallar nada de interés. Percibió que La Bella se movía, tenía una molesta vibración que alteraba el sentido del equilibrio.

Cuando salió de allí, un mensaje del comisario Claudio Prego lo requería de inmediato en la comisaría y un taxi le dejó en la puerta en cuestión de minutos. Detrás de él entraron al despacho del comisario un inspector y un subinspector.

—Le he ordenado venir por un hecho de extrema gravedad, Devero. Estoy seguro de que es ajeno a usted, pero nos vemos obligados a intervenir. ¿Tiene usted su arma?

—La dejé en la armería antes de irme de permiso —respondió desconcertado.

—Deposite sobre la mesa su placa y su identificación.

—¿Qué ha sucedido, comisario?

—Hemos localizado el bolso y el teléfono de Valeria Codino en su casa, Devero. Desde este momento está usted detenido, y créame que lo siento mucho.

—Para entrar en mi casa habrá tenido que pedir autorización a un juez. Dígame cuál ha sido la causa, comisario.

—El coche de Valeria Codino apareció en las cercanías de su vivienda, Devero. Que usted regresara de su viaje sin avisarme complica mucho su situación. No puedo decirle más. Vaya con los compañeros. Tendrán que interrogarlo.

—Necesitaré un abogado, comisario.

—¿Ya sabe a quién llamar?

—A Aurelio Codino, el hermano de Valeria.

—Descuide, yo haré la llamada por usted. Estoy seguro de que todo se resolverá enseguida.

No fue el interrogatorio amable que dio a entender el comisario. Como estrategia para impedirle dormir, esa noche lo llevaron cuatro veces a una sala en la que después de una hora de espera nadie lo interrogó. El auténtico interrogatorio lo reservaron para la mañana siguiente, sin la presencia de Aurelio Codino. Máximo Devero estaba cansado pero entero y lo eludió de una manera inesperada.

—Quiero hablar con el comisario. Sólo responderé ante él.

Lo intentaron sin resultado, hasta que se personó Claudio Prego y tomó asiento.

—Está bien, Devero, escucho lo que quiera decirme.

—Le aconsejo que ordene desconectar el sistema de grabación, comisario. No le conviene que haya registro de lo que hablemos. Es mejor que nadie más nos oiga.

Por teléfono, Claudio Prego dio la orden de desconectar los equipos.

—¿Qué hizo con el cuerpo de su prometida, Devero? ¿Lo tiró por el acantilado?

—¡Vamos, comisario, sabe que no fui yo! ¿Quién dejó las pruebas falsas en mi casa? ¿Fue su matón, el subinspector Evaristo Afonso?

—Se está pasando de la raya. Esas acusaciones pueden acabar con su carrera y llevarlo a la cárcel.

—Nada me salvará de una temporada en la cárcel, comisario. Cuando le preguntaba por lo sucedido aquella noche, el Doctor me respondía siempre de la misma manera: De esa noche nada sé que no sepa ya el que debe saberlo en la comisaría. Pensé que era una forma de hablar, hasta ayer. Ahora empiezan a encajar las piezas. No era una forma de hablar, era la verdad. Usted sabe lo que sucedió aquella noche en La Umbría.

—¿Tenía usted que hurgar donde le prohibí que lo hiciera? Si hubiera cumplido mis órdenes no estaría en esta situación. ¿Por qué me desobedeció?

—Porque no se investigó lo de la chica muerta, comisario. Porque Valeria Codino está desaparecida. Porque el Doctor

344

está desaparecido. Me puso usted detrás de él para saber si hablaba. ¿Dónde está? ¿Han conseguido eliminarlo? El coche que le pasó por encima no aparece porque es uno de nuestros coches camuflados. Sé que no lo conducía usted porque estaba conmigo en la comisaría. Sólo espero que quien lo hizo no fuese un policía.

24

Diego de Altaterra Coronado vivió convencido de que dos de sus hijos nacieron con el estigma que perseguía a una rama de su estirpe, cuyos retoños no se inclinaban a las pasiones más comunes, pero eran prisioneros de otras, menos reconocibles pero de igual manera insaciables. Si la propensión se presentaba de un lado, era una bendición para sus vidas; si del otro, una condena fatídica para las vidas de los demás.

En Rodrigo Coronado, aquel notable antepasado, la falta de apremio sexual encontró cauce primero en la milicia y después en la protección de niños huérfanos o esclavizados, una ocupación en la que fue tan implacable que, a decir de algunos, su solo nombre vaciaba los tugurios del Caribe. Aquella marca la había reconocido Diego de Altaterra Coronado en sus hijos Fernando y Eulalia, en ambos casos del lado de sus temores.

Enigmática siempre, seductora si se lo proponía, malvada a su capricho, cruel si tenía ocasión, imprevisible y manipuladora hasta cuando no lo pretendía, de Eulalia de Altaterra sólo se daba por seguro que terminaría por sorprender, fueran las que fuesen sus intenciones. Al término de sus estudios de secundaria, que culminó con dificultad, tardó dos años en empezar una carrera. Por la tragedia de su hermano Gabriel y la desaparición de Lucila de Miranda pospuso su partida, pero aprovechó el tiempo a su manera y con veintitrés años cumplidos, cuando llegó a París para ingresar en la Escuela de Idiomas, hablaba un francés aceptable y se defendía con el inglés.

Como su hermano Fernando, era alta, proporcionada, muy guapa, y se desenvolvía bien en cualquier ambiente social. Por carácter y posición, siempre fue el centro de una camarilla de incondicionales que la amaban y la temían por igual.

En París el apellido no le abriría ninguna puerta, pero allí nadie la conocía, lo que le permitiría elegir amistades. Llegó con planes de rodearse de un grupo de amigas entre las solitarias y despistadas del primer curso. Las abordaría una a una, hasta reunir a tres o cuatro, que debía conocer por separado para ser el nexo de unión. Todas debían estar en inferioridad de condiciones que ella. Serían buenas candidatas las que cumplieran dos requisitos de una pequeña lista: menos disponibilidad económica, menos agraciada, menos facilidad para los estudios o menos habilidad en el trato social.

La que despertó su interés de inmediato se llamaba Chiara Conte y era cuatro años mayor que ella. Vivía sola en un apartamento, no tenía amigas, era guapa, de gustos caros, y parecía huir de los compromisos formales. Compartían clase y Eulalia de Altaterra la observó durante unas semanas sin decidirse a entablar conversación. Una mañana rescató de la papelera una hoja donde la joven había escrito algo. Se trataba de un formulario de envío de dinero, lo que le aclaró algunas sospechas. Vestía y calzaba artículos caros y no recibía dinero sino que lo enviaba. De manera que disponía de una fuente de ingresos, que era fácil de adivinar. Aquel fue el aliciente para que Eulalia de Altaterra la deseara en su círculo de amistades.

Fue la única que superó la frontera del segundo curso, cuando se disolvieron otras amistades, unas por circunstancias de la vida y los estudios, otras por inapetencia de Eulalia de Altaterra. En cambio, con Chiara Conte ya compartía intereses, lo que creaba vínculos más sólidos que el sentimiento de amistad.

Para empezar, Chiara Conte se escondía tras el nombre ficticio de Giorgia Rinaldi. Al principio era impenetrable. En ocasiones faltaba a las clases, o no regresaba al apartamento hasta la madrugada, o desaparecía durante fines de semana enteros. Eulalia de Altaterra se aproximó a ella con delicadeza, atenta y dispuesta a echarle una mano en lo que necesitara. Aunque su motivación siempre era conocer cualquier actividad que no siguiera los cauces tenidos por normales. Al fin, cuando creyó que Chiara Conte no estaría a la defensiva, la abordó con una pregunta directa.

—¿Y cuánto le sacas a cada uno?

—Depende de quién, de dónde, de cómo y de lo que pida —respondió Chiara Conte sin asomo de recelo.

Las cifras que mencionó de una cosa y de la otra eran atractivas incluso para Eulalia de Altaterra, que jamás se había planteado nada parecido a un trabajo remunerado. Días después fue ella la que sorprendió a su amiga.

—¿Qué te parecería si te consigo amigos que paguen el doble?

—Que mejor pronto que tarde, Eulalia.

—¿Y cuánto me llevaría yo?

—¿Te parece bien un cuarto?

—Había pensado un tercio, pero me encargaría también de la coordinación para que no pierdas tiempo con eso.

—Trato hecho —dijo tendiéndole la mano—. Pero date prisa, que estoy sin blanca.

Así comenzó la colaboración que nunca pareció lo que de verdad era. En el siguiente viaje a su casa, Eulalia de Altaterra enseñó fotos de su amiga, de la que habló como una inocente estudiante de idiomas. Sabía cómo y a quién mostrarla. Fue a por los hombres maduros que le hubiesen hecho alguna insinuación y que pudieran permitirse un viaje a París, y que tuviesen que lamentar más que ella una falta de discreción. Incluso en ese caso, jamás podrían decir que Eulalia de Altaterra había tenido algo que ver.

En la sombra, llevó la agenda, controló las cuentas y mantuvo vivo el negocio de Giorgia Rinaldi, nombre artístico de Chiara Conte. Eulalia de Altaterra ya tenía veinticinco años, acababa de recibir su cuantiosa herencia y, según el método de los buenos traficantes, jamás se acercó al producto que vendía.

Como en el caso de su hermano Fernando, no corría por la sangre de Eulalia de Altaterra apetito sexual capaz de apartarla de sus intereses. Ni frecuentó la compañía de ningún hombre ni, por supuesto, se prostituyó. Fue virgen hasta los veintiocho años, cuando se entregó a un hombre en un escarceo del que, por una vez, fue ella la que salió malparada.

En contra de lo que ella misma creía, no era el afán de lucro lo que la impulsaba. A la que desde cría fue manipuladora, desleal, conspiradora, perversa y depravada, dedicarse a una actividad en los límites, oscura y peligrosa, que de conocerse escandalizaría a familiares, amigos y gente de su clase, le dio sosiego interior, apaciguó su alma. En el periodo anterior, antes de disponer de su herencia, vivía de la asignación de la casa de Altaterra, de modo que los ingresos adicionales le permitieron añadir ladrillos a una fortuna que mantenía en los bancos y de la que nunca gastó un céntimo. Poco después, otra nueva amiga se había sumado al negocio y se alternaba con Chiara Conte en el apartamento donde recibían a sus visitantes.

Fernando de Altaterra dio el espaldarazo definitivo a la actividad de su hermana Eulalia meses después del papeleo de sus herencias, durante los cuales no habían tenido contacto. Llamó desde un hotel y apenas le concedió el tiempo necesario para cambiarse de ropa y recoger lo imprescindible antes de que alguien golpeara con los nudillos en la puerta del apartamento.

La última vez que se vieron ella lo encontró sereno, pero decaído y desmejorado. Aunque ahora parecía recuperado, creyó estar ante un hombre de cincuenta años que hubiera atravesado el infierno. Vestía un traje gris oscuro de excelente paño y llevaba el pelo muy corto evidenciando ya la definitiva calvicie. Se mostraba seguro de sí mismo, pero se había investido de hermetismo y cautela, había abandonado las referencias a Dios y se habían marchitado en él los atractivos que un lustro antes cautivaban a todos a su alrededor.

De las carpetas atadas con cintas de color lila, que sustrajo la noche en que dio muerte a Lucrecio Estrada, salieron contactos, direcciones y teléfonos de gente notable, dispuesta a pagar con generosidad sus gustos caros.

Fernando de Altaterra se la entregó a su hermana a cambio de participar en el negocio. Ella debía coordinar sin exponerse, gestionar el cobro de los servicios que nunca debían mencionarse como lo que eran, pagaría los gastos, llevaría las cuentas y haría la liquidación. Él vigilaría que se cumplieran las cautelas y garantizaría la seguridad mediante sus pretores, la guardia de siniestros acompañantes que lo seguían allá donde iba.

Sin abandonar sus estudios, sin salir del apartamento para algo relacionado con aquellas prácticas, pegada al teléfono durante horas y sin dar nunca su auténtico nombre, Eulalia de Altaterra desempeñó su cometido sin exponerse. Se sumaron otras mujeres, se alquilaron otros apartamentos y se incrementó la actividad al tiempo que crecía su fortuna. A medida que se acercaba a la treintena, la raya trazada en su mente para dejar de considerarse soltera y convertirse en solterona, empezó a preparar a Chiara Conte para que la sustituyera en el trabajo cotidiano, aunque no en la autoridad.

* * *

Muchos años antes, Jorgen Hallberg se disponía a regresar al frío de Helsinki tras unas vacaciones de dos semanas. Doblegado por una súbita tristeza, iba cediendo su turno en la cola de facturación del equipaje del aeropuerto. Había llegado a sentir el mundo de Antiqua más suyo que la patria donde nació, en la que sólo tenía un puesto como funcionario del Tesoro, algún pariente remoto y nadie a quien hacer un regalo ni con quien compartir una bebida caliente.

Regresó meses después, aprendió español y se casó con Carolina Abralde, una rica heredera antiqueña. Los padres de Carolina Abralde eran propietarios de un prestigioso colegio que, por ser hija única, ella recibió como herencia junto con La Bella, situada frente a la casa familiar, conocida como casa Abralde.

El matrimonio hizo un viaje por la Finlandia natal de Jorgen Hallberg, que terminó con una escapada al lago Ladoga, dentro de Rusia, en un barco que los llevó a la cercana república de Carelia, una región de exuberante belleza en la que poco más podían hacer que mirar el paisaje y amarse. Durante el viaje o en la corta estancia en la capital de aquella república rusa concibieron a la niña, a la que pusieron el nombre de Carelia.

Cuando Jorgen Hallberg enviudó, administró la herencia que la madre dejó a su hija Carelia. Era buen padre y buen director del colegio y contaba con el aprecio de los profesores y del Consejo de Padres de Alumnos.

Eulalia de Altaterra llegó a la vida de Jorgen Hallberg de manera casual, presentándose a la convocatoria para cubrir plazas de profesor de inglés y francés. Dominaba los dos idiomas, su currículo no fue el mejor de los presentados, pero el apellido agradó al Consejo de Padres y fue contratada. Con una ocupación de prestigio, sólo le faltaba casarse con un hombre de cierta relevancia en Antiqua.

En su viudez, Jorgen Hallberg era un hombre frágil aferrado a su hija pequeña y a la dirección del colegio. En él halló Eulalia de Altaterra un alma a la que bastaría un ligero soplo para que se deshiciera como los vilanos en el viento. La pequeña Carelia, una niña de siete años necesitada de una madre, sin tíos ni abuelos ni hermanos, se quedaría sin nadie que le diese amparo. Es decir, en ausencia del padre, no quedaría nadie para administrar una considerable fortuna en su nombre y dirigir el colegio más prestigioso de Antiqua, de manera que Eulalia de Altaterra se arremangó y se puso manos a la obra.

Se presentó una tarde en el parque al que Jorgen Hallberg solía llevar a su hija y simuló un encuentro casual. Tras cinco minutos de charla informal, jugó con Carelia y otra amiguita suya, a las que tuvo correteando de un lado para otro durante casi una hora tras la que llegaron extenuadas junto a un conmovido y agradecido Jorgen Hallberg.

—He disfrutado mucho —le aseguró Eulalia de Altaterra, restándole importancia—. Me encantan los críos.

Dado que para llegar al hombre debía ganarse a la hija, dedicó tardes y fines de semana a presentarse en el parque para jugar con la pequeña Carelia hasta que vio que había llegado el momento de dar el paso definitivo. Apareció tras una simulada ausencia, durante la que se ocultó en sus aposentos de la casa de Altaterra. Aunque en tretas de sexualidad Eulalia de Altaterra carecía del magisterio de algunas de las chicas que representaba, Chiara Conte, experta en servicios que iban de lo más usual a los de un alto grado de exotismo, disipó sus miedos.

—Por la torpeza no te preocupes; te conviene que parezca que es la primera vez y que lo haces por impulso. ¿Cómo crees que le sentará a un cuarentón viudo, hambriento de mujer, tener un intercambio sexual con una belleza de treinta años, tan guapa y de buena posición como tú? ¡Pobre hombre! Da lástima.

Con frecuencia, a Jorgen Hallberg le daba la medianoche trabajando en el despacho de su casa. A una hora en que la niña ya estaría acostada, Eulalia de Altaterra lo llamó por teléfono simulando un ahogo de tristeza. Él se conmovió y al poco ella se presentó en la casa Abralde, con un chándal muy sobrio y unas zapatillas deportivas, un atuendo que parecía improvisado pero que había elegido con exquisito cuidado. Jorgen Hallberg la invitó a sentarse en una butaca y sirvió dos copas de las que bebieron apenas un sorbo.

Sentados uno frente al otro, Eulalia de Altaterra simuló abrir su corazón y se lamentó «de lo sola y abatida que se sentía, de lo necesitada que estaba de un gesto que aliviara su melancolía, porque lo tenía todo, excepto un hombre que estrechara su mano, lo que siempre intentaba ocultar, pero que se le hizo peor en los días que había estado ausente, que no fueron de descanso sino de abandono porque cuando llegó al lugar que había reservado se preguntó qué hacía allí una mujer tan sola, y se dio la vuelta y regresó para encerrarse a llorar y echar de menos a la dulce Carelia, la pequeña que se había convertido en el inesperado consuelo de su vida», decía mientras se deslizaba hasta el suelo y se quedaba de rodillas frente a Jorgen Hallberg, «la preciosa Carelia que, como ella, tampoco había conocido a su madre, la tierna Carelia, el angelito que la hacía olvidar el árido vacío de su vida a pesar de que apenas la veía unos minutos de vez en cuando», se lamentaba descansando la cara sobre las rodillas de Jorgen Hallberg, «por ella, por Carelia, había empezado a dejar de mentirse, de engañarse a sí misma, y por fin aceptaba que aquel vacío lo producía la falta de un hombre que la envolviera en un abrazo, a pesar de que estuviese cercada por los que estaban más que dispuestos, a los que tenía que ir espantando como a las moscas incluso en el claustro de profesores, desde luego, incluyendo a los casados, desde luego, y ese era el problema», decía mientras su mano comenzaba un sutil culebreo por las rodillas de Jorgen Hallberg, «el problema de cualquier mujer sin malicia y sola es que hasta el deseo le produce miedo, porque ha de sortear demasiado engaño, ha de permanecer alerta, ha de desdeñar a todos los hombres, a los malos hombres y, sin desearlo, también a los buenos, para permanecer a salvo y no dejarse atrapar por la codicia sexual de un indeseable que tardaría más en aliviarse con ella que en abandonarla, humillada y maltrecha, para irse a contarlo a cualquier taberna, lo que en su caso sería un absoluto desastre por su linaje, por sus apellidos y su dinero», decía cuando su mano se deslizaba presionando con suavidad, «porque por encima de tanto miedo y precaución ella necesitaba un hombre bueno que la quisiera de verdad, que la amara con limpieza, que tampoco es que tuviera nada contra el sexo», decía en susurros mientras la culebra de la mano coronaba la cremallera y hacía blanquear los ojos de Jorgen Hallberg, «el sexo que anhelaba aunque no tuviese experiencia, el sexo que le daba miedo gozar, porque lo gozaba hasta el delirio, le daba vergüenza confesarlo», decía suspirando, y mientras decía y suspiraba, introducía la mano y los ojos de Jorgen Hallberg se dislocaban, y con uno veía los abismos del infierno y con el otro las praderas del paraíso, «porque lo necesitaba todos los días, todas las noches, a cualquier hora y en cualquier postura, pero a su manera, puesto que su mayor deleite, lo que la enloquecía y la hacía llegar a la culminación, era soñar que le daba placer a un hombre», susurraba y gemía mientras pelaba como un pollito a Jorgen Hallberg de las últimas plumas, «a un hombre al que pudiera desear sin miedo, que se mereciera tanto amor como ella podía entregar, y que fuera capaz de darle un poco de ternura y comprensión, un hombre capaz de tirar abajo aquella pared que el pudor no le permitía atravesar», susurraba y gemía acompasando la suave cadencia de la mano y acercando la boca lo justo y alejándola de nuevo, hasta que Jorgen Hallberg ya no pudo más y se desbarató en un estallido, tras el que se derrumbó sobre sí mismo, ciego de lujuria y prisionero en la telaraña de Eulalia de Altaterra.

En unos meses anunciaron que se habían casado y poco después estaban firmados los documentos de adopción de Carelia Hallberg Abralde por Eulalia de Altaterra Torremocha.

Una antigua tradición del colegio de Carolina Abralde era costear los estudios de cuatro niños de un orfanato, dos niñas y dos niños por curso. Estos niños podían ser acogidos por una familia durante los fines de semana o las vacaciones. Por iniciativa de Eulalia de Altaterra, ella y su marido solicitaron la acogida de las dos niñas de primero de secundaria. Jorgen Hallberg, que hubiera preferido a las dos niñas del curso de su hija Carelia, cedió al deseo de su esposa.

En cuanto llegó al colegio, Eulalia de Altaterra recobró el trato con la que fue compañera de pupitre y amiga de infancia, Livia Reinier, casada con Aurelio Codino, el abogado que solía atender los asuntos del colegio. Con las niñas acogidas en casa, Eulalia de Altaterra invitaba a Livia Reinier y a su familia a pasar domingos y festivos para que ellas y Carelia tuviesen de compañeros de juegos a los hijos del otro matrimonio, Aurelio y Valeria. La casa de Jorgen Hallberg disponía de un bonito jardín y piscina cubierta donde los chiquillos pasaban el día entretenidos bajo la atenta mirada de los padres.

Dedicada por completo a la crianza de los hijos, la amistad de Livia Reinier con Eulalia de Altaterra ya no era como en la infancia y la adolescencia. Livia Reinier consideraba que «Eulalia de Altaterra» y «amistad» eran términos opuestos y que lo único que tenían en común era que se soportaban la una a la otra.

Pasó un verano, comenzó un nuevo curso, llegó el descanso navideño, pasó la Semana Santa y otro verano en que las familias aprovecharon cualquier oportunidad de juntar a los pequeños. Y se desató la pesadilla.

Se presentaron dos funcionarios, un hombre y una mujer, que pidieron hablar con el director. Jorgen Hallberg los recibió, pensando que se trataba del requerimiento de un juzgado de familia que afectaba a algún alumno. Firmó el acuse de recibo de un sobre cerrado que pusieron en su mano. Era una citación para que él y su esposa se presentaran al día siguiente ante la Fiscalía de Menores.

Acudieron acompañados de Aurelio Codino en calidad de abogado, convencidos de que todo obedecía al intento de los progenitores de las niñas acogidas de sacarles dinero. Tomaron asiento alrededor de una mesa de reuniones, frente a la fiscal a cargo del caso, una mujer precedida por su fama de implacable y cuyos gestos delataban que había mordido una pieza suculenta.

—Tenemos la denuncia formulada por el abogado de un orfanato —expuso con frialdad—. Se acusa al señor Jorgen Hallberg de abusos cometidos a dos niñas acogidas en su domicilio durante las vacaciones y los fines de semana.

Continuó leyendo y con cada frase Jorgen Hallberg palidecía y se resquebrajaba.

—Esta denuncia es absurda —intervino en su turno Aurelio Codino, contundente pero respetuoso con la fiscal—. Todo quedará aclarado punto por punto cuando se sepan los pormenores. De momento, recuerdo a la fiscalía que la reserva requerida en este asunto es de suma importancia. El acusado es director de un respetable colegio y los daños a su prestigio y al de la institución que dirige nunca podrían ser reparados cuando quede demostrada la falsedad de la acusación.

A los pocos días, la vista se desarrolló en el más estricto secreto. Como pruebas únicas, la conversación grabada que tuvieron las niñas con una psiquiatra infantil, en la que repetían palabra por palabra lo que alguien les dijo que debían decir, y un vago informe médico que encontró en una de las menores hematomas leves en glúteos y muslos, pero no en las ingles ni en los genitales. Declararon los tutores de las niñas en el orfanato, que no vieron nada y sólo sabían lo que las menores habían contado. Sin aportar nada, declararon los progenitores, ausentes de la vida de sus hijas, excepto en aquello que parecía oler a dinero fresco.

—Debes nombrar albacea de tu hija, Jorgen —dijo Aurelio Codino—. No sabemos cómo terminará esto.

—¿Desconfías de mi mujer, Aurelio?

—Esta es una conversación difícil, Jorgen —respondió el abogado, con fastidio por tener que tratar esa cuestión—. Podemos plantearlo como una hipótesis. Después olvidaremos lo hablado, pero estaremos preparados por si algo sale mal.

—Entiendo que es una manera de poder hablar con claridad, sin señalar ni herir a nadie. ¿Es eso?

—Así es, Jorgen —respondió Aurelio Codino—. No se sabe la relación que Carelia tendrá con su nueva madre cuando haya crecido. Ya sabes, los chicos cambian. Tu hija debe recibir la herencia de su madre libre de trabas. Eso debe valer para tu esposa, pero ella podría tener otra idea y tu hija no te perdonaría que hubieras dejado su futuro en manos de una persona con la que no se entiende.

—¿Temes la declaración de Eulalia en la vista del próximo día?

—La temo, amigo Jorgen. Hay cosas que se nos escapan. De pronto aparecen las dos niñas contando una misma historia. Alguien las ha preparado, no sabemos quién ni por qué. Respetamos a Eulalia, pero viene precedida de dudas. Livia, mi mujer, la conoce desde niña y me insiste en que tenga cautela con ella.

—En hipótesis, ¿qué podría llevarla a no declarar de acuerdo con lo que esperamos?

—Su apellido pesa. Si se mantiene al margen para no exponerse, el juez daría credibilidad a la denuncia y podría retirarte la patria potestad de tu hija. Ella quedaría como representante legal de la niña. ¿Debemos correr ese riesgo? Si todo sale como debe, nadie sabrá que has nombrado albacea y que esos documentos están bajo mi custodia. Si algo sale mal, tú decidirás lo que hay que hacer. Lo probable y lo deseable es que queden sin efecto.

—¿Cuánto tardarías en preparar el papeleo?

—Algunos días desde que me digas el nombre de la persona que debe aparecer en ellos.

—¿Pondrías tu nombre, Aurelio?

Aurelio Codino hizo una pausa, sorprendido.

—Me dejas sin palabras, Jorgen. Pondría mi nombre aunque me costase dinero. Para Livia y para mí, Carelia es como nuestra hija. Sólo cobraré los gastos externos, ni un céntimo más. Pero que no nos ciegue el pesimismo. No será necesaria mi actuación como albacea porque tú no faltarás, y esto se superará.

La declaración de Eulalia de Altaterra fue vaga, imprecisa: «no lo creo», «mi marido es incapaz de algo así», «nunca en mi presencia». Aniquilado, Jorgen Hallberg apenas se defendió. Declaró la verdad, pero parecieron excusas. Que jamás había puesto la mano encima de ningún niño, que cuando tuvo que hablar con un menor siempre estaba presente otro adulto, un progenitor o un profesor. Que las niñas en acogida tenían edad para asearse o cambiarse de ropa solas y que jamás estuvo presente cuando lo hacían. Que nunca las había tocado, excepto cuando ellas se sentaban junto a él y su esposa en el sofá.

Jorgen Hallberg ya dudaba de sí mismo y se preguntaba si se le pudo escapar algún gesto reprobable en el trato con las niñas. Eulalia de Altaterra avanzó otro paso. Lo abandonó con una silenciosa condena, de frialdad y reproche en la mirada. El final que esperaba tendría lugar en la calle, en la hoguera de purificación de los inquisidores dispuestos a imponer su verdad.

—Creo que es mejor que vaya a mi casa, con mi familia —le dijo Eulalia de Altaterra a su marido—. No quiero que mi padre se entere de esto por terceras personas. Y sería bueno que Carelia estuviese conmigo durante estos días.

—De ninguna manera, Eulalia. Carelia está muy asustada. Intuye que pasa algo grave. Dormirá en casa, conmigo.

Ni Eulalia de Altaterra ni Aurelio Codino, cada uno intentando utilizar al otro en su particular conspiración, previeron que la mente de Jorgen Hallberg era la de un matemático y hasta el final no descubrieron que no podrían repartirse sino migajas. Tenía el patrimonio de su hija dividido en parcelas para preservar la mayor parte ante posibles cambios económicos. Por idéntica razón troceó los activos para evitar que todos cayeran en las mismas manos. Quitó de la ecuación el colegio Abralde, entregándoselo al Consejo de Padres y Profesores, y puso fuera del alcance de Eulalia de Altaterra y de Aurelio Codino los recursos financieros; dejó a Aurelio Codino como albacea testamentario de las dos casas y los negocios menores, y a Eulalia de Altaterra el uso de la casa familiar hasta los veintisiete años de su hija Carelia.

A los documentos que firmó en una notaría, añadió una demanda de divorcio y la autorización para que su hija pudiera viajar en compañía de dos adultos, un matrimonio, ambos profesores del colegio a los que la niña conocía. En la estación, Jorgen Hallberg les entregó los documentos, los billetes de tren y de avión, dos tarjetas de crédito y una importante cantidad de dinero para imprevistos.

—Mi hija no puede ver lo que va a suceder —dijo Jorgen Hallberg, cansado y ojeroso—. Tendréis dos horas para ir de la estación al aeropuerto. Es tiempo suficiente.

Abrazó a sus amigos y se despidió de su hija.

—Vas a un sitio muy bonito con muchos niños. Yo iré muy pronto. Recuerda que mamá y yo estamos siempre contigo.

Carelia asintió sin preguntar nada. Jorgen Hallberg abrazó a su hija, luchando consigo mismo cuando se la entregó a la mujer. Carelia se fue sin romper a llorar. Jorgen Hallberg sí lloró mientras el tren se alejaba.

Frente a su casa vociferaba una docena de congregados. Entró por la cochera. No se cambió de ropa. Encendió el ordenador y mientras éste arrancaba escribió una nota en una hoja. Envió algunos mensajes y apagó el ordenador. En la barandilla del rellano de la segunda planta ató el extremo de una cuerda que había preparado la noche anterior, se rodeó el cuello con el otro extremo, hizo un nudo y se tiró al vacío. Su cuerpo sufrió una ligera convulsión. En la calle, delante de la casa, la turba seguía vociferando.

—De manera que lo arreglaste para arrebatarme a la niña —dijo Eulalia de Altaterra a Aurelio Codino.

—Sigues siendo su madre adoptiva, Eulalia. Tu marido lo decidió por tu actitud hacia él. Te aconsejé cautela. Sentía estar con todo en contra y lo abandonaste. De haberme negado, habría buscado otro abogado. Nada cambia nuestro acuerdo. Defenderé los intereses de la niña y tendrás mi apoyo en cualquier asunto que te afecte.

—No es lo que hablamos, Aurelio, bien lo sabes.

—Tienes los tribunales. Puedes alegar que eres su madre adoptiva. Puedes requerir que se invalide la demanda de divorcio, firmada pocas horas antes de la muerte de tu marido. Pero medítalo con calma, porque saldrían a la luz detalles que te conviene que permanezcan secretos.

—¿Me crees tonta, Aurelio? Tú preparaste los documentos de la adopción y habrás previsto algún requisito legal que invalide mi reclamación. Mi marido era incapaz de decidir algo coherente, tú eras el único que podía aconsejarlo, y ahora eres el único beneficiario. Muy buena jugada. Enhorabuena.

Ya había salido del despacho cuando decidió regresar, cerró la puerta, se acercó, se estiró sobre la mesa para susurrar con todo el odio de sus entrañas una última frase:

—Soy Eulalia de Altaterra, Aurelio Codino. Me has menospreciado. Te hago aquí mi más solemne promesa: esperaré, dejaré pasar los años, y un día, cuando ya nadie recuerde nada, estés vivo o muerto, me vengaré en lo único que te importa, en tus hijos.

25

Como cada día al concluir el trabajo, Nicolás Romano se preparó una infusión, que dejó enfriando sobre la mesa cuando su hermana Katia fue a despedirse antes de acudir a una cita con su doctora. No llegó a tomarse la infusión. Entreabrió la puerta principal, llamó al número de emergencias, sin quitarse la ropa se sentó en el suelo del baño bajo el caudal de la ducha y, en un acto de liberación definitiva, puso fin a su terror a la muerte de la única manera que podía hacerlo, muriendo por su propia mano, con un certero tajo de bisturí en la arteria femoral.

Se valió de la llamada telefónica para evitarle a su hermana el horror de encontrárselo muerto y todavía tenía pulso cuando la ambulancia lo rescató, pero ingresó cadáver en el hospital.

El sepelio fue a la vez el más extraño, el más sencillo y el más triste de los que se recordarían en el tanatorio que celebró sus exequias. Katia Romano prohibió los elementos rituales que su hermano tanto aborrecía y no hubo esquela ni aviso de su muerte, no hubo una corona, ni flores ni velatorio, y nadie acudió a darle el pésame. Por todo tributo, ella sola y su llanto silencioso en una sala cerrada. Tampoco tuvo compañía ni consuelo en la cremación ni en la entrega de las cenizas.

* * *

El pueblo se fue creando como prolongación de una pedanía en el altozano del valle, por el camino que discurría entre plantaciones de plátanos, a cuyos lados se levantaban las casas modestas de tejados rojos, paredes blancas y grandes puertas y ventanas pintadas de verde. En la trasera de las viviendas, una pequeña extensión de terreno donde correteaban los animales de corral y se cultivaban hortalizas y legumbres, con algunos árboles frutales entre los que menudeaban las higueras. Todo lo demás, a un lado y otro en la llanura del valle, era el océano verde de las hierbas gigantes que en realidad son las matas de plátanos.

En una de las casas del camino nació Nicolás Romano, hijo de Olga Romano y de un hacendado dueño de varias fincas plataneras. Cuando estaba a punto de cumplir los nueve años, Nicolás Romano era un niño feliz al que le gustaban la escuela y los libros, que destacaba por su inclinación artística y su talento en las matemáticas y que sentía una curiosidad incisiva por cuanto lo rodeaba. Su madre estaba encinta de cinco meses y él esperaba con ansia la llegada del hermanito.

—No irás a la escuela esta tarde —le dijo su madre—. Tenemos que hacer una visita.

Nicolás Romano vio una promesa de aventura, pero la experiencia sería la enseñanza más cruda de su vida.

Caminaba con su madre hasta donde los esperaban dos mujeres que habían detenido el paso al verlos de lejos. Se acompañaron durante la caminata entre los platanales por una trocha rectilínea cuyo fin se perdía en la lejanía. Oyéndolas hablar, Nicolás Romano supo que iban a la casa de un niño enfermo al que los médicos no podían curar. Lo llamaban Chaguito y su madre le aclaró que Chaguito es diminutivo de Chago, que en aquella zona es, a su vez, el diminutivo más usual de Santiago.

La casa se ubicaba en el centro de una finca y la ocupaba el capataz con su familia. Sin otro acuerdo que la fuerza de la costumbre, las mujeres del valle, jóvenes y viejas, se anticiparon a llevar un consuelo imposible a la madre del niño.

Chaguito se encontraba en una habitación grande, más espaciosa de lo necesario, acostado en una cama de matrimonio, bajo un enorme crucifijo de madera oscura. Era apenas un montón de huesos bajo las sábanas y la colcha, en el centro de la cama. La cabeza pelada al cero, la tez cetrina, la expresión aturdida. El único destello en su rostro eran sus ojos negros, que miraban atónitos a un lado y otro, con desconcierto y miedo. Nicolás Romano se acercó y el niño no pronunció una palabra, pero detuvo en él una mirada que era un grito de socorro.

La madre del pequeño Chaguito hacía lo que sabía y podía. Intentaba atender con dignidad a sus visitantes, todas buenas mujeres, campesinas endurecidas por el trabajo y la crianza de los hijos, que procuraban dar lo mejor de sí mismas en aquel amargo trago, pero que equivocaban el momento y la forma. Ocupaban sillas y taburetes dispuestos junto a la pared en el perímetro de la habitación. Muchas vestían su luto recurrente de toda la vida y otras sus vestidos de misas y funerales, y casi todas llevaban el pelo recogido con un pañuelo oscuro. Permanecían sentadas, con el corazón en un puño, conteniendo mal la emoción. Suspiraban, se enjugaban una lágrima rebelde, algunas retorcían un rosario en la mano y ninguna era consciente de que le estaban haciendo al pobre crío el duelo anticipado, con él todavía presente.

Olga Romano, la madre del pequeño Nicolás, puso fin al desastre en cuanto echó el primer vistazo. Se llevó fuera a la madre y regresaron con la ropa de Chaguito, un pantalón corto, una camisa y unas alpargatas. Al destapar al niño para vestirlo quedó a la vista el cuerpecillo arrasado por la enfermedad y la imagen se grabó en la memoria de Nicolás Romano. La delgadez, las extremidades descarnadas de rodillas y codos huesudos, las costillas al trasluz de la piel blanquecina, la expresión de pavor en el rostro apagado, sin un destello de vida, sin una luz de esperanza, sin una indulgencia ni un alivio. A la sombra de un níspero, Olga Romano tendió una manta en la que la madre de Chaguito sentó a su hijo.

—Nicolai, hazle compañía a Chaguito —dijo Olga Romano a su hijo—. Habla con él sin cansarlo, que se va a poner bien pero está todavía muy débil.

Cuando se alejaron las mujeres, los niños pudieron hablar.

—¿Te duele mucho? —preguntó Nicolás Romano.

—Sí. Pero me pinchan para que no me duela y me quedo dormido. Por eso quiero que me pinchen.

—¿Tienes miedo?

—Sí. Tengo miedo —contestó Chaguito con la mirada inmóvil en los ojos de Nicolás Romano. Después bajó la cabeza y miró a la tierra—. Tengo miedo porque me voy a morir. No me lo quieren decir, pero yo sé que me voy a morir.

Nicolás Romano lo interrumpió y Chaguito continuó hablando.

—Mi abuela se murió. Estaba sola en una habitación y no me dejaron verla. Olía mal. Por culpa del calor, dijeron. La metieron en una caja y se la llevaron para enterrarla. Ahora está en el cementerio. Esta sola, sin nadie. Por eso tengo miedo. Porque me pondrán dentro de una caja y voy a estar allí solo sin poder salir.

Aquella noche Nicolás Romano soñó que estaba en una caja enterrada bajo tierra de la que no podía escapar y Olga Romano tuvo que levantarse para despertarlo de la pesadilla.

—Lo que pasa cuando morimos es que abandonamos el cuerpo y ya no lo notamos. Sentimos nuestra alma, pero el alma no siente dolor ni pena. Donde va, nada malo puede pasar.

—¿Puedo decírselo a Chaguito?

—Mañana iremos a verlo para que puedas hablar con él.

La tarde siguiente, su madre y él eran los únicos visitantes en la casa y las madres dejaron solos a los hijos.

—No pasarás miedo —dijo Nicolás Romano a Chaguito—. Que te despiertes dentro de una caja no es posible. Te quedarás dormido aquí, en tu cama, eso es lo que pasará. Ya no estarás enfermo. No te va a doler y tampoco te dará miedo. Te separas un tiempo de tu padre y de tu madre, pero no tendrás pena. Te despertarás en otro sitio. Seguro que tu abuela está allí.

—¿Quién te lo ha dicho?

—Mi madre. Ella sabe muchas cosas.

Chaguito respiró con alivio y se quedó dormido.

Ya no volverían a hablar. Al día siguiente por la tarde, el sacristán que oteaba desde la pequeña iglesia en la parte alta del valle vio la columna de humo blanco, la señal convenida para dar a conocer el fallecimiento del niño. El repique de la campana anunció lo que todos esperaban. El silencio y el dolor se extendieron por el valle como un manto de niebla.

La del día siguiente fue una mañana de silencioso ajetreo, de gravedad y condolencia. Los hombres fueron al trabajo con una cinta negra en el sombrero o un brazalete negro en el brazo. No corría el aire, el día era oscuro, sumando al luto un cielo de nubes negras e inmóviles. En las casas se colgaron crespones negros y cintas blancas, y todos regaron y barrieron el camino frente a sus casas y adornaron las entradas con tiestos y ramos de margaritas, geranios y crisantemos.

El acontecimiento luctuoso lo era de todos, concernía a todos en el valle y los alrededores. Muchas mujeres acudieron a la casa a dar consuelo a la madre, permanecieron con ella y le aconsejaron que no asistiera al funeral. Formaba parte de la tradición, los cortejos fúnebres eran allí más cosa de los hombres que de las mujeres. Nicolás Romano esperaba con sus padres la comitiva delante de la casa y sería la primera vez que presenciara un cortejo fúnebre. En la cabecera, tres hombres marcaban el paso delante del coche. Las mujeres y algunos hombres enjugaban sus lágrimas sin un lamento. No se oía un susurro ni una voz, sólo el traqueteo del motor y el crujir de la grava bajo los zapatos.

Sin cargo para la familia, alguien consiguió el coche fúnebre en una funeraria de la ciudad, que envió el mejor de los que disponían, muy anticuado pero lujoso y solemne. Relucía su negro acharolado, llevaba una cruz en el centro de la capota y un frondoso penacho negro en cada una de las cuatro esquinas. Los ventanucos adornados con cortinas de cretona negra dejaban ver en el centro el catafalco con la pequeña caja blanca, rodeada de coronas y flores. El padre del niño iba en el centro de la primera fila detrás del vehículo, inconsolable, sin derramar una lágrima, incapaz de hablar. La gente que esperaba en las orillas del camino se sumaba al final de la comitiva sin perturbar el orden del cortejo. En la puerta de su casa con sus padres, Nicolás Romano la vio pasar antes de sumarse al final de la fila.

Las imágenes de la muerte con sus símbolos, artificios y ceremoniales aparecerían en sus dibujos de manera insistente y fueron tema central de sus pinturas.

Al episodio de la muerte siguió el de la vida con el nacimiento de una niña que Olga Romano ya tenía decidido que llamaría Catalina. El imprevisto embarazo había salvado el matrimonio y la llegada de la niña fue un manantial de alegría, en especial para su hermano Nicolás, que la esperaba con ansia.

Olga Romano educó a su hijo sin esconderle que la vida era un duro tránsito. Nicolás Romano era un niño maduro que apenas tenía algún contacto ocasional con los niños del pueblo, con los que no compartía gustos. Era feliz, pero solitario y en ocasiones retraído. En lo que le quedaba de infancia, su hermana fue lo esencial, y lo sería toda la vida a causa de los sucesos que estaban por llegar. Casi siempre la llamaba Katia, Catalina si el asunto era muy serio y Ekaterina para la celebración, el homenaje y el gesto de amor. Desde niño cuidó de ella con amor. Más parecido a un padre de juguete que a un compañero de juegos, fue descubridor de misterios, instructor complementario de los maestros y confidente de cuanto había que saber de los mayores de dentro y fuera de la familia.

Durante la enseñanza secundaria Nicolás Romano asistía a las clases en un instituto de la ciudad y dormía allí cuatro días a la semana. Que los hermanos se echaran de menos la mitad de los días hizo el vínculo más sólido.

Todos los dibujos que Katia Romano hacía de niña los guardaba para regalárselos a su hermano. Como él también le hacía dibujos y la enseñaba a pintar, ella copiaba sus gustos. Nicolás Romano empleaba el lápiz y hacía sombras; rara vez utilizaba lápices de colores y casi nunca los rotuladores.

Cuando Nicolás Romano cumplía dieciséis años y su hermana Katia tenía seis, Olga Romano perdió la vida en un accidente doméstico del que las autoridades no sospecharon. Tampoco sospechó Nicolás Romano al atravesar el duelo que renovó su obsesión y sus iconos de la muerte.

Durante los días de clase, Nicolás Romano vivía con una tía suya, hermana del padre, en la ciudad. Cuando faltó Olga Romano, la tía se trasladó al pueblo para cuidar de la niña y de la casa, por lo que Nicolás Romano en la práctica vivía solo.

Fue durante un día de tormenta. La tía había estado en la casa por la mañana y le dejó comida, ropa limpia y, sobre la mesa, los dibujos que le enviaba la pequeña Katia. Al ojearlos cuando volvió del instituto, con más ternura que atención, percibió un elemento inquietante. Los personajes lloraban. Una mancha de rotulador rojo en una de las lágrimas lo alarmó. Se calzó unas botas de lluvia, se cubrió con un chubasquero que le llegaba hasta los pies y se marchó al pueblo, de noche cerrada, con una linterna en la mano. No pasarían autobuses hasta el día siguiente y echó a caminar por la carretera. Había cubierto un tercio del trayecto cuando un vecino detuvo la furgoneta a su lado. Lo dejó a la entrada del pueblo y tuvo que caminar casi un kilómetro bajo la lluvia.

Al llegar a la casa, abrió con sigilo y se dirigió a la habitación de su hermana. No estaba en su cama. Encontró la habitación del padre cerrada. Tras la puerta descubrió el horror. La niña gemía, el padre jadeaba. Nicolás Romano perdió la cordura. Encendió la luz, agarró lo primero que su mano tocó en la mesilla de noche: un lápiz, que le clavó en el cuello con rabia, dos veces, y las dos veces fue certero y fatal. Hubo locura, hubo furia y dolor, y hubo muy mala suerte o mucha justicia, porque las dos veces le atravesó la carótida. El hombre luchó, consiguió incorporarse, se escurrió de la cama y se quedó con los ojos muy abiertos y manando sangre como por un grifo abierto. Segundos después estaba muerto.

La niña no dejó que la separasen de su hermano. Los policías la vieron gritar cuando la tía quiso cogerla para llevarla a la cama y lo reflejaron en su informe. La mujer juró que nada sabía de los abusos de su hermano, pero Nicolás Romano nunca la creyó y no dejó que su hermana Katia estuviera bajo el mismo techo que ella. La mujer pidió la custodia de los sobrinos, pero la Fiscalía de Menores se opuso.

Al cumplir la mayoría de edad, Nicolás Romano obtuvo la patria potestad de su hermana y abandonó la provincia para trasladarse a Antiqua. Cuidaba de la niña con tanta devoción y celo que las visitas de los servicios sociales, una vez por semana, fueron innecesarias.

Vivieron con la herencia de los padres sin ahogos, pero con un infame legado de secuelas: a Katia Romano le quedó el terror a los hombres adultos; a Nicolás Romano, provocar y presenciar la muerte de su padre hizo que creciera su tanatofobia, su miedo a la muerte, que degeneró en hipocondría, que terminó en múltiples variantes de nosofobia, su miedo a la enfermedad, y de allí en agorafobia, su miedo a abandonar la casa.

* * *

Hasta los treinta y cinco años Nicolás Romano tuvo amores ocasionales que no pasaron de ilusiones pasajeras. Dos que fueron más serios no cuajaron en noviazgo, en parte por el compromiso con su hermana y en parte porque ya se dejaban ver sus rarezas, que lo hacían ser un artista sobresaliente y sentirse un ser humano menor.

Con la única compañera que tuvo en su vida desahogaba una o dos veces por semana, más las carencias afectivas que las físicas. Cuando la conoció ya llevaba años visitando a un terapeuta que no daba con la clave para impedir que ganaran terreno los males que lo cercaban. En aquella época aún salía de la casa y podía ir al cine con su hermana o dejarse ver en una exposición. En una de ellas fue donde la conoció. Era de su misma edad, guapa, vestía bien dentro de un estilo sobrio que no ocultaba su modestia de medios.

Ella se sentó a su lado y abrió la conversación.

—Lo felicito por sus obras, Nicolás —dijo con un gesto de sincera admiración.

—Muchas gracias —respondió Nicolás Romano devolviendo una sonrisa a la cortesía.

—Si me lo pudiera permitir, me las llevaría todas —dijo ella, pero rectificó—: Mejor dicho, si me lo pudiera permitir, me llevaría al menos una.

Se presentaron y hablaron de pintura y de arte, y ella mencionó nombres de artistas y estilos, unos amados y otros detestados. Conocía más del mundo del arte que él, aunque sin llegar al nivel de un crítico de arte. Se notaba que además de tener buen gusto era una gran aficionada.

Sin embargo, Nicolás Romano intuyó que las visitas a las exposiciones no sólo buscaban satisfacer su curiosidad por el arte, sino que era un territorio en el que había hombres carentes de unas migajas de amor, con mayor capacidad económica y mejores modales que en otros ambientes. Era lo que era, aunque con una apariencia menos indecorosa.

Para no molestar, continuaron la charla en un rincón de la cafetería y fue tan animada que habían transcurrido dos horas cuando tuvieron que interrumpirla porque cerraban las salas.

—Me has dado gratis lo que no consigo con la visita al terapeuta —dijo Nicolás Romano sin otra intención que la de ser sincero—. Si te pagase a ti lo mismo por verte una vez a la semana tampoco me curaría, pero sin duda me sentiría mucho mejor.

Fue un comentario inocente, pero tuvo un resultado del todo inesperado.

—¡Trato hecho! —dijo ella tendiéndole la mano, en un tono que Nicolás Romano no supo si era una proposición, pero sí que estuvo seguro de que no era una broma.

—Trato hecho —respondió con timidez y sin salir del desconcierto, estrechándole la mano.

La semana siguiente fue a la casa de Nicolás Romano, que ya esperaba con deseo de verla porque había pensado en ella muchas veces en aquellos días. La mujer supo sacarle una sonrisa, tenía sentido del humor y sabía cómo tratar a un hombre sin mostrar una señal delatora. Conversaron ante una copa de vino, después le enseñó los lugares donde trabajaba, las obras terminadas y las que se encontraban en distintas fases del proceso creativo, y de todas le contó su historial y sus anécdotas. Al día siguiente de conocerla, había mandado enmarcar una pintura, que ella recibió con sorpresa y con emoción.

En aquel primer encuentro en la casa no hubo más que mutua simpatía, ni el más leve intento de sobrepasar la raya sin vuelta atrás. Pero Nicolás Romano dejó establecidos los límites cuando le hizo entrega del dinero, la misma cantidad que pagaba a su infructuoso terapeuta.

—Esto es por tu tiempo; no por otra cosa. Si algún día quisieras algo conmigo me harías el hombre más feliz del mundo, pero debe ser porque a ti te apetezca o no podré admitirlo.

Ella se habría conformado con el cuadro, pero aceptó el dinero porque sabía que se encontraba ante un ser excepcional. La posibilidad que quedó establecida con claridad no se produjo hasta la quinta visita. No se repitió en todos los encuentros y no siempre fue de la misma manera. A veces ella pasó la noche con él porque se sentía cómoda y disfrutaba de su compañía.

La cantidad que le entregó la primera vez se fue haciendo más generosa con el transcurso de los años y eran frecuentes los regalos, no sólo de dibujos o pinturas, sino de libros, discos, artículos personales y dinero para ayudarla a salir de algún imprevisto. Muchas veces ella llegaba sin avisar por la simple necesidad de estar con él.

Cuando Nicolás Romano empezó a encerrarse en su caparazón, a no dejarse ver, a mortificarse por su miedo a las infecciones y a la enfermedad y a los iconos de la muerte que poblaban sus pesadillas, ella lo llamaba por teléfono y acudía a verlo para saber cómo había pasado el día. Cuando empeoró y no quiso estar cerca de nadie, ella quedó fuera del ámbito de los temores, de igual manera que lo estaba su hermana Katia.

A pesar de que la mujer insistía en que dejara de darle dinero y hacerle obsequios, él no lo admitió. Las veces en que no podían verse, le reservaba el dinero y se lo entregaba junto al de la siguiente visita, porque no lo consideraba pago de servicio alguno. No quería que pasara dificultades y le aterraba que un día ella faltara a la cita. Sabía que no era el único, pero prefería no detenerse a pensarlo y nunca quiso enterarse de cuántos eran ni dónde los veía ni cuánto dinero les pedía. En las diferentes etapas por las que pasaron tras más de veinte años de amistad, de encuentros y de ser sostén uno del otro, tuvieron momentos mejores y peores, incluso alguna pequeña gresca perdonada y olvidada de inmediato.

En ocasiones era ella la que se encontraba mal y él le servía de refugio o de válvula de escape. Tuvo una menopausia muy cruda y él fue un compañero que supo conjurar con afecto y ternura los estragos físicos y los cambios de humor.

Meses antes del adiós definitivo, en sus encuentros ella comenzó a estar triste y a dejar la mente en otra parte. Nicolás Romano esperaba lo que al fin se produjo, que le dijera que no volverían a verse.

—Voy a casarme y me iré de la ciudad. No podré volver.

Nicolás Romano le hubiera pedido que se casara con él, pero imaginó que llegaba tarde. Temía que la vida a su lado sólo fuera soportable algunas horas a la semana; de ninguna manera días enteros, mucho menos meses y años.

Se habían despedido, pero una furgoneta llegó a la casa de ella con un bulto que contenía varios cuadros y volvió para agradecérselo en persona.

—Lo bueno que haya en mí es obra tuya, Nicolás. Eres lo único que me ha ofrecido la vida —dijo al marcharse.

Fueron capaces de contener la emoción en presencia del otro, pero ella hizo el camino de regreso a su casa enjugándose el llanto con un pañuelo. Nicolás Romano se disculpó con su hermana y se encerró a maldecirse.

Ni siquiera consiguió restablecerle la paz la finalización del primer retrato que pintaba al óleo, el de su hermana Katia. La había dibujado muchas veces pero nunca se atrevió con los pinceles. El resultado le dio el impulso para intentarlo con el retrato de la mujer que había sido su compañera, pero de nuevo se interpuso la vieja obsesión que le impedía pintar ningún ser vivo, nada con la facultad de morirse, pese a que no dudaba que pintar era la mejor manera de inmortalizar lo que se amaba.

Meses antes, un notario aceptó desplazarse a su domicilio y Nicolás Romano firmó ante él un documento de últimas voluntades. Escritas con líneas apresuradas en una hoja de cuaderno, las últimas palabras que le dedicó tuvieron para Katia Romano la solemnidad de otra última voluntad:

> Querida hermana, mi querida Ekaterina, yo nada hubiera sido sin ti. Siento mucho lo que voy a hacer, pero no encuentro forma de poner fin a mi martirio. Él te amará si le das la oportunidad. Búscalo. No te demores. Ve sin miedo.

El testamento oficial mencionaba a Rafael de Altaterra, al que hacía destinatario del usufructo de la vivienda y de una pensión que le permitiría subsistir sin preocupación. A cambio, debía habitar la casa y administrar de acuerdo con Katia Romano el patrimonio artístico que dejaba.

Los abogados que fueron a comunicar la muerte y las providencias de Nicolás Romano a Elisario Calante regresaron con la noticia de que estaba desaparecido. Aurelio Codino fue a visitar a Katia Romano y ella le explicó la necesidad de encontrar a Elisario Calante para cumplir el testamento de su hermano. Él quiso tranquilizarla y le contó cuándo lo vieron por última vez, pero dijo que el perro continuaba en la casa y nunca se habría marchado sin él.

Treinta años antes, cuando Elisario Calante desapareció de Antiqua, Katia Romano lo buscó en cualquier parte donde hubiera alguien relacionado con la música o sonara un instrumento musical. Llegó a preguntar en la casa de Altaterra, donde no pudieron darle noticia y le aseguraron que nadie conocía su procedencia. La única certeza de Katia Romano sobre él era su condición de músico excepcional, y cuando estuvo segura de que no lo encontraría en Antiqua amplió el radio de búsqueda a conservatorios, academias de música, coros, bandas y orfeones de todo el país con más de cincuenta años de vida.

En el transcurso de los años empleó todos los medios a su alcance, indagó por teléfono, por carta, por mensajes de correo electrónico y por internet. Pidió favores, entabló amistades y hasta ganó voluntades mediante pequeñas donaciones, pero nada llegó a buen fin.

Habían pasado veinte años de búsqueda infructuosa cuando tuvo la idea de intentarlo a través de los programas de televisión dedicados a personas desaparecidas. Una productora de televisión puso a su disposición el enlace privado con una base de datos, que pudo consultar desde su propia casa. Encontró el teléfono de una mujer que aseguró conocerlo.

No había vuelto a hablar con aquella mujer y no lo habría hecho de no ser porque Elisario Calante de nuevo estaba desaparecido y porque su hermano Nicolás la puso en la obligación de hallarlo.

Llegó una tarde a una capital de provincia, una pequeña ciudad a ambos lados de un río, tranquila y limpia, de gente que parecía distante pero que enseguida se mostraba respetuosa y amable. A Katia Romano le resultó grata la estancia. Paseó por las calles, entró en una librería a hojear libros y visitó una exposición de pintura. Incluso fue capaz de cenar en la terraza del hotel y declinar la invitación de un hombre sin ruborizarse ni quedarse paralizada.

Por la mañana salió del hotel y dio un largo paseo hasta una casa que estaba junto a una iglesia, en cuyo tejado dos cigüeñas crotoraban sin cesar. La esperaba Natividad, una mujer delgada, de semblante pálido, que ya declinaba.

—El hombre que busco oculta su nombre. Yo lo conozco como Rafael de Altaterra. Tendrá unos cincuenta y cinco años y es un gran músico.

La mujer cogió una pequeña caja de madera, la abrió en su regazo y buscó en su interior.

—¿Podría ser éste? —preguntó tendiéndole una foto, vieja pero bien conservada.

Katia Romano vio a un niño de ocho años frente a una casa. Observó la foto con detenimiento.

—Es él. No hay duda —respondió aliviada.

—Se llama Elisario. Hijo del teniente Antonino Calante y de su esposa, Regina Lantigua. Los padres no lo sacaban cuando salían y yo cuidaba de él. Era un niño muy bueno. Nunca tuvo una rabieta ni una mala respuesta, pero era por miedo. Lo tuvo todo, comida, ropa, médicos y buena educación. Aunque sí le faltó lo más importante que debe tener un niño.

—¿Cuándo lo vio por última vez?

—Él iba a cumplir dieciséis años. Yo me había casado y apenas los veía —dijo Natividad—. Me dolió que la madre no me avisara para que pudiera despedirme porque yo sí lo quería. Me enteré de su marcha un día que me encontré a Regina al salir de misa. Ella había empezado a dar clases particulares, más por entretenerse que por otra razón. El marido siguió con las clases de piano. Regina viajó varias veces a casa de sus padres en Antiqua. Nunca supo de él y no paró de reprocharle al marido que lo hubieran perdido. Ella faltó primero, aunque era más joven. Hace algunos años, el marido. Fue Antonino Calante el que me pidió que lo buscara. Hice lo que pude, como usted sabe. Él murió con pena y con la conciencia intranquila.

—Elisario vive su vida. Es un gran músico, pero abandonó la música hace mucho —contó Katia Romano, callando la verdad a medias—. Se dedica a sus negocios. No se casó ni tiene familia, pero no por falta de oportunidades.

—Guardo algo que a él le gustará recibir y lo agradecerá. Si usted se hiciera cargo me haría un gran favor.

Caminó a un lado de la habitación, retiró un jarrón y un paño de un mueble y mostró un viejo arcón de madera.

26

La mejor opción de Leandro Calante para procurarle educación a su hijo Antonino fue el colegio para hijos de militares. Leandro Calante era coronel del Cuerpo de Ingenieros y siempre tiró más de él la vocación de ingeniero y arquitecto que la de militar. De igual manera, su hijo Antonino se inclinó más por la música que por la milicia y terminó siendo profesor del Cuerpo de Música Militar con el grado de teniente.

Antonino Calante era director de orquesta y un excelente pianista, pero su temperamento inflexible era temido en el cuartel, desde los reclutas hasta los músicos instrumentistas, aunque fuera de allí todos se disputaban tenerlo como profesor.

Tras un breve noviazgo dentro de la más estricta ortodoxia, Antonino Calante se casó a los treinta y dos años con Regina Lantigua, también hija de militar y ocho años más joven. Educada bajo el mando y la censura del padre, general de brigada con dos heridas de guerra, Regina Lantigua se formó en el colegio de monjas más severo de Antiqua y sabía muy bien cuál era el papel de obediencia al marido que se esperaba de ella. Lo ejerció con sumisión porque no imaginaba alternativa posible, pero también porque amaba a Antonino Calante.

Detrás de la rígida cortina de los usos sociales del mundo en que vivían, habían aprendido a quererse sin que los demás apreciasen en ellos signos de afecto. Antonino Calante los ocultaba por temperamento y porque los juzgaba muestras de debilidad. Por su parte, Regina Lantigua temía que pudiesen tener origen en alguna suerte de ponzoñosa impudicia, de modo que en público se mostraban como se esperaba de ellos, pero se tomaban la revancha entregados al desenfreno en la intimidad de la alcoba, a la que echaban el cierre aun cuando no hubiese nadie más en la casa.

Desde el principio del noviazgo, Antonino Calante había manifestado que no quería hijos, pero poco más que la buena intención y la providencia fueron el infructuoso método de prevención en los apremios de la carne. El embarazo se presentó pronto y fue el único y permanente conflicto en el matrimonio. Con la aparente alegría de cualquier padre primerizo, Antonino Calante puso buena cara y aceptó las felicitaciones por su paternidad. Estaba satisfecho de que su mujer hubiese superado el parto, pero no por la llegada del hijo, lo que hizo explícito en cuanto entraron en la casa.

—Es tu hijo, Regina, no el mío —dijo con dulzura en la forma y con dureza en las palabras.

Elisario Calante fue bautizado en una ceremonia de trámite en la iglesia, sin celebración ni invitados, con su abuelo como padrino. Por descuido, desgana o desdén, o por todo a la vez, Antonino Calante mintió a su esposa y eludió la obligación que le impuso el sacerdote que ofició el bautizo, al que prometió inscribir al hijo en el Registro Civil. Una promesa que no llegó a cumplir.

Regina Lantigua sabía que su marido confundía ideas con emociones y pensó que con el tiempo el niño terminaría por cambiar su ánimo. Durante los primeros años de la crianza, los más difíciles y más intensos, Antonino Calante toleró que ejerciera el papel de madre a tiempo completo. Ella se lo facilitó procurando evitar que las necesidades del niño interfiriesen en los hábitos del padre o que estuviera cerca de él cuando impartía clases o se encerraba en su estudio.

Por alguna causa que Leandro Calante nunca explicó, la cúpula castrense se cobraba en su hijo Antonino una vieja y silenciosa venganza. En la práctica separado del servicio activo, Antonino Calante recibía la paga de teniente sin ningún complemento. No acudía al cuartel, excepto para algún acto de protocolo a los que siempre iba vestido con el uniforme de gala. Condenado al ostracismo, la mayor parte de sus ingresos provenía de las clases, para las que tenía tantos alumnos como podía atender y una larga lista de espera para llenar las posibles vacantes.

De esta manera, fuera del boato y la servidumbre castrense, la vida de Antonino Calante era más cómoda y mucho más provechosa. Los mismos jefes y oficiales que lo repudiaban en el cuartel hacían cola para que impartiese clase de música a sus hijos, sobre todo a sus hijas. Como profesor, Antonino Calante no tenía adversario a la medida. La rigidez que espantaba en el cuartel se desvanecía en las clases, no existía profesor con más dulzura ni comprensión ni que mejor alentara a sus alumnos.

La casa que habitaba con su familia era propiedad del Patronato de Viviendas Militares y se situaba en el borde de la ciudad más cercano al centro. Era grande, tenía en el perímetro exterior un corredor de dos metros de ancho embaldosado con losetas de piedra rústica, y la parte trasera era un patio amplio bajo la sombra de dos cedros. Desde las ventanas de la fachada principal se veía una iglesia pequeña y sombría con una placita enrejada que nunca se abría, a la vera de un camino que se perdía a lo lejos entre fincas donde muchas veces crecía el trigo.

Dos o tres veces al año se presentaba Leandro Calante para visitar a la familia. Fue un abuelo feliz con su nieto durante los breves periodos que pasó con él. Más azaroso en la frecuencia de las visitas, sin aviso ni previsión alguna, se presentaba en la casa Marco Lantigua, querido y único hermano de Regina Lantigua.

La familia Lantigua perdía sus raíces en la ciudad de Antiqua, donde había estima hacia el apellido y donde vivían los padres de Regina Lantigua. Su padre, el general Lantigua, era un militar estricto, beato, puritano y austero. Un par de veces al año, Regina Lantigua viajaba para hacerles una visita, nunca en compañía de su marido y sólo en dos ocasiones con su hijo, cuando era un recién nacido. Jamás se interesaron por su nieto, como otro castigo más del general Lantigua contra Leandro Calante, a quien acusaba de un supuesto desaire que nunca llegó a aclararse.

Ajeno a la rencilla familiar, Antonino Calante soportaba a duras penas a su cuñado, Marco Lantigua, al que consideraba un indolente y un holgazán. Más que eso, era un auténtico zascandil, sin ocupación ni deseo de encontrarla. El inflexible general Lantigua quiso hacer de su hijo un fiel reflejo de su persona y lo apretó tanto que fracasó en todo. En cuanto su hijo Marco tuvo la mayoría de edad, abandonó estudios y milicia y aborreció cualquier cosa que tuviese un remoto parecido con una obligación.

Era un excelente jugador de ajedrez y fue el adversario más duro del coronel Leandro Calante en las ocasiones en que coincidieron en la casa. Presumía de ser representante artístico aunque sólo ejerció como tal un par de veces y de manera fortuita. Encantador en el trato, persuasivo y seductor, Marco Lantigua tenía un dañino talento para embobar a mujeres mayores que él, a las que esquilmaba antes de abandonarlas. Sin embargo, disfrutaba con su sobrino, al que le hacía pasar momentos de regocijo cuando visitaba la casa de su hermana.

Natividad, la mujer que muchos años después se interesó por el paradero de Elisario Calante y le contó su historia a Katia Romano, fue más cercana a él que su propia madre. Era una adolescente cuando empezaron a llamarla para que cuidara del niño, lo que facilitó el trato y el afecto. Cuando hacía buen tiempo, lo sacaba a un parquecito que estaba a dos calles de la casa, durante menos de una hora. Y se quedaba con él a menudo cuando los padres se ausentaban, porque Antonino Calante jamás se dejó ver acompañado por el hijo.

Los cien metros que separaban su casa del parque y aquel mundo de adultos fueron todas las referencias espaciales que le llegaron a Elisario Calante. En realidad tuvo a su madre nada más que los primeros años, porque en cuanto fue capaz de andar y hablar, Antonino Calante comenzó a recortar la dedicación que ella daba al hijo.

Como fondo de sus juegos, Elisario Calante tuvo el permanente sonido del piano de las clases que daba su padre. El primero en darse cuenta de las dotes musicales del nieto fue Leandro Calante cuando el niño comenzaba a hablar, porque era capaz de seguir el pulso de los compases con la cabeza al tiempo que pronunciaba la sílaba «pa», con la antelación suficiente para que sonara al mismo tiempo que la nota. Lo habló con su hijo Antonino, que no le dio importancia.

Leandro Calante, que era un gran aficionado a la música y fue el primer profesor de su hijo Antonino, no dejó pasar la oportunidad de serlo también de su nieto cuando descubrió que tenía aptitudes. Una mañana regresó con un xilófono de juguete y una caja alargada de madera, con una cuerda de guitarra sujeta por los extremos y en el centro una varilla que podía moverse de un extremo al otro. El artificio por el que Pitágoras estableció los principios matemáticos de la música, Leandro Calante lo utilizó para que su nieto aprendiera jugando, al mismo tiempo que aprendía a hablar, los intervalos de sonido agradables al oído y los principios básicos de la música.

Pensaban los Calante que eran una estirpe con buena salud hasta para morirse, porque siempre se iban por accidente o por una enfermedad que les sobrevenía sin aviso, y así se cumplió para Leandro Calante. En la residencia de oficiales donde vivía los últimos años de su vida, se sintió indispuesto después de echar una cabezada. Un médico lo atendió de inmediato y lo ayudó a tumbarse en una camilla, en la que se quedó sin darle ocasión de que le tomara la tensión.

Meses después llegó a la casa de Antonino Calante un viejo baúl con las pertenencias de su padre, que dejaron en la habitación del niño porque no le encontraron mejor destino. Elisario Calante creció con la cabeza metida en el arcón, sin atreverse a tocar nada pero fascinado por su contenido: cuadernos de dibujo, libros, utensilios de escritorio, retratos y recuerdos personales.

Poco antes de los cinco años sorprendió a su padre una tarde en que los dos se habían quedado solos. Sin alumno a esa hora,

Antonino Calante intentaba componer aquella obra que soñaba que un día haría de él un músico reconocido y recordado por todos. Hizo sonar un compás de cuatro notas y las oyó repetidas a lo lejos en el xilófono de juguete. Volvió a tocarlo y de nuevo sonaron las notas. Tocó otro compás y oyó primero el intento de prueba, una rectificación, la secuencia completa una vez y, en la siguiente, el compás completo con el tempo original.

Caminó sin hacer ruido hasta la habitación del hijo y lo observó desde la puerta. Sus ojos y su pelo tenían la hermosura de los de su madre. En lo demás era un Calante completo. La mandíbula firme, la boca de labios gruesos y bien definidos, la nariz recta ni grande ni pequeña, las orejas en su sitio junto al cráneo y la frente bien marcada, con las cejas en dos líneas casi rectas unidas por una suave curva.

Al verlo solo, con sus juguetitos por el suelo, sin permiso para salir de la habitación ni para hacer un ruido, y hasta con las preguntas restringidas, Antonino Calante fue por un instante un buen hombre, incluso un padre, y sintió un poco de pena por aquel potrillo frágil que todavía luchaba para que las patas lo sostuvieran.

—¡Niño! —dijo desde la puerta.

El pequeño se levantó de un salto y se quedó inmóvil mirándolo con los ojos muy abiertos.

—Sí, señor —dijo cuando reaccionó.

—¿Te gusta el piano?

—Sí, señor —respondió primero con el asentimiento y después con las palabras.

Antonino Calante caminó por el pasillo con su hijo de la mano, que corría para seguirle el paso y lo miraba desde abajo muy asustado. Sentado en el taburete frente al piano, colocó al hijo en sus rodillas. Fue la primera vez, acaso la única, en que lo sostuvo. Cogió su pequeña mano y la llevó muy despacio por las notas de la octava central, incluyendo las teclas negras. Repitió varias veces. Después tocó con la mano izquierda un compás.

—¿Sabes cómo se llama esta nota? —dijo presionando una tecla de la octava central.

—¿Do? —respondió el niño, preguntando.

—¡Muy bien, eso es! Do. ¿Y esta de aquí? —dijo presionando otra tecla.

—¿Sol? —respondió, de nuevo preguntando.

—¡Sí, muy bien! —afirmó impresionado y complacido—. Es sol. ¿Quién te lo enseñó?

—Abuelo.

Se le escapó el impulso y lo besó en la frente, y el niño hizo un gesto de defensa, pero después lo miró con la sonrisa más agradecida que Antonino Calante hubiera visto nunca. Fue la única vez que besó al hijo, y tal vez la única en que el hijo sintió que aquel era su padre.

—Volvamos a la nota do —continuó—. ¿Ves que está en el centro del teclado? Por eso se llama «do central». Yo tocaré con la mano izquierda. Tú repite lo que yo toque a partir de esta tecla. No mires mi mano.

Fue primero una sola nota, después un intervalo de dos, luego de tres y por último de cuatro, que el niño reprodujo con el dedo índice, apenas sin tener que corregir y con la expresión maravillada de quien sintiera florecer su alma. En el siguiente ejercicio Antonino Calante condujo su mano para explicarle con qué dedo debía tocar cada nota. Repitieron un compás de cuatro notas varias veces y el resultado fue tan satisfactorio que el hijo ganó ser alumno del padre.

Incluso los músicos profesionales tienen dificultad para reconocer qué nota es la que suena y pocos pueden escribirla al dictado. Elisario Calante había nacido con ese don. Fue el alumno más joven y el más avanzado en el aprendizaje. Para el padre, un alumno más y nunca más que eso; sin embargo, el espacio frente al piano fue el único lugar donde el hijo no sentía terror de estar en presencia del padre.

Sin ser conscientes, las clases de música y las horas en que le permitían practicar en el piano fueron la salvación de Elisario

Calante, su único sustento emocional. Hasta los cinco años llegaba a orinarse de miedo, de pie, delante del padre cuando éste le hablaba, aunque jamás necesitaron una regañina para corregirlo. Comía solo incluso cuando su abuelo, Leandro Calante, o su tío, Marco Lantigua, estaban en la casa y a pesar de las protestas de ellos. Con todo, el niño adoraba a sus progenitores y, como hacen los niños, se echaba a sí mismo la culpa por la falta de muestras de amor.

Un año después de la primera clase de piano, cuando ya reconocía los signos musicales en el pentagrama y era capaz de darles la duración precisa y practicaba escalas, llegaron las clases de cultura general con su madre. Regina Lantigua, una mujer con más sensibilidad en ciertas partes del cuerpo que en el alma, tenía en cambio el intelecto bien dispuesto y la instrucción necesaria para ser buena maestra. Siguiendo una estricta rutina de trabajo diario, que a ella le servía de entretenimiento y a su hijo para estar con su madre, le enseñó lectura, caligrafía, aritmética y dibujo durante el primer año.

Disponer de toda la atención de una profesora, que detectaba lo que había comprendido y lo que no y rectificaba de inmediato, consiguió que cada dos años de estudio avanzara lo que en una escuela hubieran sido tres años. En cuanto Elisario Calante supo leer y escribir y dominó las cuatro reglas de la aritmética, continuó con los fundamentos básicos de lengua, matemáticas, latín, griego y ciencias naturales. Sin haber cumplido los nueve años, ya se había adentrado en las materias de secundaria y estudiaba matemáticas, filosofía y física y química, que Regina Lantigua, a sus treinta años de edad, tenía muy frescos de su etapa de estudiante.

Las salidas las hacía en compañía de su madre, sólo cuando debía llevarlo al médico o al dentista, o de Natividad para los cortos paseos. Dado que el matrimonio acudía a misa sin él, Elisario Calante nunca asistió a una ceremonia religiosa.

Sin cine ni televisión, sin actividad fuera de la casa, sin saber qué era el deporte y sin un amigo de su edad, Elisario Calante tuvo la música, algún paseo por el camino entre las fincas desiertas frente a su casa, una radio que su madre le permitió sacar del baúl de su abuelo cuando ya tenía doce años y libros como único y feliz pasatiempo. Aunque nunca fueron libros infantiles, la madre se los escogía para que fuesen adecuados según su edad, no las adaptaciones para los pequeños sino las originales, tal como habían salido de la pluma de sus autores.

Tanto Antonino Calante como Regina Lantigua estaban incapacitados para reconocer las carencias del hijo. Criados en familias de tradición militar, donde los hijos varones ingresaban en internados militares a una edad temprana, asumían que él abandonaría pronto el seno familiar. Pero olvidaban que, a diferencia de otros, su hijo no había disfrutado de vida social alguna. A la vista estaban los resultados de sus enseñanzas, pero no conocía nada fuera de los estrechos límites de la casa.

Una casa en la que se sentía un intruso. Oía hablar a sus padres en murmullos, sin participar en ninguna conversación. Su padre nunca lo mencionaba por su nombre cuando hablaba con Regina Lantigua, sino por el apelativo de «tu hijo», a lo que ella, en alguna rara ocasión, apostillaba: «No cayó del cielo, también es hijo tuyo».

Como el tiempo de las clases era el que pasaba con ellos, hacer bien lo que le pedían era su manera de intentar ganarse el amor que le faltaba. No tenía con qué comparar y desconocía qué era lo que un hijo podía esperar de la relación con sus padres, así que creció sin pedir nada. Se conformaba con lo que le daban, las clases de música y piano del padre, las de cultura general de la madre, la escasa provisión de libros, la salida muchas veces incumplida de cuarenta y cinco minutos al parque con Natividad, único espacio donde se encontraba con algún niño.

A punto de cumplir los quince años, cuando comenzó a cambiarle la voz y a necesitar el afeitado, era un adolescente triste, taciturno y educado, pero un contrincante bien armado de argumentos para la disputa. Sobre todo, era un músico consumado y hubiera superado el examen de ingreso en un conservatorio, o en una universidad para cualquier carrera de humanidades o de ciencias.

Entonces su padre accedió a que compartiera la mesa, lo que había tenido restringido a la cena de Nochebuena y el almuerzo de Navidad. El cambio no significó mucho para Elisario Calante. No comprendía o no le interesaban las charlas que mantenían sus padres, y no intervenía salvo que le preguntaran.

Siendo Antonino Calante un excelente intérprete de piano y un brillante director de música, continuaba luchando con la composición de aquella primera obra. Habían resonado pasajes sueltos en su estudio de trabajo tantas veces que su mujer y su hijo la conocían en decenas de fórmulas inconclusas. Pero no era una buena obra. Él lo sabía y lo aceptaba con amargura.

Unas semanas antes de que su hijo Elisario cumpliera dieciséis años, al regresar de la calle, Regina Lantigua y Antonino Calante lo oyeron interpretar un arreglo de las frases con las que el padre nunca llegó a sentirse cómodo. Entornaron la puerta y se sentaron en un escalón a escucharlo. Los párrafos de Antonino Calante resultaban cansinos, monocordes y tiesos. Los del hijo eran airosos, elocuentes y emocionales, estaban vivos y se metían en el alma.

—Ya no me queda nada que enseñar a tu hijo, Regina —dijo Antonino Calante cuando calló el piano.

—De ninguna manera. Le falta mucho que conocer de la vida. Puedes estar orgulloso de lo que has conseguido hacer de él. No digas más que no es tu hijo.

—Es tu hijo, Regina. El mejor de mis alumnos y la persona con más talento musical que he conocido. No es mérito mío y lo que toca no es mi obra, es la suya. La mía son tuntunes estériles. Lo que acabamos de escuchar discurre entre un principio y un fin con un hermoso recorrido. Parte de un lugar con sentido y llega a otro lugar con mayor sentido aún. Es perfecto.

Se detuvo y tomó aliento para explicar, entre frustrado y admirado, lo que su mujer no sabía encontrar en la música.

—Arranca con la tonalidad de re menor que es la tristeza, la oscuridad; además incluye un acorde disonante. Las notas graves acompañan, representan la turbulencia de un río. Se emprende camino, sigue en re menor pero la turbulencia se va apagando, cambia a re mayor, la turbulencia desaparece, el agua reposa. Cerca del final cambia de nuevo, el caminante y el agua llegan a un destino y descansan. ¿Sabes lo que quiere decir? Que tu hijo se siente prisionero, que desea marcharse. Eso dice su música.

—Nunca ha conocido más que esta casa. Sácalo. Llévalo a que lo conozcan y sepan lo buen músico que es. Te sentirías orgulloso porque es tu hijo y porque él ya lo está de ti. No está preparado para marcharse. Y yo tampoco lo estoy para que se marche.

—Por intransigente y obtuso no he querido ser su padre. Ahora no merezco que él sea mi hijo. Yo abandoné mi casa para entrar en la academia con quince años. Y mi padre también lo hizo.

—Tú tenías amigos; Elisario ni siquiera ha visto la ciudad.

Regina Lantigua quiso ganar la última batalla de una guerra que tenía perdida. Segura del carácter maduro del hijo y de la admiración del padre por sus dotes, intentó enfrentarlos a los dos y que hablaran uno frente al otro.

—¿Por qué no hablas en la mesa? —preguntó Regina Lantigua a su hijo aprovechando una ausencia de su marido.

—Sí que hablo; respondo si me preguntan.

—A eso me refiero, a que no hablas de tus cosas.

—¿Cuáles son mis cosas? No tengo cosas mías. Hago lo que me has enseñado. Callo para no molestar y no creo que interese nada de lo que digo.

—¿Crees que tu padre y yo no te queremos?

Elisario Calante no evadió la pregunta.

—Mi padre seguro que no. Para él soy un incordio. Para ti el incordio es que estás entre él y yo.

La respuesta dio de lleno a Regina Lantigua.

—¿Por qué lo piensas? —preguntó.

—Porque yo sí os he querido y sé cuál es la diferencia —dijo poniéndose de pie—. Con tu permiso.

—Nos has querido, lo dices en tiempo pasado. ¿Eso significa que ya no nos quieres?

—Por mis lecturas sé que los padres son algo distinto a vosotros. Ya lo intuía cuando era niño. Por lo que siento, da igual si yo os quiero o no porque nadie lo notará.

—A nuestra manera te hemos querido y te queremos —se defendió Regina Lantigua, traicionada por el timbre de la voz y por la imprecisión de las palabras.

—Si es así, me alegro porque a ti te servirá. Aunque también debes entender que a mí no me sirva de nada. No me sirvió antes y dudo de que me sirva en un futuro.

No lo dijo en balde. Además de infructuoso hubiera llegado tarde. Al término de una cena, Antonino Calante puso en la mano de su hijo un sobre que contenía un billete para un vuelo en un avión militar, un supuesto documento de identidad y el dinero justo para un desayuno y poco más.

—Mañana vendrán a buscarte para acompañarte al aeropuerto —dijo Antonino Calante.

—Tu tío Marco te estará esperando cuando llegues —se apresuró a decir Regina Lantigua, que había cenado con desgana y parecía hacer un esfuerzo al hablar.

—Siempre te has llevado bien con tu tío —dijo Antonino Calante—. Él se hará cargo de lo que necesites.

Elisario Calante pasó la noche sentado al borde de la cama. Tenía el bolso de viaje preparado con la ropa imprescindible junto a la puerta. Hubiera deseado llevarse el baúl de su abuelo, del que sólo extrajo un libro, *El conde de Montecristo*, que metió en la maleta.

Antes del amanecer estaba duchado, afeitado y listo para partir. Apenas tuvo tiempo para desayunar con su madre, que tenía los ojos enrojecidos y temía abrir la conversación.

—Te gustará tu nueva vida —dijo Regina Lantigua mientras le metía una botella de agua en el bolso—. Tendrás oportunidad de ver el mundo y conocer a tus abuelos. Te divertirás con tu tío, él te representará. Escríbeme y llama por teléfono.

El tiempo pasa enseguida, nos veremos por Navidad y por vacaciones.

—Por supuesto, mamá. Te escribiré para contarte lo que te pueda interesar. Y llamaré a una hora en que no moleste.

A la hora prevista, un coche negro se detuvo frente a la puerta principal. Elisario Calante miró a su madre, que se secaba algunas lágrimas con un pañuelo. En el último momento su padre apareció en el umbral. Mudo, intentaba parecer fuerte permaneciendo imperturbable, pero sólo consiguió parecer despreciable.

—Muchas gracias —dijo Elisario Calante a modo de adiós.

Entregó el bolso al conductor, abrió la puerta del vehículo, volvió el rostro, miró a sus padres por última vez y ya eran dos desconocidos. Entró y se acomodó en el asiento, miró al frente y no volvió el rostro mientras el coche se alejaba.

27

El tenue resplandor de luz artificial, que entraba desde el pasillo por las ranuras de ventilación de la celda, creaba una penumbra que permitía a Elisario Calante distinguir el interior de la estancia. No había nada más que las paredes y la cuerda que colgaba del techo sobre un bloque de piedra. La media luz uniforme, la temperatura estable, la rotundidad del silencio, la carencia de cualquier estímulo visual o sonoro y la inexistencia de referencias temporales se conjuraban para conducir la mente a la locura.

Con frecuencia Elisario Calante recordaba el momento en que abandonó el incierto hogar de su infancia. Salió de allí con el corazón maltrecho y sin recursos para enfrentarse al mundo y se encontró con la hermosa plenitud que se reveló de pronto ante sus ojos, como en un estallido. A pesar de que era un día gris y las nubes anunciaban tormenta, fue de maravilla en maravilla durante el trayecto en coche. Un tren que pasó en paralelo a la carretera, al otro lado de un río; el propio río, coches y camiones que circulaban a su lado o se acercaban de frente; un rebaño de vacas y una yegua con un potro que pastaban en un campo junto a la carretera; la amenaza de tormenta donde las montañas parecían unirse con el cielo. Aquel día el mundo se le mostró como es, temible y hermoso, sucio y cristalino, simple y complejo, evidente y enigmático, fuente de sufrimiento y de felicidad.

Por el dolor de la marcha y por la grandiosidad de la experiencia llegó tan aturdido al aeropuerto que el conductor del coche decidió dedicarle su buena de obra del día y lo acompañó hasta el mostrador. Entraron por una puerta secundaria de uso exclusivo para los militares, donde comprobaron el billete y le franquearon el paso a una sala de espera. Se despidió del conductor y se acomodó cerca de dos matrimonios que viajaban con sus hijos. Al otro lado de la sala, un numeroso grupo de jóvenes que se incorporaban al servicio militar se hacían bromas para entablar amistades, pero se les notaba tan asustados como él.

Siempre pensó que volar era algo muy desagradable, porque nunca supo que el avión donde lo hizo era incómodo y que el vuelo fue difícil por las turbulencias y el traqueteo. Descendió del avión mareado, detrás de las dos familias. Un sargento que esperaba al pie de la escalera lo confundió con uno de los reclutas, lo empujó a un lado y se quedó en la pista con los jóvenes que bajaron detrás de él. Cuando terminaron de llamarlos por el apellido y el nombre y sólo quedó él, advirtieron que era un civil y lo condujeron a una sala de espera, tan austera como la que había conocido en el aeropuerto de salida.

Su tío, Marco Lantigua, ni estaba allí ni se había presentado al cabo de dos interminables horas. El sargento que antes había provocado la confusión se dirigió a él para decirle a su manera poco cordial que debía marcharse.

Caminó cinco kilómetros por el arcén de una carretera que, según le indicaron, lo llevaría a la ciudad. Avanzaba en pugna con dos sentimientos enfrentados: el mundo inquietante y hermoso que se mostraba a cada paso en una mañana radiante de Antiqua y el miedo, la incertidumbre, el dolor de haber abandonado el hogar familiar, la fría despedida de unos padres que se juró que nunca volverían a saber de él.

La dirección que llevaba anotada en un papel era la de un edificio en ruinas, a unos metros de una comisaría de policía. No era casualidad, de pronto se hizo evidente el propósito de

Marco Lantigua. Recibió el dinero que su hermana Regina envió para los gastos de su hijo y tardó más en retirarlo de la oficina de correos que en desaparecer.

Al saber que hasta los documentos que su padre puso en su mano eran falsos, Elisario Calante concluyó que ellos tampoco deseaban volver a saber de él. Sus abuelos, el general Lantigua y su mujer, a quienes no conocía, eran una familia relevante en la ciudad, pero en lugar de buscar su ayuda ocultó el vínculo familiar, con el cambio de nombre y el silencio de los apellidos. No tardó mucho en enterarse de que en sus paseos nocturnos pasaba frente al domicilio de sus abuelos, a unos cientos de metros de la casa de Altaterra.

Desahuciado por sus padres y traicionado por su tío, sin dinero, sin nadie a quien acudir, sin saber cómo pedir ayuda ni cómo se hacía para comprar una botella de agua, el primer día de libertad de Elisario Calante hubiera aturdido a cualquiera. En ese desorden emocional estaba cuando las circunstancias empeoraron. Para colmo de los despropósitos, la botella de agua que su madre introdujo en el bolso era una trampa. Regina Lantigua tuvo la mala ocurrencia de disolver en ella varias cápsulas del tranquilizante que ella tomaba, con más frecuencia de la necesaria y en cantidad disparatada porque ya era insensible al fármaco. Para Elisario Calante fue una dosis de caballo. Paralizado, sin saber qué hacer ni a dónde ir, con cada sorbo de agua fue adentrándose en el estado de desgobierno en que lo halló Servando Meno.

En aquel primer día en que asumió su propia vida estaba el origen del rumbo hacia el vacío que tomaría años después. Traicionado por sus padres, perdió el techo y los sustentos de la vida; traicionado por Fernando de Altaterra, a quien había considerado amigo, perdió el techo y los nuevos sustentos de la vida; traicionado por una mujer a la que amó, perdió por última vez el techo y los sustentos de la vida.

Sin dinero ni ocupación y sin razones para seguir luchando, se abandonó a la intemperie, a la vida a salto de mata, a vivir el momento con lo que el momento tenía, a dormir donde la noche salía a su encuentro. Al despertar el día, echaba a andar sin volver la vista atrás, para dejar atrás el fracaso y para alejarse de sí mismo con cada paso. Por el día olvidaba, pero al llegar la noche se tumbaba en cualquier parte y ella regresaba, frágil, bella, con la tersura de su piel y la dulzura de su sonrisa, para decirle que necesitaba el sitio para otro y volver a expulsarlo de su vida. Un nuevo día despertaba y un día más él echaba a andar. Caminaba lejos de sí mismo al llegar a los treinta, caminaba hacia un nuevo invierno en la frontera de los cuarenta y caminaba sin horizonte al pasar de los cincuenta. Una tarde se detuvo, miró atrás y todavía recordaba, pero el corazón se le había cauterizado, era ya una cicatriz. Sintió próximo el final y regresó a Antiqua para vivir sus últimos días y morir en ella.

Los mejores recuerdos del peregrinaje hacia la nada no fueron las personas ni los acontecimientos, fueron los lugares. Algunas veces descubría en la lejanía la estampa de una arboleda, la silueta de unos edificios recortados sobre el cielo, una luz o unas sombras que despertaban una inspiración, un estado interior que solía ser de nostalgia o de tristeza y escasas veces de alegría o de esperanza. Entonces se quedaba por la zona para regresar los días siguientes a la misma hora y dar al azar una nueva oportunidad de repetir el hechizo. Si lo conseguía, volvía hasta que el sitio perdía la capacidad de mostrarlo o él perdía la de sentirlo. Como las buenas pinturas, aquellas imágenes eran un sustituto de la música que él creía haber abandonado, y traicionado, en la funda de la Clavelina. Poco le hubiera importado el cautiverio si tuviera su querida Clavelina con él. ¿En qué manos habría terminado?

Desde joven fue capaz de escribir música sin necesidad de un instrumento porque oía las notas sólo imaginándolas. Como haría un poeta con las palabras, le bastaba coger un papel y un lápiz, trazar cinco líneas paralelas si no disponía de papel de pentagrama, y comenzar a escribir las notas mientras los sonidos vibraban en su mente. Esa forma de crear música era la que tenía al alcance, la de las ideas, que en muchos momentos inesperados cruzaban su cabeza, pero que nunca intentó desarrollar de forma sistemática.

La música, su tabla de salvación, podría devolverle el alma, ponerlo a salvo de la locura. Sin voluntad real de repetirlo, imaginó el compás: cuatro por cuatro al empezar, el más común; el ritmo lento, un ligero golpe con el dedo índice en el dorso de la mano, una vez cada cuatro segundos, lo que obligaba a contar los cuatro pulsos con la duración aproximada de un segundo. Con el primero de cada cuatro golpes visualizaba un pentagrama con una redonda, un pequeño círculo, dibujado entre las dos líneas inferiores.

Aunque sencillo, tenía la suficiente complejidad para obligarlo a mantener la atención y liberar la mente de cualquier pensamiento durante la ejecución. Lo consiguió durante sesenta compases, cuatro minutos. Continuó, intercalando un minuto de descanso cada cuatro minutos de práctica. El siguiente escalón consistía en alargar los intervalos hasta lograr doce minutos de ejercicio y tres de descanso. Poco a poco le fue dedicando más tiempo hasta que la práctica duró horas.

Se convirtió en su prioridad. Con independencia del tiempo que hubiese dormido, nada más despertarse desarrollaba la tabla de ejercicios físicos y continuaba con la música hasta que el cansancio lo vencía. La mente, ocupada en el recuento de compases, no tenía posibilidad de volverse en su contra.

Además, cuatro series de doce minutos con tres de descanso completaban una hora. Por aquel medio fue desarticulando el artefacto pernicioso de la desorientación temporal, que quedó resuelta cuando fue capaz de contar las horas por el patrón de los cuatro tramos de práctica con tres minutos de descanso. Al final podía mantener en la mente el pentagrama imaginario y el recuento de compases mientras desarrollaba la tabla de ejercicios físicos, adaptada para que durase una hora aproximada.

Llegado el momento logró establecer una línea de separación entre la noche y el día, aprovechando un patrón en la aparente aleatoriedad con que depositaban su exiguo refrigerio. Se lo traían a horas dispares. Entre una vez y la siguiente pasaban entre veinte y veintiocho horas, aunque en ocasiones podían ser veinticuatro horas. Imaginó que se lo llevaban al comenzar la jornada o al terminarla, de modo que cabía suponer que cuando el intervalo era más largo sería al final de la noche, es decir, al comienzo del día. Por tanto, el final de intervalo más corto sería el de la noche, antes de que se retiraran. Aunque no era relevante, eligió las siete de la mañana y las once de la noche como las horas más probables.

No comía cuando le traían la ración diaria. La dividía en dos, una para el desayuno y la otra para la cena, como medio adicional de mantener la referencia temporal.

Lo que al principio fue dificultad y tedio se fue convirtiendo en necesidad. Por sincronía de frecuencias, el corazón se acompasaba con el ritmo suave, monocorde y tranquilizador del ejercicio y lo arrastraba a un estado de paz interior, de armonía, que era estable y que podía repetir a su antojo, entrar y salir de él a voluntad. En aquel patrón de estabilidad, dormía mejor y le parecía tener mayor control de sus ideas y sus emociones. Comenzaba a adentrarse en territorios de sí mismo que antes ni siquiera imaginaba.

En cuanto el cerebro aceptó las horas de práctica sistemática, introdujo cambios progresivos para incrementar la dificultad y evitar que se quedase en un ejercicio mecánico. En la primera práctica oía el sonido y veía en su mente el pentagrama con una nota redonda, que se mantenía los cuatro tiempos del compás. La redonda dio paso a dos blancas, que veía y oía una vez cada dos tiempos del compás. Varió de una blanca y dos negras por compás a una blanca, una negra y dos corcheas. Su ritmo cardiaco se trababa con el del ejercicio, por lo que le convenía el ritmo lento de un tiempo del compás por segundo.

* * *

Katia Romano llegó a tiempo de recibir el baúl que ella misma envió a su domicilio desde el hotel donde se alojó en la ciudad en la que nació Elisario Calante. Husmeó en su interior para satisfacer su curiosidad y sin esperanza de hallar alguna pista útil para comenzar una búsqueda.

Contenía algunos libros de Vicente Blasco Ibáñez, junto con *Los miserables* de Victor Hugo y *El tulipán negro* de Alejandro Dumas. Un caleidoscopio, retratos familiares, dos cuadernos de caligrafía, varios tinteros, una regla de cálculo, un compás, una estilográfica Waterman, utensilios de dibujo y un tesoro para los cinéfilos: cientos de programas de películas, que hasta mediados del siglo XX se entregaban en las taquillas del cine al comprar las entradas.

El volumen mayor lo ocupaban los cuadernos de dibujo, que contenían páginas enteras de cálculos de ingeniería y muchos dibujos a mano alzada de detalles técnicos. La mayoría de las láminas sueltas eran de dibujos concebidos por un técnico con dominio de la perspectiva y estaban ejecutados, a lápiz o a pluma, por la mano de alguien acostumbrado a trazarlos sin un titubeo. A juicio de Katia Romano, que sabía mucho de buenos dibujos, eran excelentes. Teniendo en cuenta que se realizaron cien años antes mostraban a un artista maduro, y en las soluciones de ingeniería y arquitectura, a un ingeniero que, de no ser militar, hubiera alcanzado reconocimiento entre los mejores.

La sorpresa se hallaba en la carpeta más gruesa. Un dibujo a pluma, en perspectiva caballera, de una construcción reconocible: La Bella, la misteriosa casa que se encontraba a pocas manzanas de la suya. Por la profusión de los dibujos, el detalle y el cuidado se apreciaba el cariño que Leandro Calante depositó en el proyecto. Se distinguían tres etapas. La primera correspondía a las antiguas canteras con las modificaciones para hacer de ellas fábrica y almacén de munición y explosivos. La segunda era el desarrollo ejecutado por Leandro Calante para proteger la construcción antigua. La tercera, en proyectos separados, el diseño de La Bella y la casa Abralde.

Dedicaba una serie completa al mecanismo que soportaba las pesadas puertas de las galerías. Varias láminas contenían panorámicas del solar visto desde la rasante del barranco, con detalle de las galerías de la antigua cantera. En otras láminas, los estribos en la pared y el muro de separación con el barranco, que servían de apoyo a las vigas que descansaban en una enorme columna central. Había conservado de La Bella desde los primeros bocetos a lápiz de detalles técnicos hasta los definitivos de las cuatro fachadas del edificio.

Los dibujos de Leandro Calante inspiraron a Katia Romano para emprender una colección con La Bella como tema.

* * *

Meses atrás, Fernando de Altaterra no dio crédito cuando le dijeron que un intruso que decía llamarse Rafael había entrado en el subterráneo de la casa y pedía hablar con él. Esperaba no volver a ver al que un día consideró su amigo, era la única manera de olvidar la noche en que lo dejó sangrando en el suelo, tirado en el mismo lugar donde se conocieron. Desde entonces Elisario Calante aparecía como una sombra fugaz en sus pensamientos, y evitar aquel recuerdo no siempre le funcionaba como mecanismo de protección. En esas ocasiones, un arrebato de rabia le cegaba el entendimiento.

No fue una estúpida prueba de lealtad la que provocó el drama de aquella noche, aunque sí fue el detonante. La causa estuvo en un sórdido sentimiento de rencor que escapó del control de Fernando de Altaterra. Unos acordes de piano interrumpieron la rutina, emocionaron a la gente y provocaron las lágrimas de su padre. Elisario Calante conseguía que un mensaje, más puro que el de las palabras, llegara de su alma a otras almas. Quienes lo escucharan una vez querrían escucharlo siempre, sin el patrocinio de ningún dios.

Él también podía hacer que temblaran las rodillas de quienes escuchaban sus soflamas religiosas, pero debían estar dispuestos a creer en Dios. Lo que él lograba también lo conseguía un buen vendedor de los productos que comerciaba.

La violencia que se desató aquella noche no fue algo premeditado. Una vez dado el primer paso, los demás vinieron como consecuencia del anterior. Fernando de Altaterra siguió el impulso inconsciente de pedirle a los dos frailes que lo acompañaran y ellos lo siguieron, sin apaciguarlo ni reprobar su actitud. Golpeó con rabia en la contraventana donde dormía su amigo, seguro de lo que iba a decirle, y sólo cuando lo tuvo delante comprendió que ni siquiera disponía de un reproche con fundamento. ¿Qué podía echarle a la cara? ¿Que fuese un músico excepcional? ¿Que lo hubiera ocultado? Cuanto menos hallaba el reproche, más crecía su rabia.

No provocó que sus acompañantes lo golpearan, pero tampoco los detuvo. De los dos, el más inclinado a la fuerza bruta le dio el primer puñetazo y sonó un chasquido que despertó en Fernando de Altaterra la bestia que dormitaba en él. Con el quejido del segundo golpe no quedó saciada. Con el crujido del tercero, la primera sangre le hizo sentir una fuerza vivificadora, pero no dejaba de ser un alivio todavía efímero. Con el cuerpo inerme sobre el suelo y el rostro ensangrentado sintió cumplida la venganza. Declaró enemigos al hombre del suelo y al mismo Dios, que nunca olvidarían haberlo traicionado.

La lucha interior bullía de nuevo en su conciencia desde que Elisario Calante había reaparecido. Esperaba que pronto le dijeran que no había tocado la provisión de agua y de comida que dejaban cerca de su mano. Se desharían del cadáver y él volvería a su vida, a terminar de zanjar sus cuentas con Dios.

De la época de la antigua fraternidad sólo quedaban dos momentos del día en la rutina de Fernando de Altaterra y sus adeptos: sobrevivían la oración de completas y la de maitines, algo que consolaba a los más viejos aunque no tanto a los jóvenes. Después del desayuno celebraban un simulacro de misa y, por la noche, antes de la cena, algo parecido a una charla teológica decadente y fúnebre, como medio de hacer creer a los acólitos que aún interpretaban un papel esencial en los designios de Dios.

Fernando de Altaterra creía de las prácticas religiosas que si las celebraba alguien, como él, caído del otro lado, las envilecía más. Tal era la consideración que tenía de sí mismo que llegaba a pensar que no podía había estar del lado de Satanás porque, de ninguna manera, sentía ser menos que el propio Satanás.

* * *

Cuando Eulalia de Altaterra enviudó de Jorgen Hallberg, Aurelio Codino padre, en su calidad de administrador de los bienes de Carelia Hallberg, firmó los documentos para que pudiera disfrutar de la casa que había sido el domicilio familiar y en la que su marido puso fin a su vida. En ella permanecían, sin pagar un céntimo, Fernando de Altaterra y su pequeña congregación. Su hermana Eulalia, que prefería vivir en la casa de Altaterra en las mismas habitaciones que ocupó de niña, lo visitaba de vez en cuando.

—Nunca me has dicho qué piensas de la muerte de tus protegidas —dijo Fernando de Altaterra.

—Han muerto por un asunto de drogas. Porque le debían dinero al que se la suministraba. O porque algún familiar de alguna chica a quien le daban droga decidió vengarse. Nada que tenga relación con nosotros de manera directa.

—De ser así, ¿por qué nos dejaron a la primera en la puerta? Quien lo haya hecho sabe que tienes algo que ver con ellas.

—Si la obligaron a hablar, pudo mencionar este sitio, pero tú y yo estamos a salvo. Fue lo que tú impusiste y ha salido bien, nada nos relaciona con ningún negocio ilícito. Ofrezco guías turísticos, vendo flores, perfumes y regalos, y siempre me pagan con tarjeta. Es todo legal, se liquida hasta el último céntimo de los impuestos. Se hace todo por teléfono y con recaderos. Si alguna colaboradora decide pasar un buen rato con quien le apetezca, no es de nuestra incumbencia. Incluso está prohibido por la ley tener opinión sobre eso.

—¿Y qué dice tu comisario? ¿Ya tiene idea de quién nos dejó el paquete en la puerta?

—El asesino fue el mismo en los dos casos, pero cree que una investigación se nos puede volver en contra. Debe aparecer cuando nos convenga, cuando haya pasado tiempo suficiente para no levantar sospechas y estemos seguros de quedar al margen.

—¿Y de la que ha desaparecido?

—Tampoco guarda relación con nosotros. Aún no tienen nada. Es probable que su novio la matara y que aparezca su cuerpo cualquier día. O que mandara al cuerno a su novio y esté con otro por ahí.

—¿De verdad no tiene relación contigo? ¿Has renunciado a vengarte como le prometiste a Aurelio Codino, el padre?

—De ninguna manera renunciaré a eso.

—¿Para qué correr ese riesgo, Eulalia?

—Para liquidar mis cuentas pendientes, Fernando. Para sentirme a salvo y para estar en paz conmigo misma.

—Y porque te divierte un poco, ¿verdad, Eulalia?

—Por supuesto. En eso también soy como tú, que necesitas unas gotitas de sangre en el café para ir tirando.

* * *

Poco antes del atardecer, Livia Reinier y Tulia Petro paseaban por el parque en compañía de Lobo, cuidado con mimo por las dos mujeres. Habían pasado dos semanas sin noticias de Valeria Codino, sin que la policía aportara información y sin que se oyera nada del caso. Dos hombres que parecían dar un paseo se detuvieron junto a ellas y le acercaron un teléfono.

—Alguien desea hablar con usted —le dijo uno a Livia Reinier, que reaccionó con apremio.

—¡Mamá, soy Valeria! —le habló su hija por el auricular.

—¿Valeria? ¿Estás bien, hija? ¿Dónde estás?

—Estoy bien, mamá. Por seguridad no puedo volver a casa hasta que todo se aclare, pero estoy bien. Nadie debe saber que hemos hablado, tampoco la policía. Volveré a llamarte dentro de unos días.

Se cortó la comunicación y Livia Reinier no tuvo ocasión de hacer otra pregunta.

—Que nadie sepa esto, señora. Sobre todo, que no lo sepa la policía —dijo el hombre del teléfono.

* * *

En la cárcel, Máximo Devero recibió la noticia al siguiente día por boca de Aurelio Codino, que lo visitó en calidad de abogado.

—¿Entiendes el misterio, Máximo?

—Lo importante es que está viva. Puede que alguien la proteja, pero también cabe sospechar que el comisario está detrás —respondió Máximo Devero entre el alivio y la inquietud.

—¿Y si lo que quiere es que retire la denuncia de desaparición para que salgas de aquí? ¿Buscará que te reincorpores a tu puesto?

—O que corra el mismo destino que el Doctor, Aurelio. No olvides que también está desaparecido y que alguien se paseó por encima de él en un coche.

—Si es una estrategia, no veo cómo evitar tu liberación —dijo Aurelio Codino—. Sabiendo que Valeria está viva, debería retirar la denuncia.

—Es una cuestión legal de la que desconozco las consecuencias, pero que de momento debemos pasar por alto.

—Supuse que querrías salir de aquí de inmediato.

—No me fío, Aurelio. Sabemos que la policía está involucrada por lo que sucedió al Doctor y porque sembraron mi casa de pruebas falsas. Si alguien de la policía retiene a Valeria, es posible que desee mi libertad para matarla y acusarme del crimen. Si no es alguien de la policía y salgo de aquí, la fiscalía y la policía se habrían quedado sin culpable, investigarían más a fondo y Valeria de nuevo podría estar en peligro. En cualquiera de las dos posibilidades la seguridad de Valeria tiene más garantías conmigo dentro que fuera de la cárcel. ¿Puedes hacer algo para que no tenga que salir?

—Dejar interpuesta la denuncia y cometer errores en el papeleo. El fiscal no te quiere fuera. Eso ayudará.

—Adelante. Así lo haremos.

—Todavía hay algo que te inquieta, Máximo. ¿Me dices qué es?

—Si alguien la protege, cobra sentido que desapareciese por un asunto pasional. Es posible que haya otro hombre. Pero esa posibilidad no puede interferirnos.

28

San Juan de Puerto Rico, en el último tercio del siglo XIX. Los operarios que acometían el derribo de un antiguo edificio hallaron entre los escombros un arca de madera con documentos en su interior, que entregaron a Abel Zárate, el joven teniente que dirigía los trabajos. Era un arca castellana de madera de nogal, muy bien conservada, sencilla, sin relieves ni adornos y no demasiado grande, de las que usaban los milicianos. Tallados a navaja por una mano experta, tenía en el frente un escudo de armas y un nombre: RODRIGO CORONADO.

Abel Zárate la conservó sin ánimo de apropiársela, sólo por el recelo bien fundado de que la burocracia militar no le encontrara el mejor destino posible y terminara extraviada. Los documentos estaban mejor o peor conservados según el papel en que fueron escritos. Los más antiguos, en papel genovés o francés y algún otro en papel holandés, todos de mejor calidad que el elaborado en la Península, en el que, sin embargo, se habían escrito los documentos más valiosos. Estos tenían el sello de Felipe IV y entregaban privilegios y asignación a don Rodrigo Coronado para el cuidado y la manutención de unos niños y el uso, a su buen criterio, del galeón de Su Majestad, llamado Alba Patricia.

Por mero entretenimiento, Abel Zárate se hizo estudioso de la época, investigó y llegó a conocer detalles poco sabidos de los personajes implicados. A la edad de cincuenta años ya era comandante, ascendido no sólo por antigüedad sino por estudios y méritos de milicia, y continuaba en su poder el arca de Rodrigo Coronado con los documentos hallados en su interior.

Viajó a España y tuvo ocasión de visitar la casa de Altaterra, y frente al retrato de Rodrigo Coronado tomó la decisión de depositar allí la caja con su contenido, cuando hiciera el retorno definitivo. Pero de vuelta en Puerto Rico lo sorprendió la noticia del hundimiento del Maine en la bahía de La Habana, urdido y provocado por Estados Unidos como excusa para desatar la guerra contra la muy debilitada España. Abel Zárate luchó como voluntario en muchos frentes, a veces como soldado raso de infantería, sin reparo por su grado de comandante.

La guerra terminó en un despacho de París, con la firma de unas condiciones ilegítimas, en las que España renunció a Cuba, Filipinas, Guam y Puerto Rico, bajo la amenaza de que también les serían arrebatadas las islas Canarias si no aceptaban el acuerdo. Aquellos territorios nunca fueron colonias sino provincias de ultramar, trozos de la propia España.

Abel Zárate quiso regresar a España con los restos de Patricia Luján, esposa de Cibrán Gálvez, apodado el Cardenal, quien dirigió sus últimas palabras a Rodrigo Coronado.

Con la anuencia del valido real y la magnanimidad de Su Majestad, el rey mi señor, se me ha concedido escribir esta misiva en las horas que faltan para mi ejecución, en la que os hago depositario de los papeles donde concluyo mis pobres intentos como poeta, a los que he añadido los versos de cuya falta entre los míos me apercibió vuesa merced. Os ruego que si regresáis al lugar en que nos conocimos, dediquéis una oración y depositéis unas flores en la tumba donde yace mi señora, doña Patricia Luján, que ya no podré repatriar y que, como sabéis, es todavía y para la eternidad custodia de mi alma y dueña de mis despojos.

Mediodía en Cartagena,
mercado de la esclava,
blanca piel de azucena
donde mi vista miraba.
Entre las bellas más bella,
cautiva de los villanos
en venta como doncella,
sujeta de pies y manos.

Diez veces el precio di
sin porfía ni alegato.
Hubiera pagado mil
por sosegar tu rebato.
Acallado ya tu temor
una sonrisa entregaste
y ávido fui de tu amor,
mudo y secreto amante.

Mi esclava creyó ser
la que serlo no podía,
pues era dueña de mi ser
y señora del alma mía.
Sin familia ni valido,
sin cobijo ni morada,
me quisiste por marido
y tuyo fui, mujer amada.

Mas nunca rocé tu piel,
no te hice desdichada.
A unos pasos me quedé,
siempre oculta mi cara.
Nuestros estrellas y versos,
astros, música y cielo.
Nuestros leyendas y cuentos,
amigos, noche y desvelo.

Atesoro en lo que soy
tu promesa al marchar:
«Te esperaré donde voy
para volverte a amar».
Toda mi voz es lamento,
y es mi vida recordarte,
todos mis sueños, tormento,
y es mi condena no hallarte.

Se muestra en orto Vega,
al fondo del claroscuro,
guarda leal que te vela,
vigila tu lecho Arturo.
Cala Llana, pleamar,
trescientos y veinte pasos,
donde van a derramar
siempre por ti mis llantos.

En el interior del arca se hallaba un diario de Rodrigo Coronado en el que hablaba de una isla, con unos números anotados en una esquina que coincidían con las coordenadas de una isla diminuta de las Islas Vírgenes. A ella llegó Abel Zárate sin acompañantes en un pequeño barco de pesca.

Cibrán Gálvez nombraba en sus versos el momento, dado por el orto de Vega, la estrella de la constelación de Lira; precisaba el ángulo, dado por la posición de Arturo, de la constelación del Boyero; mencionaba la pleamar como el punto desde el que debía calcularse la distancia. Faltaba saber el día del año en que aquellas medidas marcaban un punto exacto. Abel Zárate eligió probar suerte con el punto central del recorrido.

En el descenso de la marea, clavó una estaca en la línea donde la arena húmeda marcaba la pleamar. A un lado situó el teodolito, orientó la posición de Vega, calculó el ángulo con Arturo, caminó cincuenta pasos y clavó la otra estaca. Con el teodolito al hombro y la pala en la mano, se adentró en el bosque.

Desconocía la longitud de los pasos a que se refería Cibrán Gálvez y debía calcular un margen de error generoso, por el dato que le faltaba conocer y también por la acumulación cambiante de la arena en la línea de la marea, así como por los medios y conocimientos de que se disponía a mediados del siglo XVII. Marcó un cuadrado en el terreno y realizó catas en una cuidadosa retícula desde el interior a los bordes. Necesitó nueve intentos hasta dar con la tumba de Patricia Luján. Enterrados a un metro y medio de la superficie halló los restos podridos de una caja de madera y un esqueleto con ropas de mujer, y, sin buscarlas, encontró a sus pies tinajas de barro de distintos tamaños, todas ellas con tapas del mismo barro, calafateadas con betún y cordel. Contenían monedas de oro, eran doblones de seis y ocho gramos.

Cibrán Gálvez había ido llevado las vasijas selladas que enterraba junto a las anteriores. Que estuvieran a medio llenar facilitó que Abel Zárate pudiera liberar la de mayor tamaño para introducir los huesos. Las monedas quedaron repartidas en otras vasijas, todas selladas por el mismo procedimiento empleado tres siglos atrás. Hasta su llegada a Antiqua no dispuso de las herramientas ni del recato para pesar y contar las monedas: tres mil quinientas trece, que superaron veinticuatro kilos de oro.

Por su inclinación a investir de solemnidad todos los actos, Abel Zárate incurría una y otra vez en la rutina irracional de dejar para más tarde lo que consideraba más importante, de manera que no dio entierro a los huesos de Patricia Luján ni llevó a cabo la tan meditada entrega del arca de Rodrigo Coronado a la casa de Altaterra.

La tinaja con los huesos quedó rodeada de plantas en un patio cubierto de la casa que alquiló en las cercanías del puerto. La casa era más grande de lo que necesitaba, pero de construcción sólida y con puertas inexpugnables. Cuatro baldosas levantadas en el suelo de la planta baja permitieron excavar el hueco donde enterró una caja fuerte. Disimulada por las baldosas y cubiertas por una esterilla contenía las monedas, clasificadas, apiladas, envueltas en papel de estraza y repartidas en cajas de madera.

Se instaló en Antiqua y su vida transcurría sin un alarde o signo que lo distinguiera de cualquier otro militar jubilado. En un círculo incesante, recorría media docena de ciudades en las que lo esperaba siempre una mujer de «reputación dudosa». Aunque a todas colmaba de atención, ninguna era el centro de su interés. Lejos de cualquier frivolidad, lo ayudaban en un empeño tan intachable como noble.

Al cabo de mucha desidia y peripecias, los soldados españoles que habían luchado en las provincias de ultramar fueron embarcados en los llamados «barcos de la muerte». Un apelativo insuficiente para las penosas condiciones que soportaron en las larguísimas travesías del retorno. Los que no murieron fueron abandonados una vez más en los puertos de destino, donde muchedumbres de lisiados, heridos, enfermos y famélicos en harapos intentaban sobrevivir de la caridad, con el único socorro de la población civil.

Para remediar el desastre, Abel Zárate y las mujeres que le daban anonimato aliviaban a aquellos hombres con comida, atención médica, ropa, dinero y los billetes para que pudieran llegar a sus pueblos. Atentos a tanto gasto, entre civiles y militares y desde subalternos a cargos políticos, muchos se preguntaban por el origen de aquella fortuna.

Abel Zárate no era el único que socorría a los repatriados. Tiempo atrás, el Ministerio de la Guerra hizo subasta pública de unos terrenos en la zona de expansión de la ciudad de Antiqua. El mayor oferente fue el inversor y constructor Benicio Abralde. En las galerías donde estuvo el antiguo polvorín, que eran ya de su propiedad, él acogía a los hombres para que pasaran la noche en jergones tendidos por el suelo. Allí llegaban los envíos de Abel Zárate, carretas cargadas de verduras, legumbres y carne, que cocinaban en enormes peroles con fuego de leña.

De modo que Abel Zárate y Benicio Abralde se tenían gran respeto cuando volvieron a encontrarse diez años después. Benicio Abralde al fin había recibido la aprobación del ayuntamiento para proyectar una zona de viviendas de lujo con jardines, en los antiguos terrenos del Ministerio de la Guerra. Sin aviso de su visita, Abel Zárate lo localizó una mañana dirigiendo las operaciones para allanar un terreno.

—Esto es un anticipo para que usted sepa que no perderá el tiempo conmigo —dijo poniéndole en la mano un pequeño sobre con una de las monedas—. Que alguien se la valore y hablaremos del negocio que quiero proponerle.

La oferta que aquella misma tarde hizo un numismático por la moneda despejó cualquier recelo de Benicio Abralde. Lo que le propuso Abel Zárate fue construir una casa sobre las ruinas del antiguo polvorín y la reserva absoluta sobre su nombre. Quería una buena casa, pero tenía una intención cívica, puesto que consideraba una irremisible pérdida del patrimonio abandonar un lugar con una larga historia, que era además ejemplo de la ingeniería militar. Aunque durante su carrera se ocupó más de canales y puertos, Abel Zárate admiraba las ideas puestas en práctica para aprovechar las antiguas galerías como polvorín.

Según el proyecto que tenía aprobado Benicio Abralde, el espacio tras el muro del barranco debía rellenarse con escombros y dejar en la parte superior una parcela destinada a parque público, pero Abel Zárate quería construir allí la vivienda. Con una honradez admirable, Benicio Abralde se opuso con razones que parecían irrebatibles, pese a que perjudicaban sus intereses.

—Lo que exige el ayuntamiento es el cegado de las galerías con un parque encima. Lo que usted propone requiere al menos una docena de pilares de veinte metros de alto y una plataforma de hormigón armado en la parte superior. Sería demasiado costoso.

Pero Abel Zárate también disponía de buenos argumentos.

—Trasladar y apelmazar más de cincuenta mil metros cúbicos de escombros también es muy costoso. Agradezco su honradez, don Benicio. No me cobre la parcela, si eso lo tranquiliza, cóbreme la construcción. Usted obtendrá beneficio, el ayuntamiento dispondrá de un parque mejor situado, yo levantaré mi casa en el lugar que deseo y entre todos conservaremos un trozo de historia.

—Pienso en sus intereses, don Abel. Lo que usted quiere se sale del presupuesto de un particular.

—Será muy caro, pero para sus cálculos ha pensado usted en ingenieros y arquitectos civiles, en cambio yo pienso en lo que conozco, en ingenieros militares, que siempre hemos resuelto obras imposibles sin presupuesto para ejecutarlas.

Así fue como Leandro Calante se incorporó a la dirección del proyecto. Con treinta años, era teniente y ya tenía una sólida reputación como ingeniero, de la que Abel Zárate tuvo referencias por otros jefes militares. Leandro Calante estaba a la espera de destino y de su ascenso a capitán, pero a las pocas semanas se presentó en la casa de Abel Zárate con una maleta, una excedencia temporal del servicio y con verdadero interés en el proyecto.

—Acepté venir por su prestigio, comandante Zárate —dijo Leandro Calante—. Se rumorea que atendió usted a los repatriados como nadie lo hizo. Necesito el trabajo, pero también me siento honrado de hacerlo para usted.

—No haga caso de los rumores, teniente. Hice lo que los patriotas deben hacer sin excusa con sus valientes: llevarles un plato de sopa, darles las gracias con un abrazo y ponerse firmes cuando pasan con sus muletas. Por cierto, sé que usted participó en Cuba. ¿Qué edad tenía?

—Veinte años cuando regresé —dijo Leandro Calante.

La afinidad de carácter, el abatimiento por la mengua de España tras la guerra, la intranquilidad por el comienzo tempestuoso del siglo XX, la condición de militares y el gusto por la ingeniería les daba para larguísimas tertulias. La convivencia y la afición de ambos al ajedrez convirtieron el afecto en amistad.

A Leandro Calante le llamó la atención que los canteros de tiempos pasados no extrajeran la piedra a cielo abierto sino en galerías. Abel Zárate conocía la respuesta: «Eran tierras del rey; robaban la piedra», le dijo.

Lo que comenzó siendo una cantera de roca caliza emplazada junto al barranco, fue utilizada más tarde por los traficantes que comerciaban con mercancías destinadas a América y a la inversa, pues las que venían de allí y de Asia se esperaban con avidez en Europa. Por el camino que discurría por la cornisa del barranco iban y venían del puerto las carretas y las recuas de mulas cargadas de productos, sin una división clara entre el comercio legal y el contrabando.

El antiguo constructor militar, del que nada se sabía salvo que era un adelantado a su tiempo, empleó técnicas que no se enseñarían hasta pasados dos siglos. Las cualidades como polvorín eran evidentes por las características del emplazamiento. Alejado de la ciudad, con acceso directo al puerto y al litoral, oculto bajo tierra, sin humedades, invulnerable a los cañones y fácil de defender, todo ello servía para el propósito sin cambios.

Disponía de dos niveles, con cuatro galerías en el superior y tres en el inferior, y las líneas de suelos y techos y las verticales de las paredes fueron trazadas con precisión de milímetros. En el eje horizontal, los canteros dispusieron una sólida base de un metro y medio para los muros que soportaban la carga, y en el eje vertical, entre el nivel inferior y el superior, dejaron dos metros y medio.

Cuando la cantera se transformó en polvorín, se canalizó el barranco para proteger los cimientos de un muro tendido, construido en el frente con rocas de la propia cantera y en el interior con contrafuertes y refuerzos. Al distribuir el contenido por las galerías, se dificultaba que la temida detonación fortuita se propagara por simpatía. Ranuras practicadas en los muros, en las rasantes del suelo y del techo, permitirían la salida de los gases amortiguando los efectos de una explosión.

Los cierres de los compartimentos dentro de una misma galería, de las galerías entre sí y con el exterior consistían en gruesos bloques de piedras zunchadas a modo de puertas. Sujetas en el perímetro por cinchas de hierro, colgaban de un pivote central, de tal manera que la mitad del peso hacía de contrapeso de la otra mitad y el conjunto se podía manejar con una sola mano.

En tiempo más reciente, debido a que las piezas de artillería eran más precisas y potentes, la instalación se hizo vulnerable. Otros ingenieros reforzaron el muro exterior, aseguraron los contrafuertes e instalaron una cubierta de camuflaje soportada por cerchas desde los laterales. En el interior, los techos se acondicionaron para expulsar al exterior el calor y las ondas de presión, y se reforzó la techumbre con gruesas vigas y losas de piedra.

Leandro Calante tomó apuntes de dibujo, con explicaciones escuetas y el detalle de las medidas, con la idea de escribir un libro con ilustraciones destinado a bibliotecas y universidades. Sería un trabajo no remunerado y que le supondría un gran esfuerzo, pero hermoso de verdad.

Demostró por qué estaba tan bien considerado en cuanto propuso soluciones a la construcción. El vano entre la roca firme y el muro exterior, el de la linde del barranco, hubiera requerido vigas demasiado largas. La retícula de largos pilares, la que parecía la solución más directa, no le gustaba. Era caro, de más lenta ejecución y de peor comportamiento ante terremotos. Propuso repartir por el perímetro ocho estribos, como se llama a los pilares que refuerzan una pared. Las vigas que partirían desde ellos tendrían el otro apoyo en un pilar central de mayor diámetro. No serían solidarias con el pilar sino que las ménsulas, los encuentros de las vigas con los pilares, ofrecerían unos centímetros de holgura y permitirían un leve desplazamiento en prevención de terremotos. Por su parte, el grueso pilar central sería hueco, lo que lo haría más resistente y de construcción más sencilla.

Confirmados los cálculos y hechos los dibujos, pronto estuvieron cerradas con sillares y argamasa las galerías más bajas, y el hormigón de las zapatas y los estribos a la altura del primer nivel de galerías ya había fraguado. Desde allí, se fundían las vigas y se preparaba el siguiente nivel. En la parte externa, el pilar central creció dos plantas por encima de la rasante del suelo. La estructura de las plantas superiores colgaba de él. Para evitar la vibración, de lo más alto partían ocho tirantes, gruesos cables de acero trenzado, que se anclaban a los estribos exteriores.

El buen gusto de Abel Zárate como propietario, el de Leandro Calante como arquitecto y la perfecta ejecución de Benicio Abralde dieron como resultado una edificación que recibía similares calificativos: hermosa, elegante, bonita, pero había uno que salía siempre: «bella», que de tanto repetirse terminó siendo nombre propio.

En otra parcela frente a La Bella, con una calle de por medio, Benicio Abralde levantó su propia vivienda. Eligió una estética moderna en su época basada en las ideas del arquitecto Frank Lloyd Wright. Aunque Leandro Calante suavizó las formas, su casa evocaba las del arquitecto americano. No destacó tanto como La Bella porque Benicio Abralde la escondió detrás de tapias más altas de lo usual.

Abel Zárate había conocido las virtudes de la teca africana o madera de iroko durante un corto destino en Guinea Ecuatorial. Aún le quedaban allí contactos para hacerse con un cargamento. Una vez instalada, la carpintería exterior fue tratada con resina de cedro, lo que dio como resultado que las maderas hubiesen soportado los rigores de un siglo de intemperie.

En la carpintería donde serraron y trabajaron la madera utilizaron heno para embalar las piezas. Ese heno sirvió como relleno detrás de la machimbre de las paredes del dormitorio principal. No fue noticia, pero meses después la totalidad de los hombres que hicieron el trabajo cayeron en un estado de incomprensible demencia.

Un moho, un hongo microscópico o unas esporas que invadía las vías respiratorias y proliferaban en el cerebro, era lo que provocaba un deterioro irreversible en los afectados. Lo respiró Abel Zárate en la habitación donde dormía. Tras él cayeron Bernardo Yebra, que se instaló en la casa con dos de sus hijas y tres nietas, las cuales salieron ilesas porque nunca durmieron en la habitación; cayó dos décadas después Carlos Xátiva, un soltero que vivía allí con sus dos tías, que escaparon por idéntica razón que las anteriores; y caería, en tiempo reciente, Darío Vicaria.

Se dio una casualidad, aunque quien reparó en ella quiso ver una sombría maquinación del destino, una advertencia clara a los varones que osaran hollar las entrañas de La Bella: las iniciales de los nombres de los afectados recorrían el alfabeto en sentido descendente; los apellidos lo hacían en sentido contrario. Darío Vicaria no rompió aquella serie de la fatalidad.

* * *

Cuando Leandro Calante concluyó la construcción de la casa de Benicio Abralde, Abel Zárate continuaba ingresado en un sanatorio, bien atendido pero incapaz de expresar una frase coherente. No reconoció a Leandro Calante y sólo dijo algunas palabras inconexas. El mal que lo aquejaba no se detenía y afectaba ya a su capacidad motora.

Fiel a sus principios y al amigo, Leandro Calante zanjó los asuntos pendientes de Abel Zárate. Sin apropiarse de una sola de las monedas, las introdujo en ocho cilindros de acero, que ocultó en los tirantes de La Bella.

Antes de abandonar Antiqua se presentó con el arca de Rodrigo Coronado en la casa de Altaterra, donde entretuvo la espera haciendo varios dibujos del retrato de Rodrigo Coronado. También llevaba consigo la vasija con los huesos de Patricia Luján para darle posterior sepultura.

—¿Qué cantidad considera adecuada por tomarse la molestia de traernos esta reliquia? —le preguntó un hombre que se presentó como el mayordomo de la familia.

—No considero adecuada recompensa alguna. Además de que es un acto debido, lo hago en nombre de un amigo enfermo.

—Aquí sólo interesan los documentos. Quédese usted con el arca —le propuso el hombre—. Que acabe en manos de un miliciano complacería a nuestro antepasado.

Leandro Calante aceptó el obsequio con agrado y antes de marcharse tuvo una sorpresa adicional.

—¿Qué seguridad hay de que esa urna contenga los restos de doña Patricia Lujan? —preguntó el mayordomo.

—Toda la seguridad, a decir del hombre que los rescató.

—En ese caso, no busque sitio mejor que este. Acompáñeme.

En una parcela acotada en la trasera de la casa, señaló una entre varias decenas de tumbas: RENATO LARVA, CARDENAL.

—Lo salvó del hacha Rodrigo Coronado. Se utilizó un pelele para la ejecución y el rey le prohibió que usara su nombre y que saliera de esta casa, en la que fue bibliotecario hasta el día de su muerte.

La negativa de Leandro Calante a desvelar la riqueza de Abel Zárate fue la causa de que su carrera militar se fuese postergando y de un rosario de mezquinas venganzas que alcanzaron a su hijo, Antonino. Lo intentaron desde ministros hacia abajo, altos funcionarios, generales y jefes directos. Entre ellos el general Lantigua, padre de Regina y abuelo de Elisario Calante, que se tomó con resentimiento la obstinación de su consuegro y repudió a su yerno, Antonino Calante. No vio a su nieto más que en dos ocasiones, cuando era bebé, y no consintió que su esposa, la abuela del niño, visitara a su hija.

La Bella pasó a manos de Benicio Abralde, que no cobró la finalización de la obra. Años después, el ayuntamiento nominó el barrio y las calles con nombres de zonas boscosas propuestos por Benicio Abralde. El barrio: La Umbría. Las calles: Hayedo, Sauzal, Laurisilva, Manglar, Manigua o Robledo, entre otros.

Deshabitada, amada y temida, La Bella languideció al final de la calle Robledo mientras se acrecentaba el mito, su leyenda y su aureola de hembra fatal como advertencia solemne.

Las características de la construcción la hacían sensible a la intensidad de los vientos. Colgada del pilar que la sustentaba, al incidir el viento sobre las fachadas se producía un leve balanceo que provocaba una sensación de angustia, un ligero desorden del equilibrio que era causa de ligeros mareos y de algún dolor de cabeza. La solución, prevista por Leandro Calante, consistía en mantener la tensión justa en los tirantes, de la que nadie había cuidado desde que depositó en su interior los cilindros con las monedas.

Continúan abiertas las salidas que airean el interior de las galerías; por uno de los extremos, en la pared del barranco, y por el otro, en el corredor donde un día abandonaron un cadáver. Según la dirección y la intensidad del viento, su lamento ululaba en los pasajes, se sumaba al chirrido de los tensores y todo reverberaba en los espacios vacíos, generando armónicos que se oyen al otro lado como los quejidos de mil almas torturadas. A través de los cimientos, la vibración afectaba a la casa Abralde y otras dos propiedades próximas a La Bella.

Los vecinos sufrían con resignación la tortura de su llanto, como una servidumbre de gloria. Alguien que quiso aprovechar la circunstancia para hacer negocio con La Bella se encontró con la oposición no sólo de los vecinos de La Umbría, sino de toda la ciudadanía de Antiqua. La Bella no se tocaba. Una carta al director del *Diario de Antiqua* lo resolvió con un dicho popular inapelable: «Manos blancas no ofenden».

29

Pasaban ocho meses desde que Elisario Calante se puso a salvo de la tortura del aislamiento con el ejercicio de música, al que dedicaba todo el tiempo posible. Su sueño más largo era de seis horas, tras el cual practicaba una tabla de ejercicios físicos de una hora, empleaba otra hora para el precario aseo con la toalla húmeda y comerse la mitad de su provisión diaria y, tras una pequeña pausa, comenzaba la actividad: cuatro horas de ejercicio de música, dormía dos horas, después repetía la tabla de ejercicios de una hora, a la que seguían otras cuatro horas de música y una hora para comer y descansar; terminaba la jornada con tres horas de música antes de dormir.

Subsistía con la escasa ración de agua y comida y sentía con ahogo la ausencia del sol, pero había eludido la desorientación temporal. Pese a que las horas de sueño eran intervalos aproximados, la feroz disciplina con que repetía día tras día la pauta de sueño y actividad afinó su reloj interno, de tal forma que se anticipaba a la hora en que llegarían para intercambiar los recipientes.

El universo conceptual de Elisario Calante se construía sobre dos apoyos, en apariencia divergentes pero en realidad complementarios: por un lado, la evidencia científica como única fuente de conocimiento y, por el otro, no concebía la vida sin la música, cuyo ámbito es el de la emoción pese a que sus fundamentos sean matemáticos. Una teoría afirma que los secretos más íntimos de la física podrían investigarse mejor mediante las matemáticas aplicadas al estudio de la música. Las emociones no pueden ser explicadas ni imaginadas, deben ser experimentadas, y muy pocas personas, tal vez ninguna, habían alcanzado un grado de experiencia tan profundo como el que él vivía en su cautiverio.

Horas y horas, días y días de práctica, le habían dado la capacidad de sumergirse a voluntad en una asombrosa vivencia. Comenzaba su ejercicio visualizando, más nítidos que si fueran reales, no ya un pentagrama sino dos a la vez, uno para representar la melodía y el otro el acompañamiento, y permanecían en su campo de visión mientras escuchaba notas y acordes, que generaba su mente consciente, pero que surgían desde el núcleo de su cerebro.

La facultad para la música reside en el sistema límbico, en torno al tálamo, y es anterior a la del habla. De ahí que los animales emiten sonidos para comunicarse, rebuznan, berrean, barritan, gorjean, cantan y hasta hablan. Incluso los animales que viven salvajes en la naturaleza se acercan para escuchar cualquier artefacto musical. La música habita en las estancias donde se desarrollan las respuestas fisiológicas a los estímulos emocionales, como huir, correr, alertar a otros o atacar. Al igual que la comida, el sexo o las drogas, la música libera endorfinas que desencadenan emociones y a través de ellas revivimos acontecimientos, olores y sentimientos del pasado.

Con los primeros cincuenta compases de su práctica, Elisario Calante notaba circular la endorfina por su cerebro y no mucho después se había sumido en un estado de catarsis en el que emergían con vigor recuerdos que creía perdidos. Cada tonalidad musical parecía tener afinidad con unas u otras regiones del cerebro. En ese estado, las melodías detonaban olores, formas, colores, recuerdos y visiones que no identificaba como alucinaciones porque conservaba el control sobre ellas.

Sin la mediación de ningún alucinógeno, había sentido las delicadas interferencias que invaden nuestros centros nerviosos mediante el estímulo de áreas cercanas. Al estimular el área de la visión, el cerebro lo interpreta como una imagen; si es un área del oído, el cerebro lo interpreta como un sonido; si es un área destinada a la temperatura, para el cerebro es frío o calor. Así, todo lo que acontece en el cerebro tiene sus afinidades, olores, colores, sabores y tonalidades musicales. Hasta las ecuaciones, los conceptos matemáticos o los postulados de la filosofía tienen cercanía con un color, olor, sabor o tonalidad.

Los pentagramas de su ejercicio, que imaginaba sobre un fondo de un blanco inmaculado, de pronto se presentaban en otro color traído por la música que improvisaba en ese momento. Algunos párrafos musicales lo habían hecho evocar figuras geométricas o visiones fractales, incluso traían a la consciencia las fórmulas matemáticas que estudió de niño y tenía asociadas a ellas. En aquel estado de ordenado torbellino de sensaciones, recordaba cielo, mar, paisajes, naturaleza, aromas, hechos y sentimientos de su vida, en una experiencia próxima a la visión real y muchas veces superándola.

La existencia compuesta de lo bueno y lo malo parece obstinada en avanzar hacia la felicidad. En el viaje a lo más profundo del pensamiento iban desapareciendo muchas capas de inútil chatarra. Incertidumbres, conjeturas sin fundamento y malos recuerdos se disolvían a la vez que emergía al cerebro consciente todo lo que el inconsciente había guardado como grato y bueno. Al final, Elisario Calante, que nunca creyó en la existencia del alma, había terminado por verse reflejado en ella. Sentía ser el actor de un drama sin fin, que sólo era el envoltorio de una entidad más compleja y antigua, que llegó a la vida con el equipaje cargado de capacidades y conocimientos. Incluso cautivo como estaba, Elisario Calante se sentía libre porque había roto dentro de sí mismo muros más gruesos que las paredes de la mazmorra donde se encontraba. No le importaba estar prisionero porque lo mismo le daba ya vivir que morir. El día que tuviera que regresar al lugar del que vino no sentiría más que indiferencia por el cuerpo que dejaba atrás. Se llevaría lo que hubiera conocido en la lucha, lo que hubiera aprendido, amado y sentido. Todo se sumaría a una existencia más sutil pero real, en un contexto infinito y en un tiempo inacabable.

* * *

Entre los dos momentos del rito monacal que guardaban apariencia de serlo, las oraciones de completas y de maitines, Fernando de Altaterra abandonaba muchas veces la cama sin haber conciliado el sueño más de media hora. Podían pasar días en los que sólo conseguía dormir algunas horas de siesta, en una hamaca de la piscina, o dar alguna cabezada durante la noche. Cuando se daba por vencido, accedía a tomar un somnífero suave, al que tenía pavor por si le producía un efecto semejante al que, en otro tiempo, tumbaba a Lucrecio Estrada y su asistente.

La fortuna que le permitía sostener a su séquito en un régimen de vida cómodo no había disminuido gracias a los negocios que compartía con su hermana Eulalia. Habían desaparecido tres miembros de la congregación original, uno por abandono y otro dos por fallecimiento, y los habían sustituido tres jóvenes. Viejos y jóvenes eran fieles a él como perros, aunque sus motivaciones no eran religiosas. Del que más al que menos, entendían que su participación en la pequeña comunidad era más profesional que religiosa, un juicio bastante afín con la realidad. Su lealtad provenía de la vida llena de comodidades que llevaban, con viajes frecuentes, acceso a las prostitutas y dinero suficiente para sus caprichos.

La avidez por la lectura que Fernando de Altaterra tuvo desde niño desapareció durante los tres años de cautiverio, en los que se le prohibió el acceso a los libros. Las suyas fueron siempre lecturas de temática religiosa, desde las fáciles de vidas de santos en la niñez hasta las profundas de teología en la madurez. Si en el tránsito de aquella etapa ni las plegarias ni la fe consiguieron rescatarlo de los terrores de la conciencia, menos lo iban a conseguir las lecturas religiosas después. Para mayor infortunio, quien pensó haber acariciado con la punta de los dedos el éxtasis ascético tenía por insignificante el disfrute de cualquier actividad tenida por menor.

Con todo dispuesto en su día a día para que otros resolvieran por él hasta los quehaceres personales, ya fueran triviales o importantes, disponía de mucho tiempo que no lograba llenar con una ocupación satisfactoria. La falta de sueño dejaba ver sus estragos, y el peor era no poder concentrarse en una tarea, así fuese la lectura o el piano.

De modo que quien fue el hijo favorito de su padre, el seminarista de mejor currículo en la historia del seminario, cuyos beatíficos ensalmos eran capaces de embobar al auditorio en las celebraciones religiosas, el joven que era el centro de atención en los ambientes sociales más refinados de dentro y fuera de Antiqua, el estudiante que soñaba con ser diplomático del Vaticano, que creía haber nacido predestinado para la gloria de Dios, vivía sus días oculto, maldiciéndose, retorciendo la memoria, entre la permanente exasperación y el malhumor sin causa. Consciente o no de su desdicha, dedicaba cada minuto a cocerse por dentro en el fuego de su propio infierno.

La presencia de Valeria Codino en la casa, que comenzó siendo una pieza imposible de encajar en la vida cotidiana de la fraternidad, terminó por ser percibida como una amapola en medio de un campo agostado. Fue una convulsión y causa de discusión durante la primera semana, pero muy poco después discurría como un arroyo de agua fresca en la rutina de una comunidad de varones encerrados a cal y canto y tiesos como palos de escoba.

Llegó a la casa Abralde, engañada por uno de los hombres de la comunidad, cuando Fernando de Altaterra descubrió que la segunda chica muerta era otra colaboradora de su hermana Eulalia. En aquel momento no le importaba la vida de Valeria Codino. Temía que su muerte fuera una mala muerte. Mal llevada a cabo podría hacer caer, como fichas de dominó, la seguridad de su hermana Eulalia, los ingresos provenientes de sus actividades, los secretos de gente principal de dentro y fuera de Antiqua, y hasta la reputación del apellido De Altaterra.

Pero cuando habló con Valeria Codino recordó a Lucila de Miranda. En nada se parecían salvo en que ambas eran incapaces de concebir malicia en las personas. Un día después del primer encuentro, el cansancio o una sugerencia del alma lo llevó en una dirección afortunada: salvar la vida de aquella joven lo redimiría de la muerte de Lucila de Miranda. Para el peso insoportable que el alma de Fernando de Altaterra arrastraba, cualquier alivio sería mucho alivio. Ese pensamiento salvó a Valeria Codino.

Pasado el primer susto, cuando ella comprobó que no estaba en peligro y, sobre todo, cuando pudo hablar con su madre, se tranquilizó y llegó al acuerdo con Fernando de Altaterra: se quedaría en la casa a cambio de que le facilitaran los medios para continuar la redacción de su tesis y pudiera hablar con su madre dos veces por semana. Ambos habían cumplido su parte de buen grado.

Al principio, los integrantes de la comunidad toleraron a regañadientes a Valeria Codino. Actuaban por parejas formadas por un miembro mayor y otro joven. Las parejas se turnaban para llevarle el desayuno, el almuerzo y la cena, sin hablar con ella más que lo justo. Pero los fue venciendo el trato amable de Valeria Codino, incluso en los primeros días, la facilidad con que recordaba el nombre de cada uno y las pocas circunstancias personales que conocía de ellos, el respeto, la dulzura y el desparpajo que se le escapaba a veces.

Ellos no eludían la conversación y se preocupaban de su comodidad, cuidando no decir una palabra inadecuada. De hecho, y más de lo que ellos se imaginaban, se habían convertido en sus protectores. En broma le decían que eran sus siete enanitos.

Cada día, entre las once y las doce de la mañana, ella tenía acceso exclusivo a la piscina. Salía de su habitación en albornoz, acompañada por dos hombres que después hacían guardia un poco apartados y cuidaban de que ninguno de los otros invadiera el espacio durante esa hora.

Fernando de Altaterra estaba reunido con un miembro de la comunidad y se interrumpió cuando pasó frente al ventanal.

—¡Es hermosa! —exclamó conteniendo la voz, pero rectificó enseguida—: ¡Todas son hermosas! Recuérdame, ¿por qué debemos vivir aislados de ellas?

—¿No es porque distraen nuestro camino hacia Dios? —preguntó el hombre, que no quiso exponerse a dar una respuesta.

—Mi padre, que en paz descanse, el hombre más santo que he conocido, y mi hermano, el siguiente más santo a pesar de que no es creyente, veían a Dios a través de una mujer. ¿Por qué Dios iba a hacerlas tan hermosas si no es para que las amemos?

—Buen tema para la reflexión —dijo el hombre, y cambió al asunto que había ido a concretar—. ¿Recuerdas que pronto deberemos abandonar la casa?

—Cómo olvidarlo —respondió Fernando de Altaterra—. No conviene llamar la atención con pleitos legales. La dejaremos antes de la fecha. Debemos buscar una casa próxima a la costa, ni demasiado cerca del centro ni demasiado lejos.

—¿Hasta cuándo estará la chica con nosotros?

—Aún no lo sé. Creo que fue un error dejar que la policía encontrara su coche. Puede haberlos llevado a un callejón sin salida, y siguen sin esclarecer la muerte de esas mujeres. Sin saber quién está detrás, cualquier cambio puede desestabilizar la situación. Es peligroso; quizá se trate de una trampa. Pero Valeria Codino es distinta. Es de buena familia y no ha estado metida en asuntos turbios o de drogas. Si le sucediera algo, la policía tendría que ser más incisiva y podría llegar hasta nosotros por el mismo rastro que siguió nuestro huésped del sótano.

—El otro huésped, nuestro incordio principal. ¿Has decidido qué hacer con él?

—También debemos esperar —respondió Fernando de Altaterra—. Tendría que haber perdido la cabeza. Tendría que haber puesto fin a su vida. ¿A qué espera? ¿Cómo lo soporta? No creo que tarde mucho.

Katia Romano buscaba en la naturaleza inspiración para los motivos de sus pinturas. Como en un acto ceremonial, se vestía con ropa cómoda, se calzaba unas deportivas o unas botas de campo, cogía el coche y se marchaba a los senderos más escondidos de la costa o de las montañas, según el ánimo. Muchas veces se llevaba en una mochila para animales a Gaya, la preciosa gata de pelaje gris, su única compañera desde el fallecimiento de su hermano.

Atraída por los dibujos de Leandro Calante, La Bella había sido el tema de sus pinturas durante los últimos meses, por lo que solía pasear hasta sus inmediaciones en horas dispares, persiguiendo luces, sombras y sensaciones. Nadie conocía mejor aquel entorno que Katia Romano. Mientras trabajaba, le rondaba la idea de que un hombre sin techo que conociera los secretos de La Bella podría tener un refugio en los subterráneos que había debajo. Pero no sabía cómo podría entrar, ni si Elisario Calante habría pasado por allí, y se imaginaba las viejas galerías infestadas de insectos y ratas. Entonces pensó que tal vez Lobo podría desvelar una de sus preguntas.

Llamó a Aurelio Codino, y ese mismo día Tulia Petro se presentó en su casa, con Lobo de la mano y una bolsa hermética con la camisa, todavía con sangre, que Elisario Calante llevaba el día que fue apuñalado por el Loco, que habían conservado por si era reclamada como prueba.

La primera vez que Lobo estuvo en la casa de Katia Romano, el día que Elisario Calante visitó a Nicolás Romano, olisqueó de cerca a Gaya, la dueña de la casa, y se tumbó en un patio cubierto que estaba repleto de plantas. Gaya al principio se mostró desconcertada y reticente, pero fue tras él, se acercó para olerlo y terminó echándose no muy lejos de él.

En la parte trasera de La Bella, sin necesidad de darle a oler la camisa, y más por instinto que por olfato, Lobo se puso nervioso, primero ante la puerta con la advertencia de electrocución, después unos metros más abajo, frente al muro. Katia Romano no halló nada en el recinto de la hamaca, pero descubrió que allí tenía Elisario Calante un lugar donde dormir.

La inquietud de Lobo la obligó a prestar atención a los detalles. Advirtió una piedra cuadrada con las esquinas redondeadas, y recordó uno de los dibujos de Leandro Calante. A partir de ella pudo seguir con facilidad el contorno casi invisible de un enorme rectángulo.

En su casa confirmó que la piedra coincidía con el mecanismo de cierre de los accesos al subterráneo, que con un poco de suerte seguiría en funcionamiento. Necesitó otros dos días para preparar la mente, vencer el miedo y pedir, una vez más, que le llevasen a Lobo. Regresó al lugar de madrugada, pertrechada con una pesada palanca que al final no utilizó, unos guantes de obra, un casco con linterna y la batería del teléfono cargada al completo.

Tuvo que emplear ingenio y fuerza para girar la piedra, que terminó cediendo con un chasquido. Al empujarla se encajó con suavidad. Más asombroso le resultó comprobar que la enorme pared se movió con una ligera presión. Accedió al espacio en cuyo centro se levantaba la gigantesca columna central que soportaba la edificación. En la fina capa de polvo vio el rastro de unas huellas que no necesitó seguir porque Lobo corrió, exploró los pasillos y al final se detuvo, agitado, delante de otro de aquellos cierres, justo donde acababan las huellas.

Elisario Calante percibió con claridad el ruido frenético de las patas de Lobo, que escarbaban al otro lado de la pared.

—¿Estás ahí, Rafael? —preguntó una voz de mujer.

—Sí, estoy aquí. Por favor, intenta serenar a Lobo. No sé si pueden oírnos —dijo con la voz quebrada y amontonando las sílabas.

Muy despacio, para evitar los chirridos, centímetro a centímetro, Katia Romano liberó la palanca del cierre y abrió la puerta. En cuanto vio el hueco, Lobo entró y se echó en los brazos de Elisario Calante. Al tenderle la botella de agua con electrolitos, que nunca faltaba en su mochila, la imagen estremeció a Katia

Romano. Para ganar tiempo a los carceleros, hicieron el camino de salida cerrando puertas y aperturas y borrando las huellas.

Comenzaba diciembre. La brisa fría que acarició el rostro de Elisario Calante y el firmamento lleno de estrellas resplandecientes de una noche de luna nueva serían en adelante su imagen de la libertad. Con el oído interno desorientado por ocho meses sin caminar ni apreciar las distancias, tuvo dificultad para mantener el ritmo y la trayectoria de los pasos. Avanzaban despacio por la acera, a un lado Lobo, y al otro, de su brazo, Katia Romano, que lo sostenía para que no diera bandazos y al mismo tiempo lo tranquilizaba, porque él no paraba de lamentarse del mal olor que creía emanaba de su cuerpo y de sus ropas sucias y deshechas.

Cuando llegaron a la casa de Katia Romano, un reloj de pared marcaba las tres y media, la hora aproximada que él tenía en su mente.

—¿Cómo supiste dónde encontrarme, Katia?

—Me dieron la pista unos viejos papeles. El nerviosismo de tu amigo me confirmó que estabas cerca de allí —dijo acariciando a Lobo—. Por él me decidí a dar el último paso. Sin su ayuda no te habría encontrado.

—No creo en los ángeles de la guarda. Para qué los necesitamos si tenemos a los perros —comentó, y se agachó para hablar al animal—. ¡Con esta van tres, amigo!

A Katia Romano le costaba expresar su emoción y cuando lo hizo le salió la verdad, escueta, sin adornos.

—Esta es la noche más feliz de mi vida.

—Como lo es para mí —aseveró Elisario Calante—. Me preparaba para morir. Creía que no volvería a ver a este buen amigo. Ni a ti.

—Esa es tu casa —dijo Katia Romano señalando la parte que ocupaba su hermano Nicolás.

—¿No está Nicolás?

Ella no respondió de inmediato porque necesitó coger aire varias veces antes de hablar.

—Nicolás nos dejó —dijo al fin, con la mirada quieta en él, intentando vencer la emoción.

—¿Qué sucedió, Katia?

—Decidió abreviar. Una tarde no lo soportó más y se marchó.

La congoja impidió a Elisario Calante decir una palabra de pésame que hubiera sido innecesaria. Katia Romano le indicó dónde podía darse un baño y le tendió una bata de su hermano. Media hora después, con el cabello y la barba lavados y peinados, regresó a la cocina, donde lo esperaban una fuente con trozos de frutas y una tetera con agua caliente para una infusión.

—Me apena mucho lo de Nicolás, Katia. Y lamento el trastorno que te estoy causando —dijo al tomar asiento.

—No es ningún trastorno —objetó Katia Romano—. Cuando dije que esa es tu casa, no era en sentido figurado. Es tuya de verdad. Nicolás te la dejó, quería que vivieras en ella.

Elisario Calante meditó la noticia apenado, sin dramatismo y sin sorpresa.

—En verdad, somos seres complejos, Katia. ¿Cómo imaginar que huyera así de la obsesión por la muerte? ¿Cómo fue capaz?

—A veces cuesta menos lo más contradictorio. También en mi caso ha funcionado de esa manera.

—¿Fue difícil tu batalla interior para llegar hasta mí?

—Más dura de lo que creía, pero tenía que librarla.

—Me alegra por ti, Katia, y sobre todo por mí.

—¿Cómo prefieres que te llame? ¿Debo llamarte Cabral, Doctor, Rafael, o puedo llamarte Elisario?

Entre admirado y sorprendido, no respondió de inmediato.

—Seré feliz sólo con que me llames. Puedes hacerlo como te guste. ¿Cómo has dado con ese nombre?

—Me he pasado veinte años preguntando por un niño que era un gran músico. Al final lo encontré, aunque has tenido que desaparecer por segunda vez para confirmarlo. En una ciudad pequeña y muy bonita, una señora me contó que había cuidado de ti cuando eras pequeño. Le prometí que te diría que nunca te olvidó.

—Natividad —dijo asintiendo—. ¿Y mis padres?

—Lo siento. Han fallecido.

—Me asombras, Katia. Fuiste capaz de dar conmigo.

—Fue algo bueno porque mientras te buscaba me encontré a mí —dijo poniéndose en pie—. Tengo algo que te pertenece.

En el dormitorio que había preparado para él estaba el viejo arcón de Leandro Calante. Elisario Calante la miró con sorpresa y emoción.

—Este arcón me devuelve muchos recuerdos, Katia.

—Los papeles de tu abuelo me dieron la pista para encontrarte. Era un artista extraordinario.

—Abría esta arca cada día. Crecí hojeando sus dibujos.

Aunque faltaba poco para que amaneciera, se desearon las buenas noches.

Al día siguiente, Elisario Calante no respondió cuando ella fue a preguntarle si quería desayunar. Lo encontró en la terraza, en una escena de normalidad gratificante. Tomaba el sol con la espalda apoyada en una pared, con el torso y las piernas desnudas, en un estado de impenetrable letargo, tan profundo que de no ser por un ligero movimiento de los labios hubiera dicho que estaba inconsciente. Lobo permanecía tendido delante de él y Gaya, la gata, acortaba distancia y se había tumbado un poco más cerca.

Katia Romano se sentó y esperó a que Elisario Calante saliera del sopor y él sonrió al verla.

—Estabas traspuesto —dijo Katia Romano—. ¿Es algo relacionado con la música?

—Ahora la música está en mi propia cabeza, pero es la mejor de todas.

—Te llamé, pero parecías perdido en el paraíso bíblico.

—El paraíso bíblico ni siquiera se le acerca. Esta práctica me permitió sobrevivir en el agujero.

—Debes comer, pero antes tenemos que hacer algo más urgente —dijo Katia Romano con el acento de una orden que no estaba dispuesta a discutir.

Elisario Calante la siguió hasta un taburete frente a un espejo, y lo entendió cuando se vio cubierto por una capa de peluquero y a merced de Katia Romano, que empuñaba una máquina para cortar el pelo. Comenzó a usarla cuando la agorafobia recluyó a su hermano Nicolás, y tras varias décadas de práctica la manejaba con pericia. Comenzando por la barba, con la solvencia de una profesional hizo emerger de la maraña de pelos a un hombre que poco antes no se reconocía en el espejo.

—Estoy flaco, viejo y más pálido que un muerto, pero veo que sigo siendo yo. Con tanto pelo y este color lechoso, anoche no sabía si me habían cambiado por otro.

Entonces ella concluyó, envuelta en un súbito sonrojo, con unas palabras que él jamás hubiera imaginado oír, ni ella decir.

—Ya quisieran muchos estar como tú. Sigues siendo un hombre muy atractivo, con melena y barba o sin ellas. Flaco sí que estás, pero pronto dejarás de estarlo.

Pese a la alegría al recibir su llamada telefónica Aurelio Codino habló lo justo, y fue más explícito por la tarde, cuando llegó a la casa de Katia Romano acompañado de su madre y Tulia Petro.

—Valeria sigue sin aparecer, pero creemos que está bien —le dijo Aurelio Codino anticipándose al saludo.

—¿Y Máximo? —preguntó Elisario Calante.

—Preso. Como medida de protección. Estando en la cárcel nadie podrá inventar para él un nuevo delito.

Mientras Elisario Calante recobraba el color, el peso y la forma física y Katia Romano se acostumbraba a su presencia, se hacían compañía compartiendo música y charla. Aunque todavía eludían las cuestiones más personales, disponían de dos temas inagotables en las figuras de Leandro Calante y Nicolás Romano, sobre quienes la conversación iba enlazando un relato con el siguiente y una anécdota con la otra.

Todos los días, Elisario Calante hacía su tabla de ejercicios y dedicaba dos horas al ejercicio de música, que no parecía dispuesto a abandonar en lo que le quedaba de vida. Después del desayuno escuchaba música, leía y repasaba el contenido del arcón. La caja de Rodrigo Coronado, que estuvo presente en campos de batallas de la vieja Europa, cruzó cuatro veces un océano real, atravesó la biografía de varias personas notables y surcó otro océano de cuatro siglos hasta llegar a sus manos por dos veces, junto a los únicos objetos que significaban algo para él.

La dicha de Katia Romano por haber cumplido la última voluntad de su hermano Nicolás, tras liberar a Elisario Calante y tenerlo en su casa, se le volvía pesadumbre cuando él manifestaba su preocupación por Valeria Codino. Hacía planes para cambiarse por ella y Katia Romano estaba aterrada.

Después de intercambiar un par de llamadas telefónicas, dos hombres vestidos de civil hicieron una visita a Elisario Calante, pero en la conversación Katia Romano descubrió que eran religiosos.

—Nunca olvido la charla de aquella vez que hablamos —dijo Conrado Coria a Elisario Calante—. Si hubiera tenido grabada tu disertación, la escucharía a menudo. Incluso se me quedó como muletilla una frase que dijiste, eso de que no somos sino almas en el páramo. ¿Has cambiado de idea sobre esa cuestión?

—Que somos polvo estelar es una verdad que no admite discusión —respondió Elisario Calante—. Si ese polvo tiene o no capacidad para conformar algo a lo que llamamos alma, sólo lo sabe la vida, pero la vida es lo más asombroso del universo, lo puede todo.

—Tan asombroso que no alcanzamos a imaginarlo —admitió Conrado Coria—. Menos aún comprenderlo.

—¿Has tenido contacto con tu amigo Fernando?

—Han pasado más de treinta años desde la última vez. Tu llamada me brinda una buena excusa para verlo.

—Si lo que necesitas es una excusa, el favor que voy a pedirte te proporciona la mejor de todas.

—¿Cuál es ese favor?

—Decirle que pagaré por la vida de una joven que está con él. Le daré una información que lo hará muy rico.

—Ese argumento seguro que lo escuchará.

—La joven se llama Valeria Codino. Cuando esté con su familia, cumpliré mi parte.

30

Más poderosas que la atracción física, el sexo, el lazo familiar, los intereses mutuos o la afinidad intelectual son el amor y el sufrimiento las causas que más unen a dos personas. Anudados por un designio trágico, Eulalia de Altaterra y Claudio Prego estaban unidos por una irremediable necesidad: alimentarse del dolor ajeno.

El comisario Claudio Prego lo administraba al amparo de su cargo en la policía, lo que le había rendido, como beneficio adicional, prosperar en el escalafón con infrecuente prontitud. Por su parte, Eulalia de Altaterra gozaba de cierta impunidad por su posición social, su linaje y sus apellidos, pero se veía obligada a poner inteligencia y esmero, a preparar y llevar a cabo sus desmanes con minuciosa cautela, a los ojos de él, la cualidad más admirable de Eulalia de Altaterra.

Claudio Prego llegó a la ciudad recién ascendido a inspector y se propuso averiguar quién proveía de ciertos servicios a la gente importante. Por supuesto, no se privó del disfrute personal. Mientras acudía a los servicios con regularidad, durante dos años, en secreto, de oficio, por iniciativa propia y sin una denuncia que diera respaldo legal a sus pesquisas, rastreó una urdimbre perfecta en cuyo final no halló ni un descuido que dejara a Eulalia de Altaterra fuera de la ley.

Poco más conocía de la persona que su filiación y su apellido de campanillas. Se acercó a ella sin hacerse notar, pero Eulalia de

Altaterra lo vio llegar con su pulcritud personal, su buen gusto para vestir, sus modales de vendedor de seguros, su aparente bonhomía y su cordialidad, y, en el primer vistazo de cerca, supo que Claudio Prego era un canalla de cuna a quien todavía le faltaban unos cuantos trienios de villanía. Y se dedicó a divertirse con él jugando a la gata y el ratón.

Soltero, aficionado al buen vino, los hoteles caros, el refinamiento y las mujeres jóvenes de curvas exaltadas, no tardó en caer en la trampa. La chica, muy joven, por debajo de la linde de lo legal, depravada y con más tablas que una diva, se le acercó, le ronroneó, lo trastornó y consiguió que la invitase a un hotel de apartamentos de lujo. Una oportuna avería eléctrica los obligó a cambiar de apartamento cuando ya se habían instalado. Ella le pidió jugar. Lo maquilló, le puso pestañas y sombra de ojos, le pintó los labios, le puso las medias y el liguero de una cara marca de lencería, que él acababa de regalarle para celebrar la primera vez. Por último le puso un tocado y una gargantilla que llevaba en el bolso entre otros aderezos. Después le pidió que la sujetase a la cama con las esposas y la azotara, «pero tiene que ser de verdad, que yo lo note, para entonarme, que si no me voy a quedar a medias».

De tan absurda manera Claudio Prego quedó atrapado para la eternidad en las tripas de varias cámaras de vídeo, disfrazado de madama, hecho un cromo sobre el cuerpo de una menor inmovilizada y desnuda, que gritaba como una loca mientras él la azotaba con un cinturón hasta hacerla sangrar.

Eulalia de Altaterra tuvo las imágenes al día siguiente, las reales en bruto y las que quedaron tras el conveniente recorte y editado. Las dio a conocer cuando le convino en la partida de poder con la que sobrellevaba la atonía del tiempo a expensas de Claudio Prego. Él tuvo buen perder, admitió su derrota y frecuentó la amistad con fervor, como el más devoto admirador de las artes de Eulalia de Altaterra.

Se hicieron amantes, pero aquella tara pasional que perseguía a una parte del linaje de los Altaterra y los gustos de Claudio Prego, esmerados dentro de las rarezas, ponían coto a sus relaciones sexuales. Para Eulalia de Altaterra era más bien un fastidio que le bastaba apaciguar de cuando en cuando, una o dos veces al año. Claudio Prego necesitaba desahogarse con mayor frecuencia y lo hacía recurriendo a lo más exquisito entre los recursos del catálogo de Eulalia de Altaterra, con el beneplácito de ella, que conseguía tenerlo cerca y bajo control sin el incordio del sexo.

Llevaban años compartiendo secretos y la complicidad de sus pequeñas fechorías, incluso colaboraban para llevarlas a término. Eulalia de Altaterra había prestado su valiosa ayuda en alguna investigación y allanó el camino por el que Claudio Prego llegó a ser el comisario más joven del país. En compensación, él estaba alerta a cualquier contratiempo que pudiera afectar a Eulalia de Altaterra y sus negocios y le suministraba información reservada de personas relacionadas, o no, con ellos.

* * *

La aparición del cadáver frente a la puerta de la casa Abralde fue el primer acto de una obra de teatro, que hubiera parecido una comedia de enredo de no ser porque el cuerpo de la joven la convertía en tragedia.

El jueves por la tarde, en la redacción de la cadena de televisión más importante de Antiqua estaban seguros de que durante el fin de semana el alcalde Marcelo Cato haría un gesto, bien de simple aviso o de ruptura definitiva con el partido con que ganó todas las elecciones en las que se había presentado. Creían que el sábado siguiente Marcelo Cato amagaría a los suyos con una reunión en su casa, informal aunque clarificadora, con miembros de un partido de la oposición. El director de informativos quería la mejor cobertura y alguien se comprometió a que a primera hora del sábado una furgoneta estaría aparcada cerca de la casa del alcalde.

Pasada la medianoche, la madrugada del viernes, un coche se detuvo frente al portal de la casa Abralde. Alguien descendió del vehículo, arrastró el cadáver y lo abandonó sobre la acera. Lo colocó en posición fetal y lo cubrió con una caja de cartón con la abertura hacia el suelo. Arrancó el coche y se alejó sin prisa.

A pesar de que un viento constante soplaba desde el norte, el cuerpo oculto por la caja estuvo todo el día siguiente cociéndose bajo el sol de agosto. Como cada noche después de la cena, aquel viernes uno de los hombres de la comunidad recorrió el perímetro de la casa para comprobar que todo estuviera en orden y regresó demudado a darle la noticia a Fernando de Altaterra.

—¡Nos han dejado un cadáver en la puerta! Juraría que es una de las chicas de tu hermana.

Desde la puerta, sin poner el pie en la acera, Fernando de Altaterra echó un vistazo al bulto y cerró de nuevo.

—Asegúrate de que la caja cubre bien el cuerpo. Sea quien sea el que pregunte, nadie ha salido de aquí, nada hemos visto y nada sabemos —ordenó al hombre mientras hacía una llamada.

Le respondió su hermana Eulalia, que cenaba con el comisario Claudio Prego en un mesón del litoral, donde él le había vuelto a insistir en la conveniencia del matrimonio.

—Eulalia, es muy importante —la urgió Fernando de Altaterra—. Una de tus recaderas está muerta junto al portón. Que Claudio venga de inmediato.

No tardaron en llegar. Claudio Prego levantó la caja para observar el cadáver. El mal olor obligó a Eulalia de Altaterra a apartar la vista, pero le bastó un instante para identificarla.

—¿Qué ha sido? ¿Sobredosis? —preguntó a Claudio Prego.

—No lo parece, pero sobredosis o no, a ésta la han liquidado. Alguien que te conoce y te envía un mensaje, Eulalia.

Fernando de Altaterra se apresuró a delimitar la situación.

—Este asunto no puede ser llevado por la vía oficial, Claudio.

—Tienes que sacarla de aquí —lo apremió Eulalia de Altaterra, preocupada.

—Para evitar que algún vecino nos vea, es mejor llevarla a la cochera y sacarla por allí —dijo Claudio Prego.

—No, Claudio, de ninguna manera —se opuso Fernando de Altaterra—. Llenarnos la casa de rastros biológicos de un cadáver no es buena idea.

—Está bien —asintió Claudio Prego, sin deseo de entrar en discusión.

Eulalia de Altaterra oyó a Claudio Prego dar instrucciones por teléfono a alguien de su confianza.

—¿Evaristo Afonso? —preguntó alarmada al término de la conversación—. ¿No dices que ese calvo alelado es un inepto?

—Así es, él y su acompañante, pero me conviene que lo sean para asegurarme su silencio. Saben que puedo hacer que pierdan la carrera y meterlos en la cárcel.

Claudio Prego recorrió el exterior echando un vistazo. Las calles vacías, La Bella deshabitada, la mitad de los residentes de vacaciones. El viento que soplaba del norte se oía en la calle y un eco que parecía provenir de La Bella resonaba como un quejido. El ruido salía de unas aberturas en la pared lateral, en la linde de la parcela de La Bella. El recinto tenía una puerta de hierro. El candado que aseguraba el cierre se deshizo con un simple golpe. Tras la puerta, una galería en la que Claudio Prego encontró el lugar perfecto para depositar el cadáver hasta que pudiera ser retirado con seguridad.

Entretanto había llegado Evaristo Afonso, el subinspector de calva reluciente aficionado al triturado de detenidos, a quien acompañaba otro policía. Claudio Prego les ordenó que metieran el cadáver al fondo del pasillo y cerraran la puerta con un candado nuevo que le entregaron los del interior de la casa.

A lo lejos, Elisario Calante se acercaba por la acera y vio a dos hombres cruzar la calle con un bulto sobre una tela. De haber comprendido la situación se hubiera dado la vuelta, pero sólo se dio cuenta cuando percibió el mal olor. Claudio Prego maldijo entre dientes al verlo pasar por la otra acera.

La complicación definitiva la produjo el ayudante de la cadena de televisión que fue a aparcar la unidad móvil cerca de la casa del alcalde. Cumplió su cometido antes de tiempo y estacionó la furgoneta en un sitio que le pareció idóneo, justo delante de la puerta en la que los policías acababan de echar el candando, haciendo fracasar los planes del comisario de retirar el cadáver poco después.

Durante el sábado no se produjo ningún movimiento de personas en la casa del alcalde, pero la unidad móvil no se retiró y el relevo llegó a última hora de la tarde. En la madrugada del domingo el mal olor comenzaba a notarse y Claudio Prego recurrió a una medida desesperada. Desde el almacén de la policía transportó en el maletero de su coche las bombonas de un gas que enviaron años antes como medio para disuadir tumultos callejeros, pero su uso nunca fue autorizado. No era irritante ni perjudicial para la salud, estaba concebido para oler mal.

Claudio Prego propuso dejar salir el gas desde los bajos de un vehículo, pero uno de los hombres de la casa aportó una solución mejor. Desde la cochera era posible acceder a la galería por la que discurrían los gruesos tubos del alcantarillado bajo la superficie de la calle, el lugar idóneo para liberar el gas ocultos a la mirada de intrusos.

El domingo amaneció ahogado por la pestilencia. La furgoneta de la televisión, que continuaba en el sitio, no encontró la noticia que buscaba pero el hedor aportó otra, lo que provocó un revuelo informativo que ningún medio dejó sin atender. A Claudio Prego no le quedó más opción que llamar a alguien del partido que tuviera poder para presionar al sargento de la policía local. Nadie debía escudriñar en las inmediaciones de la casa del alcalde. Aquello agradó al político, que vio la manera de reventar el amago de disidencia de Marcelo Cato.

Cumplir con desgana cualquier tarea, eso sabían hacerlo del sargento para abajo en la policía y todos los operarios del ayuntamiento. La pestilencia continuó durante el domingo. Remitió la mañana del lunes, pero siguió transitando la zona un ir y venir incesante de periodistas y curiosos.

Harto de ser enviado de un lugar al otro sin resolver algo tan sencillo, el lunes a media mañana un bombero se dirigió a donde les habían ordenado no escudriñar, cortó el candado que le pareció de un reluciente sospechoso y encontró el cadáver.

* * *

Siguiendo las instrucciones de Fernando de Altaterra, no se abrió el cubículo donde tenían preso a Elisario Calante hasta pasadas veinticuatro horas desde que hallaron intactas el agua y la comida del día anterior. Dos hombres abrieron la celda, que de manera inexplicable encontraron vacía. Daban por seguro que habría salido por el acceso a la galería del alcantarillado, cuya puerta sólo podía abrirse desde la cochera, lo que era imposible sin la ayuda de alguien de la casa. En la pequeña congregación nunca habían pasado por unos momentos de crispación como los que vivieron durante aquellos días, en los que se oyeron palabras gruesas y acusaciones cruzadas de haber liberado al prisionero.

Habían pasado doce días desde la huida cuando dos hombres descendieron de un vehículo y pulsaron el botón del intercomunicador que había bajo una reluciente placa de bronce con la leyenda ABRALDE escrita en caligrafía artística. En la puerta pequeña, en el centro del portalón que impedía ver el interior, apareció un hombre que los recibió con frialdad, pero que cambió el semblante cuando reconoció a uno de los visitantes.

Aunque era 20 de diciembre, la mañana estaba despejada y Fernando de Altaterra aprovechaba para leer los periódicos en una mesa del jardín, vestido con pijama y bata.

—Alguien quiere verte, Fernando —dijo el hombre que acababa de recibir a los visitantes—. ¡Es Conrado Coria!

Fernando de Altaterra reaccionó con sorpresa primero y con alegría después, y corrió a adecentarse.

Conrado Coria apareció al fondo del salón, con el mismo corpachón de su juventud, aunque más orondo. El cabello, de un blanco uniforme, le daba aspecto respetable. Usaba ropa corriente, de civil, y tenía la apariencia del hombre cercano, amable y feliz que Fernando de Altaterra recordaba que era. Lo recibió de pie junto a una larga mesa de comedor, vistiendo su traje gris oscuro y su camisa de cuello mao. Conrado Coria se acercó sonriente, tendiendo los brazos, y Fernando de Altaterra se adelantó para encontrarse a medio camino, aceptando el abrazo.

—No esperaba volver a verte, Conrado. ¿A qué debo tu visita?

—Ha pasado mucho tiempo, Fernando. Ya estamos en una edad en que no sería raro que nos reclamasen del otro lado. Me veo obligado a ir amarrando cosas, por lo que pueda suceder.

—Cierto, Conrado —dijo Fernando de Altaterra tras invitar a su amigo a tomar asiento—. En cualquier momento seremos llamados al juicio definitivo. Pero ¿a qué se debe que estés aquí?

—A que deseaba darte este abrazo, pero no sólo eso; también quiero agradecerte lo que haces.

—¿Lo que hago? ¿Qué es lo que hago, Conrado?

—Ser nuestro principal sustento económico. Nuestro donante más generoso mantiene el anonimato, pero sólo puedes ser tú.

—Y así debe seguir, en absoluto anonimato.

—¿Me dejas que te cuente la marcha de las cosas, Fernando?

—Por supuesto. Alguno de los que están conmigo sigue en contacto con otros de la fraternidad. Por lo que sé, en nada se parece a la que dejamos.

—En nada, Fernando. El rezo, en misa y al acostarnos. La auténtica oración la hacemos trabajando con la gente. Las paredes oscuras y frías que en nuestra primera época albergaban silencios y rumores, ahora están llenas de risas y esperanza.

—Supongo que si continúas al frente es porque ese es el destino que desean los hermanos.

—En efecto, es el que desean. Hemos crecido mucho. En la comunidad podríamos incorporar al doble de los que tenemos; y en las empresas damos otros servicios además de la seguridad:

442

atención de jardines, limpieza de oficinas y mantenimiento. Seguimos viviendo en el convento, pero ahora es una sede de trabajo. Allí van presos en libertad provisional o vigilada. Los ayudamos a terminar la educación primaria o secundaria y les enseñamos un oficio que les brinde un futuro con esperanza. Entre hombres y mujeres, que también acogemos, pronto rondaremos los mil reinsertados. Nuestro sistema es bueno; no llegan ni a una treintena los que han regresado a la cárcel. Muchos de los antiguos reinsertados nos ayudan con los nuevos. Y algunos que han tenido familia nos visitan con sus hijos.

—Comprendo que estés pletórico, Conrado, y que lo estén los hermanos. Te felicito. Aunque sospecho que te trae algo más.

—No te equivocas, Fernando. Alguien me ha pedido que te hable de un lucrativo negocio. Aquel amigo al que tanto querías cuando nos conocimos.

—¿El que llamábamos Rafael porque no tenía otro nombre?

—Exacto, ese mismo. Vendrá a cambio de que sueltes a una joven que se llama Valeria. Si la dejas volver a casa y le das protección, dice que te hará muy rico.

—¿Y cómo conseguiría hacerme tan rico?

—Me anticipó que lo preguntarías y que yo debía responderte con un nombre: «Cardenal». Dijo que con eso sería suficiente.

—No se equivoca, sí que es suficiente —dijo Fernando de Altaterra al cabo de una pequeña pausa—. Puedes decirle que venga, y que escucharé lo que quiera decirme.

—Quiere el intercambio, no hablar. Me insistió en eso.

—Llámalo. Dile que el intercambio se hará mañana a las diez.

* * *

—¿Querías verme para decirme que nos casaremos, Eulalia?

—Llevabas meses sin recordármelo, Claudio. Pensé que habías abandonado la idea.

—No la he abandonado.

—Entre nosotros no hay más que complicidad por nuestros pecadillos. ¿De qué te sirve el matrimonio, Claudio?

—Nunca te he mentido en eso. Me conviene para dar el siguiente paso en mi carrera. Lo que me queda por encima es un cargo político. Una secretaría de Estado me vendría bien. O el ministerio. ¿Por qué no el ministerio?

—¿Y no hay nada más? ¿Algo más íntimo? —preguntó Eulalia de Altaterra, dispuesta a salir corriendo si él pronunciaba la palabra «amor».

—Claro que hay algo más aparte de la afición por lo que llamas «nuestros pecadillos», aunque no sé cómo definirlo. Me gustan nuestras conversaciones y nuestros encuentros esporádicos en terreno neutral, pero también me incomodan las situaciones que podrían ponerte en riesgo.

—Si sólo se trata de eso, sin otra base y sin pasión, ¿para qué casarnos?

—Sí que hay pasión entre nosotros, Eulalia. Aunque es distinta de las pasiones vulgares. La nuestra está en un grado superior de complejidad. Sé que te sientes cómoda en tu papel de viuda, pero el matrimonio también podría aportarte ventajas.

—Que estoy cómoda en mi papel de viuda es indiscutible porque nunca lo estuve en mi papel de casada.

—¿Por el sexo?

—Con mi marido no lo tuve ni media docena de veces en dos años. Pero sí, también por el sexo.

—Hasta ahora no te ha incomodado nuestro arreglo, y a mí tampoco —la tranquilizó Claudio Prego—. Seguiría como hasta hoy. ¿Dónde iba a conseguir mejores atenciones que las que tú ofreces? Incluso pagaría por ellas.

—El motivo de nuestro encuentro es otro, Claudio. ¿Sabes que mi hermano tiene a la chica desaparecida? Me lo ha confesado. Y el que llaman Doctor ha regresado y le ha propuesto un negocio.

—Esa información es nueva. Aunque de tu hermano no me sorprende. Suponer que desconoce algo porque lo calla sería de tontos. ¿Por qué tiene a Valeria Codino?

—Porque sabe que para mí es como una ampolla en el pie. Cree que intentaré que la maten aprovechando las muertes de las otras chicas y que tú caerías sobre mí. Teme que nos destruyas o que impongas nuevas condiciones a nuestros asuntos. Incluso sin mala fe, algo podría salir mal y acabaríamos todos en la cárcel. En eso te incluye a ti.

—Es inteligente tu hermano. Y tú has definido bien esa ampolla en el pie, porque yo tengo otra. La de ese pordiosero, el Doctor. Lo daba por desaparecido. Es un cabo que no puedo dejar suelto, pero ese tipo tiene más vidas que un gato.

—¿Qué piensas hacer?

—Impedir que hunda mi carrera, por cualquier medio. ¡Me vio escondiendo ese maldito cadáver! ¿Te parece poco? Aunque no sé qué es peor, que me involucren con la muerta o que se conozca mi ineptitud. Y todo por culpa de tu hermano, que me impidió llevar el cadáver a la cochera.

—¿Tienes alguna pista sobre las muertes?

—Ya te lo dije, Eulalia, hay dos hipótesis. La primera, que las mató alguien a quien debían dinero de la droga; la segunda, que las mató el familiar de alguna chica a la que introdujeron en la droga para que accediera a tener sexo con desconocidos. Me inclino por la segunda, porque dejaron el primer cadáver en la puerta del que creen que es tu domicilio. Siempre he supuesto que si no has dicho nada sobre este asunto es porque no sabes nada. Y sigo pensando que es prudente dejar que pase el tiempo. Cerrar el caso cuando se haya olvidado. Aclaro que cerrarlo no quiere decir resolverlo.

—Aprovecha la oportunidad, Claudio. ¡Extirpa esas dos ampollas y me casaré contigo!

—No sé si te entiendo, Eulalia —dijo Claudio Prego con expresión incrédula—. ¿Te casarás conmigo?

—Esas ampollas que nos molestan, reviéntalas a la vez. Nada sellaría mejor lo que sea que hay entre tú y yo. Según mi hermano, mañana seremos mucho más ricos. Me corresponde un tercio a cambio de que me olvide de Valeria Codino. Pero ya me conoces, no podré dormir ni un solo día sabiendo que ella anda por ahí.

—¿Me entregarías los vídeos como regalo de boda?

—Las imágenes completas de lo que sucedió con la menor, sin recortes y sin editar. Invalidan las que siempre has creído que yo podía usar contra ti.

—Cierto, siempre lo he creído. ¿Tú las usarías, Eulalia?

—Podría jurarte a ti y jurarme a mí que no lo haría, pero los dos sabemos lo incontrolable que es el demonio que nos habita. Sí las usaría. Como tú, Claudio. ¿O no es verdad que si pudieras, mi hermano, sus colegas de sotana, mis representadas y yo no seríamos más que tus títeres?

—Por supuesto, Eulalia. Aunque seríais mis amadísimos títeres, sin nada que temer de mí. Ni una multa de tráfico os llegaría.

* * *

En nada podía apreciarse mejor que en las pinceladas de sus pinturas que Katia Romano vivía una nueva etapa de su vida; se la veía feliz, incluso dichosa, aun con la incertidumbre de los días pasados. Ansiosa por mostrárselas a Elisario Calante, lo invitó al santuario de la segunda planta donde trabajaba. Era un espacio grande y bien iluminado, en el que no había pisado ningún hombre salvo su hermano Nicolás y los operarios cuando tuvieron que hacer arreglos en la casa, aunque ella nunca estuvo presente.

Si las pinturas de su hermano estaban desnudas de vida, las de Katia Romano palpitaban llenas de colorido, con árboles, plantas, animales y personas de todas las edades, que mostraba más veces en movimiento que en reposo, y que dotaba de dinamismo con la cuidada indefinición de las pinceladas. Todas despertaron el interés de Elisario Calante y en todas Katia Romano quiso poner énfasis y alegría al contar sus pequeñas historias, pero fue una tarde lánguida a la que siguió la cena sin charla ni apetito.

Ninguno de los dos había podido conciliar el sueño cuando se despidieron poco antes del amanecer.

—Si no regreso, cuida de Lobo —le pidió Elisario Calante a Katia Romano, que tenía los ojos enrojecidos—. Déjalo elegir. Tal vez prefiera la casa de Livia Reinier, aunque no lo creo porque aquí está muy cómodo y ha hecho amistad con Gaya. Le gusta que le hablen. Háblale. Con los papeles de mi abuelo, sigue el mismo criterio que con los de Nicolás. Nadie puede encontrarles mejor destino que tú.

—Sé que no tienes opción, pero me da miedo que vayas allí —dijo ella intentando sobreponerse a la agonía de un adiós que creía definitivo—. ¿No debería resolverlo la policía?

—Alguien de la policía está metido hasta las cejas —respondió Elisario Calante—. Tú y yo tenemos mucho que contarnos, Katia. Te prometo que volveré a tu lado. Gracias por encontrarme, gracias por rescatarme y gracias por cuidar de mí.

Calló lo que estaba deseando decirle para no hacer mayor el dolor si no regresaba. La abrazó y se arriesgó a besarla en la frente, y ella le devolvió el abrazo sin contener sus lágrimas.

* * *

A la hora acordada, Elisario Calante llegó a la casa donde lo esperaban y alguien le facilitó la entrada sin que tuviera que avisar de su llegada. En el jardín reconoció al hombre de la puerta, era uno de los dos que lo golpearon la noche en que lo sacaron de la casa de Altaterra. Además de él, los otros cinco hombres del séquito de Fernando de Altaterra creaban una puesta en escena de solemne gravedad, repartidos por el jardín con sus ropas oscuras, su parsimonia, sus gestos adustos, un tanto desdeñosos.

Elisario Calante no se parecía al hombre que Fernando de Altaterra esperaba ver tras ocho meses de cautiverio. Estaba delgado, pero con el color recuperado, sobrio, descansado, contenido, en paz consigo mismo y tan entero de carácter como en los mejores años de su juventud. Fernando de Altaterra lo recibió en el centro del salón, sin saludarlo, frente a la larga mesa de comedor. El hombre que condujo a Elisario Calante separó una silla para invitarlo a sentarse.

—Tendrías que estar muerto —dijo Fernando de Altaterra.

—Alguien murió en tu agujero, pero ya no era yo —aclaró Elisario Calante.

—No perdamos tiempo. Dime cuál es el trato del que me habló Conrado Coria.

—Libera a Valeria Codino. Continúa protegiéndola a ella y a su familia de Eulalia. A cambio, yo me quedaré.

—Explícame por qué debo proteger a persona alguna de mi hermana.

—Porque Eulalia prometió que se vengaría de la familia, porque es temerario y porque no tiene sentido. Si algo es dañino, temerario y no tiene sentido, lleva el sello de tu hermana. Además, por lo que sé, sólo te queda ella. Tú darías la vida por cualquiera de los tuyos; aunque la vida de otro, no la tuya. Se me escapan las razones, pero, si estoy en lo cierto, tú proteges a Valeria Codino alejándola de tu hermana. Y también proteges a tu hermana alejándola de Valeria Codino. Que la chica esté contigo al cabo de tantos meses confirma mi suposición.

—¿No tenías algo más que ofrecerme?

—Tendrás garantizado permanecer en tu retiro. Por lo que se ve, un retiro de mucho lujo. Seguirás olvidado por todos, disfrutando de la enorme fortuna que hoy caerá en tus manos. Compártela con tu hermana; pero no le pagues de una vez, hazlo mes a mes, para que acceda a olvidarse de esa familia.

—¿La fortuna de Cardenal?

—El «tesoro» de Cardenal, como lo llamaba tu padre. Era su tema favorito para la charla informal.

—Tu baza es magnífica —dijo cuando decidió que Elisario Calante no podía estar mintiendo—. ¿Qué loco podría despreciar algo así? ¿Dónde está?

—Muy cerca, pero no lo encontrarías ni en mil años.

—Antes, dime, ¿qué piensas que haré contigo?

—No me importa lo que hagas. Enciérrame sin agua ni comida, si es lo que deseas. Pero esa opción seguro que ya la has descartado. Ahora me consideras una amenaza. Le dirás a uno de tus esbirros que me mate o quizá prefieras hacerlo tú mismo. La policía tendría un culpable para las chicas asesinadas. Sabes que no haré nada contra ti, podrías dejarme marchar, pero no creo que tu alma pueda con ello.

Unos tacones de mujer interrumpieron el momento anunciando la llegada de Valeria Codino, que se dirigió hacia Elisario Calante. Su aspecto era inmejorable, parecía descansada y alegre, y se había arreglado para regresar a su casa con la mejor apariencia posible.

—¿Estás bien, Valeria? —preguntó Elisario Calante, que se levantó para abrazarla.

—Muy bien. Sé que esta situación parece muy extraña, y me costó aceptarla, pero estos hombres me han tratado bien.

—Vete a casa, te esperan. Máximo ha estado en la cárcel hasta la tarde de ayer. Espera tu llamada.

Fernando de Altaterra y sus acólitos despidieron con afecto a Valeria Codino. Dos de ellos subieron con ella en un coche y la llevaron a su casa.

31

Valeria Codino se bajó del coche delante del edificio. Los hombres que la llevaron pusieron a sus pies una pequeña maleta y se despidieron. Llegó al portal con el ordenador y el bolso colgado de un hombro y arrastrando la maleta, pero allí la interceptaron dos policías enviados por el comisario Claudio Prego que le enseñaron la acreditación y le ordenaron que los acompañara. A Valeria Codino se le erizó el vello cuando vio el vehículo al que le dijeron que subiera porque era el que atropelló a Elisario Calante.

Fernando de Altaterra siguió a Elisario Calante hacia el interior de La Bella. Bajaron por una escalera hasta un rellano que parecía carente de sentido porque no conducía a ninguna parte. Elisario Calante hizo girar una pieza en la pared y abrió el acceso al subterráneo.

Al despedirse de Elisario Calante aquella mañana, Katia Romano sintió que era la última vez que lo veía con vida. Desesperada, recabó la ayuda de Máximo Devero y de Conrado Coria, que se ofrecieron a acompañarla. En ese preciso momento, seguidos por Lobo, accedían los tres por la entrada posterior que ella conocía.

—Lo que te prometí está ahí —dijo Elisario Calante señalando uno de los dispositivos que tensaban los tirantes—. Hay unos cilindros de acero en el interior.

—Dime, ¿cómo saliste del encierro? ¿Cómo lograste superar el aislamiento? —preguntó Fernando de Altaterra para ganar tiempo hasta la llegada de Claudio Prego, que debía poner fin a la situación de forma definitiva.

En la oscuridad, escuchaban Katia Romano, Máximo Devero y Conrado Coria.

—Me encerraste para aniquilarme, Fernando. Lo habrías conseguido de no ser porque encontré dentro de mí la forma de evadir tu miserable condena. Creíste que destruirías mi alma, pero sólo me diste la ocasión de encontrarla.

—¿Tu alma? ¿Qué hay de aquello de que somos polvo estelar?

—Polvo estelar somos, por supuesto. Detrito de una estrella muerta; y somos almas, seres errantes en el páramo más triste y desolado del universo. La diferencia es que ahora no me lo pregunto porque lo he visto. Te gustará saber que ese polvo estelar, que es lo que de verdad somos, con mucho mucho tiempo y muchas muchísimas interacciones de la materia es lo que creó la vida. Y la vida es invencible, es dinámica, se reproduce y se extiende, muta, se acomoda, se estructura, se diversifica y evoluciona para pervivir. Lo que no te gustará saber, lo que no querrás oír, es que a la vida no le hace falta ningún dios.

—Explícamelo —le pidió Fernando de Altaterra—. Sé que me odias, pero, por aquella amistad que un día tuvimos, dime qué fue lo que hallaste allí.

—Hubiera sido fácil odiarte, Fernando, pero el odio nunca ha tenido sitio en mi vida porque de nada sirve odiar. No nos permite hallar verdad alguna ni andar más rápido el camino. El odio sólo es bruma. Si una mota nos impide ver, frotamos nuestros ojos, limpiamos las gafas, cambiamos el ángulo desde el que miramos, y no echamos la culpa al objeto que miramos.

—Pero te hice daño, intenté destruirte. Tú no crees en Dios, deberías odiarme, buscar venganza, destruirme como yo a ti.

—El daño que me has hecho ya no es sino un mal recuerdo. Lo que hagas hoy, pronto no será sino otro mal recuerdo; cuando hayamos acabado nuestro tiempo, no quedarán ni los recuerdos.

—No respondes a mi pregunta. ¿Qué hiciste para no volverte loco en aquel lugar?

—Quisieron matarme, y he muerto y vuelto a la vida, Fernando. Puedo decir que la conciencia se instala en el cerebro, pero no es el cerebro. Tu mezquina tortura me sirvió para descubrir que nada podías contra mí. Que podías hacer daño a mi cuerpo, incluso a mi mente, pero nada podías contra lo que de verdad soy.

—¡Al fin!, ¡ahora crees en algo que no puedes ver! Es lo que antes reprochabas a los creyentes.

—De ninguna manera, Fernando. Pensaba que el conocimiento es el que debe guiar nuestros pasos, la evidencia científica. Y lo sigo pensando. Soy el que era, aunque he vivido experiencias tan lúcidas que no sabría contarlas porque carezco de elocuencia y hermosura en las palabras. Somos nuestra alma, la energía que nos conecta con el universo, con todo cuanto existe. Esa es su naturaleza.

El comisario Claudio Prego se demoraba. Fernando de Altaterra debía alargar la conversación, pero no quería perder ninguna de las palabras de Elisario Calante.

—Dime, ¿cuál es su naturaleza? —lo apremió, convencido de que tras el siguiente recodo se darían de bruces con Dios.

—La naturaleza del alma es la vida, Fernando. La mente sin estímulos se destruye; una entidad de vida sin otra vida alrededor carecería de sentido, se destruiría; un alma sin conexión con otras carecería de sentido, se destruiría. Si existe el alma, es energía; vibrará en sintonía con otras, hallará armonía y, por supuesto, también discordancias y ruidos. Quizá la necesidad de esa armonía que brota de nuestro interior, cuya falta nos hace sufrir y cuya presencia nos llena de felicidad, sea lo que llamamos amor. No estamos hechos para la soledad, estamos hechos para el amor.

—¿No es eso Dios? —preguntó Fernando de Altaterra, seguro de haber alcanzado su objetivo.

—Tú puedes llamarlo dios si te complace. Pero un dios no lo es si no tiene intención de serlo. En ninguna cualidad del universo hay intención alguna. No existe propósito, no se dicta norma ni se establece condición moral, no se impone condena ni se otorga premio. Lo que es, sólo es. Pero lo es desde hace tanto, creciendo y multiplicándose y variando en cada segundo, que ni siquiera podemos concebir su belleza.

Muy cerca de ellos, en la oscuridad, a Katia Romano le costaba contener la emoción; Conrado Coria escuchaba las razones de su propio ateísmo; Máximo Devero, absorto en las palabras, no atendió su costumbre de encender la grabadora de su teléfono.

—¡Todo lo que dices es la evidencia de Dios y tú sigues negándolo! Dices que tenemos alma pero rechazas que ella necesite un creador, porque nada puede existir sin un creador.

—Porque es rechazable, Fernando. Si todo lo que existe hubiera sido creado por un dios, ese dios también habría sido creado por otra entidad superior, por otro dios; así hasta el infinito. Al mirar arriba algunos creen ver la cara del dios en el que creen; sólo ven una ilusión, un ensueño; no ven la infinita belleza del firmamento, que es tangible y está delante de sus ojos. Peor aún, sólo ven el dios que alguien les dijo que debían ver.

El comisario Claudio Prego seguía sin aparecer, pero Fernando de Altaterra quería llegar al final de la reflexión del que volvía a sentir como su amigo.

—Estás a punto de llegar a Dios y todavía lo niegas. ¿Por qué no puedes admitir que mi camino es, cuando menos, tan racional como el tuyo?

—Nunca llegaré a ningún dios, Fernando. El dios en el que deseas involucrarme no es racional porque ningún dios puede ser racional. El dios en el que crees es el dios en el que alguien te dijo que debías creer; a quien otro antes le dijo que debía creer; así en un círculo recurrente, sin solución. Todos los dioses se basan en otro dios anterior. Se puede recorrer el camino hacia atrás a través de generaciones de sacerdotes, chamanes y hechiceros, hasta el remoto día en que un ser vestido con pieles, que poco más sabía que arrancar esquirlas de roca, oyó un trueno que lo estremeció y se imaginó que era la voz de un ser temible, que todo lo podía y todo lo sabía, que ese día se había despertado de mal humor. Y por primera vez se lo contó a los demás y vio lo fácil que era atemorizarlos con aquella idea.

—Describes una caricatura irrisoria. No puedes comparar a los sacerdotes de hoy con los brujos del pasado, porque el Dios en el que yo creo, y millones como yo, vino para redimirnos, para acabar con esos brujos de los que hablas.

—De verdad, Fernando, ¿no son los sacerdotes de hoy idénticos a aquellos brujos? ¿En qué se diferencian? En tantos miles de años, todos los dioses que el hombre ha inventado son idénticos, siguen el mismo patrón del primero. No se muestran, se expresan siempre con galimatías y acertijos que nadie comprende. Y nunca falta uno que dice ser el elegido por dios para transmitir su voluntad y se proclama oráculo de la verdad, profeta de un único y verdadero dios. Dice que dios le ha confiado representarlo y le ha concedido prerrogativas y ventajas que nadie le puede arrebatar bajo pena de ser declarado hereje. El mediador de ese dios pretende que su existencia sea perenne y omnipresente en todos los actos cotidianos de sus feligreses; secuestra la razón, proscribe el conocimiento, destierra la realidad; inventa textos que llama sagrados, establece dogmas, impone cánones de conducta y exige la fe ciega para quedar eximido de ser coherente en sus explicaciones. Ya puede concebir nuevos pecados y crear demonios que inciten a cometerlos; inviste de tinieblas y espanto al dios del que habla, hace de él un dios que castiga con plagas, hambre, guerra y desolación; que amenaza con dolores eternos y terrores infinitos; un dios sanguinario, violento, injusto, paranoico y sediento de venganza. Con sus feligreses ciegos y aterrorizados, el hechicero está en condiciones de declarar brujos o impíos a los disidentes, podrá inventar bulas y dispensar absoluciones con las que obtendrá más poder, más ventajas y más beneficios para construir escenarios más lujosos para sus ritos.

—No hablas de Dios sino de falsos dioses —interrumpió Fernando de Altaterra—. Del Becerro de Oro. Dios es lo contrario.

—¿De verdad es lo contrario, Fernando? Un hechicero anterior a ti te dijo cómo debes interpretar la verdad y tú repites lo mismo. Ese dios al que consideras creador de todo, incluso de ti, de tus capacidades y tus sentimientos, a continuación te niega la facultad de ver con tus ojos y sentir con tu alma. Te dice que no mires la realidad, sino las imágenes, los escapularios, las metáforas y las parábolas que otros han ideado para ti. Pero creer en un dios que no se expresa mediante su creación, ¿no es una blasfemia, Fernando? Seguir el dictado de alguien que dice hablar en nombre de Dios pero no ofrece pruebas, ¿no es blasfemo?

Fernando de Altaterra vio la sombra de Claudio Prego, que había llegado para matar a su amigo. Creyó oír de nuevo aquella poderosa voz interior que le habló de niño, y esta vez le dijo una sola palabra: «Sálvalo». Agarró a Elisario Calante por los hombros, lo apartó a un lado y se interpuso en el camino de la bala.

De un salto Lobo derribó al comisario, azuzado por Máximo Devero, y dio los segundos necesarios para que él lo inmovilizara y lo desarmara.

Fernando de Altaterra agonizaba. Elisario Calante y Conrado Coria intentaban contener la sangre, pero el final era irremediable.

—¡Me llega el fin, Rafael! ¿Veré a los míos? ¿Veré a Lucila?

—Los verás, Fernando. También a Lucila. Ve sin temor, la muerte no es dolorosa. Te acogerá como una madre.

—Conrado —dijo con un soplo de voz—, he hecho mucho daño. ¡He ordenado matar! ¡He matado varias veces!

Estrechándole una mano y llorando a lágrima viva, Conrado Coria le dio la absolución. Fernando de Altaterra se apagaba.

—Perdóname tú, Rafael —consiguió decir.

—Siempre te quise, Fernando. No te entendía, pero nunca te condené.

—¿Cómo te llamas?

—Me llamo Elisario Calante Lantigua. Fue mi abuelo quien construyó esta casa.

Fernando de Altaterra asintió y murió con la mirada quieta en los ojos de Elisario Calante, recordando la lejana tarde de junio en que lo vio por primera vez, como recién caído del cielo, y la voz de su interior le dijo que aquel desconocido estaría presente en el instante final de su vida.

* * *

Unos minutos antes, los dos policías que habían traído a Valeria Codino la acompañaron hasta la entrada de La Bella, donde los esperaba el comisario.

—Quedaos aquí fuera —ordenó Claudio Prego a los hombres—. Se oirán disparos, pero no entréis bajo ningún concepto.

En la escalera, le dijo a Valeria Codino que caminara delante de él en silencio. Bajaron muy despacio. Ella vio un revólver en la mano del comisario que se asomó por la abertura de la pared. Sonó un disparo y al instante siguiente vio a Lobo y a Máximo Devero caer sobre el comisario, que se quedó en el suelo, desarmado y esposado sin tiempo de reaccionar.

Valeria Codino no sabía si reír o llorar, si echarse en brazos de Máximo Devero o abrazar a Lobo.

Al otro lado, Elisario Calante y un hombre que no conocía ayudaban a Fernando de Altaterra, que sangraba y hacía una última confesión. Mientras tanto, Máximo Devero llamó a la comisaría y preguntó por el inspector de mayor rango para decirle que había detenido a Claudio Prego.

Conmocionada por la muerte de Fernando de Altaterra, Valeria Codino se acercó a Máximo Devero. Él intentó abrazarla, pero ella lo detuvo con un gesto.

—¡Dime que me sigues queriendo!

—No he dejado de quererte ni un segundo, Valeria.

—Lo siento mucho, no sé qué me pasó.

—Yo sí lo sé. Un compañero de la comisaría me enseñó unas imágenes. Te pusieron una sustancia en algo que tomaste de la máquina del café. Con seguridad algún inhibidor de oxitocina, tal vez de dopamina. Sólo hay una persona tan loca como para hacer algo así.

* * *

Antes del amanecer alguien había ayudado a Gabriel de Altaterra a poner fin a su vida. Sujetó una cuerda al cabezal de la cama y le hizo un ingenioso nudo. Mordiendo y tirando de un extremo se cerraba el lazo alrededor del cuello, pero mordiendo y tirando del otro extremo se podía liberar el nudo. Gabriel de Altaterra tenía la opción de continuar o arrepentirse en el último momento, pero empleó tanta fuerza para tirar hacia el extremo de la consumación que le hallaron un premolar roto en la boca.

* * *

Tan sentidos como fueron en el pasado los funerales de Lucila de Miranda y de Diego de Altaterra Coronado, fue el de los hermanos Gabriel y Fernando de Altaterra. La ciudadela volvió a vestir la exquisita elegancia que sabía mostrar en sus días más amargos. Eulalia de Altaterra, rebasada la frontera de los cincuenta años, estaba guapísima con su vestido de funerales. Ocultaba el llanto bajo el velo, desesperada por la pérdida de sus dos hermanos en un mismo día. No dedicó ni una mirada a Livia Reinier ni a sus hijos cuando le dieron el pésame. Su desatinada rabia hacia ellos se había cobrado una vida, la de su hermano Fernando.

Afectados aunque impasibles, con sus trajes grises, luciendo el alzacuellos que mostraba su condición de presbíteros, estaban presentes los seis hombres de la comunidad de Fernando de Altaterra. Junto a ellos, Conrado Coria y su compañero de viaje se habían puesto la sotana. Cuatro de los hombres de la comunidad de Fernando de Altaterra ya habían decidido regresar a la antigua fraternidad tras ofrecérselo Conrado Coria. Los otros dos harían vida civil.

Luciendo un traje nuevo y corbata, Elisario Calante asistía a un duelo por primera vez, de luto riguroso y sin la menor idea de cómo debe guardar respeto un no creyente en los ritos religiosos. Junto a él, Katia Romano y Amalia Norcron a un lado; Livia Reinier y Tulia Petro al otro. Tampoco faltaban los hijos de Livia Reinier, Aurelio y Valeria. Ella todavía dejaba escapar lágrimas por Fernando de Altaterra abrazada a Máximo Devero.

Elisario Calante y Katia Romano se quedaron en la casa de Altaterra hasta el último minuto con Amalia Norcron, y asistieron al acto en que se depositaron las cenizas de los dos hermanos en el nicho junto al de sus padres, en presencia de Conrado Coria y de los compañeros de Fernando de Altaterra.

Amalia Norcron notó la dicha de la hermosa mujer que acompañaba a Elisario Calante sin soltar su brazo. Cuando se despidieron y los vio marchar, sintió una honda felicidad por él, aunque era una felicidad llena de añoranza.

* * *

Sola, aislada de todos, Eulalia de Altaterra lloró sin consuelo en el último adiós a sus hermanos. Las maletas esperaban en su habitación. Tras depositarse las cenizas, sin despedirse de nadie, subió y se cambió de ropa, partió de inmediato hacia el aeropuerto y abandonó el país, dueña de una fortuna que dejaba en calderilla el tesoro de Cardenal, pero a la que no tenía ni idea de qué empleo darle ni qué provecho sacarle, excepto la satisfacción de saber que disponía de ella.

Epílogo

Cansados y sin ánimo para decir una palabra, Katia Romano y Elisario Calante regresaron del funeral, inquietos porque habían tenido que dejar solos a los animales y no sabían qué se iban a encontrar. Todo estaba en orden y los recibieron en la puerta cuando entraron, pero enseguida se alejaron a la terraza. Lobo se tumbó y Gaya lo marcó con las patas delanteras antes de tenderse sobre él.

Más difícil que el acercamiento de una gata, señora del territorio doméstico, a un perro recién llegado y diez veces más grande que ella, era el que debía superar Katia Romano con Elisario Calante, incluso para mantener una simple charla. La segunda noche que él durmió en la casa, cuando se quedó sola después de darle las buenas noches y retirarse, cerró la puerta medianera, echó la llave y el pestillo y se fue a la cama, pero regresó poco después para quitar los cerrojos y dejarla entreabierta. Ya no la volvería a cerrar.

Como era ya costumbre, a la mañana siguiente tuvo que esperar a que él terminara el ejercicio al que se entregaba antes del amanecer.

—Es bonito abrir los ojos y ver que estás aquí —dijo él cuando regresó al mundo.

—Mira lo que me hace esta traidora —protestó Katia Romano acariciando a Gaya—. ¡Prefiere la compañía de un perro!

461

—Lo hace por instinto. Se siente protegida por él.

—¿Sabes que tu nombre me resultó raro al principio, Elisario? Pero ahora me gusta.

—Mi madre era antiqueña y ya sabes que aquí son amantes de las antiguallas. Incluso de los nombres que suenan a antiguo.

—No me has dicho si aceptas el testamento de Nicolás —le recordó Katia Romano, cuando terminaban el desayuno.

—¿Tú qué quieres, Katia?

—Que lo aceptes, por supuesto.

—¿Por tu hermano o por algo más?

—Por el deseo de mi hermano —dijo silenciando lo más importante, aunque al fin consiguió decirlo—: Y por mí.

Elisario Calante pensó que explicaría mejor la respuesta con un relato que guardaba para ella.

—Cuando estuve inconsciente en el hospital, una mujer me visitaba. Pasaba horas estrechando mi mano. Al despedirse me besaba y acariciaba mi cara con la suya. La última vez sentí sus labios en los míos. No he dejado de pensar en ella.

Katia Romano se ruborizó hasta la raíz del cabello, sin interrumpirlo ni asentir.

—Supe que eras tú cuando te vi caminar hacia mí por el parque, el día que fuiste a decirme que tu hermano Nicolás quería verme. Estoy cansado de arrastrar los huesos sin un lugar al que ir, Katia. Yo estaré aquí, pero no por el techo ni por la cama ni por el dinero, sino para esperarte. No sé si puedo ofrecerte algo más que conversación y compañía, pero mientras viva te esperaré detrás de esa puerta que cerrabas cada noche.

Dos lágrimas bajaron por el rostro encendido de rubor de Katia Romano. Eran de felicidad.

—Sólo la cerré la primera noche —se defendió—. Contigo me siento más segura si la dejo abierta.

Lo cogió de la mano, tiró de él hasta la segunda planta y le hizo una advertencia antes de abrir la puerta.

—No pienses que soy una de esas locas que salen en las películas de terror.

La habitación era un estudio de grabación, con las paredes y los muebles acolchados. Había dos teclados de piano delante de unos monitores de ordenador, un amplificador y altavoces profesionales. Una vitrina de gruesos cristales conservaba las cintas que Nicolás Romano grabó durante las veladas de música aquel verano en la playa, cada una con su fecha escrita a mano. En una pared colgaban dos acuarelas de Elisario Calante con la Clavelina en sus manos.

Katia Romano encendió un ordenador y un amplificador, accedió a un programa, seleccionó algo de una lista y comenzó a sonar *Canción para Katia*. Elisario Calante estaba aturdido, sonaba mucho mejor de como él la recordaba.

—¿Qué ha pasado con el ruido de los vasos y las voces de la gente?

—La grabación que oyes está montada con lo mejor de muchas. Utilizo varios programas de ordenador. Uno de ellos incluso me permite cambiar acordes. He hecho lo mismo con todas tus piezas.

A Elisario Calante le costaba hablar. Y todavía faltaba lo mejor. De otra puerta de la vitrina, Katia Romano extrajo un objeto que significaba mucho para él: la Clavelina.

—¿Cómo la conseguiste? —preguntó al sacarla de la funda, conmocionado, sin terminar de creer lo que veía.

—Se la compré a Livia Reinier cuando liquidó la tienda.

Elisario Calante se sentó en una silla, afinó la guitarra y le sacó algunos compases.

—Hay que sustituir la encordadura —dijo emocionado mientras acariciaba la Clavelina.

La devolvió a la funda, la puso a un lado y miró a Katia Romano a los ojos.

—¿Qué soy para ti, Katia?

—Lo que ves. Sé que no eres tú, sino la idea que me he hecho de ti la que me ha acompañado siempre. Puedes llamarlo obsesión si quieres, pero eres la tercera persona de mi familia. Primero fue el deseo de tu amistad, después la pena por no saber de ti.

—¿Desde cuándo, Katia? ¿Cómo comenzó?

—Antes de conocerte. O cuando te conocí. Entré en la tienda a buscar un disco para regalárselo a mi hermano. Oí una guitarra. Alguien tocaba una música muy triste, era una improvisación, pero tan perfecta que parecía una obra acabada. Al escucharla, una caricia me envolvió, sentí que flotaba sobre mí misma, me emocioné y tuve ganas de reír y llorar de felicidad. Me hiciste vivir la experiencia más intensa de mi vida sin saber quién eras. Entonces saliste de detrás de unos bultos, con tu extraño corte de pelo y tu ropa gastada. Me sonreíste, con respeto, afecto y un poquito de picardía. Todavía sonríes así. Aquella tarde llegué a creer que estuve unida a ti antes de nacer y que había vuelto a encontrarte. No despertabas mi miedo irracional a los hombres. Eras mi única esperanza.

—Entonces ¿qué te impedía hablarme?

—Contigo no tenía el temor de siempre, era la timidez y otro miedo distinto: miedo a que me rechazaras.

—¡Qué tonto fui! —exclamó casi con rabia—. Todas las tardes esperaba verte aparecer, Katia. Me gustaba aquella chiquilla, con su pantalón de peto y con chaqueta y sombrero de hombre, que escondía el rostro tras su precioso pelo y unas gafas enormes. Deseaba que ella me diera la oportunidad de ofrecerle mi amistad. Por supuesto, existía un impulso sexual, pero estaba solo y también huía de los demás a mi manera. Ella se ocultaba bajo su indumentaria, yo ocultaba mi nombre. Durante el verano estabas tan bonita, con tus vestidos ligeros y tu pelo suelto. Te veía y la música me desbordaba.

—Lo de ir allí fue cosa de Nicolás. Aunque me hizo creer que se trataba de una casualidad, siempre pensé que se enteró de dónde pasarías el verano. Yo estaba confundida. Sólo tenía sentido que te conociera porque tú eras un hombre y yo una mujer, pero ese era el problema. Si no hubiera surgido amor, no habría tenido sentido; si hubiera surgido, en algún momento culminaría como lo hace entre un hombre y una mujer. A esa parte no estaba preparada. A pesar de ello fui muchas veces a la tienda, pero cuando no atendías a un cliente, practicabas con los instrumentos y no me atrevía a interrumpirte. Descubrí que en la pausa para comer solías ir al parque. El día que fui decidida a hablar contigo pasaste a mi lado sin verme. Besabas a Livia. Y ya no regresé.

Elisario Calante pensó en los más de treinta años de intemperie y soledad que ambos habrían podido ahorrarse si aquel infortunio no hubiera tenido lugar.

—¿Y qué piensas hoy, Katia?

—Que sigo sin estar preparada, pero que ya no importa. Ya no soy joven ni bonita —dijo con una lágrima resbalando por su mejilla.

Elisario Calante se arriesgó. Retiró aquella lágrima con una caricia. Katia Romano no quiso terminar con un lamento y presentó una última defensa:

—¡Pero tengo mucha amistad para darte!

Elisario Calante la abrazó primero y después la separó un poco para mirarla a los ojos.

—No vuelvas a decir que ya no eres bonita porque no es verdad. Eres una mujer muy hermosa. También eres valiente y desconcertante, muy buena conversadora y una gran pintora. Tus criterios son oportunos y originales, y eres muy graciosa. Me divierte oírte hablar a Gaya. Me quedaré contigo, Katia, porque seré feliz si te siento cerca, mientras me dejes estar a tu lado.

Cerca de la medianoche, Katia Romano abandonó su lecho, se cubrió con un salto de cama, se echó sobre los hombros una mantilla y fue hasta la habitación de Elisario Calante. Encendió la luz de la mesilla y lo miró con miedo, pero con firmeza y dispuesta a echar el cerrojo a lo que habían hablado aquella tarde.

Elisario Calante la observaba entre sorprendido y divertido. Katia Romano dejó a un lado la mantilla, levantó las sábanas, se tumbó a su lado y se estrechó contra él antes de besarlo en los labios. Después apoyó la cabeza sobre su hombro, cerró los ojos y volvió a besarlo varias veces antes de quedarse dormida. Elisario Calante le devolvió los besos, apenas acariciando sus labios. Lo demás tendría que llegar con mucha cautela. Sería al final de la noche, o mejor al día siguiente. Ya había notado que con ella no habría fracaso.

* * *

Lo más parecido a una familia que le quedaba a Carelia Hallberg eran Livia Reinier y sus hijos, que fueron sus compañeros de juegos y a quienes sentía más hermanos que amigos. Una o dos veces al año visitaba Antiqua para pasar unos días con ellos.

La casa Abralde había vuelto a sus manos y tenía que decidir qué hacía con La Bella. Sin ocultar su apatía, llegó acompañada por Valeria Codino y Máximo Devero a las propiedades. Observó con tristeza las dos casas de su niñez. La casa Abralde, en la que nació y vivió, y la casa de enfrente, que guardaba en sus añoranzas como una amada presencia. Declinó entrar en la casa de su infancia y accedieron sin preámbulos al interior de La Bella.

Cruzaron el vestíbulo y descendieron por la escalera que estaba a un lado de un amplio salón hasta aquel rellano que parecía no conducir a ninguna parte. Tras abrir el acceso, le mostraron el escondrijo donde todavía estaban las monedas de Cardenal. Carelia Hallberg lo tomó con tanta frialdad que su amiga tuvo que sacarla del sopor.

—Muchos matarían por tener esto, Carelia. Parece que a ti te produce acidez de estómago.

—No es eso, Valeria. Me alegra, pero no es para mí. La riqueza por sí sola no me dará ni un poco de felicidad. Incluso puede hacerme perder el sentido que quiero dar a mi vida, donde es seguro que la encontraré. Esta oportunidad está hecha para ti. O tal vez para mí también, pero a través de ti.

Valeria Codino esperó la conclusión. Tan desconcertado como ella, Máximo Devero evitaba intervenir, pero entendía los reparos de Carelia Hallberg.

—Esta casa es un símbolo de Antiqua, Valeria. Eres tú quien mejor conoce el destino que merece tener.

—Debería dedicarse a mostrar la historia de Antiqua —se apresuró a responder Valeria Codino—. Basta tenerla fuera del alcance de los políticos.

—En tu nueva etapa necesitarás un trabajo. Hazlo tú, dedícate a ella.

—No puedo, Carelia. Haría falta mucho dinero. Terminaría siendo otra marioneta de los políticos.

—Aparte de vosotros, no me quedan vínculos con Antiqua —dijo Carelia Hallberg con amargura—. No me resultaría cómodo quedarme donde lo perdí todo. No podría vivir en la casa en la que mi padre se quitó la vida y a La Bella le tengo demasiado cariño. No quiero que termine en malas manos. Parece que Máximo y tú seguiréis adelante con vuestros planes. Compradme las dos casas. Así podré venir a menudo y visitarlas sin sentir que las he perdido.

Valeria Codino y Máximo Devero la miraron con desconcierto.

—Que tu hermano Aurelio busque un tasador. Pagadme con lo que el Estado os dé por esas monedas —dijo señalando el lugar donde le habían dicho que estaba el tesoro de Cardenal—. Será más generoso si sabe que el dinero se destinará a cuidar un patrimonio común.

Días después, cuando la visita llegaba a su fin, Carelia Hallberg le pidió a Máximo Devero hablar a solas. El encuentro fue breve y sin testigos en la casa de Livia Reinier.

—Había otra razón que me obligaba a poner esas propiedades en manos amigas. Se han firmado los documentos, ya estoy libre de compromisos y es el momento de zanjar lo que tengo pendiente. Me falta saber si me iré de Antiqua o tendré que quedarme, y la decisión te corresponde a ti, Máximo. Aunque quiero que quede claro que nuestro reciente negocio no te compromete a nada.

Máximo Devero la escuchó sorprendido, aunque no terminaba de entender la misteriosa confidencia. Carelia Hallberg extrajo del bolso una cánula, y de la cánula una aguja larga, delgada y con una punta muy afilada, que era explícita por sí misma.

—Sólo me defendí —continuó Carelia Hallberg—. La primera quiso clavarme un cuchillo; yo fui más rápida. No tenía más que esta aguja y sólo podía detenerla acertándole en el corazón. Ella me llevó cerca de La Bella en un coche que le habían prestado. Cuando todo pasó, no sabía qué hacer, pero intuí que ir a la policía no era buena idea. Acerqué el coche a la casa, arrastré el cuerpo, lo cubrí con una caja de cartón que ella tenía preparada para mí y me marché. La casualidad jugó a mi favor. Si me hubiera fiado de aquella mujer o no hubiera tenido esta aguja en el bolso, ahora estaría muerta. Creo que mi forma de proceder fue acertada.

—¿Por qué la dejaste allí?

—Para no ir por la calle con un cadáver y para que lo viera Eulalia de Altaterra. Era ella la que quería mi muerte.

—Si hubieras acudido a la policía, también estarías muerta. ¿Qué pasó con la segunda chica?

—Me dijo que la perseguían, que estaba muy asustada y que quería contarme lo que Eulalia de Altaterra maquinaba contra mí. Dijo que la pistola la tenía para defenderse, pero yo estaba prevenida y me adelanté. Eulalia de Altaterra debió de ofrecerles una buena suma de dinero. Sigue siendo mi madre adoptiva. Con mi muerte heredaría las dos casas y lo poco que me queda de mis padres.

—¿Y qué esperas de mí, Carelia? —preguntó Máximo Devero tras unos segundos de reflexión.

—De ti sí me fío, por eso te lo he confesado. Haz lo que debas hacer. Eres policía. Si crees que es lo mejor, le pediré a Aurelio que nos acompañe para declarar donde tú digas.

—Detener al comisario fue mi último acto como policía. Regreso al periódico. Por lo que a mí concierne, tu caso fue defensa propia, pero te aconsejo que no corras el riesgo de que un tribunal estime otra cosa. De nada servirían contra ti unas pruebas en las que estuvo enredando un comisario. Cualquier abogado las desmontaría y el fiscal poco podría hacer con ellas, pero los hilos de Eulalia de Altaterra llegan a los rincones mejor escondidos, aunque esté desaparecida. Todo esto debe quedar entre tú y yo. Que nadie más sepa lo que hemos hablado.

* * *

La vida continuó. Habían pasado dos años. Livia Reinier esperaba con ansia la llegada de dos nietos, uno de cada uno de los hijos. Tulia Petro seguía en la casa, inseparable de ella y de los hijos, sus sobrinos. Aurelio Codino llegó a un acuerdo con el alcalde Marcelo Cato, por el que pagó el salario actualizado de Tulia Petro de los últimos veinticinco años, de los más de cuarenta que trabajó en su casa. Aunque para Marcelo Cato la suma era calderilla, Tulia Petro se consideraba rica.

Embarazada de su primer hijo, Valeria Codino lo tenía todo dispuesto para abrir La Bella al público. Admitirían un número controlado de visitantes en horas centrales de la jornada para no alterar la tranquilidad del vecindario.

Elisario Calante le señaló el lugar donde se escondía el enemigo y Valeria Codino recabó ayuda oficial. Especialistas de los servicios de Sanidad precintaron la casa, tomaron y analizaron muestras y una cuadrilla de operarios, equipados con máscaras y trajes de protección biológica, retiraron las maderas de la machimbre de la habitación principal y trataron con fungicida los rincones de todas las habitaciones. Una vez conjurado el peligro, levantaron el precinto.

Por decisión de Valeria Codino, nada de aquello se hizo público. En aquel tiempo había eludido el interminable desfile de predicadores, sanadores espirituales, exorcistas de demonios mayores y menores, chamanes de Pachamama, santeros yorubas, santiguadores de Yemanyá, invocadores de luces crísticas y limpiadores de karmas, dispuestos a dejar como los chorros del oro los recovecos espectrales de La Bella. Por altruismo y módicas cantidades, las justas para gastos expulsarían de ella toda suerte de presencias demoniacas y santas compañas y la purificarían de embrujos, ponzoñas psíquicas y maldiciones, mediante un extenso repertorio de talismanes, conjuros, ensalmos y abluciones.

Tampoco consintió Valeria Codino que se supiera que había mandado instalar unos postigos abatibles que cierran los huecos de ventilación de las galerías del subterráneo, y que sólo mandaba cerrar en los días de mucho viento. Por norma los mantiene abiertos porque dice que La Bella necesita respirar, pero en realidad esconde una razón romántica. Quiere que siempre se la pueda oír suspirar, quiere mantener viva su leyenda de hembra perversa, con sus cánticos y sus lamentos deambulando por las zonas de tinieblas donde dejamos que hallen morada fantasmas, hechizos, magias, maleficios y nigromancias: nuestra propia mente.

Encuadernados y protegidos, los dibujos de Leandro Calante estaban expuestos en el salón principal junto con una abundante colección de pinturas sobre La Bella firmadas por E. Romanova. Y los visitantes podían oír de fondo, muy leve, una sinfonía compuesta por Elisario Calante e interpretada por la Sinfónica y los Coros de Antiqua. Con la ayuda de Katia Romano y sus aparatos, apenas le llevó un par de semanas plasmarla sobre el papel. Aunque anónimos en un palco, fueron los invitados de excepción a la primera representación. Elisario Calante consiguió contenerse hasta el final, pero lloró a lágrima viva durante los diez minutos de ovación cerrada que le dedicó el público puesto en pie.

* * *

El temerario hábito de cruzar la calle sin prestar atención a los vehículos le costó un grave accidente a Tobías Cacho, el Loco. Cruzó de una acera a la contraria de la avenida del litoral, de tres carriles en cada sentido. Un jovencito que conducía un deportivo descapotable lo vio de lejos, pero iba a mucha velocidad y fue incapaz de controlar el vehículo.

Recuperado del accidente, el Loco eligió quedarse en un psiquiátrico público para dedicar su tiempo a trabajos de mantenimiento y jardinería con la excusa de que hacía terapia. Apenas tomaba medicación. Su vieja tempestad interior parecía haber amainado.

* * *

Elisario Calante insistió durante casi un año al cirujano que lo había tenido más de una decena de veces abierto en canal sobre una mesa de operaciones para que accediera a entrevistarse con Máximo Devero, y le costó otro año más concertar la fecha y el lugar. El encuentro tuvo lugar en la casa de Máximo Devero, a las afueras de Antiqua, y hablaron frente a una taza de café con la ciudad de fondo.

—Hermosa vista, Máximo. De saber que nos veíamos aquí no me habría demorado tanto. Le ruego que disculpe mi tardanza. Soy médico y no es prudente que hable de estas cuestiones con un desconocido, y menos tratándose de un periodista. Todo lo que yo diga hoy será a título personal.

Hizo una pausa para saborear el café y abrió la charla.

—El caso de su amigo es uno de los más interesantes. Lo perdimos dos veces, y las dos veces que lo recobramos nos dio información que no podía conocer de antemano. Mientras lo recuperábamos la primera vez, hubo que sustituir un aparato que dejó de funcionar y ese día yo estrené unas gafas de cirugía. Pues bien, nuestro común amigo enumeró con precisión las personas presentes en la operación, pudo decir lo del aparato estropeado y el color de las gafas que utilicé. La segunda vez que pasó por el trance estaba solo en la habitación y sonó la alarma de seguimiento cardiaco. Su amigo describió a las personas que lo trajeron de vuelta, lo que yo pude confirmar después en un vídeo.

—¿Se produce esa situación con frecuencia?

—Es muy frecuente en cualquier lugar donde se trabaja con pacientes graves, aunque pocos desean hablar de la experiencia, no quieren que se les tome por locos.

—¿Existe alguien que se atreva con una explicación científica?

—Un anestesista norteamericano y un físico británico parece que se han acercado mucho. Afirman que la consciencia radica en los microtúbulos del interior de las neuronas del córtex cerebral. Los microtúbulos son canutos de tubulina, tan pequeños que se miden en nanómetros. En las neuronas se organizan en estructuras que recorren desde el núcleo a los axones. Cuando la anestesia bloquea la función de los microtúbulos, la consciencia desaparece; cuando se pasa el efecto, los microtúbulos se activan y la consciencia vuelve a aparecer. Los microtúbulos son tan diminutos que su ámbito es el de los átomos, y hay energías tan sutiles que nos metemos de cabeza en la física, pero no en la convencional, sino en la física cuántica.

—Tiene usted que decirme cómo profundizar en este campo —dijo Máximo Devero con cierto grado de envidia por no estar en la piel del médico—. Me gustaría saber por dónde puedo tirar de ese hilo.

—Le enviaré por correo algunas cosas —prometió el invitado—. Nada de lo que viene a continuación son hechos demostrados por la ciencia, de manera que no me haga demasiado caso porque entramos en el terreno de las conjeturas. Aunque son hermosas conjeturas.

—¿Ha habido algún avance en la ciencia que no haya empezado con una conjetura? —dijo Máximo Devero en tono cómplice.

—Seguro que ninguno —afirmó el médico, y se acomodó en el asiento dando a entender que lo que iba a relatar era de su agrado—. Esas estructuras de microtúbulos residen en todas las células, desde las primitivas eucariotas. Sirven de sustrato para establecer la morfología celular, aunque no sólo para eso. Cualquier frecuencia electromagnética resonará en su interior, un microtúbulo cercano captará la resonancia y podrá propagarla al siguiente, de tal forma que cualquier cambio será conocido de inmediato por la totalidad de la célula. ¿Puede esa información propagarse a otras células cercanas? En eso no hay duda, si tiene las condiciones se propagará. Y tampoco hay duda de que si esta capacidad es beneficiosa para la célula, habrá pervivido de una generación a la siguiente, haciéndose cada vez más refinada y efectiva en sus funciones.

—Cabe pensar que esa comunicación sea la base del primer agrupamiento celular, el que dio origen al primer tejido con células especializadas —apostilló Máximo Devero—. Estaría pues en el nudo primordial del camino hasta los seres pluricelulares. Células que se unen y forman tejidos, tejidos que se unen y forman órganos, y órganos que forman individuos.

—Así es. La cuestión es que si los microtúbulos son útiles para la evolución, habrán favorecido la supervivencia de la célula. Como han permanecido, no hay duda de que la favorecen.

—¿Qué juntó a un anestesista con un experto en física cuántica? —preguntó Máximo Devero.

—Que una persona privada de su conciencia pueda adquirir información que no ha podido ver. Todo o una parte de lo que llamamos consciencia, sea lo que sea, ha debido salir de su estructura neuronal, ha tenido que mantener la capacidad de percibir su entorno. El único mecanismo comprobado que tiene esa cualidad de estar al mismo tiempo cerca y lejos es el fenómeno del entrelazamiento cuántico. Dos partículas entrelazadas funcionan como una sola. Todo lo que afecta a una le afecta a la otra, sin importar el tiempo o la distancia. Ya existen dispositivos que las utilizan para enviar información instantánea a decenas de kilómetros.

—Según esto, hay una remota posibilidad de que esa energía que forma nuestra consciencia tenga la facultad de abandonar el cuerpo, explorar el medio donde se encuentra y regresar, cuando le ha sido posible, sin haber perdido sus capacidades.

El médico lo explicó mediante el ejemplo de un hormiguero.

—Una hormiga es un individuo especializado con una función específica. Cuando nace, sabe qué función debe cumplir. Aunque también debe aprender y adaptarse, una parte importante de la información que necesita nace con ella. Al igual que la célula entrega información vital a la siguiente generación de células, una hormiga también lo haría. Si esa diminuta porción de consciencia es capaz de salir de un individuo maduro cuando muere y aposentarse en otro individuo inmaduro, una larva, estaremos ante un artificio que habrá favorecido la supervivencia del hormiguero. Y lo que vale para un hormiguero, también valdría para un elefante o para una persona. Aunque la distancia de tamaño sea enorme, la distancia biológica no lo es tanto.

Esta característica de la vida, que no deja que se pierda esa información tan necesaria, sería la que forma los ladrillos de lo que llamamos alma. La experiencia de cada ser vivo va cediendo el testigo de una generación a la siguiente, haciéndose más rica y compleja. Aunque cada nuevo ser no tiene toda la información del individuo anterior, no empieza desde cero.

Tiempo después, Máximo Devero despejó el escritorio y las estanterías de libros. Guardó en cajas de cartón los recortes de periódicos, los cuadernos y las hojas sueltas manuscritas que ya no iba a necesitar, excepto para hojearlas y recordar durante una tarde de nostalgia, cuando hubieran pasado unos años.

Nunca esperó hallar una verdad demostrada sino una certidumbre, una especulación más o menos razonada sobre el punto de unión entre la materia que somos y nuestra naturaleza más profunda. Entre el polvo estelar que Elisario Calante afirmaba que somos y el ser que dijo haber encontrado dentro de sí mismo a través de una experiencia asombrosa.

Las palabras que le oyó pronunciar apenas movieron el fiel de las incertidumbres de Máximo Devero unas milésimas, pero fueron las milésimas justas para liberarlo. Somos algo más que nuestra materia. Nos habita una sutil e inaprensible entidad, anterior al propio nacimiento y que, siendo expresión máxima de nuestra individualidad, al mismo tiempo es lo que nos conecta a todo lo que existe.

La explicación más directa fue la que expresó Elisario Calante: la vida necesita de otra vida a su alrededor, porque un ser vivo único, solitario y rodeado de materia inerte, carece de sentido; un alma que no esté rodeada de otras almas carece de sentido. La

474

necesidad de estar en compañía de otras vidas y otras almas es lo que llamamos amor.

Las preguntas que todos quisiéramos llevar resueltas a nuestra hora final, «de dónde vengo, adónde voy y por qué», ahora las creía innecesarias. La vida no tiene razones ni las necesita y la muerte no existe: venimos de la nada, vamos hacia el infinito; sin una razón, sólo porque estamos vivos. Cada vida es apenas un susurro en el tiempo del absoluto y, al igual que todo cuanto existe, las almas se propagan en el tejido inagotable del tiempo. Cuando se encuentran, se observan un instante y siguen su camino sin interferirse; pero a veces se acercan, colisionan, se perturban, se traban, vibran al unísono o se distorsionan, se atraen o se repelen, se estimulan o se atenúan y, al término, continúan su viaje hacia la eternidad.

Tal vez los seres conscientes, hechos de tiempo, se dirigen hacia un estado de la existencia en el que la mente poseerá todo el saber y el alma percibirá toda la prodigiosa belleza del universo, y este sería el auténtico paraíso, el estado de plenitud al término de incontables vidas.

Máximo Devero miró a lo lejos y vio cerca del acantilado a Elisario Calante y a Katia Romano. Hacían una hermosa pareja. Solían ir hasta allí para contemplar la ciudad de Antiqua y darles a Lobo y a Gaya la oportunidad de corretear por la hierba. Nunca se marchaban sin pasar por la casa y charlar un rato con él y con Valeria Codino.

Agradecimientos

A Clementina, mi esposa, que me despeja el camino y da sentido a mi anhelo de escribir.

A Félix, mi hermano, por su estímulo y por disipar mis dudas de lengua y literatura.

«Para viajar lejos no hay mejor nave que un libro».

EMILY DICKINSON

Gracias por tu lectura de este libro.

En **penguinlibros.club** encontrarás las mejores recomendaciones de lectura.

Únete a nuestra comunidad y viaja con nosotros.

penguinlibros.club

Penguin
Random House
Grupo Editorial

 penguinlibros